मंडल कमीशन

राष्ट्र निर्माण की सबसे बड़ी पहल

भूमिका और अनुवाद
सत्येन्द्र पीएस

प्रस्तावना
जस्टिस पी.बी. सावंत

लेफ्टवर्ड बुक्स
और
Free Media

मंडल कमीशन
राष्ट्र निर्माण की सबसे बड़ी पहल

प्रथम संस्करण : मार्च 2018
पुनर्मुद्रण : अप्रैल 2018, जून 2019, जून 2021, मार्च 2024

ISBN 978-93-80118-62-8

प्रकाशक :
वाम प्रकाशन
2254/2ए शादी खामपुर
न्यू रंजीत नगर
नई दिल्ली 110008

और Free Media

वाम प्रकाशन और लेफ़्टवर्ड बुक्स नया रास्ता पब्लिशर्स प्रा. लि. की प्रकाशन शाखाएं हैं।

मुद्रण : चमन इंटरप्राइजेज, दिल्ली

कवर पेंटिंग : शब्दिता
पेज लेआउट : हिम्मत सिंह

Mandal Commission
Rashtra Nirman Ki Sabse Badi Pahal

उदय प्रकाश, दिलीप मंडल, संतोष कुमार पांडेय, प्रद्युम्न सैंथवार और नीलकमल सुंदरम के प्रति आभार, जिन्होंने हर पल, हर क्षण वंचितों के हक में लिखने के लिए प्रोत्साहित किया।

विषय सूची

भाग 1

प्रस्तावना

सामाजिक और आर्थिक असमानता वाले सभी समाजों में स्वत:स्फूर्त अदृश्य आरक्षण की व्यवस्था होती है। यह आरक्षण समाज के विशेषाधिकार के रूप में होता है। यह आरक्षण उन लोगों के पक्ष में होता है, जिनके हाथ में ताकत होती है और वे वंचितों को सभी लाभों से दरकिनार कर देते हैं। यह आरक्षण ताकतवर लोगों के पक्ष में तब तक बना रहता है, जब तक कि जानबूझकर की गई कार्रवाई से उसे रोका न जाए और उसका वितरण अन्य लोगों में न किया जाए। जब लाभ बहुत कम होता है व जरूरतमंद लाभार्थियों की संख्या बहुत ज्यादा होती है और उसे सभी लोगों में समान रूप से वितरित करने के लिए कोई कार्रवाई की जाती है तो इससे स्वाभाविक रूप से उन लोगों को नाराजगी होती है, जिन्होंने अपनी बपौती समझकर उस पर कब्जा जमा रखा होता है। केंद्र सरकार द्वारा मंडल आयोग की सिफारिशों को लागू करने के बाद बिल्कुल यही हुआ, जिसमें अन्य पिछड़े वर्गों (ओबीसी) के लिए शिक्षा और सरकारी सेवाओं में आरक्षण दिए जाने का प्रावधान था। सौभाग्य से सरकार के उपरोक्त निर्णय को उच्चतम न्यायालय ने बहुमत के फैसले से बरकरार रखा।

इस देश में आरक्षण अनोखे और भयावह रूप में मौजूद रहा है। सदियों से यहां ब्राह्मण पुरुषों को छोड़कर समाज के अन्य सदस्यों को पढ़ने से वंचित रखा गया। इसका स्वाभाविक परिणाम यह हुआ कि अन्य लोगों कौ बौद्धिक नौकरियों और कार्यों से वंचित कर दिया गया। स्वाभाविक रूप से इससे ब्राह्मण पुरुषों के लिए सब कुछ संरक्षित हो गया।

भारत के मामले में वर्ग, जाति या दोनों और पश्चिमी देशों के मामले में रंग के आधार पर जब कुछ लोगों द्वारा आजीविका के अहम साधनों पर एकाधिकार बनाने का षड्यंत्र किया जाता है तो अनिवार्य रूप से उस देश के ऊपरी हिस्से का विकास होता है। ऐसे में संपत्ति और शक्तियां कुछ हाथों में सिमट जाती हैं। बुद्धि, प्रतिभा और कौशल ज्यादा से ज्यादा सीमित होता जाता है और देश की प्रगति ठहर जाती है। ऐसे में देश विशाल प्रतिभा से वंचित रह जाता है, अन्यथा वह प्रतिभा देश की प्रगति और संपन्नता के लिए उपलब्ध होती। अंततोगत्वा इसका दुष्परिणाम देश को भुगतना पड़ता है। यही सब इस देश में सदियों से एक साथ होता आया है। इस देश में अब तक जो भी थोड़ी बहुत प्रगति हुई है, वह देश की 10 प्रतिशत आबादी की हिस्सेदारी से हुई है, जिनके हाथ

में पूरी ताकत सिमटी हुई थी। कोई भी इस बात की कल्पना कर सकता है कि अगर पूरी आबादी के हाथ में ताकत होती और सबको अपनी प्रतिभा दिखाने का मौका मिला होता तो यह देश कहां पहुंच गया होता। दुर्भाग्य की बात है कि यहां कुछ लोगों के हाथों में सब कुछ आरक्षित था।

ऐसी स्थिति में अब तक वंचित रहे उन सभी लोगों के पक्ष में आरक्षणों की जरूरत है। ऐसा सिर्फ इसलिए जरूरी नहीं है कि उस वंचित आबादी का उत्थान होगा, जो देश की बड़ी आबादी है और जिन्हें भौतिक, मानसिक और बौद्धिक रूप से लंबे समय से जानबूझकर कमजोर रखा गया, बल्कि देश की मजबूती, प्रगति और संपन्नता के लिए भी यह जरूरी है।

लोकतांत्रिक राजनीतिक व्यवस्था में ये सभी लोग ज्यादा अनिवार्य हैं। अगर ऐसा नहीं होता है तो लोकतंत्र का स्वरूप बिगड़ जाएगा और यह कुछ लोगों का और कुछ लोगों के लिए शासन में बदल जाएगा, जैसा कि इस देश में आजकल हो रहा है। आरक्षण पर व्यापक परिप्रेक्ष्य में विचार किया जाना चाहिए। यह न सिर्फ मानव के अधिकार का अनिवार्य पहलू है और गरिमा के साथ जीने के अधिकार के लिए जरूरी है बल्कि देश के लिए भी इसकी उतनी ही जरूरत है।

पुणे
दिनांक: 24-09-2017

न्यायमूर्ति पी.बी. सावंत
(सेवानिवृत्त)

भूमिका

"हिंदू धर्म में पुजारियों की व्यवस्था खत्म हो जाए। अगर यह मुमकिन नहीं है तो इसे वंशानुगत न रहने दिया जाए। यानी यह न हो कि पुजारी का बेटा पुजारी बने। जो भी हिंदू धर्म में विश्वास रखता हो, उसे पुजारी बनने का अधिकार हो। ऐसा कानून बने कि सरकार द्वारा निर्धारित परीक्षा पास किए बगैर कोई भी हिंदू पुजारी न बने और सरकारी सनद होने पर ही कोई आदमी पुजारी का काम कर पाए।"

बी आर अंबेडकर[1]

आरक्षण, आरक्षण, आरक्षण। आरक्षण को लेकर तरह तरह की आपत्तियां हैं। तरह तरह की मांगें हैं। मंदिर में एक ही जाति के लिए आरक्षण होता है। एक ही जाति क्या, तमाम मंदिरों में एक ही परिवार का वंशानुगत आरक्षण होता है। इसी तरह से भारतीय सामाजिक व्यवस्था में तमाम ऐसी जातियां हैं, जिनके पेशे उनकी जाति से ही स्पष्ट हैं। उस परिवार के मेंबर उस काम को करना चाहें, या न चाहें। अगर कोई व्यक्ति उस जाति विशेष में पैदा हो गया तो उसे वह काम करना ही होगा। इसके अनेक उदाहरण हैं। नाई बाल काटने का काम करते हैं। धोबी कपड़ा धोने का काम करते हैं। कहार बर्तन मांजने का काम करते हैं। कुम्हार मिट्टी के बर्तन बनाते हैं। जुलाहा कपड़े बुनने का काम करते हैं। अहिर दूध बेचने का काम करते हैं। कुर्मी खेती करते हैं। कोइरी साग सब्जी उगाने व बेचने का काम करते हैं। लोहार, लोहे से हंसिया खुर्पी आदि बनाने व बढ़ई लकड़ी के सामान बनाने का काम करते हैं। चौरसिया पान बेचने का काम करते हैं। पासी ताड़ी उतारते और बेचते हैं। चमार मरे जानवर की खाल उतारते हैं। डोम लाश जलाने का काम करते हैं। ब्राह्मण मंदिर में पूजा पाठ कराते हैं। क्षत्रिय का खेती की वसूली और युद्ध का काम था, युद्ध में तो अब नहीं, लेकिन जमीन पर अभी अधिकार है। इस तरह के अनेक उदाहरण हैं। हजारों की संख्या में जातियां हैं और उनकी जाति के मुताबिक उनका काम आरक्षित है। यह जाति के आधार पर आरक्षण है। सदियों से चला आ रहा आरक्षण।

जातीय आरक्षण के अलावा आधुनिक भारत में कुछ और आरक्षण चलता है। रेल में सीटों का आरक्षण। हवाई जहाज में आरक्षण। होटल बुकिंग, धर्मशालाओं में आरक्षण। कहीं गोष्ठी में जाते हैं तो मंच पर सीटों का आरक्षण। गोष्ठी की अग्रिम पंक्ति में सीटों का आरक्षण। क्रिकेट स्टेडियम में कमेंट्री रूम के पास का आरक्षण। स्टेडियम की पंक्तियों के मुताबिक तमाम तरह के आरक्षण। शिक्षण संस्थानों में कैपिटेशन फी के बल पर सीटों का आरक्षण। दिलचस्प है कि इन आरक्षणों के खिलाफ कोई आवाज नहीं उठती। कहीं से कोई चूं चपड़ नहीं करता कि अगर किसी के पास एक करोड़ रुपये है और वह निजी मेडिकल कॉलेज से डॉक्टर बन जाएगा तो वह जिसका इलाज करेगा वह जिएंगे या मरेंगे। बहरहाल... अभी हम जातीय आरक्षण पर ही टिकते हैं।

जातीय आरक्षण से बचने का कोई उपाय नहीं। अगर कोई इन जातियों में पैदा हो गया तो उसके लिए जाति के मुताबिक कार्य निर्धारित हो गया। अगर किसी को वह कार्य पसंद नहीं है तब भी मजबूरन उसे करना ही करना है। शास्त्रों में ऐसे प्रावधान किए गए हैं। ऐसा लिखा गया है कि जाति से हटे तो गड़बड़ हो जाएगी। जाति आधारित इन कार्यों से अगर किसी को तकलीफ है तो उससे कम से कम उसके वर्तमान जन्म में उससे मुक्ति का प्रावधान नहीं किया गया है। हां, धर्मग्रंथ कहते हैं कि अगर आपने मौजूदा जन्म में अपने लिए निर्धारित जातीय कर्म को निष्ठापूर्वक किया तो अगले जन्म में जातीय उन्नयन यानी प्रमोशन की संभावना है।

यह तो हुई धर्म की व्यवस्था। इसी में जाति की व्यवस्था तय है। ऋग्वेद के दशम मंडल में विराट पुरुष के मुंह से ब्राह्मण, भुजाओं से क्षत्रिय, उदर से वैश्य और पैरों से शूद्र की उत्पत्ति बताई गई। दिलचस्प है कि कई सौ साल तक लोग इसे मानते भी रहे। अपने पिछले जन्म के पापों का परिणाम मानकर दूसरे की सेवा करने से लेकर तमाम ऐसे कार्य करते रहे, जिसे भारत में निम्न स्तर का काम माना जाता है। उसके लिए पारिश्रमिक की भी कोई खास व्यवस्था नहीं बनी। वजह यह रही कि वह करना जन्म से निर्धारित था। जन्म से निर्धारित काम करने में अगर उच्च तबका कुछ पारिश्रमिक के रूप में दे देता है तो ठीक। अगर नहीं देता है तो भी व्यक्ति को अपने जन्म के आधार पर कर्म करना होगा।

भारत की धार्मिक-जातीय आरक्षण की व्यवस्था ने समाज में स्थायी रूप ले लिया। अगर ग्राम्शी की हेजेमोनी थियरी देखें तो लोगों ने इसके लिए खुद को अनुकूलित कर लिया। स्वीकार भी कर लिया कि हम यही कार्य करने के लिए पैदा हुए हैं। उसके खिलाफ प्रतिरोध करना बंद कर दिया। जाति आधारित कर्म के आरक्षण को यथावत मान लिया।

हालांकि जाति व्यवस्था और उसके मुताबिक काम के आरक्षण का विरोध बहुत पहले से होता रहा है। कबीर, रैदास, तुकाराम समेत तमाम समाज विज्ञानी हुए, जिन्होंने इस जाति आधारित आरक्षण का विरोध किया। हालांकि उससे थोड़ी बहुत सामाजिक

चेतना जरूर आई, लेकिन कोई खास बदलाव नहीं हुआ।

आधुनिक भारत में सबसे पहले इस जाति आधारित काम के आरक्षण पर महान समाज सुधारक ज्योतिबा फुले (11 अप्रैल 1827 से 28 नवंबर 1890) ने धावा बोला। सैकड़ों साल से लोग रटते रहे कि ब्राह्मण मुंह से पैदा हुआ, शूद्र पैरों से पैदा हुआ। लेकिन अंग्रेजी शासन काल में शुरुआती शिक्षा पाने के बाद फुले ने ऋग्वेद को चुनौती दे डाली। उन्होंने साफ कहा कि किसी भी महिला, चाहे वह जिस भी जाति, धर्म की हो, गर्भ धारण का एक ही तरीका है। एक ही अंग है, जिससे बच्चा पैदा हो सकता है। मुंह से बच्चा पैदा होना असंभव है। फुले ने "गुलामगीरी" नामक अपनी पुस्तक सवाल जवाब के रूप में लिखी है। पुस्तक जोतीराव और धोंडीराव-संवाद के रूप में है।

धोंडीराव सवाल करते हैं, "पश्चिमी देशों में अंग्रेज, फ्रेंच आदि दयालु, सभ्य राज्यकर्ताओं ने इकट्ठा हो कर गुलामी प्रथा पर कानूनन रोक लगा दी है। इसका मतलब यह है कि उन्होंने ब्रह्मा के (धर्म) नीति-नियमों को ठुकरा दिया है। क्योंकि मनु संहिता में लिखा गया है कि ब्रह्मा (विराट पुरुष) ने अपने मुंह से ब्राह्मण वर्ण को पैदा किया है और उसने इन ब्राह्मणों की सेवा (गुलामी) करने की लिए ही अपने पांव से शूद्रों को पैदा किया है।" इस सवाल के जवाब में जोतीराव कहते हैं-"अंग्रेज आदि सरकारों ने गुलामी प्रथा पर पाबंदी लगा दी है, इसका मतलब ही यह है कि उन्होंने ब्रह्मा की आज्ञा को ठुकरा दिया है, यही तुम्हारा कहना है न! इस दुनिया में अंग्रेज आदि कई प्रकार के लोग रहते हैं, उनको ब्रह्मा ने अपनी कौन-कौन सी इंद्रियों से पैदा किया है और इस संबंध में मनुसंहिता में क्या-क्या लिखा गया है?"[2]

इस तरह से उन्होंने इस विमर्श को वैश्विक स्तर प्रदान किया कि हमारे देश में तो विभिन्न वर्णों के लोग ब्रह्मा या विराट पुरुष के शरीर के विभिन्न अंगों से पैदा हो गए और चार वर्ण में विभाजित हो गए लेकिन अंग्रेज व अन्य देशों के लोग किस किस अंग से पैदा हुए। फुले यहीं नहीं रुकते। एक सवाल के जवाब में कहते हैं- "ब्राह्मण को पैदा करनेवाले ब्रह्मा का जो मुंह है, वह हर माह मासिक धर्म (माहवारी) आने पर तीन-चार दिन के लिए अपवित्र (बहिष्कृत) होता था या लिंगायत नारियों की तरह भस्म लगा कर पवित्र (शुद्ध) हो कर घर के काम-धंधे में लग जाता था, इस बारे में मनु ने कुछ लिखा भी है या नहीं?"

पुस्तक में वह आगे और सवाल करते हैं, "अच्छा। वह गर्भ ब्रह्मा के मुंह में जिस दिन से ठहरा, उस दिन से ले कर नौ महीने बीतने तक किस जगह पर रह कर बढ़ता रहा, इस बारे में मनु ने कुछ कहा भी है या नही?"

फुले ने भारतीय सामाजिक संरचना की जड़ता को ध्वस्त करने का काम किया। महिलाओं, दलितों एवं शूद्रों की अपमानजनक जीवन स्थिति में परिवर्तन लाने के लिए वे आजीवन संघर्षरत रहे। सन 1848 में उन्होंने पुणे में अछूतों के लिए पहला स्कूल

खोला। यह भारत के ज्ञात इतिहास में अपनी तरह का पहला स्कूल था। फुले ने अपनी पत्नी सावित्रीबाई फुले के साथ मिलकर 1857 में लड़कियों के लिए स्कूल खोला, जो आधुनिक भारत में लड़कियों का पहला स्कूल हुआ। अपने क्रांतिकारी कार्यों की वजह से फुले और उनके सहयोगियों को तरह-तरह के कष्ट उठाने पड़े। उन्हें बार-बार घर बदलना पड़ा। फुले की हत्या करने की भी कोशिश की गई। पर वे अपनी राह पर डटे रहे। अपने इसी महान उद्देश्य को संस्थागत रूप देने के लिए ज्योतिबा फुले ने सन 1873 में महाराष्ट्र में सत्य शोधक समाज नामक संस्था का गठन किया।

फुले ने जातीय आरक्षण और जाति विशेष में जन्म पाकर मलाई खाने वाली जातियों के खिलाफ आवाज उठाई। सदियों से वंचित तबके को जागरूक किया। इतना ही नहीं, अंग्रेज हुकूमत से उन्होंने उन तमाम वंचित जातियों के लिए सरकारी नौकरियों, शिक्षा में प्रतिनिधित्व के लिए आवाज बुलंद की। उस दौर के तमाम राजे रजवाड़ों से मिलकर अपनी बात कहने की कवायद की और कुछ राजाओं से वंचित तबकों को सुविधा दिलाने में कामयाब भी रहे। फुले ने सबसे पहले आइडिया आफ रिजर्वेशन यानी आरक्षण का विचार 1869 और 1882 में ब्रिटिश सरकार के सामने रखा था।

आधुनिक भारत के इतिहास में व्यवस्थित तरीके से सकारात्मक कार्रवाई (अफर्मेटिव ऐक्शन) के रूप में आरक्षण की व्यवस्था कोल्हापुर के राजा शाहू जी महाराज (1874-1922) ने की। शिवाजी के वंशज शाहू जी 17 मार्च 1884 में कोल्हापुर के राजा बने। शाहू जी ने जब सत्ता संभाली तो अछूतों को अस्पताल में भर्ती नहीं किया जा सकता था। सत्ता संभालते ही उन्होंने शासनादेश जारी किया कि किसी भी अछूत को ससम्मान अस्पताल में भर्ती व इलाज किया जाए और इसका उल्लंघन करने पर कर्मचारी को नौकरी से निकाल देने की सजा तय की गई। शाहू जी ने 16 जुलाई 1901 में अपने शासन की नौकरियों में गैर ब्राह्मण वर्ग के लिए 50 प्रतिशत आरक्षण का प्रावधान किया। दरअसल शाहू जी ने सिर्फ 4 जातियों ब्राह्मण, शेणवी, प्रभु और पारसी को छोड़कर शेष जातियों के लिए इस आरक्षण का प्रावधान किया था। सत्ता संभालने के बाद शाहू जी ने पाया कि उनके दरबार में 71 उच्च पदों में से 60 ब्राह्मण और 11 ब्राह्मणेत्तर जातियां थीं। इसी तरह से निजी सेवा में 52 में से 45 ब्राह्मण अधिकारी व सिर्फ 7 ब्राह्मणेत्तर पदाधिकारी थे। यह स्थिति देखते हुए दरबार में पदों पर समाज के सभी तबकों को प्रतिनिधित्व व काम करने का मौका देने के लिए उन्होंने आरक्षण का प्रावधान किया।

उस समय शाहूजी के आरक्षण के फैसले का विरोध करने वाले प्रमुख लोगों में बाल गंगाधर तिलक, रघुनाथ व्यंकाजी सबनवीस, गोपाल कृष्ण गोखले, एसएम परांजपे, नरहरि चिंतामन केलकर, दादा साहेब खापर्णे, गणपतराव अभ्यंकर और न्यायमूर्ति महादेव गोविंद रानाडे प्रमुख थे। यह महज इत्तेफाक नहीं, अपने सामुदायिक हित की रक्षा का मसला था, जो आरक्षण का विरोध करने वाले सभी नामचीन लोग ब्राह्मण थे। इस दौरान भी

ब्राह्मणों की छोटी सी पटवर्धन रियासत में मुनीम का काम करने वाले गणपतराव अभ्यंकर ने यह कहते हुए आरक्षण का विरोध किया कि नौकरियां योग्यता के आधार पर मिलनी चाहिए, जातीय आधार पर नहीं। शायद उनको लगता था कि पद हथियाने में जातीय तिकड़म न होकर कोई विशेष योग्यता थी, जिसकी वजह से कोल्हापुर रियासत के सभी प्रमुख पदों पर एक जाति विशेष का कब्जा हो चुका था।

जब ब्रिटिश सरकार द्वारा सबको शिक्षा देने की कवायद शुरू की गई, तब भी बाल गंगाधर तिलक मुखर रूप से सामने आए। तिलक ने कुनबी बच्चों को शिक्षा देने का विरोध किया। उन्होंने कहा कि लिखने, पढ़ने और इतिहास, भूगोल और गणित जानने का उनके व्यवहारिक जीवन में कोई मतलब नहीं है। उन्होंने कहा कि यह उनके बेहतरी से ज्यादा उनके लिए हानिकारक होगा। 15 मई 1881 को उन्होंने मराठा अखबार में 'अवर सिस्टम आफ एजुकेशन : ए डिफेक्ट एंड क्योर' शीर्षक से लिखा, ''आप किसान के लड़के को हल जोतने, लोहार के बेटे को धौंकनी से, मोची के बेटे को सूआ के काम से पकड़कर आधुनिक शिक्षा देने के लिए ले जाएंगे। ... और लड़का अपने पिता के पेशे की आलोचना करना सीखकर आएगा। उसे अपने खानदानी और पुराने पेशे में बेटे का सहयोग नहीं मिलेगा। ऐसा करने पर वह लड़का रोजगार के लिए सरकार की तरफ देखेगा। आप उसे उस माहौल से अलग कर देंगे जिससे वह जुड़ा हुआ है, खुश है और उनके लिए उपयोगी है, जो उन पर निर्भर हैं। उनकी बहुत सी चीजों से आप उन्हें दूर कर देंगे।'' तिलक ने इस बात पर भी जोर दिया कि अन्य बच्चों के लिए जो पाठ्यक्रम है वह कुनबी बच्चों के लिए अनुपयोगी है। उन्हें वही विषय पढ़ाए जाने चाहिए जो उनकी जीविका के लिए जरूरी है। उन्होंने गाँवों में बढ़ई, लोहार, दीवार जोड़ने वाले मिस्त्री, और दर्जी के लिए टेक्निकल स्कूल खोलने की सलाह दी।

उन्होंने अंग्रेज सरकार के स्कूल खोलने और किसानों के बच्चों को शिक्षा के लिए प्रोत्साहित करने की कोशिशों की आलोचना की। "स्कूलों में कुनबी बच्चों की हाजिरी सुनिश्चित करने के लिए सरकार ने बाद में प्राइमरी स्कूलों को राजस्व अधिकारियों के नियंत्रण में दे दिया। उन्हें खेती करने व अन्य पेशे में लगे लोगों के बच्चों को स्कूल भेजने के लिए प्रोत्साहित करने का काम करना था।लेकिन किसी ने यह जानने की कोशिश न की कि इस जोर जबरदस्ती करने का क्या फायदा है और इससे लाभ की जगह हानि ज्यादा हो रही है।"तिलक ने कहा कि कुनबी बच्चों को शिक्षा देना धन की बर्बादी है। वह धन बर्बाद किया जा रहा है जो करदाताओं से लिया जाता है। इस शिक्षा का समाज के एक खास तबके पर बुरा असर पड़ रहा है। बंगाल में भी भद्रलोक ने तिलक का साथ देते हुए निचली जातियों को अंग्रेजी शिक्षा दिए जाने का विरोध किया। तमाम लोगों को यह चिंता होने लगी कि निम्न जाति के लोग ज्यादा मजदूरी, समानता और उन नौकरियों की मांग करने लगेंगे, जो भद्रलोक करता है।[3]

बाल गंगाधर तिलक ने महार, धाडस बच्चों को ब्राह्मण बच्चों के साथ बिठाकर पढ़ाए जाने की आलोचना की। उन्होंने लिखा, "अछूत बच्चों की शिक्षा को दिया जाने वाला सरकारी समर्थन ब्रिटिश महारानी की उस घोषणा के विरुद्ध है जिसमें उन्होंने गारंटी दी है धार्मिक मान्यताओं में किसी तरह का हस्तक्षेप नहीं किया जाएगा"

इतना ही नहीं, तिलक ने महिलाओं की शिक्षा का भी पुरजोर विरोध किया। ब्राह्मणवादी व्यवस्था ने न सिर्फ जाति के मुताबिक काम तय किया, बल्कि महिलाओं द्वारा किए गए कार्यों को भी लिंग के आधार पर तय कर रखा था। तिलक ने 1885 में लड़कियों का पहला हाई स्कूल खोले जाने के पंडिता रमाबाई के प्रयासों के खिलाफ अभियान चलाया।

उसमें सफलता नहीं मिली तो तिलक ने लड़कियों के 11 बजे से 5 बजे तक घर से बाहर रहने का विरोध किया और लिखा कि कोई भी अपनी लड़की को इतने समय तक घर से बाहर नहीं रहने देगा। उन्होंने सुबह 7 से 10 या दोपहर 2 से 5 बजे तक कक्षाएं चलाने का सुझाव दिया और कहा कि शेष समय लड़कियों को घर के काम में हाथ बटाने में देना चाहिए।

उन्होंने कहा कि पढ़ लिखकर लड़कियां रख्माबाई जैसी हो जाएंगी जो अपने पतियों का विरोध करेंगी। उन्होंने पाठ्यक्रम में बदलाव कर लड़कियों को पुराण, धर्म और घरेलू काम जैसे बच्चों की देखभाल, खाना बनाने की शिक्षा तक सीमित रखने की वकालत की। उन्होंने कहा कि इसके अलावा लड़कियों को शिक्षा देना करदाताओं के धन की बर्बादी है।

लड़कियों का पहला विश्वविद्यालय 1915-16 में खोले जाने की दोन्धो केशव करवे की कवायद तक तिलक का यह रुख कायम रहा। 20 फरवरी 1916 को उन्होंने अपने मराठा अखबार में इंडियन वूमेन यूनिवर्सिटी शीर्षक से लिखे लेख में कहा,"हमे प्रकृति और सामाजिक रीतियों के मुताबिक चलना चाहिए। पीढ़ियों से घर की चहारदीवारी महिलाओं के काम का मुख्य केंद्र रहा है। उनके लिए अपना बेहतर प्रदर्शन करने हेतु यह दायरा पर्याप्त है। एक हिन्दू लड़की को निश्चित रूप से एक बेहतरीन बहू के रूप में विकसित किया जाना चाहिए। हिन्दू औरत की सामाजिक उपयोगिता उसकी सिम्पैथी और परंपरागत साहित्य को ग्रहण करने को लेकर है। लड़कियों को हाइजीन, डोमेस्टिक इकोनॉमी, चाइल्ड नर्सिंग, कुकिंग, बुनाई आदि की बेहतरीन जानकारी उपलब्ध कराई जानी चाहिए"[4]

भर्ती होने के बाद दलितों के साथ भेदभाव की शिकायत आने पर शाहू जी ने 1919 में एक शासनादेश जारी कर अधिकारियों को निर्देश दिया कि दलित समाज के साथ शालीनता का व्यवहार किया जाए। 15 जनवरी 1919 को जारी शासनादेश में प्राथमिक, माध्यमिक विद्यालयों में जातीय आधार पर भेदभाव को लेकर सख्त हिदायतें दी गईं। फुले

की कवायदों को मूर्त रूप देते हुए उन्होंने अपने शासन क्षेत्र में बगैर किसी भेदभाव को सबको शिक्षा देने का प्रावधान किया।

शाहूजी ने उस दौरान न सिर्फ डॉ भीमराव आंबेडकर को विदेश में शिक्षा प्राप्त करने में आर्थिक मदद की, बल्कि *मूकनायक* नामक पत्रिका निकालने में भी मदद पहुंचाई। शाहू जी ने शूद्रों व अछूतों के बच्चों के लिए छात्रवृत्तियां, छात्रावास की व्यवस्था की और हर गांव में प्राथमिक विद्यालय बनवाए। महिलाओं की शिक्षा के लिए 500 से 1000 तक आबादी वाले हर गांव में कन्या विद्यालय बनवाने की योजना चलाई। शाहू जी ने जब सत्ता संभाली थी तो उनके राज्य में 158 प्राथमिक पाठशालाएं थीं, जिनकी संख्या उनके निधन के समय तक 579 हो गई। 28 मार्च 1920 को नागपुर में आयोजित अछूतों के एक अखिल भारतीय सम्मेलन की अध्यक्षता की और अपने राज्य में बलूतदारी प्रथा समाप्त कर दी। इस प्रथा के तहत अतिशूद्र तबके के किसी व्यक्ति को गांव में रहने के लिए जगह दे दी जाती थी और उसके एवज में उससे व उसके परिवार से पूरे गांव की सेवा मुफ्त में कराई जाती थी। इस प्रथा को समाप्त कर उन्होंने दलितों को सम्मान से जीवन जीने के योग्य बना दिया। इसी तरह 1918 में उन्होंने कानून बनाकर राज्य की एक और पुरानी प्रथा 'वतनदारी' का अंत किया तथा भूमि सुधार लागू कर महारों को भू-स्वामी बनने का हक दिलाया। इस आदेश से महारों की आर्थिक गुलामी काफी हद तक दूर हो गई।

उधर 1900 ईस्वी के बाद से तमाम धार्मिक राजनीतिक आंदोलन शुरू हुए। अंग्रेज सरकार ने अपनी राजधानी कोलकाता से दिल्ली शिफ्ट कर दी। सरकार पर जब दबाव बढ़ने लगा तो उन्होंने प्रशासनिक सुधार के साथ प्रतिनिधित्व देने व प्रशासन में भारतीयों को हिस्सेदारी देने की भी कवायद शुरू की। उन दिनों सबसे प्रतिष्ठित नौकरी आईसीएस मानी जाती थी, जिसकी परीक्षा लंदन में होती थी। स्वाभाविक है कि वह परीक्षा दलित पिछड़े बच्चों के लिए तो मुश्किल ही थी। उसमें संपन्न परिवारों के बच्चे ही बैठ पाते थे। जब ज्यादा भारतीय चयनित होने लगे तो अधिकतम उम्र की सीमा कम करते 19 वर्ष तक कर दी गई। उसके लिए आंदोलन चला तो अधिकतम उम्र सीमा बढ़ाई गई, लेकिन वही ढाक के तीन पात। कुछ जमींदार, राजा महराजा या अंग्रेज हुकूमत में बडे पदों पर विराजमान लोगों के बच्चे ही उसमें जगह पाते थे।

इसके अलावा अंग्रेज सरकार ने 1909 में प्रसिद्ध मार्ले- मिंटो सुधार पेश किया। उसमें भारत के समाज के विभिन्न वर्गों, समुदायों ने अपनी अपनी मांगें रखीं और भारत शासन अधिनियम के तहत भारतीयों को कुछ अधिकार मिले। भारतीय राजनीति में मोहनदास करमचंद गांधी के आगमन के बाद से 1919 में मांटेग्यू-चेम्सफोर्ड सुधार पेश किया गया और महिलाओं को भी मतदान का अधिकार मिला।

उसके बाद स्वतंत्रता के पूर्व 1932 में बड़ा बदलाव हुआ। अंग्रेजों ने मुसलमान,

सिख व इसाइयों को अलग चुनाव क्षेत्र दिए गए। दलित भी अलग प्रतिनिधित्व की मांग कर रहे थे। उसके खिलाफ गांधी ने भूख हड़ताल कर दी। आखिरकार पूना समझौता हुआ।

1947 में भारत के स्वतंत्र होने के बाद से अनुसूचित जाति व अनुसूचित जनजाति को उनकी जनसंख्या के मुताबिक नौकरियों व शिक्षण संस्थानों में आरक्षण की व्यवस्था की गई। संविधान के अनुच्छेद 340 और अनुच्छेद 15 (4) व अनुच्छेद 16 (4) में व्यवस्था की गई कि सरकार उन तबकों के प्रतिनिधित्व के लिए आरक्षण की व्यवस्था कर सकती है, जिन्हें सामाजिक और शैक्षणिक रूप से पिछड़ा होने के कारण उचित प्रतिनिधित्व नहीं मिल पाया है। अनुच्छेद 15 (4) और 340 (1) "सामाजिक और शैक्षणिक रूप से पिछड़े वर्ग" की बात करते हैं। "आर्थिक पिछड़ेपन" का हवाला इन अनुच्छेदों में छोड़ दिया गया है। समाज के वंचित तबके को संरक्षण मुहैया कराए जाने को लेकर हमारे संविधान निर्माता पूरी तरह से सचेत थे। संविधान का अनुच्छेद 15, 16 और 29 जहां सभी नागरिकों को शैक्षणिक, रोजगार और अन्य सुविधाएं समान रूप से मुहैया कराने की बात करता है, वहीं अनुच्छेद 16 की धारा 4 में कहा गया है- (4) इस अनुच्छेद में कुछ भी ऐसा नहीं है जो राज्य को समाज के पिछड़े वर्ग के नागरिकों के लिए नियुक्तियों या पदों पर आरक्षण देने से रोकता हो, जिन्हें राज्य की राय में राज्य की सेवाओं में उचित प्रतिनिधित्व नहीं मिला है। इसके अलावा यह भी सवाल उठा कि मूल अधिकार और वंचित तबके को आरक्षण दिए जाने में टकराव है। यह तर्क दिए जाने लगे कि किसी को संरक्षण दिया जाना संविधान में दिए गए समता के मूल अधिकार के खिलाफ है। उसके बाद संविधान में पहला संशोधन किया गया, जिससे मामला और साफ हो जाए।

प्रथम संशोधन अधिनियम 1951 के परिणामस्वरूप अनुच्छेद 15 में अनुच्छेद 16(4) की तरह की धारा शामिल कर ली गई। इस तरह से अनुच्छेद 15 और 16 दोनों की धारा 4 में यह प्रावधान हो गया कि किसी भी शैक्षिक और सामाजिक रूप से पिछड़े वर्ग के उन्नयन के लिए विशेष प्रावधान किए जा सकते हैं। इसके अलावा अनुच्छेद 46 में कहा गया है कि राज्य का कर्तव्य है कि वह कमजोर वर्ग के लोगों के शैक्षणिक और आर्थिक हितों की रक्षा के लिए विशेष ध्यान रखे।

सरकार ने समाज के पिछड़े वर्ग को उचित प्रतिनिधित्व देने के लिए सबसे पहले संविधान के अनुच्छेद 340 के तहत पहले पिछड़ा वर्ग आयोग का गठन राष्ट्रपति के आदेश से 29 जनवरी 1953 को किया। इसके अध्यक्ष काका कालेलकर थे। आयोग ने अपनी रिपोर्ट 30 मार्च 1955 को सरकार को सौंपी।

रिपोर्ट में आयोग के 5 सदस्यों ने असहमति नोट लगाए। अनूप सिंह, अरुणांग्शु डे

और पीजी शाह ने पिछड़ेपन को जाति से जोड़ने का विरोध किया। उन्होंने जाति के आधार पर पदों पर आरक्षण का भी विरोध किया था। वहीं दूसरी ओर डीएस चौरसिया ने अपने 67 पेज के असहमति नोट में जाति को पिछड़े वर्ग का मानदंड बनाए जाने का पुरजोर समर्थन किया था। टी मरिअप्पा का असहमति नोट सिर्फ दो जातियों को अन्य पिछड़े वर्ग में शामिल किए जाने को लेकर था। काका कालेलकर का रुख गोल मोल था।

इस तरह से देखें तो इस आयोग के सदस्यों ने कहीं से निष्पक्ष रिपोर्ट तैयार नहीं की। न तो पिछड़ेपन के निर्धारण के लिए कोई कवायद की, न आरक्षण दिए जाने का कोई आधार देखा। अपनी अपनी जातीय लोकेशन के मुताबिक आयोग के सदस्यों ने रिपोर्ट लिखी। पिछड़े वर्ग से जुड़े सदस्य ने यह दिखाया कि जातीय आधार पर भारत में शोषण होता है, लोगों के काम तय हैं। यह बहुत आसानी से देखा जा सकता है कि समाज में जातीय आधार पर लोगों को पढ़ाई लिखाई और सेवाओं से वंचित किया गया है।

काका कालेलकर ने कोई असहमति नोट नहीं लगाया, लेकिन उन्होंने अपनी जातीय कुंठा राष्ट्रपति को सौंपी गई रिपोर्ट की भूमिका में भरपूर दिखाई। इस हद तक कि वह रिपोर्ट ही कूड़े के ढेर में डालनी पड़ी।

कालेलकर ने अपने अग्रेषण पत्र में साफ किया कि उन्होंने रिपोर्ट पर मजबूरी में हस्ताक्षर किए। इतना ही नहीं, उन्होंने अपने वर्ग/जाति के हित की रक्षा के लिए मुस्लिमों, इसाइयों व अन्य धार्मिक समुयादों का भी सहारा लिया। उन्होंने रिपोर्ट में लिखा,

"बहरहाल मेरी आंखें जाति आधारित लाभ देने को लेकर खुल गईं, जब मैंने पाया कि ऐसा करने से राष्ट्र के मुस्लिम, इसाई वर्ग पर इसका बहुत खराब असर पड़ेगा.... इससे मुझे काफी धक्का लगा और मैं इस निष्कर्ष पर पहुंचा कि हमने जो उपचार सुझाए हैं, वह उस बुराई से भी बदतर है, जिस पर हमें काबू पाना था।"

काका कालेलकर कथित उच्च जातियों के हितों के लिए सिर्फ दूसरे धर्मों का ही सहारा नहीं लिया, बल्कि यह बताने की भी कवायद की कि भारत में तमाम समुदायों/जातियों को इसलिए शिक्षा नहीं दी गई कि उन्हें शिक्षा की जरूरत नहीं थी। वह खुद पढ़ना नहीं चाहते थे। वह लिखते हैं–

"...अगर ऐसे समुदायों की शिक्षा में उपेक्षा की गई तो वह इसलिए कि उनके लिए इसका कोई इस्तेमाल नहीं था। अब उन्होंने अपनी गलती जान ली है और यह उन पर निर्भर है उस दिशा में जरूरी कवायद करें। निश्चित रूप से मैं सरकारी सेवाओं में किसी समुदाय के आरक्षण के खिलाफ हूं। इसकी सामान्य वजह है कि सरकारी सेवा, सेवकों के लिए नहीं है बल्कि संपूर्ण समाज की सेवा करने के लिए है...."

काका कालेलकर महोदय को सरकारी सेवा संपूर्ण समाज के लिए दिखती थी। हालांकि वह उस सेवा में समाज की बहुसंख्य पिछड़ी आबादी को नहीं आने देना चाहते थे। उन्हें इसमें कहीं से गड़बड़ नहीं लगता था। वह स्वीकार करते थे कि कुछ जातियों

ने समाज की बहुसंख्यक जातियों को नीच घोषित करके बहुत अपमान किया, उन्हें तिरस्कृत किया। लेकिन वह उस तिरस्कृत किए गए, बुरे हालात में रहने को मजबूर किए गए तबके को सुविधाएं देने का बोझ सरकारी खजाने पर डाले जाने का विरोध किया। नौकरियों व शिक्षण संस्थानों में आरक्षण देने के अलावा आयोग ने अन्य तमाम आर्थिक मदद और स्वरोजगार में सहायता करने के लिए सरकार की ओर से कार्रवाई करने और इस पिछड़े तबके को आर्थिक मदद पहुंचाने की सिफारिश पहले पिछड़ा वर्ग आयोग ने की थी। उसका विरोध कालेलकर यह कहकर करते हैं- "हाल तक तमाम समुदाय जातीय सम्मेलन करा रहे थे। वे धन एकत्र कर अपने समुदाय के लड़के और लड़कियों को स्कॉलरशिप दे रहे थे। अपनी सहायता अपने आप करने की दिशा में यह बेहतर था कि समुदाय सामने आए और बेहतरी के लिए काम करे और संपन्न बन जाए। लेकिन अब सभी बोझ सरकारी खजाने पर डाल दिया गया है और जिन लोगों ने पहले बिना सोचे समझे शिक्षा की उपेक्षा की, वे अब सरकारी सेवाओं में प्राथमिकता दिए जाने की मांग कर रहे हैं। जो हो, किंतु यह उचित है...."

इस तरह से हम देखते हैं कि किस तरह से पिछड़े वर्ग के कल्याण के लिए गठित आयोग में भी जातीय कुंठा अपने भरपूर कुतर्कों के साथ मौजूद थी। आखिरकार इस रिपोर्ट को संसद के दोनों सदनों में संवैधानिक बाध्यता के चलते पेश तो किया गया, लेकिन उस पर कभी चर्चा नहीं हो पाई।

1977 में जनता पार्टी के शासन में आने के बाद पिछड़े वर्ग को आरक्षण दिए जाने की कवायद एक बार फिर तेज हुई। 20 दिसंबर 1978 को भारत सरकार के तत्कालीन प्रधानमंत्री मोरारजी भाई देसाई ने बीपी मंडल की अध्यक्षता में चार सदस्यों वाले पिछड़ा वर्ग आयोग के गठन के फैसले की घोषणा संसद के सदन में की। आयोग अपना काम पूरा करता, उसके पहले ही जनता पार्टी की सरकार गिर गई। हालांकि फिर से इंदिरा गांधी सरकार बनने के बाद भी आयोग का काम जारी रहा और इंदिरा सरकार ने रिपोर्ट पूरा करने के लिए आयोग के कार्यकाल का विस्तार भी किया।

मंडल आयोग की सिफारिश प्रधानमंत्री विश्वनाथ प्रताप सिंह ने स्वीकार की। 1989 के लोकसभा चुनाव में जनता दल ने आयोग की सिफारिशों को लागू करने के वादे को चुनाव घोषणापत्र में शामिल किया था। राष्ट्रपति को रिपोर्ट सौंपे जाने के करीब 8 साल बाद जब जनता दल की सरकार बनी तो विभिन्न राज्यों में पिछड़े वर्ग के नेताओं का प्रभुत्व हुआ। यह माना जा सकता है कि 1989 के लोकसभा चुनाव के बाद जो सरकार बनी थी, वह पिछड़े वर्ग की एकता, उस वर्ग के उभार और उस वर्ग के समर्थन से बनी सरकार थी। कांग्रेस से अलग हुए विश्वनाथ प्रताप सिंह के नेतृत्व में चुनाव हुआ था। कांग्रेस की पराजय के बाद भारतीय जनता पार्टी (भाजपा) के समर्थन से विश्वनाथ प्रताप सिंह प्रधानमंत्री बने। इस दौर में उत्तर प्रदेश में मुलायम सिंह यादव व बेनी प्रसाद

वर्मा, बिहार में लालू प्रसाद व नीतीश कुमार ताकतवर रूप से सत्ता में आए थे। 7 अगस्त 1990 को विश्वनाथ प्रताप सिंह ने रिपोर्ट लागू करने की घोषणा की। 10 अगस्त 1990 आयोग की सिफारिशों के तहत सरकारी नौकरियों में आरक्षण की व्यवस्था करने के खिलाफ देशव्यापी विरोध प्रदर्शन शुरू हो गया। उधर 13 अगस्त 1990 को मंडल आयोग की सिफारिश लागू करने की अधिसूचना जारी कर दी गई। अगले दिन ही 14 अगस्त 1990 को अखिल भारतीय आरक्षण विरोधी मोर्चे के अध्यक्ष उज्जवल सिंह ने आरक्षण प्रणाली के खिलाफ सुप्रीम कोर्ट में याचिका दायर की। 17 जनवरी 1991 को केंद्र सरकार ने पिछड़े वर्गों की सूची तैयार की।

उधर वीपी सिंह के इस्तीफा देने के बाद 4 महीने तक चंद्रशेखर सरकार चली। फिर मध्यावधि चुनाव की घोषणा हो गई। चुनाव तीन चरणों में 20 मई, 12 जून और 15 जून 1991 आयोजित किए गए। यह कांग्रेस, भाजपा और राष्ट्रीय मोर्चा-जनता दल (एस) वामपंथियों के मोर्चे के गठबंधन के बीच एक त्रिकोणीय मुकाबला था। मतदान के पहले दौर के एक दिन बाद 20 मई को पूर्व प्रधानमंत्री राजीव गांधी की तमिल ईलम लिबरेशन टाइगर द्वारा श्रीपेरंबदूर में चुनाव प्रचार के दौरान हत्या कर दी गई। चुनाव की शेष तिथियों को जून के मध्य तक के लिए स्थगित कर दिया गया और अंत में मतदान 12 जून और 15 जून को हुआ। इस बार के संसदीय चुनावों में अब तक का सबसे कम मतदान हुआ, इसमें केवल 53 प्रतिशत मतदाताओं ने अपने मताधिकार का प्रयोग किया। इन चुनावों के परिणामों से एक त्रिशंकु संसद बनी, जिसमें 232 सीटों के साथ कांग्रेस सबसे बड़ी पार्टी के रूप में उभरी और 120 सीटों के साथ भाजपा दूसरे स्थान पर रही। जनता दल सिर्फ 59 सीटों के साथ तीसरे स्थान पर रहा। 21 जून को कांग्रेस के पीवी नरसिंह राव ने प्रधानमंत्री के रूप में शपथ ली।

पिछड़े वर्ग के लिए सरकारी नौकरियों में आरक्षण को तमाम नेताओं ने अपर्याप्त माना। 8 अगस्त 1991 को रामविलास पासवान ने केंद्र सरकार पर आयोग की सिफारिशों को पूर्ण रूप से लागू करने में विफलता का आरोप लगाते हुए जंतर-मंतर पर विरोध प्रदर्शन किया। पासवान गिरफ्तार कर लिए गए।

पिछड़े वर्ग को सरकारी सेवाओं में आरक्षण देने से देश भर में जातीय संघर्ष चल ही रहा था, लेकिन अखबारों में भी संपादकों ने इसके खिलाफ मोर्चा संभाल लिया था। इंडियन एक्सप्रेस के संपादक खुलकर वीपी सिंह के फैसले के खिलाफ आ गए। उन दिनों एक्सप्रेस ग्रुप के जनसत्ता अखबार से जुड़े अंबरीश कुमार का कहना है, "मंडल आयोग की सिफारिशें लागू करने का फैसला हुआ तो सबसे पहले दिल्ली में छात्रों का विरोध हुआ। इस मंडल विरोधी आंदोलन को हवा दी इंडियन एक्सप्रेस के प्रधान संपादक अरुण शौरी ने। लिखने के साथ वे आंदोलन करने वाले छात्र नेताओं के साथ बैठक भी अपने केबिन में करने लगे। इस आंदोलन को उन्होंने ठीक से हवा दी। एक्सप्रेस

का बड़ा आधार तमिलनाडु में भी है जो दलित राजनीति का मजबूत गढ़ रहा है। रामनाथ गोयनका नहीं चाहते थे कि अखबार एकतरफा सवर्ण जातियों के साथ खड़ा हो जाए और गैर सवर्ण जातियों के खिलाफ योग्यता के सवाल को लेकर हमला किया जाए। बात हुई पर अरुण शौरी ने इसे गंभीरता से नहीं लिया। अंततः चेन्नई से आए एक टेलीप्रिंटर संदेश से अरुण शौरी के हटाए जाने की सूचना एक्सप्रेस के लोगों को मिली। गोयनका का साफ मानना था कि कोई संपादक संस्थान से ऊपर नहीं हो सकता।"

25 सितंबर 1991 को नरसिंह राव सरकार ने सामाजिक शैक्षणिक रूप से पिछड़े वर्गों की पहचान की। आरक्षण की सीमा बढ़ाकर 59.5 प्रतिशत करने का फैसला किया गया। इसमें ऊंची जातियों के अति पिछड़ों को भी आरक्षण देने का प्रावधान किया गया। 1 अक्टूबर 1991 सुप्रीम कोर्ट ने केंद्र सरकार से आरक्षण के आर्थिक आधार का ब्यौरा मांगा। 30 अक्टूबर 1991 मंडल आयोग की सिफारिशों के खिलाफ दायर याचिका की सुनवाई कर रही सुप्रीम कोर्ट की संविधान पीठ ने यह मामला नौ न्यायाधीशों की पीठ को सौंप दिया।[6]

16 नवंबर 1992 सुप्रीम कोर्ट ने ऐतिहासिक फैसले में मंडल आयोग की सिफारिशें लागू करने के फैसले को वैध ठहराया। साथ ही आरक्षण की अधिकतम सीमा 50 प्रतिशत रखने और पिछड़ी जातियों के उच्च तबके को इस सुविधा से अलग रखने का निर्देश दिया। यानी उच्चतम न्यायलय ने पिछड़े वर्ग के क्रीमी लेयर को आरक्षण देने से मना कर दिया।

न्यायालय के इस फैसले के बाद 8 सितंबर 1993 को केंद्र सरकार ने नौकरियों में पिछड़े वर्गों को 27 प्रतिशत आरक्षण देने की अधिसूचना जारी की। 20 फरवरी 1994 को मंडल आयोग की सिफारिशों के तहत वी राजशेखर आरक्षण के माध्यम से नौकरी पाने वाले पहले अभ्यर्थी बने। केंद्रीय समाज कल्याण मंत्री सीताराम केसरी ने उन्हें नियुक्ति पत्र सौंपा।

विश्वनाथ प्रताप सिंह की सरकार ने सिर्फ नौकरियों में आरक्षण देने की मंडल आयोग की एक सिफारिश मानी थी। न्यायालय के आदेश के बाद पीवी नरसिम्हा राव की सरकार ने सरकारी नौकरियों में आरक्षण की व्यवस्था लागू कर दी। यह आरक्षण आंशिक रूप से ही लागू हुआ था, मंडल आयोग ने और भी तमाम सिफारिशें की थीं। कांग्रेस के नेतृत्व में बनी संयुक्त प्रगतिशील गठबंधन (संप्रग) सरकार में अर्जुन सिंह मानव संसाधन विकास मंत्री बने। उन्होंने उच्च शिक्षण संस्थानों में पिछड़े वर्ग के आरक्षण का मसला उठाया। इसे लेकर पार्टी के तमाम नेताओं से उनके न सिर्फ मतभेद हुए, बल्कि यह खबरें आने लगीं कि उन्हें पद से हटाया जा रहा है। अर्जुन सिंह ने 10 अगस्त 2006 को कांग्रेस अध्यक्ष सोनिया गांधी को पत्र लिखा और अनुरोध किया कि अन्य पिछड़े वर्ग के आरक्षण से संबंधित विधेयक को वर्तमान सत्र में पारित कराने के

लिए आवश्यक कदम उठाएं। उन्होंने यह भी लिखा कि यदि विधेयक इस सत्र में पारित नहीं हुए तो समाज के कमजोर वर्ग में इसका गलत संदेश जाएगा, जिसे आप भी पसंद नहीं करेंगी।

अर्जुन सिंह ने 15 अगस्त 2006 को एक और पत्र सोनिया गांधी को लिखा।

"आदरणीय सोनिया जी,

कृपया स्वतंत्रता की साठवीं जयंती के अवसर पर मेरा विनम्र अभिवादन स्वीकार करें। सौभाग्यशाली हूं कि मैं 15 अगस्त 1947 को उस समय दिल्ली में मौजूद था जब उल्लासपूर्ण राष्ट्र ने जवाहर लाल जी को अपने कंधों पर उठाया था और उन्हें विजय चौक पर उस बग्घी में बिठाया था, जिसमें लार्ड माउंटबेटन बैठे थे। वह मेरे जीवन का रोमांचकारी क्षण था।

क्षमा करें कि मैं आपको ऐसे अवसर पर सांसारिक मामलों के लिए कष्ट दे रहा हूं। लेकिन आपके और कांग्रेस पार्टी के प्रति मेरा कर्तव्य होने के कारण इसके अलावा कोई दूसरा उपाय भी नहीं है। मैंने आपको 10 अगस्त 2006 को एक पत्र भेजा था। आप उसी दिन शिमला के लिए रवाना हो गई थीं और मैं नहीं जानता कि वह पत्र आपके समक्ष प्रस्तुत किया गया या नहीं। माननीय प्रधानमंत्री के निर्देशों के अनुसार मामले को सभी स्तरों पर गंभीरता से लिया गया है।

एक राष्ट्रीय पार्टी होने के नाते कांग्रेस ने हमेशा इन वर्गों के हितों को ध्यान में रखा है। सर्वेक्षण का मानना है कि यह बढ़त भावी चुनावों में शानदार परिणामों का आधार बन सकती है।

इस पृष्ठभूमि में मैं आपसे पुन: पत्र संबोधित करने की छूट ले रहा हूं। यह मेरा हार्दिक अनुरोध है कि अब जबकि प्रधानमंत्री ने विधेयक को संशोधित करने के लिए सभी प्रकार का मार्गदर्शन दे दिया है और इसका अक्षरश: पालन भी किया गया है। अत: अनुसूचित जाति एवं अनुसूचित जनजाति और अन्य पिछड़ों को आरक्षण देने वाले विधेयक को इसी सत्र में ही रखा जाना चाहिए और पारित कराया जाना चाहिए।

यदि मैंने आपको कष्ट देकर कोई अनुचित कार्य किया है तो कृपया मुझे क्षमा करें। यदि आप महसूस करती हैं कि मुझे किसी भी कारण से दंडित किया जाना चाहिए तो एक साधारण निष्ठावान कांग्रेसी कार्यकर्ता होने के नाते इसे स्वीकारकरने में मुझे गर्व की अनुभूति होगी।"[7]

इसके पहले अर्जुन सिंह ने 16 अप्रैल 2006 को सोनिया गांधी को पत्र लिखकर मंडल-2 लागू करने की सिफारिश की थी। इस बीच यह विवाद हो गया कि इसे लेकर प्रधानमंत्री मनमोहन सिंह व अर्जुन सिंह में मतभेद है। उस पर भी अर्जुन सिंह ने सोनिया को पत्र लिखकर साफ किया कि वह उनके निर्देशों के अनुसार बात करने के लिए ही प्रधानमंत्री से मिले थे।

एक तरफ अर्जुन सिंह मंडल-2 लागू करने के लिए कोशिशों में लगे थे, वहीं आरक्षण विरोधी भी उसी रफ्तार से सक्रिय थे। वे लगातार समाचार पत्रों, लेखों, बयानों के माध्यम से सरकार पर दबाव बनाने की कवायद और आरक्षण के विरोध में जुटे हुए थे। 12 अप्रैल 2006 को बीबीसी संवाददाता सीमा चिश्ती से बातचीत में जवाहरलाल नेहरू विश्वविद्यालय में प्रोफेसर पुष्पेश पंत कहते हैं कि जिन पिछड़ी जातियों ने अब तक शिक्षा को नकारा, उन्हें अब विशेषाधिकार क्यों दिए जाएं। पंत ने कहा, "आप हरियाणा और पंजाब का इलाका देख लें, वह सिख हो या जाट, चौड़े से यह कहता है कि पढ़े ब्राह्मण का लड़का, मेरे लड़के को पढ़ने की क्या जरूरत है। 10 भैंसें बंधी है, 50 लीटर दूध बिकता है, इतने बीघे की खेती है और खाता-पीता संपन्न परिवार है।" उन्होंने कहा, "आज जो सारा आकर्षण आरक्षण के लिए दिख रहा है, वह इस कारण नहीं है कि लोगों के मन में शिक्षा के लिए एकाएक कोई प्रेम उपजा है। कारण यह है कि शिक्षा का आरक्षण गारंटी है सरकारी नौकरी के आरक्षण की।"[8]

दिलचस्प है कि जाट व सिखों द्वारा चौड़े से कहने वाला जो तर्क क्रांतिकारी जवाहरलाल नेहरू विश्वविद्यालय के क्रांतिकारी प्रोफेसर पंत ने दिया था, ठीक वही तर्क उनके स्वजातीय और पहले पिछड़ा वर्ग आयोग के अध्यक्ष काका कालेलकर ने 50 साल पहले सौंपी अपनी रिपोर्ट में दिया था। काका कालेलकर ने तो उस समय मान लिया था कि पिछड़े वर्ग को अब सद्बुद्धि आ गई है और वे पढ़ना चाहते हैं तो उनके जाति वाले चंदा जुटाकर अपने स्कूल खोलें और उनको पढ़ाएं। लेकिन पंत महोदय ने 50 साल बाद भी यह कहा कि अभी भी पंजाब हरियाणा के जाट और सिख चौड़े से कहते हैं कि पढ़ना लिखना उनके लिए जरूरी नहीं है! इस तरह से देखें तो इनकी धूर्तता असीम और अपरंपार है। कालेलकर ने कहा कि सद्बुद्धि आ गई और अब पढ़ना चाहते हैं, वहीं 50 साल बाद पंत ने कहा कि अभी भी जाट, सिख पढ़ना नहीं चाहते!

21 अगस्त 2007 को केंद्रीय मंत्रिमंडल ने उच्च शिक्षा संस्थानों में अनुसूचित जाति, जनजाति और अन्य पिछड़े वर्गों के लिए आरक्षण से संबंधित विधेयक के मसौदे को मंजूरी दे दी। विधेयक के तहत आईआईटी और आईआईएम जैसे उच्च शिक्षा संस्थानों, केंद्रीय विश्वविद्यालयों और सरकार की मदद से चलाए जाने वाले शिक्षा संस्थानों में आरक्षण का प्रावधान किया गया। 25 अगस्त 2007 को अर्जुन सिंह ने लोकसभा में इस विधेयक को पेश किया।[9]

विधेयक संसद में पारित हो गया। सरकार ने वर्ष 2007 में उच्च शिक्षा संस्थानों में पिछड़े वर्ग के लोगों को 27 प्रतिशत आरक्षण देने का फैसला किया।[10] साथ ही आश्वासन दिया कि पिछड़े वर्गों, अनुसूचित जाति और जनजाति के लिए आरक्षित सीटें बढ़ाने के बावजूद सामान्य श्रेणी की सीटों की संख्या में कोई कमी नहीं आएगी। लेकिन इसके खिलाफ आंदोलन शुरु हो गए थे। केंद्र सरकार के आरक्षण लागू करने के फैसले का विरोध

करते हुए उच्चतम न्यायालय में बहुत सी याचिकाएं दायर की गईं। इनमें यूथ फॉर इक्वलिटी, रेजिडेंट्स डॉक्टर्स एसोसिएशन, ऑल इंडिया इक्वलिटी फोरम, अशोक कुमार, शिव खेड़ा और पीवी इंद्रेसन शामिल थे। कानून बनने के बाद कई केंद्रीय संस्थानों ने ओबीसी के लिए आरक्षित सीटों पर दाखिला देने की प्रक्रिया शुरू कर दी, लेकिन कानून पर न्यायालय से स्थगन के बाद यह प्रक्रिया रुक गई। उच्चतम न्यायालय ने सरकार के आरक्षण देने के फैसले पर रोक लगा दी, और बाद में केंद्र सरकार के अनुरोध पर इस मामले को संविधान पीठ को सौंप दिया गया।

10 अप्रैल 2008 को दिए गए फैसले में उच्चतम न्यायालय ने उच्च शिक्षण संस्थानों में अन्य पिछड़े वर्गों के लिए 27 प्रतिशत आरक्षण को वैध ठहराया है, लेकिन संपन्न लोगों को यानी 'क्रीमी लेयर' इस दायरे से बाहर रखा। पांच न्यायाधीशों की संवैधानिक पीठ ने अहम फैसले में कहा कि इंडियन इंस्टीट्यूट ऑफ टेक्नोलॉजी (आईआईटी), भारतीय प्रबंधन संस्थान (आईआईएम) और एम्स जैसे केंद्रीय उच्च शिक्षण संस्थानों में ओबीसी को आरक्षण देने के केंद्र सरकार के फैसले से संविधान का उल्लंघन नहीं होता है।[11]

इस तरह से लंबे उतार चढ़ाव, ढेरों आंदोलन के बाद 1993 में ओबीसी के लिए सरकारी नौकरियों में 27 प्रतिशत आरक्षण और 2008 में उच्च शिक्षण संस्थानों में ओबीसी के लिए आरक्षण का प्रावधान किया गया। दोनों ही समय कांग्रेस की सरकारें थीं। पहले संसद ने इसे पारित किया, सरकारों ने लागू किया और फिर मामले न्यायालय में गए। क्रीमी लेयर का अवरोध लगाकर देश के उच्चतम न्यायालय ने उस तबके को 27 प्रतिशत आरक्षण को मंजूरी दी, जिनका शिक्षण संस्थानों से लगायत सरकारी नौकरियों में प्रतिनिधित्व नगण्य था।[8]

भारत में वंचित तबका, जिनके लिए कथित रूप से निम्न कार्य जन्म के मुताबिक आरक्षित कर दिया गया था, सरकारों के कुछ सकारात्मक कदमों से मलाईदार सेवाओं में हिस्सेदारी का प्रावधान किया गया। मंडल आयोग ने अपनी सिफारिश में आरक्षण के लिए संघर्षों का संक्षिप्त इतिहास लिखा है, जिससे यह साफ होता है कि विभिन्न न्यायालयों के फैसलों, आयोग से लगायत विधानसभाओं में किस कदर इस पर चर्चा हुई है। लोग इस मसले पर बंटे रहे हैं। ब्राह्मण, क्षत्रिय व वैश्य तबका अपने स्वार्थों के मुताबिक आर्थिक आधार पर आरक्षण दिए जाने की वकालत करता रहा है, वहीं संविधान में सामाजिक एवं शैक्षणिक रूप से पिछड़े तबके के लिए आरक्षण की व्यवस्था की गई थी और करीब 6 दशक के संघर्ष के बाद सरकारी नौकरियों व सरकारी शिक्षण संस्थानों में आरक्षण का प्रावधान किया जा सका।

हालांकि मंडल आयोग की सिर्फ दो सिफारिशों पर अमल किया गया। बाकी की सिफारिशें अभी भी धूल खा रही हैं या कुछ राज्यों ने अपनी तरफ से आंशिक रूप से

उन सिफारिशों पर अमल किया है। आरक्षण का कुल मकसद यह रहा है कि जिन जातियों, समुदायों, कार्यसमूहों को सदियों से उसके जातीय खांचे में बांधकर उसके काम आरक्षित कर दिए गए, उसे भी सामान्य नागरिक के रूप में जीने, प्रशासन में उचित हिस्सेदारी, शिक्षा में उचित हिस्सेदारी मिल सके।

> **अभी सिर्फ अंग्रेजों से आजादी मिली है। समान भागीदारी और स्वाभिमान के लिए कमेरा समाज दूसरी आजादी की जंग के लिए मैदान में आए। उठो शोसितों, उठो कमेरों। राजसत्ता पर कब्जा करो।**
>
> *-डॉ सोनेलाल पटेल*

संविधान में आर्थिक रूप से पिछड़े वर्ग को आरक्षण देने का कहीं प्रावधान नहीं है। अनुच्छेद 15 (4) और अनुच्छेद 16 (4), जिसे आधार बनाकर आरक्षण दिया गया था, उसमें सामाजिक एवं शैक्षणिक रूप से पिछड़े वर्ग के आरक्षण का प्रावधान है। उच्चतम न्यायालय ने क्रीमी लेयर थोपकर इसे आर्थिक आधार पर दिया गया आरक्षण बना डाला।

उच्चतम न्यायालय ने इंदिरा साहनी बनाम केंद्र सरकार के फैसले में आरक्षण को सही ठहराया, लेकिन साथ में क्रीमी लेयर का प्रावधान किया। न्यायालय ने सरकार को निर्देश दिए कि वह दायरा तय करे कि किस तरह से सामाजिक व शैक्षणिक रूप से अगड़े वर्ग/व्यक्तियों को आरक्षण के दायरे से बाहर कर सकती है। इसे देखते हुए केंद्र सरकार ने सामाजिक और शैक्षणिक रूप से "अगड़े वर्ग" को चिह्नित करने का दायरा तैयार करने के लिए समिति बनाई। समिति ने दायरा तय किया, जिससे सामाजिक अगड़े लोग/वर्ग अन्य पिछड़े वर्ग को सरकारी पदों और सेवाओं में मिलने वाला लाभ न ले पाएं।[9]

केंद्र सरकार के कार्मिक और प्रशिक्षण विभाग (डीओपीटी) ने 13 अगस्त 1990 को सामाजिक एवं शैक्षणिक वर्ग के लिए निम्नलिखित कार्यालय ज्ञापन दिया था।

भारत सरकार के तहत आने वाले सरकारी पदों एवं सेवाओं में सीधी भर्ती में 27 प्रतिशत सीटें अन्य पिछड़े वर्ग के लिए आरक्षित होंगी। इसकी प्रक्रिया के पालन के लिए विस्तृत निर्देश अलग से जारी होगा।

ए) ओबीसी अभ्यर्थियों को खुली प्रतिस्पर्धा में मेरिट के आधार पर भरा जाएगा। उसी मानक पर आने वाले सामान्य अभ्यर्थियों को 27 प्रतिशत आरक्षित कोटे में जगह नहीं दी जाएगी।

बी) उपरोक्त कथित आरक्षण इस कार्यालय ज्ञापन के कॉलम 3 में वर्णित व्यक्तियों/वर्गों पर लागू नहीं होगा।

सी) बाहर किए जाने का यह नियम कलाकार के रूप में काम कर रहे लोगों या परंपरागत पेशे पर लागू नहीं होगा। ऐसे पेशे की सूची अलग से सामाजिक कल्याण मंत्रालय द्वारा जारी की जाएगी।

डी) उपरोक्त कथित आरक्षण ओबीसी के लिए पहले चरण में उन जातियों व समुदायों के लिए होगा, जो मंडल आयोग की रिपोर्ट व राज्यों की सूची दोनों में मौजूद हैं। ऐसी जातियों व समुदायों की सूची कल्याण मंत्रालय द्वारा अलग से जारी की जाएगी।

ई) उपरोक्त कथित आरक्षण तत्काल प्रभाव से लागू होगा। बहरहाल यह उन रिक्तियों पर लागू नहीं होगा, जिनकी भर्ती की प्रक्रिया इस आदेश को जारी किए जाने के पहले से ही शुरू हो चुकी है।

एफ) इसी तरह के निर्देश सार्वजनिक क्षेत्र के निगमों और वित्तीय संस्थानों जिसमें सरकारी बैंक शामिल हैं, के लिए सार्वजनिक निगम विभाग और वित्त मंत्रालय द्वारा क्रमशः जारी किए गए हैं।

8 सितंबर 1993 को श्रीमती सरिता प्रसाद, संयुक्त सचिव भारत सरकार के हस्ताक्षर से यह कार्यालय ज्ञापन जारी किया गया था। समिति की सिफारिशों के मुताबिक निम्नलिखित श्रेणी में आने वाले लोगों को क्रीमी लेयर में डाल दिया गया, जिन्हें अन्य पिछड़े वर्ग में आरक्षण नहीं दिया जाना था।

संवैधानिक पदः इसमें भारत के राष्ट्रपति, उपराष्ट्रपति, उच्च न्यायालय व उच्चतम न्यायालय के न्यायधीशों, संघ लोक सेवा आयोग और राज्य लोक सेवा आयोग के चेयरमैन एवं सदस्यों, मुख्य चुनाव आयुक्त, भारत के नियंत्रक एवं महालेखा परीक्षक के बेटे व बेटियां शामिल हैं।

नौकरी की श्रेणी-

क) समूह ए/ अखिल भारतीय केंद्रीय व राज्य सेवाओं के प्रथम श्रेणी के अधिकारी (सीधी भर्ती) से नौकरियों में आए उन लोगों के बेटे, बेटियों को आरक्षण नहीं मिलेगा, जिनके माता-पिता दोनों क्लास वन अधिकारी हों, माता पिता में से कोई एक क्लास वन अधिकारी हो। माता पिता दोनों ही क्लास वन अधिकारी हों, लेकिन उनमें से एक की मृत्यु हो गई हो या अस्थाई विकलांगता का शिकार हो गया हो। माता पिता, में से कोई एक क्लास वन अधिकारी हो और ऐसे माता पिता की मृत्यु हो गई हो या स्थाई विकलांगता के शिकार हो गए हों, जिहोंने अंतरराष्ट्रीय संगठनों जैसे यूएन, आईएमएफ, विश्व बैंक आदि में 5 साल से कम काम न किया हो। माता-पिता, दोनों क्लास वन अधिकारी हों, जिनकी मृत्यु हो

गई हो या स्थायी विकलांगता के शिकार हों और इस तरह की दोनों की मृत्यु या इस तरह की विकलांगता के पहले उनमें से किसी ने अंतरराष्ट्रीय संगठनों जैसे यूएन, आईएमएफ, विश्वबैंक में 5 साल से कम अवधि तक काम न किया हो। हालांकि यह नियम कुछ मामलों में लागू नहीं होता। ऐसे बच्चे, जिनके माता पिता दोनों ही क्लास वन अधिकारी हैं और उनके माता पिता में से किसी एक या दोनों की ही मृत्यु हो जाती है, वह आरक्षण के दायरे में आएंगे। अगर कोई महिला ओबीसी श्रेणी की है और वह क्लास वन अधिकारी से विवाह कर लेती है और वह खुद आवेदन करना चाहती है तो उसे आरक्षण का लाभ मिलेगा।

ख) केंद्र व राज्य सेवाओं (सीधी भर्ती) के समूह बी/क्लास टू अधिकारियों के मामले में निम्नलिखित प्रावधान लागू होते हैं। अगर माता पिता दोनों ही क्लास टू अधिकारी हों। माता-पिता जिनमें से केवल पति क्लास टू अधिकारी है और वह 40 साल उम्र में या उससे पहले क्लास वन अधिकारी हो जाता है। माता-पिता दोनों ही क्लास टू अधिकारी हों और उनमें से एक की मृत्यु हो जाए या स्थायी विकलांगता हो जाए और अगर दोनों में से किसी एक ने भी अंतरराष्ट्रीय संगठनों जैसे यूएन, आईएमएफ, विश्व बैंक आदि में मौत या स्थायी विकलांगता के पहले कम से कम 5 साल तक काम किया हो। माता-पिता, जिनमें से पति क्लास वन अधिकारी हो (सीधी भर्ती से या 40 साल उम्र के पहले प्रमोशन से) और पत्नी क्लास टू अधिकारी हो और पत्नी की मौत हो जाए या स्थायी विकलांगता की शिकार हो जाए। माता-पिता जिनमें पत्नी क्लास वन अधिकारी हो (सीधी भर्ती या 40 साल उम्र के पहले प्रमोशन से) और पति क्लास टू अधिकारी हो और पति की मृत्यु हो जाए या स्थायी विकलांगता का शिकार हो जाए।

हालांकि यह नियम कुछ परिस्थितियों में लागू नहीं होता जिसमें निम्नलिखित हैं- माता-पिता दोनों ही क्लास टू अधिकारी हों और उनमें से कोई एक मर जाए या स्थाई विकलांगता का शिकार हो जाए, उनके बच्चों को आरक्षण मिलेगा। अगर माता पिता दोनों ही क्लास टू अधिकारी हैं और दोनों की मृत्यु हो जाए या स्थायी विकलांगता के शिकार हो जाएं, भले ही उन्होंने किसी अंतरराष्ट्रीय संगठन जैसे यूएन, आईएमएफ, विश्व बैंक में अपनी मृत्यु के पहले 5 साल तक काम किया हो, उनके बच्चे भी आरक्षण के पात्र होंगे।

ग) सार्वजनिक क्षेत्र के निगमों आदि के मामले में आरक्षण की स्थिति निम्नलिखित है- उपरोक्त उल्लिखित क और ख श्रेणी में लागू नियम यथोचित परिवर्तन सहित उन अधिकारियों पर भी लागू होगा, जो उसके बराबर या उसके तुलनात्मक पदों पर पीएसयू, बैंकों, बीमा संगठनों, विश्वविद्यालयों आदि में काम करते हैं और उसके बराबर या उसके तुलनात्मक पदों पर निजी क्षेत्र के तहत रोजगार कर रहे हैं। इन संस्थानों में यह मूल्यांकन बराबर या तुलनात्मक आधार पर

होगा, जिसका दायरा श्रेणी 6 में दिया गया है वह इन संस्थों के अधिकारियों पर लागू होगा।

अर्द्ध सैनिक बलों सहित सैन्य बल (सिविल पोस्ट वाले व्यक्ति शामिल नहीं)

थल सेना में कर्नल और उसके ऊपर के रैंक और वायु सेना और नौसेना और अर्द्ध सैन्य बल में इसके समान पद धारण करने वाले पिता, या माता, या दोनों के पदासीन होने पर उनके बच्चों को आरक्षण नहीं मिलेगा। इसके अतिरिक्त-

1- अगर एक सशस्त्र बल के अधिकारी की पत्नी खुद ही सशस्त्र बल में है (उदाहरण के लिए विचाराधीन श्रेणी) तो बाहर करने का नियम सिर्फ तभी लागू होगा जब वह खुद कर्नल के रैंक पर पहुंच जाए।

2- अगर पति की सर्विस की रैंक कर्नल के नीचे है और पत्नी को साथ में शामिल नहीं किया गया है,

3- अगर सशस्त्र बल में एक अधिकारी की पत्नी सिविल कर्मचारी है तो ऐसी स्थिति में बाहर किए जाने वाला नियम तब तक लागू नहीं होता अगर उसकी सेवा उपरोक्त उल्लिखित (आ) श्रेणी के तहत नहीं आती है, जिसमें नियम एवं शर्तें उसके ऊपर स्वतंत्र रूप से लागू होंगी।

पेशेवर वर्ग और ऐसे लोग जो कारोबार या उद्योग में लगे हैं-

1- ऐसे व्यक्ति जो डॉक्टर, वकील, चार्टर्ड एकाउंटेंड, आयकर सलाहकार, वित्तीय या प्रबंध सलाहकार, डेंटल सर्जन, इंजीनियर, आर्किटेक्ट, कंप्यूटर स्पेशलिस्ट, फिल्म कलाकार या अन्य फिल्म पेशेवर, लेखक, पटकथा लेखक, खिलाड़ी, खेल पेशेवर, मीडिया पेशेवर या इस तरह का अन्य काम करते हैं उनके ऊपर संपदा का परीक्षण में वर्णित दायरा लागू होगा।

2- अगर कोई व्यक्ति कारोबार, व्यापार या उद्योग में लगा है तो उसके ऊपर भी संपदा का परीक्षण में वर्णित दायरा लागू होगा। स्पष्टीकरण- अगर पति कोई पेशेवर हो और पत्नी द्वितीय श्रेणी या उससे नीचे के ग्रेड की कर्मचारी हों, ऐसी स्थिति में आमदनी का आकलन पति के आय के आधार पर किया जाएगा। अगर पत्नी किसी पेशे में हैं और पति द्वितीय श्रेणी का या इससे कम रैंक के पद पर है तो संपत्ति का निर्धारण सिर्फ पत्नी की संपत्ति के आधार पर होगा और पति की आमदनी को उस आय में शामिल नहीं किया जाएगा।

संपत्ति के मालिक-

1- खेतिहर- ऐसे परिवार (पिता, माता और अवयस्क बच्चे) के बच्चों को आरक्षण नहीं मिलेगा जिनके पास सिर्फ सिंचित भूमि वैधानिक क्षेत्र के 85 प्रतिशत के बराबर या उससे ज्यादा हो। या सिंचित या असिंचित दोनों ही भूमि के मामले में बच्चों को आरक्षण के दायरे से बाहर किए जाने का नियम तभी लागू होगा जब सिंचित क्षेत्र (जो सामान्य निर्धारक के तहत एकल तरह का हो) सिंचित भूमि

के तहत आने वाले वैधानिक सीलिंग सीमा का 40 प्रतिशत या उससे ज्यादा हो। इसकी गणना असिंचित भूमि के हिस्से को बाहर करके की जाएगी। अगर 40 प्रतिशत से कम की पूर्व शर्त लागू नहीं होती है तो सिर्फ असिंचित जमीन को ही गणना में शामिल किया जाएगा। असिंचित भूमि का बदलाव मौजूदा बदलाव फार्मूले के मुताबिक किया जाएगा, जो सिंचित भूमि पर लागू होती है। सिंचित क्षेत्र में असिंचित भूमि की गणना करके जोड़ा जाएगा जिससे सिंचित क्षेत्र की वास्तविक स्थिति की जानकारी मिल सके। ऐसा करने के बाद अगर सिंचित क्षेत्र वैधानिक सीलिंग सीमा से 80 प्रतिशत या उससे ज्यादा आता है तो आरक्षण से बाहर किए जाने का नियम लागू होगा।

आरक्षण के दायरे से बाहर किए जाने का नियम उस स्थिति में लागू नहीं होगा अगर किसी परिवार के पास सभी जमीन असिंचित है।

2- बागवानी- कॉफी, चाय, रबर आदि की बागवानी की स्थिति में संपदा का परीक्षण में वर्णित आय का दायरा लागू होगा। आम, रसीले फल, सेब आदि की बागवानी करने वालों की स्थिति में कृषि भूमि धारण के आधार पर दायरा तय होगा, जो उपरोक्त वर्णित है।

3- खाली जमीन या शहरी क्षेत्र में मकान या शहरी समुदाय के मामले में संपदा का परीक्षण में वर्णित दायरा लागू होगा। स्पष्टीकरण- भवन का इस्तेमाल आवासीय, औद्योगिक या वाणिज्यिक हो सकता है या इस तरह के दो या इससे ज्यादा मकसद से हो सकता है।

संपदा का परीक्षण

1- अगर किसी व्यक्ति की सकल सालाना आय 1 लाख रुपये या इससे ज्यादा है या धारण करने वाली संपत्ति कर छूट की सीमा से लगातार तीन साल से ज्यादा है जैसा कि संपत्ति कर अधिनियम में वर्णित है।

2- अगर कोई व्यक्ति श्रेणी अ, आ, इ और ऊ (1) के तहत चिह्नित नहीं है, लेकिन उसकी अन्य संपत्ति के स्रोतों से आमदनी उपरोक्त वर्णित श्रेणी में आता है।

स्पष्टीकरण- वेतन से होने वाली आमदनी या कृषि भूमि से होने वाली आमदनी को सालाना आमदनी में मिलाया नहीं जाएगा। आय का दायरा रुपये के हिसाब से इसके मूल्य को देखते हुए हर 3 साल पर बदला जाएगा। अगर स्थिति की मांग होती है तो इससे पहले भी आय सीमा में बदलाव किया जा सकता है।

स्पष्टीकरण- जब भी इस अनुसूची में स्थायी अक्षमता होती है, इसका मतलब अक्षमता की वजह से अधिकारी को सेवा से हटना पड़ा हो।

इसके साथ ही यह भी साफ किया गया है कि पिछड़े वर्ग को पदोन्नति में आरक्षण नहीं दिया जाएगा। आरक्षण को लेकर सरकार ने कई बार स्पष्टीकरण भी जारी किया है, जिससे

इससे संबंधित भ्रम दूर हो सके। 25 जुलाई 2003 को क्रीमी लेयर और पिछड़े वर्ग के प्रमाण पत्र की वैधता को लेकर आया। आर्थिक मानदंड तो ऐसा होता है जो किसी समय बदल सकता है। हालांकि यह साफ किया गया है कि निर्धारित की गई आमदनी कम से कम 3 वित्तीय वर्ष में लगातार ज्यादा हो, वही क्रीमी लेयर में आएगा। इसके बावजूद इस विज्ञप्ति में साफ किया गया कि पिछड़े वर्ग के प्रमाण पत्र की वैधता की कोई निश्चित अवधि तय कर पाना संभव नहीं है। यह कहा गया कि अन्य पिछड़े वर्ग को देय आरक्षण के आधार पर नियुक्ति चाहने वाले किसी व्यक्ति को नियुक्त करने से पहले नियोक्ता प्राधिकारी उसके द्वारा प्रस्तुत अन्य पिछड़े वर्ग के किसी समुदाय के प्रमाण पत्र की सच्चाई और इस तथ्य का भी सत्यापत कर लें कि वह निर्णायक तारीख को संपन्न वर्ग का नहीं है। इस प्रयोजन से निर्णायक तारीख उन मामलों के सिवाय, अन्य सभी मामलों में किसी पद के लिए आवेदनों की प्राप्ति हेतु निर्धारित अंतिम तिथि मानी जाए, जिनमें निर्णायक तारीख अन्यथा तय की गई हो। साथ ही नियुक्ति पत्र में एक खंड यह भी जोड़ा गया कि यह नियुक्ति अनंतिम है, अगर बाद में प्रमाणपत्र में गड़बड़ी पाई जाती है तो नियुक्ति निरस्त कर दी जाएगी। 14 अक्टूबर 2008 को जारी विज्ञप्ति में यह भी साफ किया गया है कि नौकरी और खेती से होने वाली आमदनी को क्रीमी लेयर का आधार नहीं बनाया जाएगा। क्रीमी लेयर में आने वालों की आय सीमा में समय समय पर बदलाव किया जाता रहा है। 27 मई 2013 के कार्यालय ज्ञापन में अन्य पिछड़े वर्ग में क्रीमी लेयर के तहत आने वाली आमदनी बढ़ाकर 6 लाख रुपये सालाना कर दी गई। अब यह 8 लाख रुपये सालाना हो चुकी है।

देश भर के मेडिकल कॉलेजों में इंटरमीडिएट के बाद एमबीबीएस, बीडीएस आदि में प्रवेश के लिए होने वाली परीक्षा नैशनल इलिजिबिलिटी कम इंट्रेंस टेस्ट (नीट) में केंद्र और राज्यों के मेडिकल कॉलेजों की 15 प्रतिशत एमबीबीएस और बीडीएस सीटें ले ली जाती हैं। उसमें से जो केंद्रीय मेडिकल कॉलेजों में सीटें हैं, उन पर ओबीसी कोटा लागू होता है। राज्यों से जो सीटें ली जाती हैं उन पर ओबीसी कोटा नहीं लागू होता है। उन सीटों पर एससी, एसटी और विकलांग कोटा ही लागू होता है।

इस तरह से केंद्रीय कोटा की कुल 9575 सीटों में ओबीसी के लिए सिर्फ 68 सीटें निकलती हैं। बाकी के राज्य के मेडिकल कॉलेजों के कोटे की ओबीसी सीटें जनरल में तब्दील कर दी जा रही हैं।

केंद्र में ओबीसी को शिक्षण संस्थाओं में आरक्षण अर्जुन सिंह के मानव संसाधन विकास मंत्री रहते हुए 2007 में दिया गया, जिसे उच्चतम न्यायालय में चुनौती दी गई थी। न्यायमूर्ति केजी बालाकृष्णन के पीठ ने अशोक कुमार ठाकुर बनाम यूनियन आफ इंडिया[12] एवं अन्य मामले की सुनवाई की। सुनवाई के बाद 10 अप्रैल 2008 को ओबीसी को केंद्रीय शिक्षण संस्थानों में आरक्षण पर मुहर लगी। फैसले में केंद्रीय शिक्षण संस्थान परिभाषित किए थे। उसी परिभाषा को मानते हुए केंद्र सरकार केंद्रीय शिक्षण

संस्थानों में आरक्षण देती है।

लेकिन अगर केंद्र ने राज्यों से 15 प्रतिशत सीटें ले ली हैं,[13] जो भले ही राज्यों के संस्थान हैं, लेकिन केंद्र द्वारा परीक्षा कराए जाने पर उन सीटों के पर केंद्रीय संस्थानों के लिए दिया जाने वाला ओबीसी आरक्षण कोटा लागू होना चाहिए था। लेकिन राज्यों से ली गई सीटों पर न तो केंद्र सरकार ओबीसी आरक्षण देती है और न ही जिस राज्य में वह मेडिकल कॉलेज पड़ता है, उस राज्य का ओबीसी कोटा उन सीटों पर लागू होता है।[11] यह साफ साफ न्यायालय के फैसले की गलत व्याख्या व न्याय व्यवस्था का मखौल उड़ाना और ओबीसी के हकों की हत्या है।

राज्य सरकारें जिन 85 प्रतिशत सीटों के लिए परीक्षा कराती हैं, उदाहरणतया गोरखपुर मेडिकल कॉलेज या किंग जार्ज मेडिकल कालेज, वहां पर ओबीसी आरक्षण मिलता है। उच्चतम न्यायालय के एक फैसले के बाद से 2016 से देश के सभी मेडिकल कॉलेजों में नीट के माध्यम से ही सलेक्शन अनिवार्य कर दिया गया है।[14 ,15]

इससे भी ज्यादा बेइमानी मेडिकल के पोस्ट ग्रेजुएशन कोर्स की प्रवेश परीक्षा में होती है। पेशे से चिकत्सक और 2017 में झांसी मेडिकल कॉलेज के एमएस में गोल्ड मेडलिस्ट रहे डॉ राणा प्रताप सिंह बताते हैं एमडी और एमएस की राज्य सरकारों के मेडिकल कॉलेजों की 50 प्रतिशत सीटें केंद्रीय कोटे में ले ली जाती हैं और उन पर ओबीसी आरक्षण लागू नहीं किया जाता, जबकि केंद्रीय पूल में ली गई सीटों पर एससी, एसटी और विकलांग कोटा लागू होता है।

इस तरह की सरकारी बेइमानियां कई तरह की होती हैं। उदाहरण के लिए विभागीय भर्तियों में ओबीसी आरक्षण लागू नहीं होता। इस तरह सरकार में बैठे लोग कुछ विशेष योग्यताएं तय करके विभागीय भर्तियां निकाल देते हैं, जिससे ओबीसी को उन भर्तियों में आरक्षण से वंचित किया जा सके। इसके अलावा एकल सीट पर आरक्षण लागू नहीं होता। खासकर विश्वविद्यालयों में देखा गया है कि लेक्चरर के लिए एक पद निकाला जाता है और उस पर किसी तरह से एससी, एसटी, ओबीसी आरक्षण लागू नहीं होता।[16]

विश्वविद्यालयों में इस समय ठेके पर भर्तियां होती हैं, जिनमें विभागाध्यक्ष तय करता है कि किसे महीने में कितने दिन पढ़ाना है। उदाहरण के लिए किसी विश्वविद्यालय ने ठेके पर 10 भर्तियां निकाल दीं, जिनमें से 3 ओबीसी चयनित हो गए। अब विभागाध्यक्ष को तय करना होता है कि पढ़ाने का एसाइनमेंट कैसे दिया जाए। विभागाध्यक्ष उन 3 ओबीसी लेक्चरर को महीने में 3 लेक्चर देंगे और उसका बहुत मामूली मेहनताना बनता है, वहीं जनरल में चुने अपने लोगों को हफ्ते में 5 दिन पढ़ाने का मौका देते हैं। उसके बाद विभागीय भर्तियां निकालकर या रीडर के लिए भर्तियां निकालकर अपने कैंडीडेट को परमानेंट कर लेते हैं, क्योंकि उस पर आरक्षण लागू नहीं होता।

बेइमानी की सीमा यहीं खत्म नहीं होती। नरेंद्र मोदी सरकार ने तो नए कीर्तिमान

बनाए हैं। 2015 में डिपार्टमेंट आफ पर्सनल ऐंड ट्रेनिंग (डीओपीटी) ने 2015 में ओबीसी के 120 चयनित अभ्यर्थियों को इसलिए नियुक्ति पत्र नहीं भेजा कि वे क्रीमी लेयर में आते हैं, क्योंकि उनके अभिभावक की व्यक्तिगत आय 6 लाख रुपये सालाना से ऊपर है। 2015 में कुल 1078 अभ्यर्थियों को सिविल सेवा परीक्षा में योग्य पाया गया था, लेकिन सिर्फ 902 अभ्यर्थियों को ही नौकरियों का आवंटन हुआ। डीओपीटी के फैसले के बाद यूपीएससी ने तमाम अभ्यर्थियों का ओबीसी होने का दावा निरस्त कर दिया। डीओपीटी ने अभ्यर्थियों का ओबीसी में लाभार्थी होने का दावा इस आधार पर खारिज किया कि उनके अभिभावक का सालाना वेतन और अन्य स्रोतों से आमदनी 6 लाख रुपये से ऊपर है। इसका मतलब यह हुआ कि बैंकों में क्लर्क, चपरासी, ड्राइवर और सार्वजिनक उपक्रमों व विश्वविद्यालयों के कर्मचारियों को ओबीसी होने पर आरक्षण नहीं मिलेगा, अगर उनकी कुल सालाना आमदनी 6 लाख रुपये से ऊपर है। केंद्रीय पिछड़ा वर्ग आयोग के चेयरपर्सन जस्टिस वी ईश्वरैया ने केंद्रीय राज्य मंत्री जितेंद्र सिंह को 12 पेज की चिट्ठी लिखी, जिसमें साफ किया गया कि क्रीमी लेयर में यह लोग शामिल नहीं किए जा सकते। ईश्वरैया ने कहा कि कर्मचारियों को मिलने वाले वेतन और कृषि से होने वाली आमदनी के आधार पर किसी को क्रीमी लेयर में शामिल नहीं किया जा सकता है इसे संपदा के परीक्षण का आधार नहीं बनाया गया है। हालांकि इस मामले में सरकार ने अभ्यर्थियों को न्याय का आश्वासन संसद में भी दिया, लेकिन कुछ भी नहीं हुआ। जो अभ्यर्थी क्लास वन अधिकारी बनने के बाद मिठाइयां बांट चुके थे, उन्हें एक ऐसे आधार पर नौकरी देने से इनकार कर दिया गया, जो आधार क्रीमी लेयर के लिए तय ही नहीं किया गया। 30 अगस्त 2017 को नरेन्द्र मोदी कैबिनेट ने सार्वजनिक क्षेत्र के उपक्रमों और सार्वजनिक क्षेत्र के वित्तीय संस्थानों में कुछ पदों को क्रीमी लेयर में शामिल करने का फैसला किया। इससे यह साफ हुआ कि इन उपक्रमों में काम करने वाले किन कर्मचारियों के बच्चों को ओबीसी आरक्षण मिलेगा और किनको नहीं।

इस हिस्सेदारी की लड़ाई में एक तरफ वह तबका था, जिसका संसाधनों पर पूरा कब्जा, कथित बौद्धिक दुनिया, संचार माध्यमों, प्रोपगेंडा आदि पर पूरा कब्जा था। दूसरी तरफ संघर्षशील लोग रहे हैं, जिनके समाज से इक्का दुक्का लड़ने वाले लोग थे। उन्हें न सिर्फ विपक्षियों से लड़ना और उन्हें जवाब देना पड़ा, बल्कि अपने समाज के लोगों के समझाने में खासी मशक्कत करनी पड़ी। यह संघर्ष अभी भी जारी है। वर्तमान में एक तर्क यह दिया जाता है कि आरक्षण का लाभ वास्तव में वंचित तबके को नहीं मिल रहा है। जो वर्ग साधन संपन्न और अमीर है, उसे पूरा लाभ मिल जा रहा है। हालांकि यह तथ्यों व हकीकत से परे है। सच्चाई यह है कि अन्य पिछड़े वर्ग के लिए आरक्षण जबसे लागू किया गया है, उच्चतम न्यायालय ने क्रीमी लेयर का अवरोध लगाया है। यानी अन्य पिछड़े वर्ग से जुड़े जो लोग एक निश्चित सीमा से ज्यादा कमाई करते हैं, उनके लिए

आरक्षण की सुविधा नहीं है। उन्हें आरक्षण से बाहर कर दिया गया है। साफ है कि ओबीसी के लिए जो आरक्षण मिल रहा है, वह सामाजिक, शैक्षणिक रूप से पिछड़े वर्ग को मिलता है, जो आर्थिक रूप से भी संपन्न न हो। यह विचार कि संपन्न लोग आरक्षण का पूरा लाभ ले रहे हैं, तथ्य व उच्चतम न्यायालय की ओर से लगाए गए व्यवधान उसे पूरी तरह से खारिज करते हैं।

इस तरह से स्वतंत्रता के पहले कुछ रियासतों ने, अंग्रेज सरकार ने और उसके बाद स्वतंत्र होने पर भारतीय संविधान ने समाज के उस तबके को अधिकार देने की कवायद शुरू की, जो सदियों से चल रहे जातीय आरक्षण से पीड़ित थे। यह सकारात्मक कार्रवाई उन विद्यालयों, सरकारी पदों पर आरक्षण देकर की गई, जहां से शासन सत्ता का संचालन होता था। उन जगहों पर वंचितों को काम करने का मौका दिया गया, जहां वे पहले नहीं पहुंचने दिए जाते थे। विभिन्न जातीय, सामाजिक भेदभाव की वजह से उन्हें शासन सत्ता हासिल करने और उसके करीब पहुंचने का हक नहीं था। शासन सत्ता के संचालक के रूप में उनकी कोई भूमिका नहीं थी और वहां तक वह किसी भी प्रयास से नहीं पहुंच सकते थे। शासन संभालने, कानून बनाने का हक कुछ जातियों के लिए आरक्षित था और शेष करीब 85 प्रतिशत जनता बगैर किसी प्रतिरोध को उसे मानने के लिए बाध्य थी।

अगर हम ओबीसी की बात करें तो 1993 में सरकारी नौकरियों में आरक्षण दिया गया, उसके बाद 2008 में केंद्रीय शिक्षण संस्थानों में पढ़ने व पढ़ाने का मौका भी उस सामाजिक व शैक्षणिक रूप से पिछड़े तबके को दे दिया गया, जो वहां नहीं पहुंच पाते थे।

इस तरह से हम देखें तो 1993से पहले ओबीसी को आरक्षण मिला, जबकि एससी, एसटी को संविधान लागू होने के वक्त से उनकी आबादी के अनुपात में आरक्षण दे दिया गया था।

आइए कुछ आरटीआई के माध्यम से हकीकत से रूबरू हो लें। आरटीआई से मांगी गई यह जानकारियां विभिन्न अखबारों में प्रकाशित भी हुईं। अमर उजाला में आरटीआई के माध्यम से 2016 में छपी एक खबर के मुताबिक देश के 39 केंद्रीय विश्वविद्यालयों में सिर्फ 33 एससी और 10 एसटी प्रोफेसर हैं। विश्वविद्यालय अनुदान आयोग ने आरटीआई एक्टिविस्ट महेंद्र प्रताप सिंह की ओर से केंद्रीय विश्वविद्यालयों में शिक्षकों की संख्या के संबंध में ब्योरा मांगा गया था। यूजीसी ने मार्च 2016 को दिए गए जवाब में सितंबर 2015 तक की स्थिति की नवीनतम जानकारी दी। यूजीसी के मुताबिक केंद्रीय विश्वविद्यालयों में स्वीकृत शिक्षकों के पदों की संख्या 16,525 थी, इनमें लगभग सभी विश्वविद्यालयों में एससी एसटी के असिस्टेंट प्रोफेसर, असोसिएट प्रोफेसर और प्रोफेसर के अधिकांश पद खाली हैं। यूजीसी के मुताबिक दिल्ली विश्वविद्यालय में एससी और एसटी वर्ग के क्रमश: तीन और एक प्रोफेसर हैं। जेएनयू में एससी वर्ग के आठ प्रोफेसर हैं, एसटी एक भी नहीं।

उत्तर प्रदेश में काशी हिंदू विश्वविद्यालय और इलाहाबाद विश्वविद्यालय का और बुरा हाल है। काशी हिंदू विश्वविद्यालय में एससी वर्ग के एक प्रोफेसर हैं, जबकि दोनों में से किसी भी विश्वविद्यालय में एसटी प्रोफेसर नहीं है। बीएचयू ने तो कमाल ही कर दिया। सामान्य वर्ग के लिए स्वीकृत पदों से ज्यादा असिस्टेंट प्रोफेसरों की भर्तियां कर डालीं। जबकि केंद्रीय विश्वविद्यालयों में एससी, एसटी और ओबीसी के 58 प्रतिशत यानी कुल स्वीकृत पदों में आधे से ज्यादा पद पर भर्तियां नहीं की गई हैं। कुल 16 ऐसे केंद्रीय विश्वविद्यालय हैं, जहां एससी और एसटी प्रोफेसर ही नहीं हैं।

अब उन पदों पर एससी-एसटी और ओबीसी की हालत जान लेते हैं, जो देश का शासन प्रशासन और सत्ता के केंद्र होते हैं। यह ऐसे पद हैं, जो नीतियां बनाते हैं। यहीं से तय होता है कि किस जगह कितना पैसा आवंटित किया जाएगा। महेंद्र प्रताप सिंह ने इस बार कार्मिक एवं प्रशिक्षण विभाग (डीओपीटी) में सामान्य, पिछड़ा, अनुसूचित जाति और अनुसूचित जनजाति वर्ग के ग्रुप ए के अफसरों की संख्या की जानकारी मांगी। सितंबर 2016 में विभाग की ओर से केंद्रीय मंत्रालय के अंडर सेक्रेटरी, डिप्टी सेक्रेटरी, डाइरेक्टर, ज्वाइंट सेक्रेटरी, एडिशनल सेक्रेटरी और सेक्रेटरी या इनके समकक्ष पदों के बारे में जानकारी दी गई।

आरटीआई के दस्तावेजों के मुताबिक ओबीसी वर्ग का एक भी अधिकारी केंद्रीय मंत्रालयों में सचिव व अतिरिक्त सचिव स्तर पर नहीं था। सचिव पद पर सामान्य वर्ग के 110 और एसटी वर्ग के दो अफसर कार्यरत थे। अतिरिक्त सचिव पद पर 106 अधिकारी सामान्य वर्ग के और 5-5 अधिकारी एसटी और एसटी वर्ग के थे। कुल मिलाकर इन मलाईदार पदों पर नियुक्ति पाने वालों में 82 प्रतिशत अधिकारी सामान्य वर्ग से थे, जबकि 5.40 प्रतिशत पिछड़े वर्ग के और 8.63 प्रतिशत लोग अनुसूचित जाति वर्ग के पहुंच पाए थे।

एक बार फिर याद दिला दें कि 1950 में संविधान लागू होने के बाद से ही सरकारी पदों पर एससी और एसटी को 22.5 प्रतिशत आरक्षण है। लेकिन 66 साल में केंद्रीय मंत्रालयों में सिर्फ 8.63 प्रतिशत अनुसूचित जाति वर्ग से पहुंच पाए। वहीं 1993 से ओबीसी आरक्षण लागू है और महज 5.40 प्रतिशत ओबीसी अधिकारी हैं। यह आंकड़े चींख चीखकर कह रहे हैं कि संवैधानिक प्रावधानों के बावजूद उच्च तबके ने तमाम तिकड़म लगाकर एससी, एसटी और ओबीसी तबके को उन पदों पर नहीं पहुंचने दिया है, जहां से नीति नियंत्रण होता है या जहां से बौद्धिक कसरत होती है। विश्वविद्यालयों व केंद्रीय मंत्रालयों में एससी-एसटी नगण्य हैं वहीं ओबीसी की तो बमुश्किल ही गिनती की जा सकती है। सत्ता पर कब्जा किए बैठे लोग अपने लोगों को किसी न किसी तरीके से भरते रहते हैं और आरक्षित तबके के लोग संवैधानिक तरीके से आरक्षण के बावजूद पदों पर नहीं पहुंच पाते हैं।

इतना ही नहीं, सरकार ने खासकर ओबीसी आरक्षण लागू होने के बाद तो सरकारी नौकरियों व विद्यालयों का खात्मा ही शुरू कर दिया। 1993 में ओबीसी आरक्षण लागू होने के बाद कितने सरकारी स्कूल, विश्वविद्यालय, डिग्री कॉलेज खुले और कितने प्राइवेट, इसका कोई ठोस आंकड़ा तो नहीं है। हां अगर आप जिस किसी छोटे जिले, कस्बे, विधानसभा क्षेत्र में रहते हैं, वहां अगर गिनें तो पाएंगे कि पिछले तीन दशक में सिर्फ प्राइवेट स्कूल खुले हैं। एकाध स्कूल सरकारी खुल गया हो तो उसे अपवाद स्वरूप ही माना जा सकता है।

सरकारी नौकरियों के तो आंकड़े मौजूद हैं कि किस तरह से इस सरकार ने ओबीसी आरक्षण के बाद सरकारी नौकरियां ही खत्म करनी शुरू कर दी। 1992-92 में जब भारत की आबादी 83.9 करोड़ थी तो सरकारी नौकरियों की संख्या 1.95 करोड़ थी। यानी हर 43 आदमी में से एक व्यक्ति सरकारी नौकरी करता था। सरकारों ने इसे बढ़ाने के बजाय घटा दिया। 2017 में भारत की आबादी करीब 130 करोड़ है जबकि सरकारी नौकरियों की संख्या घटकर 1.76 करोड़ रह गई हैं। यानी इस समय 74 व्यक्ति में से एक आदमी सरकारी नौकरी पर निर्भर है।[17]

इसे निजीकरण, नीतिगत बदलाव कहें या समाज की 85 प्रतिशत आबादी से खुंदक। 49 प्रतिशत एससी, एसटी, ओबीसी को आरक्षण क्या मिलने लगा, सरकार ने सरकारी स्कूल-कॉलेज खोलने ही बंद कर दिए! यानी दलित पिछड़े वर्ग की दोनों आंख फोड़ने के चक्कर में सरकार ने गैर आरक्षित तबके की भी एक आंख फोड़ दी है! गैर आरक्षित तबके को इतने आरक्षण के बावजूद 51 प्रतिशत सीटों पर संघर्ष करने का मौका मिलता था। लेकिन अब ऐसा खेल हो गया है कि निजी स्कूलों में वही पढ़ पाएगा, जिसके पास धन हो। भारत में यह अनुमान लगाना मुश्किल नहीं है कि किन वर्गों/जातियों की क्षमता महंगी फीस भरने की नहीं है। नये सरकारी स्कूल, इंजीनियरिंग कॉलेज, मेडिकल कॉलेज खुलने बंद होने से एससी, एसटी, ओबीसी तबके को तो नुकसान हुआ ही, उतना ही नुकसान आरक्षण न पाने वाले बच्चों का भी हुआ है। अगर सरकारी स्कूल, इंजीनियरिंग, मेडिकल कॉलेज, विश्वविद्यालय खुलते, उनकी संख्या ज्यादा होती तो जिन बच्चों को आरक्षण नहीं मिलता है, उन्हें भी अपनी प्रतिभा के बल पर 51 प्रतिशत सीटों में जगह हासिल करने का मौका रहता। लेकिन सरकार ने निजीकरण के माध्यम से वह मौका भी छीन लिया। प्राइवेट दुकानों में वही बच्चे पढ़ पाएंगे, जिनके अभिभावक को मोटे और भारी भरकम कैपिटेशन फीस और मोटे मासिक शुल्क देने की क्षमता होगी। इस समय निजी मेडिकल कॉलेज वाले दुकानदार एमबीबीएस डॉक्टर बनाने की फीस 80 लाख रुपये से लेकर डेढ़ करोड़ रुपये तक लेते हैं। स्वाभाविक है कि जिसके पास इतनी फीस देने की क्षमता होगी, उसका बेटा-बेटी योग्य माना जाएगा और वह एमबीबीएस की डिग्री आसानी से खरीद लेगा!

सदियों से चले जातीय आरक्षण के चक्र को तोड़ने के लिए संविधान द्वारा दिया जा रहा मौजूदा आरक्षण देश के हित में है। देश का विकास इसमें निहित है कि विकास में हर कोई योगदान दे सके। पहले के आरक्षण में मंदिर में पूजा करना सिर्फ एक जाति के लिए आरक्षित कर दिया गया। उस जाति के अलावा मंदिर में दूसरी जाति के लोग पुजारी नहीं हो सकते थे। कल्पना करें कि अगर 100 प्रतिशत आबादी में से पुजारी छांटे जाते, जातीय आधार पर पुजारी आरक्षित नहीं होता तो शायद बेहतर पुजारी निकलकर सामने आते। अगर टैलेंटेड लोग सामने आते तो पूजा पाठ का तरीका भी कुछ बदलता। या ईश्वर के बारे में ही कुछ बेहतर बताया जा सकता, कुछ ठोस, तार्किक और शोध आधारित जानकारी दी जा सकती। लेकिन ऐसा नहीं हो सका। जिन लोगों ने मंदिरों पर कब्जा रखा है, वह सिर्फ उनके जीवन यापन का जरिया है, जिससे उनका यथासंभव बेहतरीन तरीके से भरण पोषण हो सके।

आधुनिक शिक्षा व्यवस्था और शोध संस्थानों में एक ही जाति का 80 प्रतिशत से ज्यादा कब्जा है। वही एक जाति टेस्ट लेती है, चयन करती है और नियुक्ति करती है। दिलचस्प है कि विश्वविद्यालय, शोध संस्थानों आदि महत्त्वपूर्ण जगहों पर उस जाति विशेष को एक ही जाति में योग्य मिलते हैं और पीढ़ी दर पीढ़ी योग्यता ट्रांसफर होते हुए उनका शोध संस्थानों व विश्वविद्यालयों पर कब्जा बना हुआ है। कब्जे का परिणाम क्या हुआ? देश का कोई भी विश्वविद्यालय वैश्विक मानकों पर खरा नहीं उतरता। यहां के शोध पत्र इतने स्तरहीन है कि पूरी दुनिया में उसे कहीं नहीं पूछा जाता है। इतना ही नहीं, जनोपयोगी चीजों पर शोध के मामले में भारत फिसड्डी है। आप अपने घर में जितनी भी चीजों का इस्तेमाल करते हैं, मोबाइल, कंप्यूटर, इंटरनेट से लेकर रेफ्रिजरेटर, माइक्रोवेब ओवन और वाशिंग मशीन तक। सब कुछ विदेश में आविष्कार किया हुआ है। हमारे शोध संस्थानों ने एक का भी शोध नहीं किया है। हमारे लड़ाकू विमान हमारे देश के नहीं हैं। वे फ्रांस, अमेरिका, रूस से आते हैं। कुछ मामलों में पूरा का पूरा लड़ाकू विमान ही आयात कर लिया जाता है। कुछ मामलों में उसके पुर्जे आयात होते हैं, जिसे हमारे महान वैज्ञानिक लोग असेंबल कर उड़ा देते हैं। हमारी ट्रेन की रफ्तार अभी अधिकतम 140-160 किलोमीटर के बीच झूल रही है। वहीं चीन, जापान से लेकर फ्रांस और जर्मनी तक की ट्रेनें रफ्तार के नित नए कीर्तिमान बना रही हैं। ऐसे में हम देखें तो शोध संस्थानों और विश्वविद्यालयों पर एक जाति के कब्जे ने पूरे तंत्र का विनाश कर दिया है। हमें भिखारी बना दिया गया है। हाथ में मौजूद मोबाइल से लेकर युद्धक विमान तक हम भीख पर निर्भर हैं। किसी दूसरे देश की भीख पर। हम उनसे मांगते हैं। उनसे खरीदते हैं। लेकिन हमारे पास अपना नहीं है। अपना इसलिए नहीं है कि हम शोध नहीं कर पाए। शोध इसलिए नहीं हुआ क्योंकि हमारे देश में सिर्फ मामूली आबादी वाली एक जाति के भीतर योग्यता ढूंढी जाती रही और उसी को पठन

पाठन और शोध की अनुमति दी गई। इन लोगों ने शोध के नाम पर शोध केंद्रों को अपने रोजगार का केंद्र बना लिया। अपने परिजनों, रिश्तेदारों को उसमें घुसाते रहे और पूरे शोध व शिक्षण संस्थानों में इनकी खुली लूट चलती रही।

अगर उस जाति विशेष, जिसकी आबादी महज 3.5 प्रतिशत है, उसमें भी सिर्फ पुरुष इनके अलावा शेष में से भी योग्य लोग चुने जाते तो? कुछ बेहतर की उम्मीद तो की जा सकती है। ज्यादातर विकसित देशों में शिक्षण संस्थान एक जाति के लिए सदियों से आरक्षित नहीं हैं, इसलिए उन देशों में 100 प्रतिशत आबादी में से प्रतिभाएं चुनी जाती हैं और उन प्रतिभाओं के शोध के बेहतर परिणाम आते हैं।

आरक्षण या आरक्षित वर्ग से आने वाले डॉक्टर, वकील, इंजीनियर, जज, प्रशासनिक अधिकारी आदि अपने अनारक्षित वर्ग के समकक्षों से कहीं बेहतर संवेदनशील और मानवीय गुणों वाले होते हैं। आरक्षण किसी भी इंस्टीट्यूशन में प्रवेश दिला देता है लेकिन उसके बाद ब्राह्मणवादी तंत्र, जिसके कब्जे में हर इंस्टीट्यूशन है वह तंत्र आरक्षित सीट/वर्ग से आने वालों को हर तरह से हतोत्साहित करता है। एक जैसी परफॉर्मेंस देने के बावजूद दलित/पिछड़े को अंडर रेट करता है मानसिक शारीरिक सामाजिक मनोवैज्ञानिक यानि हर तरह का शोषण करता है। फिर इतनी विपरीत परिस्थितियों के बावजूद अगर कोई आगे बढ़ता है तो उसमे सहनशक्ति, विपरीत परिस्थितियों में निर्णय ले पाने की बेहतर क्षमता, गलत और सही की बेहतर परख, संघर्ष से पैदा हुई जीवटता कूट कूट कर भरी होती है। इसलिए यह प्रचारित करना कि आरक्षण से आने वाले किसी का हक मारते हैं या कम काबिल होते हैं सिवाय धूर्तता के और कुछ नहीं।

आरक्षण को तमाम लोग गरीबी उन्मूलन से जोड़ते हैं। 2014 में केंद्र में भारतीय जनता पार्टी के नेतृत्व में राष्ट्रीय जनतांत्रिक गठबंधन की सरकार बनने के बाद संचार के तमाम साधनों से यह तेजी से प्रसारित किया जाने लगा कि आरक्षण का लाभ गरीब लोगों को नहीं मिल रहा है।[18] इस प्रचार में बड़े करीने से यह भी जोड़ा गया कि पिछड़े वर्गों, दलितों की कुछ जातियां आरक्षण का पूरा लाभ ले रही हैं। बाकी जातियां पीछे छूट जा रही हैं। इस तरह का प्रचार करने वालों को इसका राजनीतिक लाभ भी मिला। लेकिन आंकड़े कहते हैं कि ज्ञान, विज्ञान, तकनीकी विकास और वैचारिक धारणा बनाने वाले मुख्य केंद्र यानी भारत के विश्वविद्यालयों और प्रशासनिक ताकत के प्रमुख केंद्र यानी कैबिनेट सचिवालय में ओबीसी की संख्या 27 प्रतिशत पहुंचना तो दूर, लगभग नगण्य या कुछ मंत्रालयों में शून्य है। ऐसे में ओबीसी की किस जाति को ताकतवर कहा जा सकता है? वह कैसी ताकतवर जाति है, जिसकी जाति का एक भी प्रोफेसर प्रतिष्ठित जवाहरलाल नेहरू विश्वविद्यालय में नहीं पहुंचा? वह कैसी ताकतवर जाति है, जिस जाति का एक सचिव प्रमुख पदों पर नहीं पहुंचा, जिससे वह नीति निर्माण में भूमिका निभा सके? और अगर एससी, एसटी और ओबीसी की ताकतवर जातियां, जिन पर

आरक्षण का लाभ खा जाने का आरोप लगता है वे इन पदों पर नहीं पहुंच पा रही हैं तो उनका हिस्सा कौन भकोस रहा है? यह सब सोचने विचारने की जरूरत है।

आरक्षण गरीबी उन्मूलन कार्यक्रम नहीं है। मंडल आयोग की रिपोर्ट पेश करते समय आयोग के अध्यक्ष बिंदेश्वरी प्रसाद मंडल ने अपनी रिपोर्ट में भी यह साफ किया था। यह सीधे सीधे प्रतिनिधित्व का मसला है। जिन लोगों के साथ सामाजिक और शैक्षणिक रूप से भेदभाव किया गया, उनको प्रतिनिधित्व देने के लिए आरक्षण दिया गया। प्रशासन में कुछ जातियों के एकाधिकार को खत्म करने के लिए आरक्षण दिया गया। जिन जातियों ने अपनी जाति को श्रेष्ठ बताकर पदों को हथियाया, जाति को चयन का आधार बनाकर सिर्फ एक ही जाति और अपने रिश्तेदारों को ही योग्य मानकर प्रशासनिक पदों पर भरना शुरू किया, उनके अवैध कब्जे व अघोषित आरक्षण को तोड़ने के लिए आरक्षण का प्रावधान किया गया। इसलिए आरक्षण का प्रावधान किया गया, ताकि योग्य लोग प्रतियोगिता के आधार पर चुने जाएं, न कि सिर्फ एक जाति का ही व्यक्ति प्रशासक बने। इस तरह से राष्ट्र निर्माण और जाति विशेष का प्रशासन में कब्जा तोड़ने व योग्य लोगों को मौका देने के लिए सकारात्मक कार्रवाई के तहत आरक्षण का प्रावधान किया गया।

आर्थिक रूप से कमजोर वर्ग के लिए संविधान में आरक्षण की व्यवस्था नहीं की गई है। भारत में गरीबी किसी को सामाजिक रूप से अपमानित करने का आधार नहीं रहा है। भारत में जातीय आधार पर लोगों का अपमान किया जाता है। उन्हें विभिन्न सुख सुविधाओं से वंचित किया जाता है। भारत में किसी व्यक्ति को इस आधार पर वंचित नहीं किया गया है कि वह आर्थिक रूप से कमजोर है। किसी जाति विशेष में जन्म लेने की वजह से उसके कार्य निर्धारित कर दिए गए हैं कि खेती, बढ़ई, लोहार, सोनार, दूधिए का काम किसे करना है और किन जातियों को प्रशासनिक पदों और शैक्षणिक संस्थानों में बैठना है। भारत में शोषण का परंपरागत आधार आर्थिक स्थिति नहीं, व्यक्ति की जाति होती है।

हां, गरीबी उन्मूलन के लिए सरकार ने तमाम योजनाएं चलाई हैं, जिससे नि:शक्त लोगों को लाभ मिल सके। विभिन्न राज्य सरकारें वृद्धावस्था पेंशन, विधवा पेंशन, बेरोजगारी भत्ता, मकानों में शौचालयों का निर्माण, गाय भैंस खरीदने के लिए आर्थिक मदद प्रदान करती हैं, जिससे आर्थिक रूप से कमजोर वर्ग को आगे बढ़ने का मौका मिल सके। इस पर किसी को न तो कोई आपत्ति है और न ही होनी चाहिए। समाज के गरीब तबके को सबल बनाने के लिए हर तरह की कवायद मजबूती से की जानी चाहिए। उसमें भी यह ध्यान रखा जाना चाहिए कि कहीं इन योजनाओं को लागू करने वाला जातीय आधार पर भेदभाव तो नहीं कर रहा है? कहीं ऐसा तो नहीं कि किसी जाति विशेष का अधिकारी सिर्फ अपनी जाति के कल्याण के लिए दी जा रही आर्थिक सुविधाओं का इस्तेमाल कर रहा है? यह लंबे समय से होता रहा है और नीति नियंताओं ने जातीय

आधार पर बेइमानियां की हैं। इसका परिणाम यह हुआ है कि गरीबों के कल्याण के लिए सरकारी योजनाएं होने के बावजूद कुछ जातियों को ही गरीबों के उत्थान के लिए चलाई जा रही योजनाओं का लाभ मिला है। वही जातियां आर्थिक रूप से संपन्न हो सकी हैं, जिनकी जातियों का कब्जा ज्ञान और प्रशासन के केंद्रों पर बना हुआ है।

> **"आज की परिस्थिति में रिजर्वेशन की 50 प्रतिशत सीलिंग बढ़ाने की जरूरत है। संविधान में संशोधन कर इसे बढ़ाया जाना चाहिए। सिर्फ सरकारी क्षेत्र में ही क्यों, निजी क्षेत्र में भी आरक्षण लागू होना चाहिए। लिबरलाइजेशन और प्राइवेटाइजेशन के दौर में हर क्षेत्र में निजी क्षेत्र प्रभावी है। ऐसी परिस्थिति में अगर निजी क्षेत्र में एससी, एसटी और ओबीसी को आरक्षण नहीं दिया गया तो यह सामाजिक न्याय का मखौल होगा, सामाजिक न्याय का मजाक होगा।"**
>
> *–नीतीश कुमार, अप्रैल, 2016*[19]

भारत के औद्योगिक इतिहास में 1991 में नया दौर शुरू हुआ। समाजवादी पूंजीवाद की जगह देश में उदारीकरण और पूर्ण पूंजीवाद की व्यवस्था आई। सरकारी क्षेत्र का दायरा कम किया जाने लगा। स्कूल, कॉलेज से लेकर शोध संस्थान और सरकारी कंपनियों का दौर खत्म हो गया। समाजवाद में प्राकृतिक संसाधनों के इस्तेमाल व उसकी बिक्री वाले उद्योगों में सिर्फ सरकारी कंपनियां काम करती थीं। शिक्षा के क्षेत्र में प्राथमिक से लेकर उच्च शिक्षा तक सरकारी स्कूलों और कॉलेजों का दबदबा था। उदारीकरण और पूर्ण पूंजीवाद ने इस व्यवस्था पर हमला बोला। न सिर्फ सरकारी कंपनियां, स्कूल, कॉलेज, विश्वविद्यालय खुलने बंद हो गए, बल्कि पहले के बने इंस्टीट्यूशंस को भी निजी हाथों में दिया जा रहा है।

प्राकृतिक संसाधनों जैसे कोयला, पानी, पहाड़, पत्थर, लोहा, स्पैक्ट्रम जमीन आदि को औने पौने भाव उद्योगपतियों को सौंपे जाने के बाद निजी क्षेत्र की कंपनियां आगे बढ़ीं। यह सही है कि तमाम कंपनियां शून्य से शिखर पर पहुंच गईं। सरकारों ने उन्हें खुला समर्थन दिया और उन्हें प्राकृतिक संसाधनों की लूट का खुला मौका दिया। लेकिन इतना कुछ होने के बावजूद निजी क्षेत्र की भारतीय कंपनियां नवोन्मेष में फिसड्डी साबित हुई हैं। प्राकृतिक संसाधनों के दोहन और उनको बेचकर कमाने के मामले में तो कंपनियां आगे हैं, लेकिन तकनीक के मामले में पूरी तरह से फिसड्डी हैं।

आखिर क्या वजह है कि भारतीय कंपनियां कोई शोध नहीं कर पाती हैं? नवोन्मेष में वे वैश्विक कंपनियों से प्रतिस्पर्धा में क्यों नहीं टिक पाती हैं ?

भारतीय निजी कंपनियों का स्वरूप पूरी तरह से सामंतवादी और जातिवादी है। जिस तरह का यहां का समाज है, उसी प्रारूप में कंपनियां ढल गईं। समाज में जिस तरह से ऊंच नीच की हाइरार्की बनी हुई है, उस हाइरार्की का पालन इन कंपनियों में भी किया जाता है। इन कंपनियों की भर्ती में ब्राह्मण सर्वोच्च, उसके नीचे क्षत्रिय, फिर वैश्य और आखिर में शूद्र को वरीयता दी जाती है। उच्च पदों से लेकर छोटे पदों तक का पदानुक्रम देखें तो यही नजर आता है। भर्तियों में जाति के आधार पर योग्यता तय कर दी जाती है।

फरवरी 2017 में इन्फोसिस के सीईओ विशाल सिक्का ने कहा, "आइ एम ए क्षत्रिय वैरियर। आई एम हीयर टु स्टे।" समाचार चैनल मनीकंट्रोल डॉट कॉम को दिए गए साक्षात्कार में विशाल सिक्का ने यह जानकारी देश को मुहैया कराई।[20] उनका यह जानकारी मुहैया कराना अहम है। शायद विशाल उतने शातिर जातिवादी नहीं हैं कि अपनी जातीय कुंठा दबाए रखकर बहुत ही संयमित तरीके से काम करते रहें और सिर्फ अपनी जाति या वर्णानुक्रम में जो उन्हें उच्च, योद्धा और ज्ञानी दिखें, उनकी भर्तियां करते रहें।

विभिन्न अखबारों ने उनके इस बयान को देश की सबसे प्रतिष्ठित कही जाने वाली कंपनी इन्फोसिस के अंतर्कलह के रूप में लिया।[21] संभव है कि अंतर्कलह रहा हो। लेकिन सिक्का का खुद को क्षत्रिय घोषित करना और यह दावा करना कि वह टिके रहने के लिए आए हैं, योद्धा जाति के हैं, बहुत अहम है। इससे साफ होता है कि किसी नामी गिरामी कंपनी में उच्च पद पर इस आधार पर लोगों की भर्तियां की जाती हैं कि वह जातीय आधार पर ज्ञानी या योद्धा है, या नहीं। क्षत्रियपने का दावा ऐसी कंपनी के सीईओ ने किया, जो वैश्विक रूप से बहुत सम्मानित आईटी कंपनी है। भारत के उदारीकरण की नीति के बाद सबसे तेजी से बढ़ने वाली आईटी कंपनियों में से एक है और इन्फोसिस का न सिर्फ भारत में, बल्कि कई देशों में कारोबार है। सिक्का का वेतन तय करने के लिए कंपनी के नियम में बदलाव किया गया, जिससे उन्हें सबसे मोटा वेतन दिया जा सके। कंपनी के मालिकों ने भी शायद अपनी कंपनी के लिए क्षत्रिय योद्धा और बेहतरीन लड़ाका प्राप्त करने के लिए सिक्का को चुना था।

ऐसे जातिवादी माहौल में क्या यह उम्मीद की जा सकती है कि उच्च पदों पर भर्तियां निरपेक्ष रूप से और सिर्फ योग्यता देखकर होती है? सरकार ने अब तक जातीय जनगणना नहीं कराई है। 1931 के बाद भारत में कभी जातीय आधार पर जनगणना नहीं हुई। इसलिए इसके ठोस आंकड़े नहीं हैं कि किस जाति और वर्ण के कितने लोगों का निजी क्षेत्र पर कब्जा है। निजी क्षेत्र में उच्च पदों पर चयनित लोग जन्मजा विद्वत्ता के आधार पर चयनित होते हैं या कोई और आधार है, इसकी जानकारी का कोई स्रोत नहीं है।

हालांकि एक मोटा आंकड़ा जरूर मिलता है। अगर आप किसी निजी कंपनी में

काम कर रहे हैं तो उनके सीईओ से लेकर टॉप मैनेजमेंट वालों तक की जाति देखें तो यह नजर आता है कि कुछ जाति विशेष के लोगों को ही योग्य माना गया है। भर्तियों का आधार जातीय योग्यता है और कुछ जातियों ने वहां कब्जा जमा रखा है। वह अपनी जाति के लोगों को योग्य मानते हैं। वह मानते हैं कि यह जाति बुद्धिमान है और यह जाति योद्धा है। उसके मुताबिक वह तय कर लेते हैं कि किसे किस पद पर बिठाना है। न तो भर्ती की कोई खुली प्रतियोगिता है और न ही वहां कोई प्रतिस्पर्धी और निष्पक्ष परीक्षा के इंतजाम हैं। उच्च पदों पर बैठे लोग ही तय करते हैं कि किसे, किस पद पर बिठाकर सेलरी देनी है। निजी क्षेत्र में यह खेल बहुत धड़ल्ले से हो रहा है।

तमाम देशों में शुरुआत से ही सकारात्मक कार्रवाई वाली नीतियां बनी हुई हैं, जहां राज्य सरकारी व निजी क्षेत्र दोनों में ही हाशिए पर रह रहे समाज को हिस्सेदारी का प्रावधान करता है। इसके विपरीत भारत में सिर्फ सरकार व सार्वजनिक क्षेत्र की कंपनियों में एफरमेंटिव एक्शन यानी सकारात्मक कार्रवाई की गई। देश में जातीय आधार पर चल रहे सामाजिक भेदभाव और विषमता को देखते हुए निजी क्षेत्र में भी सकारात्मक कार्रवाई करने की जरूरत है, जिससे ऐतिहासिक गलतियों में सुधार हो और देश प्रगति के पथ पर चल सके। सरकार को यह सुनिश्चित करना चाहिए कि सबको विधि के समक्ष समता का अधिकार मिले, जो संविधान के अनुच्छेद 14 में मूल अधिकार की तरह मिला हुआ है।

आरक्षण का प्रावधान सिर्फ सरकारी नौकरियों व सार्वजनिक क्षेत्र की कंपनियों तक सिमटा हुआ है। उन क्षेत्रों में एससी, एसटी और ओबीसी के लिए कोई प्रावधान नहीं है, जहां 90 प्रतिशत से ज्यादा नौकरियां हैं। यह क्षेत्र आरक्षण के दायरे से पूरी तरफ से बाहर हैं। वहीं दूसरी तरह अन्य देशों में इस तरह की नीतियां सरकारी व निजी दोनों क्षेत्रों में लागू हैं। सरकारी नौकरियों व सार्वजनिक क्षेत्र की कंपनियों के अलावा, प्रतिनिधित्व देने का प्रावधान मध्य प्रदेश सरकार ने पहली बार 2002 में किया, जब सरकारी ठेकों में एससी और एसटी वर्ग को हिस्सेदारी देने का प्रावधान किया। उसके बाद महाराष्ट्र सरकार एक कदम और आगे गई और निजी क्षेत्र में आरक्षण दिए जाने का अधिनियम पारित किया। सबसे महत्त्वपूर्ण यह है कि निजी क्षेत्र के आरक्षण को संयुक्त प्रगतिशील गठबंधन (यूपीए) की पहली सरकार के न्यूनतम साझा कार्यक्रम का हिस्सा बनाया गया।[22]

2004 में संयुक्त प्रगतिशील गठबंधन सरकार बनने के बाद से नौकरियों में आरक्षण राष्ट्रीय एजेंडे का हिस्सा बना। सरकार ने इस सिलसिले में भारत के उद्योग जगत से बातचीत शुरू की, जिससे एससी, एसटी और ओबीसी युवाओं को प्रतिनिधित्व मिल सके। कांग्रेस ने 2004 के चुनाव प्रचार अभियान में इसे अपने एजेंडे में रखा था। सत्ता में आने के बाद सामाजिक न्याय एवं अधिकारिता मंत्री मीरा कुमार ने इस सिलसिले में

टाटा संस के चेयरमैन रतन टाटा से बात की। टाटा ने स्वेच्छा से एससी, एसटी वर्ग के लिए सामाजिक न्याय सुनिश्चित करने का महत्त्वपूर्ण बयान दिया। मई 2005 में इसे लेकर एक संयुक्त बयान जारी किया गया, जिस पर टाटा, बजाज समूह के चेयरमैन राहुल बजाज, आदित्य बिड़ला समूह के चेयरमैन कुमारमंगलम बिड़ला, गोदरेज समूह के चेयरमैन जमशेद गोदरेज, महिंद्रा ऐंड महिंद्रा समूह के चेयरमैन केशव महिंद्रा, हीरो कॉर्प के चेयरमैन सुनील मुंजाल, इन्फोसिस समूह के एनआर नारायणमूर्ति, एचडीएफसी समूह के दीपक पारेख और विप्रो के चेयरमैन अजीम प्रेमजी सहित 20 उद्योगपतियों के हस्ताक्षर थे। इसमें यह वादा किया गया था कि उद्योग जगत सकारात्मक कार्रवाई करेगा, जिससे हाशिए पर बैठे समाज, जिसे प्रतिनिधित्व नहीं मिल रहा है, उसे निजी क्षेत्र की गतिविधियों में शामिल किया जा सके। इसमें यह महत्त्वपूर्ण घोषणा भी की गई कि, "मेरिट प्राकृतिक गुण नहीं है बल्कि यह सामाजिक परिस्थितियों के मुताबिक आकार लेती है।"

प्रधानमंत्री मनमोहन सिंह ने उद्योग संगठन कॉन्फेडरेशन आफ इंडियन इंडस्ट्री (सीआईआई) की राष्ट्रीय कार्यकारिणी की बैठक में अप्रैल 2006 में कहा कि अगर उद्योग जगत स्वेच्छा से वंचित तबके के लिए महत्त्वाकांक्षी सकारात्मक कार्रवाई नहीं करती है तो वह निजी क्षेत्र में नौकरियों में आरक्षण करने के राजनीतिक दबाव का प्रतिरोध नहीं कर पाएंगे।[23]

प्रधानमंत्री के इस बयान के बाद उद्योग जगत हरकत में आया। उस समय के सीआईआई के अध्यक्ष डॉ जमशेद जे ईरानी ने भारतीय कारोबारियों के लिए सकारात्मक कार्रवाई कार्यक्रम तैयार करने हेतु टास्कफोर्स गठित करने को कहा। टास्कफोर्स ने जुलाई 2006 में प्रधानमंत्री मनमोहन सिंह को अपनी रिपोर्ट सौंपी। यह भारत के उद्योग जगत में अहम घटना थी। इसमें प्रमुख रूप से कहा गया कि सभी स्तरों पर निजी क्षेत्र एससी और एसटी समुदाय के लोगों को नई भर्तियों में ज्यादा प्रतिनिधित्व देगा। इसका असर एक साल के भीतर नजर आएगा। बड़ी कंपनियां कम से कम एक एससी, एसटी उद्यमी बनाएंगी और पहले साल इस तरह के 100 उद्यमी बनाए जाएंगे। गुणवत्ता और लागत समान होने पर कंपनियां ऐसे इंटरप्राइजेज से खरीद को प्राथमिकता देंगी, जहां प्रमोटर, पार्टनर और प्रोपराइटर्स एससी-एसटी समुदाय के होंगे।

निजी क्षेत्र में सकारात्मक कदम उठाए जाने या वंचित तबके को आरक्षण दिए जाने के मसले पर कार्यकुशलता को लेकर सवाल उठाए जाते हैं। हालांकि है इसके उलट मामला। निजी क्षेत्र में देखा जाता है कि किसी एक जाति विशेष के लोग ही प्रबंधन के पदों पर भरे हैं, नीचे के पदों पर भले ही थोड़ी विविधता मिल जाए। अगर 10 प्रतिशत आबादी में ही सारी योग्यता देखी जा रही है और उन्हीं में से प्रबंधकीय योग्यता का चयन हो रहा है तो ऐसी योग्यता हमेशा संदेह के दायरे में रहती है। अगर 100

प्रतिशत आबादी में से योग्य लोगों का चयन किया जाए तो निश्चित रूप से बेहतर मानव संसाधन के चयन की गुंजाइश बनती है।

कुछ कंपनियां खुली प्रतियोगिता कराती हैं। हालांकि भारत में निजी क्षेत्र में चयन हमेशा संदिग्ध रहा है। इसकी कोई खुली प्रक्रिया नहीं रही है। जांच की प्रणाली ऐसी नहीं रही है, जिसमें निष्पक्षता की कोई गारंटी हो। साथ ही इस तरह का कोई अध्ययन भी नहीं कराया गया है कि अगर न्यूनतम तकनीकी या शैक्षणिक योग्यता समान होने पर किसी को आरक्षण देकर या प्राथमिकता देकर भर्ती कर ली गई हो तो उसका प्रदर्शन कैसा होगा। इस तरह से यह कहने का कोई वैज्ञानिक आधार नहीं है कि अगर किसी वंचित तबके को मौका दिया जाए तो उद्योग पर बुरा असर पड़ता है। इसकी तुलना में कई अन्य देशों में सकारात्मक कार्रवाई की गई है और उसका अध्ययन भी किया गया है। अमेरिका में कई तरह की सकारात्मक कार्रवाई की गई है। वहां उठाए गए कदमों के बारे में होल्जर और नेउमार्क कहते हैं–

"कोई आश्चर्य की बात नहीं है कि श्रम अर्थशास्त्र में अस्पष्ट परिणाम आते हैं कि सकारात्मक कार्रवाई से उत्पादकता को हानि हुआ या लाभ। परिणाम इस पर भी निर्भर करता है कि कार्यस्थल पर भेदभाव तो नहीं हो रहा है। यह इस पर ज्यादा निर्भर होता है कि सकारात्मक कार्रवाई या आरक्षण की व्यवस्था किस तरीके से लागू की गई है। अगर सकारात्मक कार्रवाई बेहतर तरीके से की गई है तो प्रदर्शन पर इसके सकारात्मक असर होते हैं।"

मलेशिया के अनुभव से भी संकेत मिलता है कि सकारात्मक कार्रवाई का असर अच्छा होता है।[24] 1980 के दौर में देश की आर्थिक वृद्धि शानदार रही। संयोग से मलेशिया में समग्र सकारात्मक कार्रवाई की नीति 1970 की शुरुआत से लागू है। इसके लागू होने पर बड़े पैमाने पर नौकरियों, पूंजी, कृषि भूमि और शिक्षा के अवसर का पुनर्वितरण हुआ। मलेशिया में हाशिए पर रह रहे समुदाय को अवसर दिया गया।

इन उदाहरणों से साफ होता है कि अगर बाजार भेदभाव करता है तो अकुशलता आती है और इसका परिणाम आर्थिक रूप से कम सकारात्मक आता है। इस भेदभाव को दूर करने के लिए कानून के मुताबिक रोजगार के समान अवसर प्रदान करने का काम किया गया है। सरकारी या निजी नियोक्ता भेदभाव नहीं कर सके, इस पर रोक लगाई गई है। इस तरहकी व्यवस्था अमेरिका में सिविल ऐक्ट की धारा 7 के मुताबिक की गई है, वहीं उत्तरी आयरलैंड में फेयर इंप्लाइमेंट ऐक्ट पेश किया गया है, जो इसके कुछ प्रमुख उदाहरण हैं।

इसके अलावा वंचित तबके के लिए नौकरियों की आसान पहुंच के इंतजाम किए गए हैं। मलेशिया में इसे आरक्षण, अमेरिका में अफर्मेटिव ऐक्शन या सकारात्मक कार्रवाई, उत्तरी आयरलैंड में फेयर इंप्लाइमेंट मेजर और ब्रिटेन में पॉजिटिव ऐक्शन नाम

दिया गया है। सरकारों की ओर से यह अग्रगामी कदम हैं, जिससे किसी भी वजह से वंचित तबके को उचित प्रतिनिधित्व मिल सके। इन कार्रवाइयों से न सिर्फ निजी क्षेत्र में नौकरियों में, बल्कि शिक्षा, हाउसिंग, सरकारी ठेकों, विधायिका आदि में जगह देने की कवायद की गई है।[25]

इस तरह से देखें तो संयुक्त प्रगतिशील गठबंधन में जब कांग्रेस क्षेत्रीय दलों जैसे समाजवादी पार्टी, बहुजन समाज पार्टी, राष्ट्रीय जनता दल आदि और मार्क्सवादी कम्युनिस्ट पार्टी के दबाव में थी तो उसने निजी क्षेत्र में एससी, एसटी और ओबीसी को आरक्षण देने या उन्हें किसी तरीके से जगह देने की कवायद की थी।

संयुक्त प्रगतिशील गठबंधन (यूपीए)के दूसरे कार्यकाल यानी 2009 से 2014 के बीच सरकार की विभिन्न क्षेत्रीय दलों पर निर्भरता खत्म हो गई। इसके साथ ही यह चर्चाएं भी कम हो गईं कि निजी क्षेत्र में कुछ सकारात्मक कार्रवाई करने की जरूरत है, जिससे लोगों को नौकरियां हासिल हो सकें। साथ ही लघु उद्योगों में समाज के विभिन्न तबकों को हिस्सेदारी दिए जाने पर जो चर्चा शुरू हुई थी, वह कवायद सिर्फ उद्योग संगठनों के सुझाव, विभिन्न तरह के कौशल विकास और प्रशिक्षण तक सिमटकर रह गए। कवायद कुछ इस तरह की गई, जैसे समाज के बड़े तबके को वंचित इसलिए रखा गया, क्योंकि उनमें योग्यता नहीं है। जबकि मामला इससे उलट है। निजी क्षेत्र में ग्रुप बने हुए हैं और वह ग्रुप जातीय आधार और जाति की बहुलता होने पर क्षेत्रीय और जातीय दोनों ही को आधार बनाकर चयन शुरू कर देते हैं।

नौकरियों, ठेकों आदि में असमान वितरण के परिणाम घातक साबित हुए हैं। नेशनल सैंपल सर्वे आर्गेनाइजेशन के आंकड़ों को देखें तो 1999-2000 और 2011-12 के दौरान भारत के सबसे अमीर 10 प्रतिशत लोगों की आमदनी में तेज बढ़ोतरी हुई है। वहीं सबसे गरीब 10 प्रतिशत लोगों की आमदनी सबसे कम बढ़ी है। शेष 80 प्रतिशत आबादी की आमदनी जिस स्तर पर थी, उसी स्तर पर रही। यानी उनका न तो विकास हुआ, न उनकी आमदनी घटी। आमदनी की वृद्धि दर इस दौरान गांवों में 35 से 40 प्रतिशत के बीच रही और शहरी इलाकों में 40 से 50 प्रतिशत के बीच रही। इसका मतलब है कि देश की 90 प्रतिशत आबादी की ग्रामीण भारत में इन 12 वर्षों के दौरान आमदनी में सालाना वृद्धि दर 3 प्रतिशत और शहरी इलाकों में 4 प्रतिशत रही है।[23]

क्रेडिट सुइस की 2017 की रिपोर्ट के मुताबिक भारत में 1 प्रतिशत अमीर लोगों के पास देश की 58.4 प्रतिशत संपदा है, जो 2000 के 36.8 प्रतिशत की तुलना में 17.6 प्रतिशत बढ़ी है। वहीं देश के 70 प्रतिशत निचले स्तर के लोगों के पास कुल संपदा की महज 7 प्रतिशत संपत्ति बची है, जो 2010 में 13.9 प्रतिशत थी।[24]

साफ है कि पिछले 7 साल के दौरान निम्न वर्ग ही नहीं निम्न मध्य वर्ग में आने वाली 70 प्रतिशत आबादी की देश की कुल संपदा में हिस्सेदारी घटकर आधी रह

गई है। पहले से ही संसाधनों का असमान बंटवारा इन 7 वर्षों में भयावह स्तर पर पहुंच गया है। यह अंतर इतना ज्यादा बढ़ गया है कि निचले तबके को तो उपभोक्ता भी नहीं माना जा सकता है। उपभोक्ता के लिए जरूरी है कि उसके पास खरीद की शक्ति हो। लेकिन समाज के निचले तबके की हिस्सेदारी जिस तरीके से देश की संपदा में घटी है, उससे साफ होता है कि अति दरिद्र वर्ग बाजार में उपभोक्ता भी नहीं रह गया है, बल्कि वह उद्योगों के सस्ते श्रम की आरक्षित सेना बन गया है। यह तबका रोजगार पाने के लिए किसी भी हद तक जाकर और किसी भी स्तर के वेतन पर काम करने को तैयार बैठा है।[26,27]

अप्रैल 2017 को पोलैंड के युनिवर्सिटी आफ वारसा के विद्यार्थियों को संबोधित करते हुए भारत के उपराष्ट्रपति हामिद अंसारी ने भी इसका उल्लेख किया कि भारत की आर्थिक वृद्धि दर से जीवन की गुणवत्ता में सुधार आया है, लेकिन इसके लाभ का समान रूप से वितरण नहीं हुआ है।[28]

भारत में किस तरह से क्रीमी लेयर बन रहा है, इसका उदाहरण कंपनियों के सीईओ के वेतन में देखा जा सकता है। 2014 में भारत की निजी क्षेत्र की प्रमुख सूचीबद्ध कंपनियों के मुख्य कार्यकारी अधिकारियों का सालाना औसत वेतन 10 करोड़ रुपये था। दो साल बाद 2016 में यह वेतन बढ़कर 20 करोड़ रुपये सालाना हो गया।[29]

आर्थिक आधार पर इस भेदभाव को देखें तो यह विकराल समस्या दिखती है। और अगर हम इसे जातीय स्तर पर देखें तो और खतरनाक परिणाम निकलकर सामने आते हैं। अब तक कोई सर्वे नहीं कराया गया है, लेकिन कंपनियों में प्रमुख प्रबंधकीय पदों, मुख्य कार्यकारी अधिकारी के स्तर के कर्मचारी एससी, एसटी और ओबीसी वर्ग से नजर नहीं आते। इसे लेकर संसद में जनता दल यूनाइटेड की ओर से जबरदस्त मांग भी की गई कि जातीय जनगणना के आंकड़े जारी किए जाएं, जिससे पता चल सके कि निजी क्षेत्र में मलाईदार पदों पर किसका कब्जा बना हुआ है और कौन सा तबका है, जो कम वेतन पर जी रहा है। पार्टी का कहना है कि अगर यह साफ हो जाए कि कौन सा वर्ग निजी क्षेत्र में और समाज के अन्य क्षेत्र में मुख्य धारा से कट रहा है तो उस तबके के लिए सरकार खास प्रबंध करे। हालांकि इसका कोई परिणाम नहीं निकला। मांग धरी की धरी रह गई।[30]

2014 में नरेंद्र मोदी सरकार के सत्ता में आने के बाद स्किल इंडिया, स्टैंड अप इंडिया जैसे तमाम नारे दिए गए। लेकिन कोई ठोस और सरकारात्मक कार्रवाई इस दिशा में नहीं हुई। साथ ही निजी क्षेत्र में आरक्षण देने या बड़े उद्योगों द्वारा इनपुट सामग्री की खरीद में दलितों, पिछड़ों की बहुलता या उनके मालिकाना वाले वाले कुटीर व लघु उद्योगों से सामग्री की खरीद की चर्चा ही खत्म हो गई। 2009 के बाद से ही देश में नौकरियों का टोटा पड़ने लगा था। 2014 में सरकार बदल गई। अब स्थिति और खराब है। श्रम ब्यूरो के आंकड़ों के मुताबिक 2009 में 12.56 लाख, 2010 में 8.65 लाख, 2011 में 9.30 लाख, 2012 में 3.22 लाख,

2013 में 4.19 लाख नौकरियों का सृजन हुआ। वहीं 2014 में 4.93 लाख और 2015 में महज 1.35 लाख नई नौकरियों का सृजन हुआ। रोजगार की स्थिति दिन प्रतिदिन बदतर होती गई। भारत में बढ़ती आबादी को रोजगार देने के लिए हर महीने 10 लाख नई नौकरियों के सृजन की जरूरत है। सरकार के आंकड़ों के मुताबिक 2015 के बाद से नरेंद्र मोदी सरकार हर महीने महज 10,000 नई नौकरियों का सृजन कर पाई है। इस तरह से देखें तो यह असफलता असाधारण है।[31,32, 33]

सरकार की इस असाधारण असफलता के असाधारण परिणाम भी निकले। खासकर ग्रामीण इलाकों में भीषण स्थिति हो गई। बढ़ती बेरोजगारी के साथ कृषि संकट ने समस्या और बढ़ा दिया। 2 साल लगातार पड़े सूखे और उसके बाद नोटबंदी, मंडियों में दुर्व्यवस्था, खरीद की उचित प्रणाली न होने व भंडारण की दिक्कत से किसानों का संकट बढ़ा। खासकर जिन इलाकों को खेती के हिसाब से बेहतर इलाका माना जाता था, उन इलाकों में किसानों की समस्या बढ़ी है और आरक्षण को लेकर नये आंदोलन शुरू हो गए।[34]

> **गरीब का आंसू कुछ समय तक तो आंसू रहता है, लेकिन वही आंसू फिर तेजाब बन जाता है जो इतिहास के पन्नों को चीर करके धरती पर अपना व्यक्तित्व बनाता है। यद्द समझ लीजिए कि गरीब की आंख में जब तक आंसू हैं, आंसू हैं लेकिन जब आंसू सूख जाते हैं तो उसकी आंखें अंगार हो जाती हैं और इतिहास ने ये बताया है कि जब गरीबों की आंखें अंगार होती हैं तो सोने के भी महल पिघल करके पनालों में बहते हैं।**
>
> *विश्वनाथ प्रताप सिंह, मंडल आयोग की सिफारिशें लागू करने के बाद 15 अगस्त 1990 को लाल किले की प्राचीर से*

आरक्षण अभी अलग मोड़ पर है। तमाम लोगों को लगता है कि देश सोने की चिड़िया था। आरक्षण के कारण सब सोने की चिड़िया मर गईं और उनको आरक्षण पाने वाले लोगों ने बटोर लिया। ऐसे में देश में तमाम जातियों ने आरक्षण की मांग शुरू कर दी। इसमें महाराष्ट्र के मराठा, आंध्र प्रदेश के कापू, गुजरात के पाटीदार और हरियाणा के जाट प्रमुख हैं। इन लोगों को लगता है, या किसी ने सिखाया है कि आरक्षण मिल जाए, बस सारे दुख दर्द खत्म हो जाएंगे। शायद आरक्षण की मांग करने वाले, आरक्षण

को वो वाली गाय समझ रहे हैं, जिसकी पूंछ पकड़ाकर बाबा लोग मृतक की आत्मा को बैतरिणी पार कराते हैं। शायद उन्हें लगता है कि जैसे ही आरक्षण मिला– बेरोजगारी, अशिक्षा, तंगहाली से जूझ रहा हमारा बच्चा इससे मुक्त हो जाएगा।

मराठा और पाटीदार आंदोलन में अद्‌भुत साम्यता है। जिस तरह पाटीदार आंदोलन में शुरुआत में "हमको आरक्षण दो या सब आरक्षण खत्म करो", हिंदुत्व की रक्षा करें जैसी मूर्खताएं आईं, ठीक उसी तरह मराठों के लिए कम्युनिटी द्वारा की जा रही आत्महत्या या आरक्षण कम, ज्यादा बड़ा मुद्दा यह दिखा कि दलितों के उत्पीड़न के कानून से वे परेशान हैं!

दिलचस्प है कि दोनों आजकल कुर्मी मूल होने का दावा कर रहे हैं. यह भी दिलचस्प है कि आरक्षण पाने वाले कुछ कुर्मी खुद को कुर्मी मानते ही नहीं! कुछ मानते हैं कि वो उच्च जात थे लेकिन ओबीसी आरक्षण देकर उन्हें नीच बना दिया गया!

जाट, गूर्जर और पटेल आरक्षण की मांग की अलग अलग वजहें हैं। 1999 में राजस्थान के जाटों को भाजपा सरकार ने पिछड़े वर्ग में शामिल कर लिया। इसके बाद से अन्य राज्यों में भी जाट आरक्षण की मांग तेज हो गई। जाटों को आरक्षण दिए जाने के बाद पिछड़ी जातियां असुरक्षित महसूस करने लगीं और गुर्जरों ने अनुसूचित जनजाति में आरक्षण दिए जाने की मांग शुरू कर दी। इससे कई इलाकों में मीणा और गुर्जरों में खूनी टकराव शुरू हो गए। गुजरात में 1999–2000 में मोध घांची पिछड़े वर्ग की आरक्षण सूची में शामिल हो गये। मूल सूची में सिर्फ घांची (मुस्लिम) को आरक्षण था। 2000 में तेली (साहू) तेली (राठौड़) और तेली (राठौर) को भी आरक्षण सूची में डाल दिया गया।[35] उसके बाद से पटेल नाराज हो गए और वे भी आरक्षण की मांग करने लगे।

इनके अलावा आंध्र प्रदेश का कापू आंदोलन, कापू समुदाय में से सम्पन्न होने के बाद रेड्डियों के अलग होने और कापू के राजनीति में कमजोर पड़ते जाना एक वजह है। कापू में से कुछ उपजातियों के ओबीसी आरक्षण में शामिल किया गया। महाराष्ट्र में मराठों की ओर से आरक्षण की मांग मुख्य रूप से पंचायत चुनाव में आरक्षण की वजह से हुई।[36] मराठों का गांव व निकाय स्तर पर चुनाव में कब्जा रहता था। आरक्षण होने के बाद उनकी सीटें घटने लगीं। तमाम मराठे फर्जी ओबीसी प्रमाणपत्र बनवाकर चुनाव लड़ने लगे। ऐसे मामले सामने आने पर विरोध शुरू हुआ और उसी के साथ आरक्षण की मांग भी शुरू हो गई। बहरहाल, आइए पहले आरक्षण आंदोलनों के बारे में बात करते हैं। आगे कुछ अन्य वजहों पर भी चर्चा होगी, जिनकी वजह से देश की प्रमुख किसान जातियां सड़कों पर उतरीं।[37]

गुजरात का पाटीदार आंदोलन

सबसे हंगामेदार पाटीदार आंदोलन रहा। पाटीदार जाति मुख्य रूप से गुजरात में पाई जाती है। 1931 की जनगणना में पाटीदारों ने अपने को अलग जाति के रूप में दिखाया।

पाटीदार का शाब्दिक अर्थ जमीन का मालिक होता है। इसके पहले इनकी पहचान कुनबी या कुर्मी के रूप में थी। पाटीदारों का सामाजिक आर्थिक उत्थान ब्रिटिश काल में हुआ, जिसकी प्रमुख वजह भूमि सुधार थी। मध्य गुजरात के बेहद उपजाऊ इलाके में कुनबी किसानों को निश्चित राजस्व देने से सामाजिक स्थिति में सुधार आया। गुजरात के कुनबी समुदाय को गांव में महालवाड़ी के आधार पर जमीन मिली थी, जिसमें कर चुकाने का सामूहिक दायित्व था।

पाटीदार मुख्य रूप से गुजरात, मध्य प्रदेश, राजस्थान और महाराष्ट्र में रहते हैं। मध्य प्रदेश के कुछ इलाकों में भी पाटीदार हैं, जिन्हें पिछड़े वर्ग के तहत आरक्षण मिला हुआ है। माना जाता है कि पंजाब के कुर्मी 1400 ईसवी के आसपास गुजरात में बस गए। उन्हें गुजरात के शासक सोलंकी राजाओं ने पेटलैड तालुका में गैर कृषि भूमि आवंटित किया, जिसे कुर्मियों ने खेती योग्य बनाया। सोलंकी राजाओं ने कुर्मियों से कर समझौता किया और उन्हें पाट के हिसाब से फसलों के रिकॉर्ड रखने की जिम्मेदारी सौंपी। रिकॉर्ड रखने वाले को पाटलिक कहते थे, जिसे संक्षेप में पटेल कहा जाने लगा। पटेलों में दो वर्ग है। लेउआ पटेल और कड़वा पटेल। ये खुद को क्रमशः लव और कुश का वंशज मानते हैं। लव और कुश से अपना वंश जोड़ने वाले पाटीदार अपने को अयोध्या से विस्थापित भी मानते हैं।[38]

इस समय गुजरात में पटेल खेतिहर हैं। खेती से जुड़े कुटीर उद्योगों के अलावा हीरे की तराशी से लेकर तमाम लघु उद्योगों में इनका हस्तक्षेप है। हालांकि नौकरियों में इनका प्रतिशत कम है, लेकिन लघु एवं कुटीर उद्योगों में अच्छी खासी दखल के कारण पटेलों की आर्थिक स्थिति मजबूत बनी रही।

आरक्षण की मांग को लेकर पहले तमाम छोटी मोटी गतिविधियां हुईं। लेकिन पटेलों की ओर से सबसे बड़ा आंदोलन 25 अगस्त 2015 की रैली रही।[39] महा क्रांति रैली के लिए पटेल समाज के करीब 18 लाख लोग मंगलवार को अहमदाबाद में जुट गए। अगर हम जातीय आंदोलन का इतिहास देखें तो यह अब तक के इतिहास की शायद सबसे बड़ी रैली थी। इस रैली के हीरो हार्दिक पटेल ने दावा किया कि रैली में 25 लाख लोग आए। हार्दिक ने शायद लंबे समय बाद कुर्मी (खेतिहर) समुदाय को जोड़ने की कवायद भी की। बिहार के मुख्यमंत्री नीतीश कुमार, आंध्र प्रदेश के मुख्यमंत्री चंद्रबाबू नायडू से खुद को जोड़ा।[40] हार्दिक पटेल ने कहा कि हम किसी के साथ गद्दारी नहीं कर सकते। कांग्रेस और भाजपा, दोनों कह रही हैं कि हमारा आंदोलन उनकी देन है। लेकिन यह सही नहीं है। जो पाटीदारों की बात करेगा, वही गुजरात पर राज करेगा। हार्दिक पटेल ने कहा कि हम भीख नहीं, केवल अपना हक मांग रहे हैं। उन्होंने गुजरात 6 हजार किसानों की खुदकुशी का भी हवाला दिया और इसके लिए सरकार को जिम्मेदार ठहराया।

हार्दिक पटेल और प्रदर्शनकारियों को मंगलवार शाम पांच बजे तक ही मैदान में रैली की अनुमति दी गई थी। लेकिन इसके बाद भी प्रदर्शन जारी था। हार्दिक पटेल अनशन पर बैठ गए और मांग की कि जब तक मुख्यमंत्री आकर ज्ञापन नहीं लेती हैं, तब तक धरना जारी रहेगा। पुलिस ने शाम ढलते ही मैदान में प्रदर्शनकारियों पर धावा बोला और जमकर लाठियां भांजी। इस दौरान पार्किंग में खड़ी गाड़ियों पर पुलिस का गुस्सा बरपा।[41, 42]

25 अगस्त को शाम होते होते गुजरात में आरक्षण मांग रहा पटेल समुदाय हिंसक हो गया। शाम को हार्दिक पटेल को पुलिस ने हिरासत में ले लिया। इससे लोग भड़क गए। माहौल बिगड़ता देख सरकार ने घंटे भर बाद ही हार्दिक पटेल को छोड़ दिया। लेकिन तब तक अहमदाबाद, सूरत समेत 12 से ज्यादा शहरों में समाज के लोग सड़कों पर उतर आए।[35] तोड़फोड़ और आगजनी शुरू हो गई। रात तक सवा सौ गाड़ियां फूंक दी गईं। 16 थाने जलाए गए, एक की मौत हो गई। कई शहरों में ट्रेन की पटरियां उखाड़ दीं। फायर स्टेशनों को घेर लिया, ताकि दमकल विभाग के लोग निकल न सकें। मेहसाणा में तत्कालीन गृह राज्यमंत्री रजनी पटेल के घर और गांधीनगर समेत कई शहरों में कलेक्टर और एसपी दफ्तर में भी आग लगा दी गई। देर रात अहमदाबाद, सूरत, मेहसाणा, ऊंझा, विसनगर में कर्फ्यू लगा दिया गया। 2002 के दंगों के बाद पहली बार गुजरात में ऐसी हिंसा हुई और कर्फ्यू लगाया गया।

अहमदाबाद के कई इलाकों में तोड़फोड़ की घटनाएं हुईं। आंदोलनकारियों के मुताबिक घर लौटते प्रदर्शनकारियों को दौड़ा दौड़ाकर पीटा गया। वहीं शहर नियंत्रण कक्ष के पुलिस निरीक्षक डीआर धमल का बयान आया कि जब पटेलों और दलितों के दो समूह आपस में भिड़ गए तो पुलिस ने भीड़ पर आंसू गैस के गोले छोड़े और लाठीचार्ज किया। धमल ने कहा कि पटेल समुदाय के प्रदर्शनकारियों ने वदाज पुलिस चौक के पास इलाके में दुकानों और बसों में तोड़फोड़ की और बाद में उनकी दलित समुदाय के लोगों से झड़प हो गई।

एक और पुलिस अधिकारी ने बताया कि वस्त्रपुर, पालदी और निकोल इलाकों में भी संघर्ष हुआ। पुलिस के मुताबिक पटेल समुदाय के युवा बड़ी संख्या में बंद कराने के लिए अपने दोपहिया वाहनों पर शहर की कई सड़कों पर निकले। कुछ स्थानों पर सिटी बसें तोड़ी गईं। प्रदर्शन हिंसक होने के बारे में पाटीदार अनामत आंदोलन समिति के संयोजक हार्दिक पटेल ने कहा कि पुलिस ने प्रदर्शनकारियों को बेवजह और गैर कानूनी तरीके से पीटा। घर लौट रहे लोगों को घेरकर पुलिस ने मारा। इसके पहले हार्दिक ने वड़ोदरा में 21 अगस्त को रैली करके पूर्वाभ्यास किया था। उस रैली में भी समुदाय के लोग बड़ी संख्या में शामिल हुए और स्थानीय स्तर के चिकित्सक, छोटे कारोबारियों ने हर स्तर पर आंदोलन में सहयोग किया था।

पाटीदार आंदोलन में उस समय एक नया मोड़ आया जब 26 सितंबर 2015 को

राजकोट जिले में आरक्षण के समर्थन में 34 साल के उमेश पटेल ने आत्महत्या कर ली।[43] सुसाइड नोट में पटेल ने कहा कि उसके पास न तो कोई जमीन है, न अपना मकान है और न ही कोई निवेश है। उसने लिखा कि जब मैं आरक्षण की बात करता हूं तो पीटा जाता हूं, ऐसे में आरक्षण की मांग को लेकर आत्महत्या कर रहा हूं। उसने लिखा कि मैं अपने मां बाप का इकलौता बेटा हूं और जब तक सरकार पाटीदारों को आरक्षण नहीं देती, जब तक पाटीदार अपने बेटों को खोते रहेंगे। उमेश ने अपने आंदोलनकारी साथियों से क्षमा मांगते हुए कहा कि मैं आपके बीच नहीं रहूंगा, इस बात का दुख है, लेकिन आंदोलन जारी रहना चाहिए।

कुछ महीने भी नहीं बीते कि पाटीदार आंदोलन नेताओं के आपसी खींचतान में भी उलझा। हार्दिक पटेल और लालजी पटेल को किनारे करते हुए पाटीदार समाज के बुजुर्ग नेताओं ने खुद कमान संभाल ली। इतना ही नहीं, पाटीदारों पर हिंसा से नाराज प्रवासी भारतीयों ने अमेरिका, कनाडा, ऑस्ट्रेलिया में प्रधानमंत्री नरेंद्र मोदी और गुजरात की मुख्यमंत्री आनंदी बेन पटेल के खिलाफ प्रदर्शन करने की भी घोषणा की। प्रवासी पटेल नेताओं ने अपने लोगों से पूरे गुजरात भर में बैंकों से धन निकाल कर आर्थिक असहयोग आंदोलन शुरू करने की अपील की। हार्दिक का समर्थन कर रहे पाटीदार समाज के अग्रणियों ने दूसरे चरण की कमान खुद संभाल ली। पाटीदारों की संस्था उमिया धाम में कडवा व लेउवा समाज के बुजुर्ग मिलकर सौ लोगों की एक कोर कमेटी बनाकर आंदोलन को आगे बढ़ाने का फैसला किया।[44]

वहीं गुजरात में लालजी पटेल के नेतृत्व वाले सरदार पटेल समूह ने पटेलों को अन्य पिछड़ा वर्ग में शामिल कराने के लिए अपनी आर्थिक ताकत का सहारा लेने का फैसला किया और राज्य में आर्थिक असहयोग आंदोलन शुरू करने की घोषणा की। प्रधानमंत्री नरेंद्र मोदी की अमेरिका यात्रा का बहिष्कार करने की घोषणा की गई। सरदार पटेल समूह के प्रवक्ता वरुण पटेल ने कहा कि पटेल समुदाय के सदस्यों से अपील की गई है कि राज्य सरकार के उनकी आरक्षण की मांग को अनसुना करने के चलते वह बैंकों से अपना सारा धन निकाल लें।

गुजरात की आनंदीबेन पटेल सरकार ने पटेलों को लुभाने के लिए 1 अक्टूबर 2015 को कम आमदनी वाले परिवार के विद्यार्थियों के लिए कुछ घोषणाएं कीं। यह घोषणा खासकर विद्यार्थियों के लिए थी, जो सामान्य श्रेणी में आते हैं। यह 10,000 करोड़ रुपये की योजना थी। सरकार की योजना के मुतिबक 4.5 लाख रुपये या इससे कम सालाना आमदनी वाले परिवारों के 90 प्रतिशत से ज्यादा अंक पाने वाले विद्यार्थियों को शिक्षा, किताबों और हास्टल शुल्क में सब्सिडी दी जानी थी। साथ ही सरकारी नौकिरयों में उम्र की सीमा बढ़ाने की भी बात कही गई। गरीब परिवार के बच्चों के स्ववित्त पोषित मेडिकल कॉलेजों में प्रवेश पर 2 लाख रुपये तक फीस सब्सिडी देने का प्रावधान किया

गया। इंजीनियरिंग कॉलेज के लिए 50,000 रुपये तक फीस सब्सिडी और विज्ञान, कला, वाणिज्य स्नातक और अन्य कोर्सों के लिए 50 प्रतिशत या 10,000 रुपये तक फीस में सब्सिडी की व्यवस्था की गई। साथ ही ऐसे विद्यार्थियों को किताब खरीदने के लिए भी 3000 रुपये से 10,000 रुपये तक देने का प्रावधान किया गया।

सरकार की कवायद थी कि इससे पाटीदार आंदोलन की आग को ठंडी की जाए। सरकार ने यह कदम ऐसे समय उठाया, जब हार्दिक पटेल की आलोचना शुरू हो गई थी। गुजरात उच्च न्यायालय ने हैबियस कॉर्पस दाखिल करने और फिर कोर्ट में आने पर देरी करने को लेकर फटकार लगाई। योजना के तहत सरकारी नौकरियों के लिए आवेदन करने की उम्र भी 28 साल से बढ़ाकर 33 साल और आरक्षित श्रेणी के लिए 33 साल से बढ़ाकर 38 साल कर दी गई।

हालांकि शिक्षा जगत के जानकारों ने इस पैकेज को बेकार करार दिया। उनका तर्क था कि इंजीनियरिंग के प्रोफेशनल कोर्सों में राज्य में 71,799 सीटें हैं, जिनमें से 27,000 के आसपास खाली चली जाती हैं। इस योजना ने भले की कुछ लोगों को आकर्षित किया हो, लेकिन आंदोलनकारियों ने इसे खारिज कर दिया। आरक्षण के लिए प्रदर्शन कर रहे दो प्रमुख गुटों के नेताओं हार्दिक पटेल और लालजी पटेल ने यह कहते हुए सरकार का पैकेज खारिज कर दिया कि यह उनकी मांग में शामिल ही नहीं है। भाजपा सरकार ने उस समय तर्क किया कि वह आरक्षण नहीं दे सकती, क्योंकि उच्चतम न्यायालय ने 1992 के अपने फैसले में साफ किया है कि सरकार 49 प्रतिशत से ज्यादा आरक्षण की पेशकश नहीं कर सकती।[45]

हार्दिक पटेल के आंदोलन, विभिन्न चैनलों व अखबारों में उनके साक्षात्कार और संघर्ष जारी रखने के अभियान, दिल्ली में गूर्जर व अन्य नेताओं को लामबंद करने की कवायद और आरक्षण के आंदोलन के नेताओं के बीच विवाद के बाद सरकार की बारी आई। आंदोलन के वक्त जो गिरफ्तारियां हुई थीं, वे लोग तो जमामन या राहत पाने के लिए प्रयासरत थे ही, जैसे की मामला थोड़ा ठंडा हुआ, सरकार ने हार्दिक पटेल को भी निशाने पर ले लिया। 19 अक्टूबर 2015 तक हार्दिक को दो बार गिरफ्तार किया गया। पहले राष्ट्रीय ध्वज का अपमान करने पर और दूसरी बार राजद्रोह के गंभीर आरोप में।[46] राजकोट पुलिस ने दक्षिण अफ्रीका के एक दिवसीय मैच पहले हार्दिक को गिरफ्तार कर लिया था क्योंकि युवा नेता ने मैच के दौरान गड़बड़ी फैलाने की धमकी दी थी। दूसरे दिन सोमवार की सुबह उन्हें राष्ट्रीय ध्वज का अपमान करने पर गिरफ्तार किया गया। शाम को राजकोट की एक अदालत ने उन्हें जमानत दे दी, लेकिन उसके फौरन बाद सूरत पुलिस ने उन्हें पटेल समुदाय के एक युवक की आत्महत्या के बाद पुलिसकर्मियों को मारने के लिए कथित रूप से उकसाने पर राजद्रोह के आरोप में गिरफ्तार कर लिया। सूरत पुलिस आयुक्त राकेश अस्थाना ने इस बात की पुष्टि की कि अपराध शाखा की एक टीम

ने हार्दिक को राजकोट से गिरफ्तार किया है और उनके खिलाफ राजद्रोह की शिकायत दर्ज की गई है। राजकोट ग्रामीण के पुलिस अधीक्षक गगनदीप गंभीर ने कहा कि हार्दिक पटेल के खिलाफ प्राथमिकी दर्ज करने से पहले उनके खिलाफ ठोस साक्ष्य जुटाए गए हैं। बहरहाल राष्ट्रध्वज के कथित अपमान के मामले में राजकोट के मजिस्ट्रेट की अदालत ने दोनो तरफ की दलीलें सुनने के बाद हार्दिक को 10,000 रुपये के मुचलके पर जमानत दे दी। इसके बाद उन्हें राजद्रोह के मामले में हिरासत में लिया गया। सूरत के पुलिस उपायुक्त मकरंद चौहान ने शिकायतकर्ता के रूप में राजद्रोह का मुकदमा दर्ज कराया। उन्होंने हार्दिक पटेल के खिलाफ उनकी 3 अक्टूबर 2015 की टिप्पणियों के लिए राजद्रोह का मामला दर्ज कराया, जिसमें वह अपने साथियों से पुलिसकर्मियों को मारने के लिए कह रहे थे। हार्दिक को भारतीय दंड संहिता की धारा 124 (ए) के तहत गिरफ्तार किया गया। इस धारा में प्रावधान है कि जो भी शब्दों, बोले गए अथवा लिखे गए, से सरकार के खिलाफ घृणा अथवा अवमानना पैदा करेगा अथवा असंतोष को बढ़ावा देगा उसे तीन वर्ष तक की जेल अथवा आजीवन कारावास की सजा दी जाएगी। प्राथमिकी में भारतीय दंड संहिता की अन्य धाराएं 115 (अपराध को बढ़ावा देना), 153 ए (विभिन्न समूहों में वैमनस्य बढ़ाना), 505 (2) (एक समुदाय को दूसरे के खिलाफ भड़काना) और 506 (आपराधिक धमकी) लगाई गई। हार्दिक के ऊपर आरोप लगाया गया कि उन्होंने अपने समुदाय के एक युवक को सलाह दी थी कि अपनी जान देने की बजाय वह पुलिसकर्मियों को मारे। हार्दिक ने यह बात कथित रूप से विपुल देसाई से कही थी, जिसने कहा था कि आरक्षण आंदोलन के समर्थन में वह आत्महत्या कर लेगा।

हार्दिक पटेल की गिरफ्तारी और राजद्रोह के आरोप में जेल में बंद होने के बाद आंदोलन थोड़ा फीका पड़ गया। राजद्रोह के मामले में जेल में बंद हार्दिक की जमानत याचिका को 15 मार्च 2016 को सूरत की सत्र न्यायालय ने खारिज कर दिया। इससे पहले भी 8 मार्च को हार्दिक पटेल की जमानत याचिका को नगर सत्र अदालत ने यह कह कर खारिज कर दिया था कि वह अपराध को दोहरा सकते हैं।[47]

पटेलों ने फिलहाल आरक्षण के लिए मोर्चा संभाले रखा। छिटपुट विरोध प्रदर्शन, गिरफ्तार लोगों की रिहाई और आरक्षण की मांग को लेकर आंदोलन चलता रहा। 17 अप्रैल 2016 को आंदोलन एक बार फिर भड़का और हिंसक रूप में आ गया। सरदार पटेल समूह ने मेहसाणा शहर में रैली का आयोजन रखा था। विभिन्न स्रोतों की खबरों के मुताबिक इसमें लाखों लोग जमा हो गए। रैली में जेल में बंद पटेल नेताओं की रिहाई और आरक्षण की मांग को लेकर नारे लग रहे थे। उसी समय भीड़ हिंसक हो गई। पुलिस ने लाठी चार्ज कर दिया। आंसू गैस के गोले छोड़े। इस दौरान संगठन के प्रमुख लाल जी पटेल को पुलिस के साथ झड़प में चोटें आईं। लाल जी पटेल के मुताबिक वह भीड़ के साथ आगे बढ़ रहे थे और पुलिस ने अचानक लाठीचार्ज कर दिया।[48]

29 अप्रैल 2016 को गुजरात सरकार ने राज्य दिवस के मौके पर आर्थिक रूप से पिछड़े वर्ग को 10 फीसदी आरक्षण देने का फैसला किया।[49] गुजरात देश का पहला राज्य बन गया, जहां आर्थिक रूप से पिछड़े लोगों के लिए आरक्षण का फैसला सरकार ने किया। सरकार की ओर से घोषणा की गई कि सामान्य श्रेणी में आने वाले ऐसे परिवार जिनकी सालाना आमदनी 6 लाख रुपये से कम है, उन्हें 10 प्रतिशत आरक्षण दिया जाएगा।

1 मई 2016 को अधिसूचना जारी कर गैर-आरक्षित समुदाय से ताल्लुक रखनेवाले आर्थिक रूप से पिछड़े वर्ग को 10 प्रतिशत आरक्षण दे दिया। यह अधिसूचना गुजरात अन रिजर्व्ड इकोनॉमिकली वीकर सेक्शन (रिजर्वेशन आफ सीट्स इन एजूकेशनल इंस्टीट्यूशंस इन द स्टेट एंड आफ अप्वाइंटमेंट्स एंड पोस्ट्स इन सर्विस अंडर द स्टेट) आर्डिनेंस 2016 के नाम से जारी की गई। अधिसूचना में स्पष्ट किया गया कि आर्थिक रूप से पिछड़े वर्ग को दिया जारहा यह आरक्षण एससी, एसटी और एसईबीसी वर्ग को राज्य सरकार की ओर से दिए जाने वाले आरक्षण से इतर है।[50] अधिसूचना में कहा गया कि गैर-आरक्षित श्रेणी के आर्थिक रूप से पिछड़े वर्ग ने आर्थिक रूप से संपन्न ऊंचे वर्गों के साथ चल पाने में अपनी असमर्थता जताई है। इसी के कारण आर्थिक रूप से पिछड़ा वर्ग शिक्षण संस्थानों में दाखिले और राज्य के तहत सेवाओं और पदों पर अपने प्रतिनिधित्व के मामले में वंचित महसूस करते हैं।

राज्य सरकार ने दावा किया कि समाज में मौजूद आर्थिकरूप से पिछड़े वर्ग के लोगों को आर्थिक आधार पर शिक्षण संस्थानों और राज्य के तहत सेवाओं तथा पदों पर नियुक्ति में 10 प्रतिशत आरक्षण देना जरूरी है। सरकार ने बार बार साफ किया कि नया आरक्षण पहले से मौजूद एससी, एसटी, एसईबीसी के लिए आरक्षण की नीति से अलग है। शायद सरकार नए सिरे से बवाल नहीं करना चाहती थी, क्योंकि ओबीसी आरक्षण का लाभ पाने वाले लोगों ने भी कई बार रैलियां कर अपनी ताकत दिखाई। साथ ही बयान भी आते रहे कि अगर ओबीसी कोटे में किसी को घुसाने की कोशिश की गई तो सड़कों पर संघर्ष होगा। आरक्षण के चक्रव्यूह में उलझी सरकार कहीं से नहीं चाहती थी कि पिछड़े वर्ग को नाराज किया जाए।

यह सरकार की एक और पैंतरेबाजी की तरह ही रहा। इसके पहले पैकेज देते समय भाजपा के नेताओं ने कहा था कि न्यायालय ने उनके हाथ बांध रखे हैं और आरक्षण दे पाना संभव नहीं है। वहीं आरक्षण घोषित करने के बाद सरकार का बयान आया कि सरकार इस लड़ाई को न्यायालय में भी लड़ने को तैयार है।

सरकार की इस आरक्षण व्यवस्था से हार्दिक पटेल के नेतृत्व वाली पाटीदार अनामत आंदोलन समिति खुश नहीं हुई। समिति कहा कि हमें ओबीसी अथवा विशेष बैकवर्ड क्लास (एसबीसी) फॉर्मूले पर आरक्षण चाहिए जैसा कि हरियाणा-राजस्थान में दिया

गया है। समिति ने सरकार के इस प्रस्ताव को एक और लॉलीपॉप बताकर सिरेसे खारिज कर दिया। समिति का कहना है कि सरकार पाटीदारों को गुमराह करने की कोशिश कर रही है। सरदार पटेल ग्रुप ने इसका स्वागत करते हुए कहा इससे पाटीदारों को किस हद तक फायदा होगा तथा क्या सहयोग मिलेगा, इसकी हम पड़ताल करेंगे।

अनारक्षित वर्ग के गरीबों (अपर कास्ट) को आर्थिक रूप से पिछड़े वर्ग (ईबीसी) के तहत दिए गए आरक्षण पर गुजराज उच्च न्यायालय ने 1 जून 2016 को नोटिस जारी कर कहा कि यह आरक्षण मूल अधिकारों के विरुद्ध है।[51] यह नोटिस विधायी और संसदीय मामलों के विभाग के सचिवों, शिक्षा विभागों, सामान्य प्रशासनिक विभागों को जारी किया गया। यह मामला न्यायालय में पहुंच गया। 18 जुलाई 2016 को सुनवाई के बाद गुजरात उच्च न्यायालय ने ईडब्ल्यूएस कोटे के 10 प्रतिशत आरक्षण पर अपना फैसला सुरक्षित रखा।[48]

इस बीच ऊना में कथित गोरक्षक गुंडों द्वारा दलितों की पिटाई के बाद पूरे राज्य में तूफान मचा रहा। 1 अगस्त को सोशल नेटवर्किंग साइट के माध्यम से मुख्यमंत्री आनंदीबेन पटेल ने इस्तीफा दे दिया। इस्तीफे के बाद भाजपा नए नेता के चयन में लगी थी। इसी वक्त आरक्षण पर गुजरात उच्च न्यायालय का फैसला आ गया। गुजरात उच्च न्यायालय ने 4 अगस्त 2016 को आर्थिक रूप से कमजोर वर्ग के लिए अनारक्षित श्रेणी के तहत 10 प्रतिशत आरक्षण अध्यादेश को रद्द कर दिया। राज्य सरकार ने कहा कि वह उच्च न्यायालय के फैसले को चुनौती देगी। उच्च न्यायालय ने राज्य सरकार के वकील के आग्रह पर दो हफ्ते के लिए आदेश को स्थगित रखा, ताकि वे उच्चतम न्यायालय का दरवाजा खटखटा सकें। न्यायमूर्ति आर सुभाष रेड्डी और न्यायमूर्ति वीएम पंचोली के खंडपीठ ने एक मई को जारी अध्यादेश को 'अनुपयुक्त और असंवैधानिक' बताते हुए कहा कि सरकार के दावे के मुताबिक इस तरह का आरक्षण कोई वर्गीकरण नहीं है बल्कि वास्तव में आरक्षण है। अदालत ने यह भी कहा कि अनारक्षित श्रेणी में गरीबों के लिए 10 प्रतिशत आरक्षण देने से कुल आरक्षण 50 प्रतिशत के पार हो जाता है, जिसकी उच्चतम न्यायालय के पूर्व के निर्णय के तहत अनुमति नहीं है। ईबीएस आरक्षण पर अपने रुख पर कायम रहते हुए भाजपा सरकार ने कहा कि उच्च न्यायालय के निर्णय के खिलाफ वह उच्चतम न्यायालय जाएगी।

उच्च न्यायालय ने यह भी कहा कि राज्य सरकार ने ईबीसी को बिना किसी अध्ययन या वैज्ञानिक आंकड़े के आरक्षण दे दिया। याची दयाराम वर्मा, राजीव भाई मनानी, दुलारी बसारजे और गुजरात अभिभावक संगठन ने अध्यादेश को अलग-अलग चुनौती दी थी। उनकी याचिकाओं पर एक साथ सुनवाई हुई। आदेश पर प्रतिक्रिया जताते हुए गुजरात सरकार के स्वास्थ्य मंत्री नितिन पटेल ने कहा कि सरकार ईबीसी आरक्षण के प्रावधानों का पालन करेगी और उच्च न्यायालय के फैसले को जल्द से जल्द

उच्चतम न्यायालय में चुनौती देगी।

याचिकाकर्ताओं ने अदालत से कहा कि आरक्षण उच्चतम न्यायालय के आदेश का उल्लंघन है जिसमें इंदिरा साहनी बनाम भारत सरकार मामले में अदालत ने आरक्षण की सीमा 50 प्रतिशत तय की थी। याची का तर्क था कि अतिरिक्त 10 प्रतिशत आरक्षण से शैक्षणिक संस्थानों में अनारक्षित श्रेणी के तहत ऐसे उम्मीदवारों की संख्या कम हो जाएगी, जिनके परिवार की वार्षिक आय 6 लाख रुपये से ज्यादा है। उन्होंने कहा कि प्रावधान से संविधान के अनुच्छेद 46 का उल्लंघन होता है जो राज्य का नीति निर्देशक तत्व है और इसमें 50 प्रतिशत से ज्यादा आरक्षण की अनुमति नहीं है। हालांकि सरकारी वकील का तर्क अपनी जगह थी। उनका कहना था कि आरक्षण वास्तव में 'सामान्य, खुले, अनारक्षित वर्ग में आगे का वर्गीकरण है' और यह उच्चतम न्यायालय या संवैधानिक प्रावधानों का उल्लंघन नहीं है। राज्य सरकार ने उच्च न्यायालय के समक्ष अपने हलफनामे में कहा कि अध्यादेश न तो संविधान के प्रावधानों का उल्लंघन करता है न ही यह उच्चतम न्यायालय के आदेशों के खिलाफ है। हलफनामे में कहा गया कि अध्यादेश को संविधान के अनुच्छेद 46 के साथ पढ़ा जाना चाहिए (जिसमें कहा गया है कि समाज के कमजोर तबके के लिए सामाजिक न्याय की जरूरत है) न कि इसे पिछड़ा वर्ग आरक्षण के संदर्भ में देखा जाना चाहिए।"[52] पाटीदार आरक्षण आंदोलन के नेता हार्दिक पटेल ने आदेश का स्वागत किया और कहा कि ओबीसी श्रेणी के तहत आरक्षण के लिए उनका आंदोलन जारी रहेगा। उच्च न्यायालय के फैसले की प्रशंसा करते हुए हार्दिक ने कहा कि अदालत ने स्पष्ट रूप से कहा था कि ईबीसी आरक्षण असंवैधानिक है। हार्दिक ने कहा कि आदेश का स्वागत करते हैं क्योंकि हम हमेशा संविधान के तहत आरक्षण चाहते हैं। उदयपुर, राजस्थान से वीडियो कांफ्रेंस के माध्यम से पटेल ने कहा कि न्याय मिलने तक ओबीसी आरक्षण के तहत वह आरक्षण के लिए आंदोलन जारी रखेंगे। राजद्रोह के मामले में जुलाई महीने में जमानत मिलने के बाद उच्च न्यायालय ने उन्हें 6 महीने गुजरात से बाहर रहने का निर्देश दिया था।

भाजपा ने 5 अगस्त 2016 को आनंदीबेन पटेल का उत्तराधिकारी भी चुन लिया। जैन बनिया जाति के विजय रूपानी को मुख्यमंत्री बनाए जाने की घोषणा की गई। इसके पहले नितिन पटेल के मुख्यमंत्री बनने की खबर आई। लेकिन विधायी दल और गुजरात के वरिष्ठ नेताओं में खींचतान चलती रही। विजय रूपानी को मुख्यमंत्री बनाए जाने को लेकर आनंदीबेन ने दो घंटे तक मुख्यमंत्री की घोषणा को रोके रखा। आखिरकार शाम करीब 5 बजे केंद्रीय मंत्री नितिन गडकरी और भाजपा अध्यक्ष अमित शाह ने विजय रूपानी को मुख्यमंत्री और नितिन पटेल को उप मुख्यमंत्री के रूप में चुने जाने की घोषणा की। विजय रूपानी को अमित शाह का खास माना जाता है। जनवरी में जब उन्हें अध्यक्ष बनाए जाने की बात आई, उस समय भी आनंदीबेन पटेल के विरोध के कारण

उनकी नियुक्ति करीब महीने भर रुकी रही थी। लेकिन आखिरकार विजय रूपानी के माध्यम से अमित शाह ने गुजरात की सत्ता अपने हाथ में ले ली। पटेल आरक्षण और दलित आंदोलन का बवाल झेल रहीं आनंदीबेन पटेल की विदाई के वक्त उनकी कोई सुनवाई नहीं हुई।

पाटीदार आंदोलन में हजारों के ऊपर मामले दर्ज हुए, जिसमें कई सौ तो राजद्रोही घोषित हो गए। अभी तक इस आंदोलन का कुछ भी सकारात्मक प्रभाव नहीं है। जो बच्चे आंदोलन के दौरान मुकदमों में फंसे हैं, अगर सरकार का यही रुख रहा या यही सरकार बनी रही तो राजद्रोह के केस लड़ने में उनकी पीढ़ी खप जाएगी।

महाराष्ट्र का मराठा आंदोलन

आइए अब महाराष्ट्र का रुख करते हैं। मुगल काल से मराठों को योद्धा जाति माना जाता है। 17वीं सदी में यह दक्कन के सुल्तान के सिपाही होते थे। ऐसे सिपाहियों में ही शिवाजी के पिता शाहाजी भी थे। 1660 में शिवाजी ने अलग से मराठा साम्राज्य की स्थापना कर दी। शिवाजी कुनबी समुदाय से थे। स्थानीय ब्राह्मणों ने उन्हें क्षत्रिय व राजा मानने से इनकार कर दिया। संभवत: समाज में राजा के रूप में स्वीकार्यता के लिए उन्होंने काशी के ब्राह्मणों का सहारा लिया। गागा भट्ट नाम के काशी के एक ब्राह्मण ने उन्हें क्षत्रिय घोषित किया और उसने छत्रपति के रूप में शिवाजी का राज्याभिषेक करा दिया। शिवाजी की मृत्यु के बाद मराठा साम्राज्य का विस्तार मध्य भारत होता हुआ अफगानिस्तान तक पहुंच गया। मराठा क्षत्रपों में बड़ौदा के गायकवाड़, इंदौर के होल्कर, ग्वालियर के सिंधिया, धार व देवास के पवार, नागपुर के भोसले, शिवाजी के मूल वंशज कोल्हापुर के शाहू जी शामिल हैं।

'कुनबी' का शाब्दिक अर्थ है वह व्यक्ति जो अपनी आजीविका के लिए खेती पर निर्भर है। मराठा कोई जाति नहीं है बल्कि जातियों का समूह है, जिसमें मराठा व कुनबी या कुलवाड़ी शामिल हैं।

इस तरह से कुनबी की यात्रा राजवंश तक हुई। अंग्रेजों के शासन में भी मराठा प्रभुत्व बना रहा। 1882 के थाणे जिला के गजेटियर में मराठों में कई जातियां दी गईं। पुणे जिले में कुनबी और मराठा को समानार्थक माना जाता था। 1882 के पुणे जिले के गजेटियर में कुनबी को दो वर्गों में बांटा गया मराठा और अन्य कुनबी। 1901 की जनगणना में मराठा–कुनबी में 3 जातियां बताई गईं। मराठा प्रॉपर, मराठा कुनबी और कोंकणी मराठा। कुनबी जाति खेती और सैन्य कार्यों से जुड़ी हुई हैं। वहीं मराठा प्रॉपर में 96 क्लान हैं, जो अपने को क्षत्रिय से जोड़ते हैं, जैसे भोंसले ने सिसोदिया से चव्हाण ने चौहान से और पवार ने खुद को परमार से जोड़ लिया।[53]

सत्य शोधक समाज ने मराठों को व्यापक रूप से परिभाषित किया और कहा कि इसमें गैर ब्राह्मण सभी जातियां शामिल हैं। 'मराठा शब्द का इस्तेमाल, महाराष्ट्र के सभी

निवासियों के लिए भी किया जाता है।ज्योतिबा फुले ने गैर ब्राह्मणों को मराठा कहा, जो स्वयं को 'जाति' से मराठा बताते थे।

अगर देखें तो इनकी वर्ण की स्थिति क्षत्रिय और शूद्र के बीच झूलती नजर आती है। शिवाजी, जिन्होंने मराठा साम्राज्य की स्थापना की, उनके बारे में कई ऐतिहासिक प्रमाण मिलते हैं कि वह कुनबी थे। हालांकि बाद में जो खेतिहर और अमीर तबका था, उसने खुद को मराठा कहना शुरू कर दिया और जो पिछड़े गरीब बचे, वे कुनबी रह गए। सन 1921 में जब एक कुनबी महिला ने मराठा पुरुष से विवाह कर लिया और मामला वर्धा सेशन कोर्ट में आया तब न्यायालय ने यह निर्णय सुनाया कि मराठा और कुनबी एक ही हैं।[54]

मराठों को संरक्षण देने की मांग नई नहीं है। कोल्हापुर के शाहू जी महाराज ने 1919 के मांटेग्यू चेम्सफोर्ड आयोग को दिए गए ज्ञापन में अलग प्रतिनिधित्व की मांग करते हुए लिखा था, "वाणिज्य या शिक्षा से जुड़ा समुदाय न होने के कारण मराठा बहुत गरीब हैं। इस हिसाब से देखें तो मराठा तेली, तिलारी, सोनार, सूत, लोहार और यहां तक कि महार, मांग और अन्य अछूत जातियों से भी खराब स्थिति में हैं। अन्य जातियां किसी न किसी कारोबार व हस्तशिल्प से जुड़ी हैं, लेकिन मराठा इससे पूरी तरह वंचित हैं। 5 बड़े दैत्यों ने गांवों के कृषक समुदाय के साथ बहुत बुरा किया है, जिनमें से ज्यादातर मराठा हैं। इनमें से कुलकर्णी सबसे बड़े दैत्य हैं, जो गांवों में एकाउंटेंट का काम करते हैं। कुलकर्णी के बाद ब्राह्मण सावकार (महाजन) आते हैं, जो महाजनी का काम करते हैं और उन्होंने जमीनों को अपने कब्जे में कर रखा है। तीसरे- स्कूल के अध्यापक और उनके बड़े भाई बड़े शहरों के कॉलेजों के प्रोफेसर हैं। चौथे- नौकरशाही में मौजूद ब्राह्मण हैं, जो सरकार से खाद पानी पाते हैं। गांवों में पुजारी का काम करने वाले पांचवें हैं, जो हिंदू धार्मिक पुराणों की खोज करने वाले हैं और उन्होंने ब्राह्मणों की श्रेष्ठता स्थापित की है।"[55] कुछ इस तरह से शाहूजी महराज ने मराठों के शोषण और शोषण करने वाले 5 दैत्यों के बारे में अंग्रेज सरकार को जानकारी दी। कई अन्य साक्ष्यों से प्रष्ठासन में मराठों के पिछड़ेपन के संकेत मिलते हैं।[56]

इतना ही नहीं, अगस्त सितंबर 2016 के दौरान लाखों की संख्या में मराठों के सड़कों पर उतरने और मराठों की स्थिति पर बीबीसी ने लिखा-

"1990 के बाद ग्लोबलाइजेशन का दौर आया जिसमें खेती के सवाल बहुत उग्र होकर सामने आए हैं। एक अनुमान के मुताबिक मराठा समुदाय महाराष्ट्र की जनसंख्या का 30 प्रतिशत है यानी करीब 4 करोड़ लोग। इनमें से 90 से 95 प्रतिशत लोग हाशिये पर पड़े किसान या फिर भूमिहीन किसान हैं। वे असिंचित भूमि पर खेती करते हैं और उनका दैनिक जीवन बहुत दर्दनाक है और वे भयंकर गरीबी से जूझ रहे हैं। ये मोर्चा खेती पर निर्भर लोगों का आंदोलन है। महाराष्ट्र में जितने किसानों ने खुदकुशी की है उनमें 90

फीसदी मराठा समुदाय से हैं। आत्महत्या की घटनाओं को सभी किसानों की आत्महत्या बताते हैं, कोई ये नहीं कहता कि मराठा किसान आत्महत्या कर रहे हैं। मराठों की शिकायत है कि सत्ता में मराठा हो या गैर मराठा – वे उनके सवालों और समस्याओं की ओर ध्यान नहीं देते। वे शिक्षा से वंचित हैं। वो कहते हैं कि चूंकि वे सामान्य वर्ग में शामिल हैं इसलिए उन्हें नौकरी भी नहीं मिलती। नौकरशाही में आईएएस, आईपीएस की नौकरियों में भी मराठा समुदाय के लोगों की उपस्थिति नगण्यहै। न्यायिक सेवा हो या कॉरपोर्ट क्षेत्र मराठा समुदाय का प्रतिनिधित्व नगण्य है।"[57]

अंग्रेज सरकार को पृथक प्रतिनिधित्व की मांग को लेकर शाहू जी महराज द्वारा लिखे गए लेख से यह जाना जा सकता है कि जो मराठे शासन सत्ता से जुड़े, वह समाज में थोड़ा ताकतवर जरूर हुए थे। जो गांवों में खेती किसानी का काम करते थे, उनकी स्थिति बदतर बनी रही। उनकी पहचान भी कुनबी के रूप में कायम रही। मराठों में 96 क्लान, उस 96 क्लान में तमाम सब क्लान बने। मूल रूप से कुनबी कहने वाले कम बचे। मराठे खुद को राजपूत/क्षत्रिय साबित करने में लग गए। इन्होंने पौराणिक कृष्ण से लेकर मौर्य साम्राज्य और चौहान वंश तक से खुद को जोड़ रखा है, जिससे कुनबी होने से निजात पाया जा सके और क्षत्रिय बना जा सके।

बहरहाल, एक तबका ऐसा भी रहा है, जो जमीनी हकीकत देखते हुए सरकारी संरक्षण की मांग करता रहा है। सन 1990 के दशक में जब मंडल आयोग की सिफारिशें लागू की गईं तब महाराष्ट्र सरकार ने कुनबी जाति को ओबीसी में शामिल किया परंतु मराठा जाति को नहीं। मराठा संगठनों ने इसका विरोध किया और विभिन्न आयोगों के समक्ष यह कहा कि मराठा और कुनबी एक ही जाति है। सन 2009 के दिसंबर में 'मराठा आरक्षण संघर्ष समिति' की स्थापना हुई। इस समिति में 18 मराठा संगठन शामिल थे। तब से लेकर अब तक मराठाओं ने कई आंदोलन किए। उनकी एकमात्र मांग यह है कि उन्हें ओबीसी माना जाए ताकि शैक्षणिक संस्थानों और सरकारी नौकरियों में उन्हें आरक्षण का लाभ मिल सके।[58]

इस बीच तमाम ऐसे मामले आए, जब स्थानीय निकाय चुनाव में आरक्षण का लाभ लेने के लिए मराठों ने कुनबी के रूप में पिछड़े वर्ग का जाति प्रमाण पत्र बनवाकर चुनाव लड़ा। ऐसे मामले न्यायालयों में भी गए। आरक्षण के लिए प्रमाणपत्र बनवाने के मामले में मराठों ने ब्रिटिश काल के और उससे पुराने पुराने साक्ष्य प्रस्तुत किया और अपने को कुनबी सिद्ध करने की कोशिश की। बंबई उच्च न्यायालय में सुहास पुत्र अनंतराव दाशरथे बनाम महाराष्ट्र राज्य का मसला आया। याची ने कुनबी जाति का प्रमाण पत्र लेकर चुनाव लड़ा और डिप्टी मेयर औरंगाबाद नगर निगम में डिप्टी मेटर पद पर जीतने में कामयाब रहा। इस मामले में दोनों पक्षों ने खूब तर्क दिए। विभिन्न दस्तावेजों के माध्यम से बताया गया कि कुनबी की उपजाति मराठा है। बहरहाल न्यायालय ने इसे मानने

से इनकार कर दिया।[59]

बहरहाल महाराष्ट्र की कांग्रेस सरकार ने विधानसभा चुनाव के ठीक पहले 13 जून 2014 को मराठों को आरक्षण देने की घोषणा कर दी। सरकार ने शिक्षा और नौकरियों में मराठा समुदाय को 20 प्रतिशत आरक्षण देने की घोषणा की। राज्य के उद्योग मंत्री नारायण राणे इससे संबंधित रिपोर्ट तैयार करने वाली एक टीम की अगुआई कर रहे थे। फरवरी में यह रिपोर्ट राज्य सरकार को सौंपी गई थी। राणे के मुताबिक महाराष्ट्र की कुल आबादी में मराठा समुदाय की हिस्सेदारी लगभग 32 प्रतिशत है और उनमें से 20 प्रतिशत पिछड़े तबके में आते हैं। समिति ने पिछड़ी, अन्य पिछड़ी श्रेणियों और अन्य समुदायों के आरक्षण में बदलाव किए बिना मराठा समुदाय को 20 फीसदी आरक्षण की सिफारिश की। समिति ने भारतीय संविधान के नियम 16(4) के अंतर्गत मराठा समुदाय के 5 लाख सदस्यों और 18 लाख परिवारों पर कराए गए सर्वेक्षण के बाद यह रिपोर्ट तैयार की।[60]

राणे समिति की रिपोर्ट के बाद महाराष्ट्र सरकार ने 24 जून 2014 को मराठों के लिए 16 प्रतिशत और मुस्लिमों के लिए 5 प्रतिशत आरक्षण दिए जाने को हरी झंडी दे दी। मुख्यमंत्री पृथ्वीराज चव्हाण ने कहा कि अब मराठों व मुस्लिमों को सरकारी नौकरियों व शिक्षण संस्थानों में नौकरी मिल सकेगी। चव्हाण ने कहा कि अब इस तबके को सामाजिक व आर्थिक रूप से पिछड़ा समुदाय माना जाएगा। इस तरह से 21 प्रतिशत कोटा लागू किए जाने के बाद से राज्य में आरक्षित सीटों की संख्या बढ़कर 73 प्रतिशत हो गई। लोकसभा चुनाव में कांग्रेस की हार के बाद कोटा की घोषणा के बारे में मुख्यमंत्री ने कहा कि इसकी प्रक्रिया 2004 से चल रही थी और रंगनाथ समिति और सच्चर समिति की सिफारिशें भी आई हैं, जिसमें आयोग ने मुस्लिमों के शैक्षिक, सामाजिक और आर्थिक पिछड़ेपन के बारे में बताया है। मराठों के एक तबके कुनबी को ओबीसी में आरक्षण मिलता था, जो कुल मराठा आबादी का 31.5 प्रतिशत हैं और विदर्भ और कोंकण इलाके में बहुतायत रहते हैं।

इसके पहले 23 संगठनों के समूह मराठा आरक्षण महामोर्चा के प्रमुख शंभाजी राजे छत्रपति ने राज्य सरकार को अल्टीमेटम दिया था। मराठा राजा शिवाजी के वंशज शंभाजी राजे ने कहा था कि मराठा समुदाय ने लोकसभा चुनाव में कांग्रेस या राष्ट्रवादी कांग्रेस पार्टी का विरोध या समर्थन करने का फैसला नहीं किया है, लेकिन अगर मराठा कोटा की घोषणा नहीं की जाती है तो हम विधानसभा चुनाव में सरकार के विरोध में कदम उठाएंगे। विपक्षी भारतीय जनता पार्टी ने मराठा आरक्षण पर तो कुछ नहीं कहा, लेकिन मुस्लिम आरक्षण को असंवैधानिक और राजनीति से प्रेरित बताया।[61,62]

14 नवंबर 2014 को कांग्रेस- राष्ट्रवादी कांग्रेस पार्टी सरकार के महाराष्ट्र में मराठा समुदाय को दिए गए आरक्षण के फैसले को मुंबई उच्च न्यायालय ने खारिज कर दिया। उच्च न्यायालय ने मुसलमानों को दिए गए 5 प्रतिशत शैक्षणिक आरक्षण को ही बरकरार

रखा। मुंबई स्थित समाजसेवी केतन तिरोड़कर ने सरकार के इस फैसले को मुंबई उच्च न्यायालय में चुनौती दी थी। उसी याचिका पर फैसला सुनाया गया। केतन तिरोड़कर ने अपनी याचिका में मराठा समाज के सामाजिक-आर्थिक रूप से पिछड़े होने के दावे को भी चुनौती दी थी। केतन तिरोड़कर ने इस निर्णय की संवैधानिक वैधता को चुनौती दी। उच्चतम न्यायालय के फैसले के अनुसार किसी भी राज्य में कुल आरक्षण 50 प्रतिशत से ज्यादा नहीं होना चाहिए।

केंद्र की भारतीय जनता पार्टी ने 11 जून 2016 को छत्रपति शिवाजी और राजर्षि शाहू जी महराज के उत्तराधिकारी शंभाजी राजे को राज्य सभा के लिए नामित करने की घोषणा की। भाजपा की इस कवायद के पीछे महाराष्ट्र में चल रहे मराठा आरक्षण आंदोलन पर नियंत्रण पाने की कवायद मानी गई, जो धीरे धीरे आधार बना रहा था।

आंध्र प्रदेश का कापू आंदोलन

आंध्र प्रदेश में कापू आरक्षण के लिए आंदोलित हैं।[63] इंटरनेट पर मौजूद स्रोतों और विकीपीडिया के मुताबिक तेलुगु में कापू का शाब्दिक अर्थ खेती करने वाला यानी कृषक होता है। वर्ण व्यवस्था में कापू शूद्रों में आते हैं।

के श्रीनिवासुलू के एक अध्ययन के मुताबिक 1921 में हुई जनगणना में राज्य में रेड्डी सहित कापू समुदाय की आबादी करीब 17 प्रतिशत थी और इन्हें फारवर्ड जातियां माना जाता था, जबकि बालिजा और तेलागा को पिछड़ी जाति माना गया है, जिनकी आबादी 1921 की जनगणना के मुताबिक क्रमश: 3 और 5 प्रतिशत थी। फिलहाल आंध्र प्रदेश व तेलंगाना में कापू को फारवर्ड जाति माना गया है, जबकि इसकी कुछ उपजातियां जैसे मुन्नुरु कापू, तुरपू कापू, वाडा बालिजी आदि को अन्य पिछड़े वर्ग की सूची में शामिल किया गया है। बहरहाल कापू, बालिजी और तेलागा कम्युनिटी ओबीसी में शामिल नहीं है। कापू की दो ताकतवर उपजातियां हैं, तेलागा और बालिजी। तेलगा को पिछड़ी किसान जाति के रूप में जाना जाता है। बालिजी लिंगायत हैं।

आंध्र प्रदेश में रेड्डी और कम्मा की आबादी क्रमश: 6.5 प्रतिशत और 4.8 प्रतिशत है, जो राजनीतिक दबंग हैं।[64] तेलंगाना और रायलसीमा में रेड्डी की दबंगई है। वहीं कम्मा परंपरागत रूप से तटवर्ती जिलों कृष्णा, गुंटूर और प्रकाशम में ताकतवर हैं। मूल रूप से जमींदार वेलम्मा उत्तरी तेलंगाना और उत्तरी तटीय आंध्र प्रदेश में ताकतवर हैं, जबकि कापू पूर्वी और पश्चिमी गोदावरी जिलों मे ताकतवर हैं। गुंटूर और प्रकाशम जिले में जमींदारी विरोधी बड़े आंदोलन हुए हैं। तटीय आंध्र प्रदेश, रायलसीमा और तेलंगाना की तुलना मे ज्यादा विकसित हैं।

दक्षिण भारतीय समाज में सामान्यतया तीन वर्ग है। ब्राह्मण, गैर ब्राह्मण और दलित। कम्मा गैर ब्राह्मण वर्ग में आते हैं। ब्रिटिश शासन काल में कम्मा को रेड्डी (कापू) और वेलम्मा के साथ अपर शूद्र में रखा गया था।[66,67,68]

तालिकाः

मद्रास प्रेसीडेंसी के दौरान 1921 में विभिन्न जिलों में जातियों का वितरण

जाति	गंजाम	विजग	गोदावरी	कृष्णा	गुंटूर	नेल्लौर	कुडप्पा	कुर्नूल	अनंतपुर	चित्तूर
ब्राह्मण	4.1	12.3	12.5	19.8	18.8	7.5	1.9	2.1	1.8	1.9
क्षत्रिय	1.6	13.1	19.4	23.6	3.3	2.3	3.5	0.8	1.2	10.7
कोमाती	6.6	7.7	5.4	14.9	–	7.5	4.9	7.6	4.3	4.1
कापू/रेड्डी	5.7	19.6	9.8	7.7	5.1	7.1	7.2	4.1	4.6	6.4
कम्मा	–	–	6.4	25.8	36.0	12.5	2.3	0.9	4.5	10.7
वेलमा	15.3	59.1	5.4	6.7	0.6	2.8	0.3	–	–	1.9
सले	2.6	11.7	7.0	6.4	7.4	2.7	3.0	1.7	1.7	2.2
गोला	6.3	13.1	4.2	9.3	8.9	9.5	4.9	5.2	4.2	5.6
बालिजा	4.6	7.1	4.5	2.3	6.4	14.3	13.2	10.3	10.4	19.0
तेलागा	5.2	12.4	8.4	14.6	15.5	–	–	0.3	–	–
मुत्रासी	–	–	0.3	4.5	3.3	4.7	1.8	0.7	1.7	4.7
बोया/बेस्ता	–	–	–	–	–	1.5	4.5	4.5	6.0	4.3
कुम्मारी	2.2	4.9	3.8	10.3	12.1	8.8	4.7	5.9	3.7	5.9
उप्पारा	2.9	2.9	5.7	21.9	11.0	–	7.6	10.5	11.4	1.9
चाकाली	3.5	8.3	5.0	7.2	7.7	4.5	3.0	3.2	2.6	3.3
मंगाली	4.8	14.5	7.3	9.9	9.6	5.6	4.8	5.7	5.7	5.7
माला	3.8	8.0	15.4	18.3	7.4	9.6	3.3	2.7	1.3	8.7
माडिगा	0.4	3.0	4.9	9.9	4.2	6.4	4.1	4.7	8.0	3.6

स्रोतः भारत की जनगणना 1921 जी राम रेड्डी (1989 पेज 270)

19वीं सदी में अंग्रेजों द्वारा तटीय इलाकों में नहरों व सिंचाई सुविधा का विकास हुआ। किसानों में आर्थिक समृद्ध तबका खुद को रेड्डी कहने लगा, जबकि कम विकसित क्षेत्रों में रह रहे लोग कापू बने रहे। 19वीं सदी के आखिर तक किसान समुदाय में तीन प्रभावशाली वर्ग उभरे। सबसे ताकतवर कम्मा थे, उसके बाद रेड्डी और उनसे कम ताकतवर कापू समुदाय था। बाद की राजनीति में रेड्डी जहां कांग्रेस की ओर गए, वहीं कम्मा कम्युनिस्ट पार्टी की ओर आकर्षित हुए।

कापू समुदाय का मानना है कि वे नौकरियों और शिक्षा में पिछड़े हुए हैं। उनका कहना है कि वे स्वतंत्रता के पहले सामाजिक और आर्थिक रूप से पिछड़े माने जाते थे। पिछड़ी जाति में शामिल किए जाने को लेकर कापू का पहला बड़ा आंदोलन 1993 में हुआ। उस समय सरकार ने इन्हें पिछड़ी जाति में शामिल करने का आदेश दे दिया था। कापू नेताओं का आरोप है कि तेलुगुदेशम पार्टी (जिसे कम्मा समुदाय की पार्टी माना

जाता है) ने 1994 में सत्ता में आने के बाद आदेश का सम्मान नहीं किया।[73,74]

बहरहाल तेलुगुदेशम पार्टी के नेता चंद्रबाबू नायडू ने 2014 के चुनाव में वादा किया कि सत्ता में आने पर वह कापू समुदाय को पिछड़े वर्ग में शामिल करेंगे। सत्ता में आने के करीब 2 साल के इंतजार के बाद कापू समुदाय एक बार फिर आरक्षण को लेकर उग्र हो गया। कापू नेताओं को लगता है कि सत्ता मे आने के बाद चंद्रबाबू नायडू हीला हवाली कर रहे हैं और वादे से मुकर रहे हैं।

जनवरी 2016 में आरक्षण की मांग को लेकर सुगबुगाहट तेज हुई। कुछ प्रदर्शन बैठकें आदि जैसी गतिविधियां होती रहीं। 31 जनवरी 2016 को आंध्र प्रदेश के पूर्वी गोदावरी जिले में रत्नाचल एक्सप्रेस की 8 बोगियों को फूंक डाला गया। हालांकि कोई जन हानि नहीं हुई। आंदोलनकारियों ने पहले यात्रियों को ट्रेन से नीचे उतरने को कहा। उसके बाद बोगियों में आग लगा दी। आगजनी के बाद कई ट्रेनों को दूसरे रास्तों पर मोड़ना पड़ा। इसके बाद दो पुलिस थानों में भी आग लगा दी गई। हिंसा मेंकम से कम 15 पुलिसकर्मी घायल हो गए। प्रदर्शनकारियों ने टुनी रेलवे स्टेशनपर भी तोड़फोड़ की, जिसमें चार रेलकर्मी जख्मी हो गए। पूर्वी गोदावरी के टुनी टाउन में कापू जाति के विभिन्न पार्टियों के नेता शामिल हुए।

काकीनाडा के पूर्व सांसद और मंत्री रहे मुद्रगदा पद्मनाभन ने विरोध प्रदर्शन का आह्वान किया था। पद्मनाभन ने कथित तौर पर भीड़ को आंदोलनकरने और सड़क जाम करने के लिए उकसाया। उन्होंने भीड़ से यह भी कहा कि जब तक सरकार उनकी मांग मान नहीं लेती है तब तक उन्हें घर वापस नहीं जाना चाहिए।

हिंसा और तोड़फोड़ के बाद हुई चौतरफा आलोचना को देखते हुए पद्मनाभन ने सड़क और रेल यातायात को बाधित किए जाने का फैसला वापस ले लिया।

राज्य में कापू ताकतवर हैं, लेकिन कोई कापू अब तक आंध्र प्रदेश का मुख्यमंत्री नहीं बना है। कापुओं के पास पद्मनाभन, पूर्व केंद्रीय मंत्री पल्लम राजू और पूर्व राज्य मंत्री वाट्टी वसंत कुमार (दोनों कांग्रेस में) और वाईएसआर कांग्रेस में शामिल बोत्स सत्यनारायण और उम्मारेड्डी वेंकटेशन वारलु जैसे नेता हैं। पल्लम राजू, वाट्टी वसंत कुमार और बोत्स सत्यनारायण, उम्मारेड्डी वेंकटेशन वारलु कापुओं के आंदोलन को अपना समर्थन दे रहे हैं। मुद्रगदा पद्मनाभन पुराने कांग्रेसी रहे हैं, जो कापू आंदोलन का नेतृत्व कर रहे हैं।

कांग्रेस को रेड्डियों की पार्टी के तौर पर देखा जाता है। टीडीपी को कम्मा और टीआरएसको वेल्लमा जाति की पार्टी के तौर पर देखा जाता है। 2008 में तेलुगु फिल्म इंडस्ट्री के मेगास्टर चिरंजीवी ने अपनी प्रजा राज्यम पार्टी की घोषणा की थी। चिरंजीवी कापू समुदाय से आते हैं लेकिन चिरंजीवी को राजनीति में वह सफलता नहीं मिल पाई और उन्होंने 2011 में कांग्रेस के साथ अपने दल का विलय कर लिया।

रेल की बोगियां जलाए जाने और थानों में तोड़फोड़ कापू नेता मुद्रगदा पद्मनाभन और उनकी पत्नी के अनिश्चितकालीन भूख हड़ताल पर बैठने के बाद सरकार हरकत में आई। 5 फरवरी 2016 को आंध्र प्रदेश के गृहमंत्री एन चिना राजप्पा ने कापू समुदाय को आरक्षण देने के उद्देश्य से जस्टिस मंजूनाथ आयोग गठित करने की घोषणा की। गृहमंत्री ने कहा कि आंदोलन या भूख हड़ताल के कारण नहीं बल्कि चुनाव में कापू समुदाय को आरक्षण देने के वादे के कारण आयोग का गठन हुआ है। इसके अलावा राज्य सरकार ने कापू वेलफेयर ऐंड डेवलपमेंट कार्पोरेशन के लए 1000 करोड़ रुपये अगले बजट में देने का फैसला किया गया। तेलुगुदेशम पार्टी ने इसका भी वादा 2014 के विधानसभा चुनान में किया था, लेकिन सिर्फ 100 करोड़ रुपये आवंटित कर कार्पोरेशन गठित किया गया था। कैबिनेट ने आरक्षण मसले पर "राजनीतिक कार्य" करने के लिए 6 सदस्यों वाली कैबिनेट की उपसमिति गठित करने की भी घोषणा की। वहीं मंजूनाथ आयोग इस समुदाय की सामाजिक आर्थिक स्थिति का आकलन कर अपनी रिपोर्ट दाखिल करना था। सरकार की इस घोषणा के बाद 8 फरवरी को मुद्रगदा पद्मनाभन ने भूख हड़ताल खत्म कर दी।

बहरहाल मुद्रगदा पद्मनाभन कहीं से भी सुस्त नहीं पड़े। 8 जून 2016 को उन्होंने पुलिस स्टेशन के सामने धरना दिया। उन्होंने कहा कि कापू समुदाय के 6 कार्यकर्ताओं को तत्काल रिहा किया जाए, जिन्हें 31 जनवरी को हुए विरोध प्रदर्शन में गिरफ्तार किया गया था। उन्होंने खुद को अमलापुरम पुलिस के सामने सरेंडर कर खुद को गिरफ्तार किए जाने की मांग की।

उन्होंने 4 जुलाई 2016 को आंध्र प्रदेश सरकार पर हमला बोला और तूनी में हुई हिंसा के लिए चंद्रबाबू नायडू को जिम्मेदार ठहराया और कहा कि सरकार कापू आरक्षण के मसले के समाधान के लिए आगे नहीं आ रही है, जिसकी वजह से सारी दिक्कत है। मुद्रगदा पद्मनाभन का कहना था कि सरकार ने हिंसा की सीबीआई जांच की मांग भी स्वीकार नहीं की और तमाम झूठे मामलों में कापू नेताओं को फंसाया जा रहा है।

हरियाणा का जाट आंदोलन

जाट मुख्य रूप से खेतिहर समुदाय है। इनकी आबादी मुख्य रूप से हरियाणा, पंजाब, उत्तर प्रदेश, दिल्ली, राजस्थान में है। इसके अलावा जाट पाकिस्तान के पंजाब और सिंध इलाकों में भी हैं। इन्हें खासकर योद्धा जाति के रूप में जाना जाता है। 17वीं सदी में इन्होंने मुगलों के खिलाफ लड़ाई लड़ी। जाटों का मानना है कि वे मूल रूप से क्षत्रिय हैं। जाट जमींदार हैं। इनकी सूची तमाम राजे रजवाड़ों से भरी हुई है। महाराजा भीम सिंह, महाराजा छतर सिंह, महाराजा सूरजमल जैसे तमाम नाम आते हैं जिन्होंने लंबे समय तक शासन किया है। पटियाला और नाभा राज परिवार, फरीदकोट का बरार राज परिवार, कुचेसर के दलाल राजा, गोहद के राणा जाट राज परिवार, हाथरस का मुरसन

राज परिवार, थेनुआ राज परिवार आदि 18वीं सदी के शासक रहे हैं। कुल मिलाकर देखा जाए तो आरक्षण की मांग के पहले यह जाति शायद ही कभी विवाद में आई है कि जाट शूद्र हैं या भारत की वर्ण व्यवस्था में निचले पायदान पर रहे हैं। हालांकि मौजूदा वर्ण व्यवस्था और जातीय खांचे में जाटों को देखा जाए तो यह ब्राह्मण, क्षत्रिय या वैश्य में नहीं आते। इनकी अलग ही पहचान है।

आरक्षण में जाटों को शामिल किए जाने के आंदोलन का इतिहास 1991 से शुरू होता है।[75] 1991 में गुरुनाम सिंह आयोग की रिपोर्ट आई। इस रिपोर्ट में जाटों को पिछड़े वर्ग की सूची में शामिल किए जाने की सिफारिश की गई थी। समिति ने इसके अलावा भी 7 जातियों को ओबीसी में शामिल करने की सिफारिश की। हरियाणा के तत्कालीन मुख्यमंत्री भजन लाल ने समिति की सिफारिशें नहीं मानी। उसके बाद पिछड़े वर्ग के लिए दो आयोग बने, लेकिन जाट आरक्षण सूची में शामिल नहीं हो पाए।

राष्ट्रीय पिछड़ा वर्ग आयोग (एनसीबीसी) ने केंद्र सरकार को राजस्थान के जाटों को ओबीसी सूची में शामिल किए जाने की सिफारिश 1997 में की। उस समय केंद्र में इंद्र कुमार गुजराल के नेतृत्व में संयुक्त मोर्चे की सरकार सत्तासीन थी। गुजराल सरकार इस पर कोई फैसला नहीं कर सकी क्योंकि 1998 में मध्यावधि चुनाव होने थे और गुजराल सरकार केयरटेकर सरकार थी। चुनाव के बाद अटल बिहारी वाजपेयी के नेतृत्व में राष्ट्रीय जनतांत्रिक गठबंधन की सरकार बनी। वाजपेयी सरकार ने आयोग की सिफारिशें स्वीकार कर लीं। आयोग की सिफारिशों के मुताबिक राजस्थान के जाटों को 27 अक्टूबर 1999 में सरकार ने ओबीसी सूची में शामिल कर लिया।

वाजपेयी सरकार ने आयोग की सलाह मानने में देरी नहीं की। इसका मकसद था कि चुनाव में जाटों का समर्थन मिल सके। हालांकि राजस्थान में भैरो सिंह शेखावत के नेतृत्व वाली राजस्थान सरकार ने एनसीबीसी के सामने जाटों को ओबीसी सूची में शामिल किए जाने का विरोध किया था।

एनसीबीसी अधिनियम 1993 के मुताबिक एनसीबीसी की सलाह केंद्र सरकार के लिए बाध्यकारी होती है। उच्चतम न्यायालय ने इंदिरा साहनी मामले में 1992 में अपने फैसले में कहा था कि केंद्र सरकार अगर एनसीबीसी की सलाह को स्वीकार नहीं करती तो उसे इसकी वजह बतानी होगी। बहरहाल केंद्र सरकार ने एनसीबीसी की सिफारिशों को सामान्यतया स्वीकार ही किया है।

एनसीबीसी ने जाट को पिछड़े वर्ग की केंद्रीय सूची में शामिल किए जाने को लेकर विस्तृत रिपोर्ट तैयार की थी। हरियाणा, उत्तर प्रदेश, राजस्थान और मध्य प्रदेश में जाटों को पिछड़े वर्ग की सूची में शामिल किए जाने की मांग पर विचार किया गया। सुझाव में साफ किया गया कि किस तरह से भारत की किसान जाति सामाजिक और शैक्षणिक पिछड़ेपन की शिकार है, जिसके चलते जाति व्यवस्था में इस वर्ग का आर्थिक शोषण

हो रहा है। आयोग ने पाया कि कुछ किसान जातियां अपवाद हैं, जो शोषण का शिकार नहीं बनीं। यह पाया गया कि जाट भी इसके अपवाद हैं, जिन्हें ब्रिटिश शासन का फायदा मिला। खासकर पंजाब, हरियाणा और पश्चिमी उत्तर प्रदेश में जाट संपन्न हैं। रिपोर्ट में कहा गया कि इन इलाकों में जाटों की स्थिति बेहतर है। इन इलाकों में रजवाड़ों का शासन नहीं रहा है और जमींदार अन्य जातियों के नहीं थे। वे सीधे ब्रिटिश शासन के अंतर्गत आते थे। सिंचित क्षेत्र होने के कारण इस इलाके में पैदावार अच्छी थी। आयोग ने पाया कि मौजूदा समय में भी इन जातियों का राजनीति में अच्छा खासा दखल है।

बहरहाल राजस्थान के जाटों के बारे में आयोग की राय अलग थी। आयोग ने कहा कि उत्तर प्रदेश, हरियाणा और मध्य प्रदेश के विपरीत राजस्थान क जाट संपन्न नहीं हैं, जो एनसीबीसी की प्रश्नावली व अन्य दस्तावेजों से पता चलता है। आयोग ने पाया कि राजस्थान के जाट (भरतपुर और धौलपुर को छोड़कर) अन्य उच्च जातियों की जागीरदारी और जमींदारी के अधीन आते थे। इस तरह से इनकी तुलना पूर्वी उत्तर प्रदेश और बिहार के यादव और कुर्मी से की जा सकती है, जो दमनकारी व्यवस्था के शिकार रहे हैं।

पिछड़ा वर्ग आयोग ने आगे यह भी सलाह दी है, "कोई संदेह नहीं है कि जागीरदारी और जमींदारी व्यवस्था खत्म होने के बाद से राजस्थान में जाटों की स्थिति सुधरनी शुरू हो गई, लेकिन कुल मिलाकर राजस्थान में जाटों (भरतपुर और धौलपुर को छोड़कर) की स्थिति खराब है। मध्य काल से आधुनिक काल में हुए बदलाव के परिणामस्वरूप अपवाद की स्थिति पैदा हुई, जिसमें कुछ किसान जातियां सबल हो गईं, जिसमें आंध्र प्रदेश की कम्मा व रेड्डी और पंजाब, हरियाणा आदि राज्यों के जाट शामिल हैं। लेकिन राजस्थान (भरतपुर और धौलपुर को छोड़कर) के जाट इस अपवाद में शामिल नहीं हैं।"

राजस्थान उन राज्यों में से है, जहां अन्य उद्देश्यों के लिए पिछड़े वर्ग की सूची मौजूद नहीं है। राज्य ने इंदिरा साहनी मामले में उच्चतम न्यायालय के फैसले के बाद मंडल आयोग की सूची को ही स्वीकार किया है।

राजस्थान में जाटों को ओबीसी में शामिल किए जाने के पिछड़ा वर्ग आयोग फैसले की आलोचना भी हुई। आयोग ने राज्य सरकार और राजस्थान पिछड़ा वर्ग आयोग (आरबीसीसी) के रुख साफ करने के पहले ही फैसला कर लिया। राज्य सरकार चाहती थी कि एनसीबीसी जाट सहित सभी किसान जातियों के विस्तृत सर्वे के परिणाम का इंतजार करे, जो कराया जा रहा है। एनसीबीसी का तर्क था कि किसी वर्ग को सर्वे के नाम पर अनंत काल तक लटकाए नहीं रखा जा सकता।

एनसीबीसी के फैसले के बाद आरबीसीसी के सदस्य सत्यनारायण सिंह ने जाटों को ओबीसी सूची में शामिल करने का दबाव डाले जाने के बाद इस्तीफा दे दिया। उसके बाद उन्होंने राजस्थान उच्च न्यायालय में याचिका दायर कर एनसीबीसी के फैसले को चुनौती दी। उनका कहना था कि राज्य आयोग द्वारा 1999 में कराए गए सर्वे के मुताबिक

जाट सामाजिक और शैक्षणिक रूप से पिछड़े नहीं हैं। बहरहाल इस सर्वे का परिणाम कभी सार्वजनिक नहीं किया गया, ऐसे में जाटों के सामाजिक पिछड़ेपन का निर्धारण रहस्य बना हुआ है।

एनसीबीसी के पूर्व सदस्य और एनसीबीसी पीठ, जिसने 1997 में मामले की सुनवाई की थी, के सदस्य पीएस कृष्णन ने साफ किया कि सर्वे तभी जरूरी है, जब इस मामले में फैसला करने के लिए साक्ष्य पर्याप्त न हों। उन्होंने कहा कि राजस्थान के जाटों के मामले में पर्याप्त साक्ष्य मौजूद थे। जाटों के शैक्षणिक पिछड़ेपन पर आलोचना झेल रहे एनसीबीसी ने कहा कि नौकरियों में जाटों का प्रतिनिधित्व अपर्याप्त पाया गया। आयोग ने कहा कि सामाजिक पिछड़ापन साबित होने के बाद शैक्षणिक और सेवाओं में पर्याप्त प्रतिनिधित्व न होने की परिकल्पना की जा सकती है। सबसे दिलचस्प है कि इसी आयोग ने उत्तर प्रदेश, हरियाणा, दिल्ली और मध्य प्रदेश में जाटों को पिछड़े वर्ग में शामिल किए जाने का आवेदन खारिज कर दिया। हरियाणा के मामले में तो आवेदन कर्ता हिसार की जाट सभा एनसीबीसी की प्रश्नावली भी भरकर नहीं भेजी। वहीं हरियाणा के गुरनाम सिंह आयोग ने सुझाव दिया था कि जाट तमाम अनुसूचित जातियों की तुलना में सामाजिक रूप से ज्यादा पिछड़े हैं। एनसीबीसी की राय थी कि दिल्ली के जाटों को शहर का लाभ मिला है और उनकी संपत्ति के दाम तेजी से बढ़े हैं, इसलिए वे पिछड़े नहीं हैं।[76]

एनसीबीसी ने पाया कि पश्चिमी उत्तर प्रदेश के जाट बड़े क्षेत्र में भाईचारा व्यवस्था के तहत थे, जहां भूमि का आवंटन समानता के सिद्धांत के आधार पर हुआ। जाटों पर हुए कुछ शोध के मुताबिक पाया गया कि इस इलाके के जाट सामाजिक रूप से अगड़े हैं। इसी आधार पर मध्य प्रदेश और राजस्थान के भरतपुर और धौलपुर के जाटों के आरक्षण की मांग को खारिज कर दिया गया।

बहरहाल 1999 की केंद्र सरकार की अधिसूचना के बाद आरबीसीसी ने भी अपना रुख बदल दिया। राज्य में अशोक गहलोत के नेतृत्व वाली कांग्रेस सरकार ने आनन फानन में ओबीसी सूची में संशोधन किया और सभी जिलों के जाटों (भरतपुर और धौलपुर सहित) को ओबीसी सूची में डाल दिया। आरबीसीसी ने इन दो जिलों के जाटों को सूची से बाहर रखे जाने का एनसीबीसी का सुझाव खारिज कर दिया।

2004 के विधानसभा चुनाव में कांग्रेस ने भूपेंद्र सिंह हुड्डा के नेतृत्व में चुनाव लड़ा। कांग्रेस ने सत्ता में आने के बाद जाटों को आरक्षण देने का वादा भी किया।

नए सिरे से जाट आंदोलन की नींव गाजियाबाद में पड़ी। 24 नवंबर 2006 को जाट महासम्मेलन हुआ। इसके बाद गांव गांव जाकर संगठन बनाने का दौर शुरू हुआ। अगले साल 24 नवंबर 2007 को मुजफ्फरनगर के खरड़ में दूसरा जाट महासम्मेलन हुआ। इसमें देश भर से जाट जुटे। 20 दिसंबर 2008 को मेरठ में जाट आरक्षण राष्ट्रीय कार्यकारिणी

का गठन किया गया और यशपाल मलिक को इसकी कमान सौंपी गई। 8 फरवरी 2009 को मेरठ में हुए जाट महासम्मेलन में कई राजनीतिक दलों के नेता पहुंचे और सभी ने जाटों को आरक्षण दिलाने में मदद का आश्वासन दिया।

इसी बीच हरियाणा में कांग्रेस की भूपेंद्र सिंह हुड्डा सरकार सत्ता में आ गई। 8 फरवरी 2010 को जाटों ने दिल्ली के रामलीला मैदान से मार्च निकाला, जो कांग्रेस अध्यक्ष सोनिया गांधी के आवास तक गया।[77] केंद्र व राज्य दोनों जगह आरक्षण की मांग चल रही थी। अगले ही दिन केंद्र सरकार ने 15 सदस्यीय प्रतिनिधिमंडल को बातचीत के लिए बुलाया। उधर केंद्र से शह मिलता देख हरियाणा के आंदोलन को तेज करने के लिए 11 मार्च 2010 को चंडीगढ़ में जाट महारैली का आयोजन हुआ, जिसमें पंजाब, हरियाणा और जम्मू कश्मीर के जाट भी शामिल हुए। 20 अप्रैल 2010 को देश के 40 स्थानों पर जाट चेतावनी रैली का आयोजन किया गया।

केंद्र में आरक्षण के लिए जाटों ने 13 जून 2010 को मुरादनगर की गंग नहर से दिल्ली जाने वाला पानी रोक दिया। 28 जुलाई 2010 को जंतर मंतर पर प्रदर्शन कर राष्ट्रमंडल खेल में हंगामा करने बाधा डालने की चेतावनी जाटों ने दी।

29 अगस्त 2010 को स्वर्ण मंदिर परिसर से जाट संकल्प यात्रा निकाली गई और 13 सितंबर को सोनीपत में विशाल प्रर्शन हुआ। देश भर में 62 जगहों पर जाटों ने रेलवे लाइन और राष्ट्रीय राजमार्ग पर जाम लगाकर विरोध प्रदर्शन किया। हिसार में एक प्रदर्शनकारी की मौत से प्रदर्शनकारी उग्र हो गए।

21 सितंबर 2010 को जाटों ने राष्ट्रमंडल खेल मुख्यालय पर कब्जा की कोशिश की। सरकार के भरोसे के बाद जाट लौटे। लेकिन मसले का कोई समाधान निकलता न देखकर जाटों ने मार्च 2011 में फिर रेल रोको आंदोलन का ऐलान कर दिया। 5 मार्च 2010 को हरियाणा पंजाब, उत्तर प्रदेश और राजस्थान में 15 जगह रेल सेवा बाधित की गई। 23 मार्च 2011 को विजय कडवासना की मौत के बाद हरियाणा सरकार ने आंदोलनकारियों से बातचीत शुरू की। 25 मार्च 2011 को हरियाणा के मुख्यमंत्री भूपेंद्र सिंह हुड्डा की आंदोलनकारियों से बातचीत के बाद आंदोलन रुका।

इसके बाद कुछ दिन जाट शांत रहे। फिर 13 सितंबर 2011 को जाटों ने सुनील श्योराण का शहादत दिवस मनाया और रैली निकालकर 19 फरवरी 2012 तक का अल्टीमेटम दिया। इधर बातचीत में केंद्र सरकार ने 28 सितंबर 2011 को आरक्षण पर सहमति जताई। हरियाणा में आरक्षण न मिलने से 19 फरवरी 2012 से आंदोलन शुरू हुआ।[78]

दिसंबर 2012 में हरियाणा के मुख्यमंत्री भूपेंद्र सिंह हुड्डा की सरकार ने "स्पेशल बैकवर्ड क्लासेज" की श्रेणी में जाट सहित विश्नोई, रोर, त्यागी और जाट सिख को 10 प्रतिशत आरक्षण दिए जाने की राज्य पिछड़ा वर्ग आयोग की सिफारिश मान ली। आयोग

ने आर्थिक रूप से कमजोर तबके को 10 प्रतिशत आरक्षण देने की भी सिफारिश की थी।[79] इस पर हुड्डा सरकार ने वित्त मंत्री एचएस चड्ढा की अध्यक्षता में समिति गठित कर दी। समिति ने 2.5 लाख रुपये सालाना या इससे कम आमदनी वाले परिवारों के बच्चों के लिए 10 प्रतिशत आरक्षण दिए जाने की सिफारिश की। इसमें प्रावधान किया गया कि अगर किसी को दूसरा कोई आरक्षण मिल रहा है तो उसे इस श्रेणी में नहीं माना जाएगा। इस आयोग की सिफारिशें स्वीकार करते हुए 23 जनवरी 2013 को हरियाणा सरकार ने आर्थिक रूप से कमजोर तबके को आरक्षण देने की घोषणा की।

इसके साथ ही हरियाणा में आरक्षण बढ़कर 67 प्रतिशत हो गया। 20 प्रतिशत अनुसूचित जाति, 27 प्रतिशत अन्य पिछड़े वर्ग के साथ विश्नोई, रोर, त्यागी, जाट और जाट सिख के लिए 10 प्रतिशत विशेष आरक्षण और आर्थिक रूप से कमजोर तबके के लिए 10 प्रतिशत आरक्षण का प्रावधान किया गया। यह सब कुछ आनन फानन में किया गया। विधान सभा और लोकसभा के चुनाव होने वाले थे, इसलिए न तो फैसले में देरी हुई, न आयोग की सिफारिश आने में कोई देर हुई। सरकार ने न सिर्फ जाट, बल्कि बगैर किसी आंदोलन के और बिन मांगे ही विश्नोई, त्यागी, सिख जाट, रोर आदि को आरक्षण दे दिया।[80] इतना ही नहीं, सरकार ने इससे आगे कदम बढ़ाते हुए सामान्य वर्ग के गरीबों को भी 10 प्रतिशत आरक्षण दे डाला, जिसके लिए हरियाणा में न तो कोई आंदोलन चल रहा था, न ही ऐसी कोई ठोस मांग थी।

हुड्डा सरकार 2004 के बाद सीधे 2014 के चुनाव के पहले जागी थी। चुनाव के पहले आंदोलन को देखते हुए आरक्षण का झुनझुना भी थमाया गया।

बहरहाल पंजाब एवं हरियाणा उच्च न्यायालय ने जुलाई 2015 को हुड्डा सरकार के आरक्षण देने के फैसले को खारिज कर दिया। न्यायालय ने उच्चतम न्यायालय द्वारा राज्य सरकार के कोटे की सिफारिशों को खारिज करने को आधार बनाकर यह फैसला किया। साथ ही हरियाणा, उत्तर प्रदेश, मध्य प्रदेश, राजस्थान, गुजरात, हिमाचल प्रदेश, उत्तराखंड और बिहार सहित 9 राज्यों में जाटों को ओबीसी सूची में शामिल किए जाने के केंद्र के फैसले को भी उच्चतम न्यायालय ने मार्च 2015 को खारिज कर दिया था।[81]

भारतीय जनता पार्टी ने हरियाणा में 2015 में हुए विधान सभा चुनाव में जाटों से वादा किया कि सरकार अगर सत्ता में आती है तो उन्हें आरक्षण दिया जाएगा। हालांकि भाजपा ने तमाम उटपटांग वादे किए थे। इसमें एक वादा यह भी था कि जिन लड़कों की शादी नहीं हो रही है, बिहार से लड़कियां लाकर उनकी शादी कराई जाएगी। हरियाणा में महिला पुरुष लिंगानुपात खराब (2011 की जनगणना के मुताबिक 1000 पुरुषों पर 879 महिलाएं) है, इसकी वजह से वहां लड़कों की शादी नहीं हो पाती। हरियाणा भाजपा के नेता और राष्ट्रीय किसान मोर्चा के अध्यक्ष ओपी धनकड़ ने शुक्रवार 4 जुलाई 2014 को नरवाना में किसान महासम्मेलन को संबोधित करते हुए यह वादा

किया। उन्होंने कहा "सुशील मोदी मेरा यार है, रिश्ते करवाएंगे तो ढंग से करवाएंगे, यहां वहां से लेना देना छुड़वा देंगे।" समाचार एजेंसी एएनआई ने उन्हें यह कहते दिखाया। उन्होंने कहा "जब चुनाव क्षेत्र में घूम रहा था तो हर गांव में बता रहे थे कि बिहार से ला रहे हैं" आरक्षण दिलाने के वादे को शायद जाटों ने सच माना। 10 साल से शासन में रही कांग्रेस सरकार भूपेंद्र सिंह हुड्डा के नेतृत्व में चुनाव लड़ी, लेकिन बुरी तरह से चुनाव हार गई। पूर्ण बहुमत से भारतीय जनता पार्टी के नेता मनोहर लाल खट्टर ने सत्ता संभाली। यह हरियाणा के जाटों के लिए सबसे बड़ा झटका था, क्योंकि राज्य में दशकों से जाटों की राजनीतिक दबंगई रही है।

बहरहाल 2016 तक जाटों ने सरकार के रुख का इंतजार दिया। जब जाटों को लगा कि अब सरकार को पर्याप्त समय मिल चुका है और वह अपने वादे पर अमल नहीं कर रही है तो आंदोलन शुरू हो गया। फरवरी की शुरुआत में बैठकों से शुरू हुआ अभियान धीरे धीरे प्रदर्शन की शक्ल लेने लगा।

फरवरी के पहले और दूसरे सप्ताह में आंदोलन सामान्य रहा। विरोध प्रदर्शन चलता रहा। लेकिन सरकार नहीं चेती। पिछड़े और गैर पिछड़े वर्ग के नेताओं में वाद विवाद भी चलता रहा। लेकिन 18 फरवरी 2016 आते आते तोड़ फोड़ आगजनी और लूटमार का दौर शुरू हो गया। सरकार ने बातचीत करने की कवायद की लेकिन जाट समुदाय ने आरक्षण के लिए जारी आंदोलन खत्म करने से इनकार कर दिया। मुख्यमंत्री मनोहर लाल खट्टर ने कई दिन से चल रही हिंसा के बाद सर्वदलीय बैठक बुलाई और आंदोलन खत्म करने की अपील की। खट्टर ने आरक्षण के मसले का समाधान निकालने और जाट समुदाय को आरक्षण के दायरे में लाने का आश्वासन दिया। इसके बाद से हिंसा और भड़क गई।[82]

19 फरवरी 2016 प्रदर्शन इतना हिंसक हो गया कि आंदोलनकारियों ने न सिर्फ दुकानों, बाजारों में आगजनी और लूटपाट शुरू कर दी, बल्कि भाजपा के जाट नेताओं के घरों पर धावा बोल दिया। प्रदर्शनकारियों ने हरियाणा के मंत्री कैप्टन अभिमन्यु के घर पर हमला किया।[83] कैप्टन अभिमन्यु द्वारा संचालित स्कूल फूंक डाला। वहां खड़ी स्कूल बसें जला डालीं। भाजपा विधायक मनीष ग्रोवर के दफ्तर में तोड़फोड़ की गई। प्रदर्शनकारियों ने कैथल में सांसद राजकुमार सैनी के आवास पर तोड़फोड़ की। उनके आवास के शीशे तोड़े तथा फ्लेक्स बोर्ड फाड़ डाले। जाट आंदोलन की वजह से 72 ट्रेनें रद्द करनी पड़ी। प्रदर्शनकारियों ने रोहतक झज्जर और हांसी में पुलिस और निजी वाहनों को निशाना बनाया। दिल्ली हिसार फाजिल्का राष्ट्रीय राजमार्ग के दो टोल प्लाजा तोड़ दिए गए। रोहतक में स्थिति सबसे गंभीर रही और प्रदर्शनकारियों ने करीब दो दर्जन दुकानों में आग लगा दी। रोहतक बस स्टैंड में भी आगजनी की गई।[84]

जाट आंदोलन के हिंसक होने के बादभाजपा ने कड़ा रुख अपना लिया। पार्टी ने

कहा है कि आरक्षण के लिए चल रही लड़ाई नेतृत्वहीन हो गई और कुछ अराजक लोग इसे भड़का रहे हैं। हिंसा में शामिल लोगों से कड़ाई से निपटा जाएगा। हिंसा प्रभावित इलाकों में अर्ध सैनिक बल की 10 कंपनियां भेजी गई। राज्य के वित्त मंत्री अभिमन्यु तथा आईजी पर हमले के बाद पुलिस ने भीड़ पर फायरिंग की। फायरिंग में एक व्यक्ति की मौत हो गई और 21 लोग घायल हो गए।

स्थिति बिगड़ने के मद्देनजर हरियाणा सरकार ने केंद्र से सेना भेजने का अनुरोध किया। केंद्रीय गृह मंत्री राजनाथ सिंह ने हरियाणा के सीएम मनोहर लाल खट्टर से बात की और आरक्षण आंदोलन को लेकर उपजे हालात का जायजा लिया। हरियाणा सरकार के अनुरोध पर सेना को बुलाया गया। रोहतक, हिसार, कैथल, जींद, पानीपत, सोनीपत समेत 9 शहरों में सेना की तैनाती की गई। 19 फरवरी 2016 को रात के 9 बजते बजते स्थिति इतनी गंभीर हो गई कि देखते ही गोली मारने के आदेश दे दिए गए। रोहतक और भिवानी में कर्फ्यू लगा दिया गया।[85]

20 फरवरी 2016 को कांग्रेस ने सीधे सीधे इस आंदोलन में कूदने का ऐलान कर दिया। हरियाणा के पूर्व मुख्यमंत्री भूपेंद्र सिंह हुड्डा ने जाटों के आरक्षण के समाधान के लिए अनिश्चितकालीन अनशन पर बैठने की घोषणा की। उनके बेटे और रोहतक से सांसद दीपेंद्र सिंह हुड्डा ने यह ऐलान किया। दीपेंद्र ने कहा कि जाट आरक्षण आंदोलन के कारण राज्य में हालात बेहद खराब हैं। उन्होंने शांति की अपील करते हुए कहा कि हिंसा से कोई रास्ता नहीं निकलेगा।[86]

सेना लगाए जाने के बावजूद हिंसा और आगजनी पर काबू नहीं पाया जा सका। विभिन्न इलाकों में आंदोलनकारी तोड़फोड़ करते रहे।

21 फरवरी 2016 को हरियाणा के सोनीपत में दिल्ली को पानी की सप्लाई देने वाले 12 से 14 किलोमीटर लंबे अकबर बरोटा बांध को प्रदर्शनकारियों ने अपने कब्जे में ले लिया। बागपत के रास्ते सोनीपत से होकर रोहतक जाने वाली सड़क पर भी प्रदर्शनकारी जमा रहे। रास्ते पर लोगों की गाड़ियों और ट्रकों की लंबी कतारें लगी रहीं। बांध के निकट पत्रकारों को भी जाने या वहां किसी तरह की फोटोग्राफी पर जाटों ने नियंत्रण लगा दिया। बांध के आसपास 40 से 50 हजार लोगों का जमावड़ा हो गया। दिल्ली को पानी की सप्लाई देने वाले बांध के पास से प्रदर्शनकारियों को हटाने के लिए सेना भेजी गई। सुरक्षा बल भी उन्हें वहां से हटा नहीं पा रहे थे। 21 फरवरी को सबसे ज्यादा हिंसा झज्जर और सोनीपत के इलाकों में हुई। सोनीपत में एक होटल, एक राइस मिल और एक कॉलेज में आगजनी हुई, जबकि गन्नौर में रेलवे स्टेशन पर हमला हुआ।[87]

सेना के फ्लैग मार्च और हवाई चौकसी के बावजूद हिंसा से बुरी तरहप्रभावित भिवानी और सोनीपत में दो पुलिस चौकियों, दूकानों और बैंक के एटीएम मशीन में आग लगा दी गई। । भिवानी केतोशाम में प्रदर्शनकारियोंने कुछ बसों में आग लगा दी।

दिल्ली, पंजाब, हिमाचल प्रदेश, जम्मू कश्मीर, राजस्थान और चंडीगढ़ सहित कई पड़ोसी राज्यों और हरियाणा के बीचसड़क और रेल यातायात बुरी तरह से प्रभावित हुआ। विरोध प्रदर्शन के कारण इस रास्ते होने वाले जरूरी सामान और सेवाओं के आवागमन पर गहरा असर पड़ा।

भाजपा सांसद धर्मवीर के घर पर भी हमला किया गया। पूरे इलाके में इंटरनेट और एसएमएस की सेवाएं ठप कर दी गई थीं और ट्रेन और सड़क यातायात भी पूरी तरह रुक गया। जब सड़क और रेलमार्ग ठप था तो जरूरतमंदों से पैसे ऐंठने में उद्योग जगत भला क्यों पीछे रहता। कुछ कंपनियों ने दिल्ली से चंडीगढ़ जाने के लिए हवाई जहाज टिकट का किराया 25,000 रुपये कर दिया।[88] सामान्य दिनों में यह किराया 2000 रुपये और बस या ट्रेन से जाने का किराया 200 रुपये के आसपास होता है।

22 फरवरी 2016 को दिल्ली से सटे सोनीपत जिले में भड़की हिंसा में कम से कम दो लोगों की मौत हो गई। सुरक्षा बल लाडसोली गांव के निकट अंबाला–दिल्ली राष्ट्रीय राजमार्ग को खुलवाने का प्रयास कर रहे थे तब प्रदर्शनकारियों की पुलिसकर्मियों और सेना के जवानों से झड़पें हुईं। एक दिन पहले गृह मंत्री राजनाथ सिंह ने जाटों के एक प्रतिनिधिमंडल से मुलाकात कर वादा किया था कि हरियाणा की अगली विधान सभा की बैठक मे जाटों की बात मान ली जाएगी। आंदोलनकारियों का स्पष्ट नेतृत्व न होने के कारण जमीन पर इसका असर कुछ जगह पर ही दिखा। सांपला और हिसार में प्रदर्शनकारियों ने जो सड़कें जाम कर रखी थीं वहां अब आंदोलन खत्म हो गया, हालांकि रेलमार्ग पर आंदोलनकारी बने रहे।

23 फरवरी 2016 को भी आंदोलन जारी रहा। हरियाणा सरकार वादे के बावजूद जाट आंदोलन नहीं थमा। राज्य सरकार ने जाट समुदाय को आरक्षण देने का वादाकर दिया। केंद्र के मंत्रियों से बैठक के बाद जाट नेताओं ने भी आंदोलनकारियों को वापस जाने की अपील की। फिर भी हिंसक प्रदर्शन हुए।

आंदोलन से जो तबाही मची, उसकी वजह से करीब 34 हजार करोड़ रुपये के नुकसान का आंकलन किया गया।

सरकार की तरफ से आरक्षण का भरोसा दिलाए जाने के बाद भी आंदोलन कर रहे जाट टस से मस होने को तैयार नहीं हुए। दरअसल, जाट नेता मोटे तौर पर तीन गुटों में बंटे थे। पहला सांगवान गुट, दूसरा मलिक गुट और तीसरा आदर्श जाट महासभा। सांगवान गुट और मलिक गुट इस बात से नाराज था कि सरकार ने अपनी बैठकों में आदर्श जाट महासभा को तवज्जो दिया। इसलिए दोनों गुट हिंसा पर उतारू हो गए। सरकार को बाद में अपनी गलती का एहसास हुआ और सांगवान व मलिक गुट को बुलाकर आंदोलन वापस लेने की अपील की।[89]

आरक्षण आंदोलन किसी तरह से थमा। आंदोलन के दौरान कम से कम 30

आन्दोलनकारियों की मौत हुई। जाट आंदोलन के बाद सरकार ने करीब 2200 लोगों को गिरफ्तार किया। आंदोलन से जुड़े लोगों, उनसे परिजनों का कहना है कि उन्हें झूठा फंसाया गया। आंदोलनकारियों का कहना है कि प्रशासन आंदोलनकारियों के पीछे पड़ गया है, उनका कहना है कि दो भाषाएं बना दी गई हैं। आंदोलनकारियों को निर्दोष और दोषी में बांट दिया। प्रशासन ने निर्दोष और दोषी तय करके युवाओं को उठाकर जेल में बंद कर दिया। यहां पर ही उत्पीड़न नहीं रुका। सत्ता से जुड़े नेताओं ने बाकायदा फोन कर बुलाया। उनसे कहा गया कि आपके बेटे के खिलाफ पाकिस्तान से धन मंगाने की शिकायत आई है।[90] स्वाभाविक है कि जिनके खिलाफ इस तरह की कथित शिकायत आई, वे जेल में गए। राजद्रोह सहित ऐसी ऐसी संगीन धाराएं, जिसमें आम आदमी को जमानत मिलने में ही वर्षों लग जाते हैं। जाटों ने अल्टीमेटम दिया कि अगर हरियाणा सरकार अपने वादों से मुकरती है तो आंदोलन तेज किया जाएगा।

28 मार्च 2016 को हरियाणा के चंडीगढ़ में कैबिनेट ने जाट आरक्षण विधेयक को मंजूरी दे दी। वहीं दूसरी तरफ दिल्ली में इसके विरोध में प्रदर्शन शुरू हो गया। जाट आरक्षण के विरोध में जंतर मंतर पर जबरदस्त रैली हुई। रैली में ओबीसी समाज सहित कई सामाजिक संगठनों ने हिस्सा लिया। प्रदर्शनकारियों की मांग कि जाटों के आरक्षण के लिए उनके 27 प्रतिशत से छेड़छाड़ नहीं की जाए। सरकार ने आश्वासन दिया कि पिछड़ों के 27 प्रतिशत आरक्षण के साथ कोई छेड़छाड़ नहीं होगी।[91]

29 मार्च 2016 को हरियाणा बैकवर्ड क्लास (रिजर्वेशन इन सर्विसेज एंड एडमिनिस्ट्रेशन इन एजूकेशनल इंस्टीट्यूशंस) बिल 2016 और हरियाणा बैकवर्ड क्लास कमीशन बिल 2016 हरियाणा विधानसभा में पेश किया गया। विधानसभा के शीतकालीन सत्र में विधेयक उसी दिन पारित कराकर खट्टर सरकार ने जाट सहित 6 जातियों को बीसी सी श्रेणी में 10 प्रतिशत आरक्षण दे दिया।[92] इनमें जटसिख, बिश्नोई, त्यागी, रोड, मुल्ला और जाट/मुस्लिम को शामिल किया गया। विधानसभा सत्र के बाद इसे राज्यपाल के हस्ताक्षर के लिए भेजा गया। राजनीतिक रूप से संवेदनशील विधेयक पर 1 अप्रैल 2016 को राज्यपाल कप्तान सिंह सोलंकी के हस्ताक्षर के साथ ही यह प्रक्रिया भी पूरी हो गई। 12 मई 2016 को खट्टर सरकार ने इस विधेयक को अधिसूचित कर दिया, जिससे जाट आरक्षण के हकदार हो गए।[93,94]

हालांकि यह मामला तत्काल न्यायालय में चला गया। 26 मई 2016 को जाट आरक्षण के मामले में हरियाणा की मनोहर लाल खट्टर सरकार को कोर्ट से झटका लगा। पंजाब एवं हरियाणा उच्च न्यायालय ने नवसृजित पिछड़ा वर्ग (सी) श्रेणी के तहत जाटों तथा चार अन्य समुदायों को आरक्षण देने पर रोक लगा दी।[95] याचिका पर सुनवाई करते हुए अदालत ने जाट आरक्षण के संबंध में हरियाणा सरकार को नोटिस जारी कर जवाब भी मांगा।[96] राज्य सरकार के आरक्षण देने के कानून को याची मुरारी लाल गुप्ता ने

जनहित याचिका के माध्यम से चुनौती दी थी। न्यायमूर्ति एसएस शरण और न्यायमूर्ति गुरमीत राम के दो सदस्यीय पीठ ने मामले की सुनवाई की। याची के वकील गणेश शर्मा ने न्यायालय के सामने दो सवाल उठाए। पहला केसी गुप्ता आयोग की रिपोर्ट का आधार और दूसरा यह तथ्य कि आरक्षण की सीमा 50 प्रतिशत से ऊपर चली गई है।

5 जून 2016 को जाट नेताओं ने कड़ी सुरक्षा के बीच एक बार फिर हरियाणा में अपना प्रदर्शन शुरू कर दिया।[97] हिंसक प्रदर्शन के केंद्र रहे रोहतक जिले के जसिया गांव के जाट नेताओं ने हवन कर आरक्षण आंदोलन के दूसरे दौर की शुरुआत की। कुछ प्रभावशाली खाप पंचायतों और जाट गुटों ने प्रदर्शन से खुद को दूर रखा। सरकार ने चौकसी दिखाई। हिंसा की उम्मीद वाले इलाकों, राष्ट्रीय राजमार्गों और रेल पटरियों सहित पूरे हरियाणा में चौकसी बरतने के लिए केंद्र और राज्य के करीब 20,000 सुरक्षा कर्मी तैनात किए गए। प्रदर्शन का आह्वान करने वाले अखिल भारतीय जाट आरक्षण संघर्ष समिति (एआइजेएएसएस) ने जसिया के ठीक बाहर रोहतक–पानीपत राजमार्ग पर टेंट लगा दिया। साथ ही प्रदेश के 21 में से 15 जिलों और दिल्ली में धरना भी दिया ताकि अपनी मांगों को लेकर समर्थन जुटा सकें। समिति के अध्यक्ष यशपाल मलिक ने प्रदर्शन को शांतिपूर्ण बताया।

जाट प्रदर्शनकारी ओबीसी श्रेणी के तहत आरक्षण देने, पिछले प्रदर्शन के दौरान समुदाय के सदस्यों पर दर्ज मामले वापस लिए जाने, मारे गए लोगों को शहीद का दर्जा देने और उनके परिजन के लिए नौकरी और जख्मी हुए लोगों को मुआवजा देने की मांग को लेकर सड़कों पर उतरे। ग्रामीण इलाकों में प्रदर्शनकारियों के छोटे–छोटे समूहों ने विरोध प्रदर्शन किया। कुछ जगहों पर प्रदर्शनकारियों ने जिले के अधिकारियों को ज्ञापन सौंपे। हालांकि राज्य भर में प्रदर्शनकारियों की संख्या 2000 से ज्यादा नहीं रही।

1 जून 2016 को हरियाणा के जाटों को अन्य पिछड़ा वर्ग के तहत दिए गए आरक्षण पर पंजाब एंड हरियाणा उच्च न्यायालय की अंतरिम रोक के फैसले को कुछ जाट नेताओं ने उच्चतम न्यायालय में चुनौती दी।[98] जाट आरक्षण संघर्ष समिति के अध्यक्ष हवा सिंह सांगवान ने उच्चतम न्यायालय में याचिका दायर की। हवा सिंह सांगवान ने आरक्षण पर लगी रोक हटाने की मांग करते हुए उच्च न्यायालय के फैसले को रद्द करने की गुजारिश की। याची हवा सिंह ने तर्क किया कि उच्च न्यायालय ने बिना हरियाणा सरकार का पक्ष सुने ही आदेश दे दिया। जब तक मामले की सुनवाई लंबित है तब तक अंतरिम रोक हटाई जाए।

4 जुलाई 2016 को हरियाणा सरकार ने उच्च न्यायालय में तर्क दिया कि तमिलनाडु में 69 प्रतिशत आरक्षण है। हरियाणा का 67 प्रतिशत आरक्षण सही है। सरकार ने तर्क दिया कि याचिका लंबित रहते आरक्षण पर लगी रोक हटाई जाए ताकि नियुक्तियों और प्रवेश की प्रक्रिया को जारी रखा जा सके। उच्च न्यायालय ने आरक्षण से रोक हटाने से इनकार कर दिया।

राजस्थान का गूर्जर आंदोलन

गूर्जर अन्य पिछड़े वर्ग में आते हैं। मुख्य रूप से राजस्थान में पाए जाते हैं। यही गूर्जरों का मूल स्थान भी माना जाता है। राजस्थान के अलावा उत्तर प्रदेश, दिल्ली, हरियाणा, महाराष्ट्र, मध्य प्रदेश, जम्मू कश्मीर और हिमाचल प्रदेश में इनकी जनसंख्या है। ज्यादातर राज्यों में इन्हें ओबीसी श्रेणी में आरक्षण प्राप्त है।

भारतीय जनता पार्टी सरकार ने 1999 में राजस्थान के जाटों को अन्य पिछड़ा वर्ग में शामिल कर लिया।[99] उसके बाद से गूर्जर उखड़ पड़े। उन्होंने गूर्जर को अनुसूचित जनजाति के तहत आरक्षण दिए जाने की मांग शुरू कर दी।

गूर्जरों का आंदोलन अन्य चल रहे आरक्षण आंदोलनों की तुलना में इस मायने में अलग थी कि यह पहले से आरक्षण प्राप्त जाति है। अनुसूचित जनजाति में जाने के लिए आंदोलन हुआ। हालांकि यह आंदोलन कहीं ज्यादा विध्वंसक और नियंत्रित था। गूर्जर नेता कर्नल किरोड़ी सिंह बैंसला ने इसका नेतृत्व किया।[100] सरकार द्वारा समय समय पर आश्वासन और समझौते किए जाते रहे लेकिन किसी न किसी रूप में यह आंदोलन जारी है। आंदोलन में हिंसा की वजह से 72 लोग जान गंवा चुके हैं।

> **“हमें ब्राह्मणवादियों द्वारा दी गई जाति को दफन करना होगा और खुद को वर्ग के रूप में खड़ा होना होगा। तभी बीपी मंडल और मंडल आयोग का उद्देश्य पूरा होगा। अन्य पिछड़ा वर्ग ब्राह्मणवादी जातिवाद में धंसता जा रहा है और अपनी अपनी जातियों की दुकान खोलकर बैठ गया है। इसका परिणाम है कि आज ब्राह्मणवादियों ने हर जाति में से एक-एक नमूना पकड़कर बैठा दिया और सत्ता हथिया ली।”**
>
> *- शरद यादव, 8 जुलाई 2017*
> *एसएसएस ऑडिटोरियम,*
> *जवाहरलाल नेहरू विश्वविद्यालय, नई दिल्ली*

पटेल, जाट, मराठा और कापू। इन चार जातियों के आरक्षण की मांग की प्रमुख वजह किसानी और कुटीर उद्योगों की बर्बादी है। यह जातियां खेती किसानी से जुड़ी हैं। महाराष्ट्र के विदर्भ इलाके में बड़े पैमाने पर किसान आत्म हत्या करने को मजबूर हुए हैं। गुजरात और हरियाणा के शहरीकरण और औद्योगीकरण ने किसानों की जमीनें छीन लीं। उनके रोजगार का कोई साधन नहीं बचा। थोड़ी बहुत जमीन में बढ़ते कुनबे को

बुनियादी सुविधाएं देने में वह सफल नहीं हुए। वहीं उनकी समकक्ष जातियां आरक्षण से सरकारी नौकरी हासिल कर उनसे कुछ आगे जाती दिखीं।

हरियाणा के जाट समुदाय के रणवीर सिंह रमन कहते हैं कि हरियाणा में जाट और यादव करीब बराबर स्थिति में हैं। यादवों की स्थिति थोड़ी खराब थी, लेकिन अब जाटों को लगा कि वह पीछे हो गए। रमन बताते हैं कि गुर्जर दिल्ली में दूध बेचने का काम करते थे, कमोबेश यही काम यादवों का था। उनकी स्थिति सुधरी है। वहीं खेत पर निर्भर जाटों की हालत खस्ता होती चली गई। युवाओं को न तो रोजगार मिल रहा है, न खेती बाड़ी बची। ऐसे में आरक्षण को लेकर असंतोष बढ़ना ही है।

इसी तरह महाराष्ट्र में पहले तो मराठों ने खुद को कुनबी से अलग किया। उस जाति से वैवाहिक संबंध खत्म किए। लेकिन निकाय चुनावों में आरक्षण, नौकरियों व शिक्षण संस्थानों में आरक्षण और कुनबियों को थोड़ा बढ़ता देखकर वह आरक्षण की मांग करने लगे और साक्ष्य जुटाने में लग गए कि किस तरह से मराठा और कुनबी एक ही हैं।

नौकरियों के सृजन के बगैर हो रहे विकास ने समस्या खासी बढ़ाई। 2011 की जनगणना के आंकड़ों के मुताबिक अर्थव्यवस्था की औसत वृद्धि दर 7.7 प्रतिशत रही, जबकि रोजगार में सिर्फ 1.8 प्रतिशत की दर से बढ़ोतरी हुई। श्रम ब्यूरो ने 2009 से नौकरियों के बारे में सर्वे शुरू किया। इसके मुताबिक 2015 में सिर्फ 1.35 लाख नौकरियों का सृजन हुआ, जबकि 2011 में 9 लाख से ज्यादा और 2013 में 4.19 लाख नौकरियों का सृजन हुआ। इस तरह से जब आरक्षण की आग की तपिश सबसे ज्यादा रही, उस समय नौकरियों का सृजन बहुत मामूली हुआ है। यह आंकड़े तब और भयावह नजर आते हैं, जब पता चलता है कि भारत में करीब 10 लाख युवक हर महीने नौकरियों की तलाश में बाजार में आ रहे हैं। 2015 की आर्थिक समीक्षा के आंकड़ों से पता चलता है कि 2001 से 2011 के बीच एक दशक के दौरान श्रम बल में बढ़ोतरी की दर 2. 23 प्रतिशत रही, जबकि रोजगार की वृद्धि दर तुलनात्मक रूप से बहुत कम, 1.4 प्रतिशत रही। 2014 और 2015 में नौकरियों के बगैर हुई वृद्धि की दर नाटकीय रही। यह इस समय की अर्थव्यवस्था का मुख्य मसला है। निजी क्षेत्र में पाटीदार, जाट जैसी जातियों को नौकरी नहीं मिलती, जिसकी वजह से वे सरकारी नौकरियों की ओर देख रहे हैं।

वहीं सार्वजनिक क्षेत्र की नौकरियां भी सिमट रही हैं। 1996-97 में 195 लाख सरकारी नौकरियां थीं। 2015-16 में सरकारी नौकरियां घटकर करीब 170 लाख रह गई हैं।[101]

नौकरी रहित विकास को कई रूप में साफ किया जा सकता है। भारत में रोजगार पाने की बड़ी समस्या है। सफेद कॉलर वाली नौकरियों (जैसे आईटी, इंजीनियरों, अंग्रेजी बोलने वाले लोगों को कॉल सेंटर मे) में किसानों के लिए कोई जगह नहीं है। उद्योग

अपने को किसानों के अनुरूप नहीं ढाल सका है। उद्योगों व किसान तबके के बीच तालमेल के लिए कौशल जरूरी है। इसका अभाव है। इस हिसाब से देखें तो सरकार ने 2015-16 के बजट में शिक्षा के बजट को 3 प्रतिशत से बढ़ाकर महज 3.1 प्रतिशत किया। शिक्षा का बुरा हाल देखते हुए यह बजट कुछ भी नहीं है। किसी भी देश का विकास सार्वजनिक शिक्षा प्रणाली में तेज विकास के बगैर नहीं हुआ है।

इसके अलावा सूक्ष्म, लघु एवं मझोले (एसएमई) उद्योग के क्षेत्र की स्थिति भी खासी बुरी है। बड़ी फर्मों की तुलना में एसएमई 4 गुना ज्यादा रोजगार परक होते हैं। भारत में एसएमई क्षेत्र में 40 प्रतिशत श्रमिक काम कर रहते हैं, जिनकी भारत के विनिर्माण क्षेत्र में 45 प्रतिशत हिस्सेदारी है। कुल निर्यात में इनकी हिस्सेदारी 40 प्रतिशत है। लेकिन सरकार इन पर ध्यान नहीं देती। सरकार बड़े सेठों और मोटे निवेशकों को आकर्षित करने में लगी हुई है।

दिलचस्प है कि बनियों की पार्टी जन संघ ने 1950 और 1960 में विकास के नेहरू मॉडल का विरोध किया था। दीन दयाल उपाध्याय के नेतृत्व में एसएमई को प्रोत्साहन देने पर जोर दिया गया। लेकिन भाजपा कारोबारी जगत से अब अलग तरीके से जुड़ी हुई है, कम से कम प्रमोद महाजन के काल से पार्टी का रुख बदल गया।

सरकार के कानून बड़े सेठों के लिए बने। वित्तीय नीति का फायदा बड़ी कंपनियों को मिले। 2015-16 के बजट में कुल कर छूट 5,50,000 करोड़ रुपये की दी गई, जिसमें 1,84,764 करोड़ रुपये केंद्रीय उत्पाद शुल्क के रूप में और 3,01,688 करोड़ रुपये सीमा शुल्क में छूट शामिल है। अपने सेज विकसित करने वाले कॉरपोरेट घराने इसके सबसे बड़े लाभार्थी बनकर उभरे। इस तरह से देखें तो गांव गिरांव के लोगों को मिलने वाली नौकरियां सिकुड़ती गईं। सरकार की नीति कुछ ऐसी बनी कि किसान परिवारों के बच्चे खेत से भी गए, नौकरी से भी।

बैंकों ने भी सूक्ष्म, छोटे और मझोले (एमएसएमई) उद्योगों से मुंह मोड़ लिया। बड़े कॉरपोरेट्स में पैसा फंसने के कारण बैंकों की स्थिति खराब होती गई। भारतीय रिजर्व बैंक के आंकड़ों के मुताबिक 30 अक्टूबर 2015 तक मझोले उद्योगों को कुल 1.13 लाख करोड़ रुपये कर्ज दिया गया था, जबकि 30 अक्टूबर 2014 तक 1.24 लाख करोड़ रुपये दिए गए थे। जहां कारोबार बढ़ने के साथ बैंकों को मझोले उद्योगों को दिया गया कर्ज बढ़ना चाहिए था, वह सिमट गया। एक साल में कर्ज की राशि 9 प्रतिशत घट गई। इसके अलावा सूक्ष्म व छोटे उद्योगों को अक्टूबर 2015 के आखिर तक 3.70 लाख करोड़ रुपये कर्ज दिया गया।

2015 के आखिर में लोकसभा में जवाब देते हुए केंद्र सरकार ने जानकारी दी कि भारतीय रिजर्व बैंक की ओर से तैयार किए गए आंकड़ों के मुताबिक मार्च 2015 तक बीमार एमएसएमई की संख्या 5,37,286 थी, जिसमें उत्तर प्रदेश, गुजरात और महाराष्ट्र की बीमार इकाइयों की संख्या क्रमशः सबसे ज्यादा है।[102]

गुजरात और महाराष्ट्र में एमएसएमई सबसे मजबूत रही हैं। बॉम्बे स्टॉक एक्सचेंज और नेशनल स्टॉक एक्सचेंज में सूचीबद्ध होकर बाजार से धन जुटाने में इन दो राज्यों की एमएसएमई सबसे आगे रहीं।[103] इन दो एक्सचेंजों में अक्टूबर 2015 तक 126 छोटी फर्मों ने पंजीकरण कराया। इनमें महाराष्ट्र और गुजरात की 65 फर्में शामिल रहीं, जिनमें महाराष्ट्र की 41 और गुजरात की 24 फर्में हैं। वहीं दिल्ली की 25 कंपनियों ने पंजीकरण कराया। दरअसल देश में जितनी एमएसएमई हैं, उनमें 31 प्रतिशत महाराष्ट्र और गुजरात की हैं। इन्हें पूंजी बाजार की समझ अन्य राज्यों के छोटे कारोबारियों की तुलना में ज्यादा है। लेकिन बड़ी कंपनियों के हर क्षेत्र में दखल और अन्य तमाम वजहों से जब एमएसएमई पिछड़ीं तो इन राज्यों में रहने वाले लोगों की रोजी रोटी पर सबसे ज्यादा असर पड़ना स्वाभाविक था।

वैश्विक आर्थिक मंदी से हीरा उद्योग पर खासा असर पड़ा। भारत के हीरों के आभूषण का बाजार 2015 में गिरकर 3.6 अरब डॉलर रह गया, जबकि 2014 में 4 अरब डॉलर का कारोबार हुआ था।[104] भारत में सबसे ज्यादा हीरे की तराशी होती है। उसमें भी सबसे ज्यादा यह काम गुजरात में होता है। सूरत को हीरे का बाजार ही माना जाता है। मंदी की चपेट में चल रहे हीरा उद्योग ने न सिर्फ तराशी करने वाले कामगारों को बेरोजगार किया, बल्कि तमाम छोटे उद्यमियों को भी अशांत कर दिया।

खेती के अलावा खासकर गुजरात में पटेलों की लघु उद्योगों में भी बड़ी दखलंदाजी रही है। इतना ही नहीं, निरमा के करसन भाई पटेल, जायडस समूह के पंकज पटेल, लिंकल्न फार्मास्यूटिकल्स के महेंद्र जी पटेल, दीवाली में अपने कर्मचारियों को कार और फ्लैट देकर चर्चा में आए हीरा कारोबारी सावजी ढोलकिया, हीरा कारोबारी लालजी पटेल और वल्लभ पटेल प्रमुख हैं। रियल एस्टेट कारोबार में भी इनकी जबरदस्त उपस्थिति है। गुजरात में ऐसी 6,100 से ज्यादा औद्योगिक इकाइयां हैं, जिनका कारोबार 10 करोड़ रुपये से ज्यादा है। इनमें से 1,700 इकाइयां पटेलों की हैं। परंपरागत रूप से गैर कारोबारी समुदाय में यह सबसे बड़ा प्रतिनिधित्व है। वहीं अफ्रीका, यूरोप के साथ अमेरिका में भी पटेलों का छोटे कारोबारों में दबदबा है।[105]

गुजरात में भी हाल के वर्षों में कुटीर उद्योगों की हालत खस्ता हुई। इसकी सबसे बड़ी मार पटेलों पर पड़ी, क्योंकि इनका लघु एवं कुटीर उद्योगों पर दबदबा है। वहीं खेतों से किसान निकलकर रोजगार की तलाश में भटकने लगे। वैसे तो राष्ट्रीय स्तर पर कौशल विकास और उद्योगों के अनुकूल कर्मचारी न होने का रोना रोया जाता है, लेकिन गुजरात में रोजगार परक और अच्छे संस्थानों का बेहद अभाव है। नौकरियों में आने वाले किसानों के बच्चे रोजगार की स्थिरता और सम्मानजनक वेतन की ओर देखने लगे। निजी क्षेत्र में उच्च पदों पर न होने के कारण बेहतर नौकरी भी मिलना मुश्किल हुआ। ऐसे में पटेलों ने सरकारी नौकरी पर नजर गड़ाई। हालांकि जितनी बातें कही गईं कि

पिछड़े वर्ग के चयन सामान्य वर्ग के प्रतिस्पर्धी से आधे से कम नंबर पाने पर हो जाता है, उसमें कोई तथ्य नहीं था। फिर भी एक लोक लुभावन नारे के रूप में इस पर खूब चर्चा हुई।

वहीं पहली नजर में मराठों की आरक्षण की मांग औचित्यपूर्ण नहीं लगती। आम धारणा यह है कि मराठा एक समृद्ध कृषक जाति है। परंतु मराठों का आर्थिक, राजनीतिक व सामाजिक दर्जा पूरे महाराष्ट्र में एक-सा नहीं है। पश्चिमी महाराष्ट्र के मराठा अपेक्षाकृत समृद्ध हैं। उस इलाके के सहकारी बैंक, सहकारी चीनी मिलें, और सहकारी दुग्ध उद्योग आदि विकसित अवस्था में हैं। पश्चिमी महाराष्ट्र में सहकारिता क्षेत्र के विकास ने स्थानीय मराठों को सत्ता, धन व प्रतिष्ठा तीनों दिए और कुछ मराठा परिवार, राज्य की राजनीति पर छा गए। महाराष्ट्र के अब तक के 18 मुख्यमंत्रियों में से 10 मराठा थेपरंतु केवल तीन को छोड़कर, सभी पश्चिमी महाराष्ट्र से थे। मराठा समुदाय का राजनीति में पर्याप्त प्रतिनिधित्व है। वहीं शिक्षा औरप्रशासन में मराठा प्रतिनिधित्व नगण्य है। जिला स्तर की व तृतीय श्रेणी की नौकरियों में मराठों की पर्याप्त संख्या है। आईएएस, आईपीएस, सेना, इंजीनियरिंग, चिकित्सा व प्रथम श्रेणी की अन्य वे नौकरियां, जिनके लिए तकनीकी कुशलता की आवश्यकता है, में अब भी मराठों की संख्या काफी कम है। यह आसानी से साबित किया जा सकता है कि मराठा, शैक्षणिक दृष्टि से पिछड़े हैं।

पिछले कुछ साल में खेती की जमीन के छोटे-छोटे टुकड़ों में बंटती गई। सिंचाई सुविधाओं के अभाव, फसलों के चौपट होने, कृषि उत्पादों का उचित मूल्य न मिलने, ऋण के बोझ और नए कर्ज की अनुपलब्धता के कारण राज्य के मराठवाड़ा, विदर्भ और खानदेश इलाकों में बड़ी संख्या में किसानों ने आत्महत्याएं कीं। वर्षा पर निर्भर क्षेत्र, कुल क्षेत्रफल का एक तिहाई है। महाराष्ट्र सरकार के आंकड़ों के मुताबिक जमीन तेजी से टुकड़ों में बंटी। जहां 1970-71 में 49 लाख जोतें (जिनमें से 21.20 लाख-43 प्रतिशत-छोटी व सीमांतथीं) थीं, वहीं 2000-01 में जोतों की संख्या बढ़कर 1.21 करोड़ हो गई (जिनमें से 88.86 लाख-73 प्रतिशत-सीमांत जोतें थीं)। इस कारण व खेती केबढ़ते लागत मूल्य के कारण कृषि अलाभकारी बन गई।[106] जहां ओबीसी, ब्राह्मण वमुस्लिम कृषकों ने अन्य काम-धंधे अपना लिए वहीं मराठा-कुनबी समुदाय खेती से ही चिपका रहा और सबसे अधिक नुकसान में रहा।[107]

राष्ट्रीय स्तर पर भी यही हुआ है। राष्ट्रीय स्तर पर 67 प्रतिशत सीमांत किसान हैं, जिनके पास औसत 0.38 हेक्टेयर जमीन है। छोटे किसान 18 प्रतिशत हैं, जिनके पास औसतन 1.42 हेक्टेयर जमीन है। लब्बोलुआब यह है कि 85 प्रतिशत छोटे व सीमांत किसान हैं, जिनके पास सिर्फ 44 प्रतिशत जमीन है।

आंकड़ों से पता चलता है कि हाल के वर्षों में छोटे व सीमांत किसानों की संख्या

तेजी से बढ़ी है। 2010-11 की जनगणना के आंकड़ों से पता चलता है कि पंजाब, मध्य प्रदेश, राजस्थान, गुजरात और बिहार में 2005-06 से 2010-11 के बीच किसानों की जोत का आकार तेजी से घटा है। महाराष्ट्र में यह राष्ट्रीय औसत के बराबर रहा।

सावित्री बाई फुले पुणे विश्वविद्याल में प्रोफेसर राजेश्वरी देशपांडे का कहना है कि मराठा आरक्षण की मांग ग्रामीण अर्थव्यवस्था में गिरावट और शहरी अर्थव्यवस्था सुस्त होने और राजनीतिक अपेक्षाएं पूरी न होने का परिणाम है।

जमीन कम हुई ही। खेती की लागत बढ़ने से संकट और गहराया। पिछले 2 दशक से खाद्य उत्पादों के दाम भी अन्य उत्पादों की तुलना में मामूली बढ़े। खेती से आय इतनी कम हुई कि कृषक समुदाय में भगदड़ मच गई और वे महानगरों में नौकरियों की ओर दौड़ पड़े।[108]

टाइम्स आफ इंडिया[109] में 28 मई 2016 को प्रकाशित खबर के मुताबिक मराठवाड़ा में मई 2016 के आखिर तक जान देने वाले किसानों की संख्या 454 रही, जो पिछले साल के 372 मामलों की तुलना में 22 प्रतिशत ज्यादा थी। मराठवाड़ा इलाके में 2015 में लगातार चौथी बार सूखा पड़ा। सबसे ज्यादा 81 किसानों ने बीड जिले में आत्महत्या की। नांदेड में 70 किसानों की आत्महत्या की खबर आई और औरंगाबाद में 67 किसानों ने मौत को गले लगा लिया। मराठवाड़ा क्षेत्र में काम करने वाली एक्टिविस्ट उल्का महाजन के मुताबिक उच्चतम न्यायालय ने आदेश दिया है कि इन इलाकों में छुट्टियों के दिनों में भी मध्याह्न भोजन योजना चलाई जाए। लेकिन एक तरफ जहां किसान आत्महत्या करते रहे, फंड जारी न होने की वजह से तमाम इलाकों में मध्याह्न भोजन योजना रुकी रही।

यह आंकड़े यहीं नहीं रुकते। किसान मसले पर लंबे समय से काम कर रहे पी साईनाथ के मुताबिक 2005 से लेकर 2014 तक के आंकड़ों के मुताबिक इस दौरान 3,00,000 किसानों ने आत्महत्या की।

आत्महत्या करने वाले किसानों की संख्या से भारत की वैश्विक रूप से थू-थू हुई। सरकार ने इससे निपटने के लिए नायाब तरीका निकाला। नैशनल क्राइम रिकॉर्ड ब्यूरो (एनसीआरबी) ने आत्महत्या करने वाले लोगों की गणना के तौर तरीके में बदलाव कर दिया। परिणाम यह हुआ कि 2014 में किसानों की आत्महत्या के 5,650 मामले सामने आए। एनसीआरबी के ही आंकड़ों के मुताबिक 2013 में 11,772 किसानों ने आत्महत्या की थी, लेकिन अचानक आत्महत्या करने वाले किसानों की संख्या घटकर आधी से भी कम रह गई। ऐसा नहीं है कि आत्महत्या करने वालों की संख्या घट गई। अन्य वजहों से आत्महत्या करने वालों की संख्या में इतनी ही तेजी से बढ़ोतरी हुई। मतलब साफ है। न तो कोई हंगामा। न मुआवजे का खेल। किसानों की जगह अन्य वजहों से आत्महत्या करने से सरकार ने अपनी जवाबदेही से बचने की कवायद की। एनसीआरबी के 2014

के आंकड़ों में बटाई पर खेती करने वाले किसानों को कृषि श्रमिक के आंकड़े में डाल दिया। इस वजह से भी किसानों की आत्महत्या में कमी आई। आत्महत्या करने वाले लोगों की गणना के तरीके बदलने के कारण अद्‌भुत बदलाव आया। देश के 12 राज्यों और 6 केंद्र शासित प्रदेशों में 2014 में एक भी किसान ने आत्महत्या नहीं की, जिसमें खेती करने वाले 3 प्रमुख राज्य पश्चिम बंगाल, राजस्थान और बिहार शामिल हैं। आत्महत्या करने वाली अन्य श्रेणी में 2013 में जहां 24,809 लोगों ने आत्महत्या की थी, वहीं, 2014 में इस श्रेणी में संख्या बढ़कर 41,226 हो गई। मतलब कुल मिलाकर कहें तो बगैर किसी अतिरिक्त कोशिश के, किसानों की आत्महत्या घटकर आधी से कम रह गई।[110]

सरकार बाजीगरी करती रही। कृषक समुदाय तबाह होता रहा। दिल्ली के नैशनल इंस्टीट्यूट आफ एग्रीकल्चरल इकोनॉमिक्स ऐंड पॉलिसी रिसर्च की ओर से रमेश चंद्रा, रेखा सक्सेना और सिम्मी राना द्वारा 2015 में किए गए शोध के मुताबिक 1983-84 से 1993-94 के बीच कृषि आय में सालाना 2.74 प्रतिशत की वृद्धि हुई है। अगले दशक में 1993-94 से 2004-2005 के बीच खेती से आमदनी में सालाना वृद्धि सिर्फ 1.96 प्रतिशत हुई। शोधकर्ताओं के मुताबिक कुछ समय के लिए खेती से आमदनी बढ़ी लेकिन 2004-05 से 2011-12 के बीच सालाना वृद्धि दर घटकर 1 प्रतिशत से नीचे पर आ गई।

इस तरह से देखें तो घटते रोजगार, कुटीर व लघु उद्योगों के विनाश, कृषि भूमि घटने, कृषि लागत बढ़ने से गुजरात के पटेल, महाराष्ट्र के मराठा, हरियाणा के जाट, आंध्र प्रदेश के कापू सरकारी नौकरियों व शिक्षण संस्थान में प्रवेश में आरक्षण की मांग उग्र रूप से करने लगे। अभी इसका कोई समाधान भी नहीं। सरकारों ने आरक्षण दिया। न्यायालय ने खारिज किया। मामले न्यायालयों में अटके पड़े हैं। इस पर कोई अध्ययन भी नहीं हो रहा है कि जातीय आधार पर भेदभाव, सामाजिक सम्मान में कमी या किसी जाति/वर्ग को समुचित प्रतिनिधित्व है, या नहीं। राजनीतिक नफा नुकसान ने आरक्षण हासिल करने के अभियान को और बल दिया है।

संदर्भ सूची

1. एनिहिलेशन आफ कास्ट - बीआर आंबेडकर पेज 45

2- गुलामगीरी- ज्योतिबा फुले

3- फाउंडेशंस आफ तिलक्स नैशनलिज्म, डिस्क्रिमिनेशन, एजुकेशन ऐंड हिंदुत्व ख्र परिमाला वी राव पेज 139, 140

4- फाउंडेशंस आफ तिलक्स नैशनलिज्म, डिस्क्रिमिनेशन, एजुकेशन ऐंड हिंदुत्व ख्र परिमाला वी राव पेज 143

5- फाउंडेशंस आफ तिलक्स नैशनलिज्म, डिस्क्रिमिनेशन, एजुकेशन ऐंड हिंदुत्व ख्र परिमाला वी राव पेज 104, 115, 116, 262, 263

6- http://www.bbc.com/hindi/regionalnews/story/2005/09/050908_mandal_cronology.shtml

7 अर्जुन सिंह, एक सहयात्री इतिहास का- लेखक रामशरण जोशी राजकमल प्रकाशन, 2009 पेज 388-389

8- http://www.bbc.com/hindi/regionalnews/story/2006/04/060412_reservation_analysis.shtml

9- http://www.bbc.com/hindi/regionalnews/story/2006/08/060825_reservation_parliam_intro.shtml

10- http://www.bbc.com/hindi/regionalnews/story/2006/08/060821_reservation_obc_cabinet.shtml

11- http://www.bbc.com/hindi/regionalnews/story/2008/04/080410_obc_sc.shtml

12- htt p://judis.nic.in/supremecourt/imgst.aspx?filename=31297

13- http://mcc.nic.in/MCCUG_aiq/Show-Pdf?Type=50C9E8D5FC98727B4BBC93CF5D64A68DB647F04F&ID=B37F6DDCEFAD7E8657837D3177F9EF2462F98ACF

14- http://mcc.nic.in/mccug_aiq/Show-Pdf?Type=02AA629C8B16CD17A44F3A0EFEC2FEED439376428&ID=356A192B7913B04C54574D18C28D46E6395428AB

15- http://nationaljanmat.com/reservaton-2-percentage-medical-exam-obc-mcc-list/

16- http://velivada.com/2017/07/14/modi-obc-reservation-medical-seats/

17- http://indianexpress.com/article/opinion/columns/quotas-reservation-jobs-patidar-maratha-jat-agitation-4456247/

18- http://indianexpress.com/article/opinion/columns/sc-st-reservation-quota-jobs-patidars-marathas-jats-4456243/

19- https://www.youtube.com/watch?v=y—CS4-DYDU

20- http://internethindu.in/ceo-of-infosys-vishal-sikka-says-iam-a-kshatriya-warriorand-burkha-dutt-mocks-gets-trolled/

21- http://indianexpress.com/article/opinion/editorials/n-r-narayana-murthy-infosys-crisis-founder-vishal-sikka-cast-reputation-4525216/

22- अनटच्चेबिलिटी इन रूरल इंडिया- घनश्याम शाह, हर्ष मंदर, सुखदेव थोराट, सतीश देशपांडे और अमृता भाविश्कर, सेग पब्लिकेशन नई दिल्ली 2006,

23- द इकनॉमिक्स आफ कास्ट ऐंड आफ रैट रेस ऐंड अदर वोफुल टेल्स- जॉर्ज एकेरलॉफ

24- द लांग रोड टु ए सोसाइटी आफ इक्वल्स, पेज 103 लेखक अजय कुमार

25- रिजर्वेशन इन द प्राइवेट सेक्टर- इश्यूज, कंसर्न्स ऐंड प्रॉस्पेक्ट्स, सुखदेव थोराट, प्रशांत नेगी और आर्यम्मा

26- http://timesofindia.indiatimes.com/india/Income-disparity-between-rich-and-poor-growing-rapidly/articleshow/21410981.cms

27- http://www.livemint.com/Politics/XMCFbsPaUbHm8iQsRjalzO/The-poor-do-not-count.html

28- http://www.moneycontrol.com/news/business/economy/indias-economic-growth-unevenly-distributed-hamid-ansari-2268123.html

29- http://www.thehindu.com/news/national/CEO-salaries-at-top-blue-chips-soar-average-nearing-Rs.-20-crore/article14556881.ece

30- http://www.firstpost.com/business/where-are-the-jobs-mr-modi-2731002.html

31- http://www.financialexpress.com/economy/3-years-of-modi-government-pm-has-failed-to-create-jobs-for-the-desperate-young-people-who-gave-him-massive-mandate/686486/

32- http://www.business-standard.com/article/current-affairs/pay-difference-narrows-between-temporary-and-permanent-jobs-115051800942_1.html

33- http://www.business-standard.com/article/management/salary-difference-between-temporary-and-permanent-jobs-down-to-2-report-115051800476_1.html

34- http://www.business-standard.com/article/international/a-look-at-the-world-s-economic-freedom-117021700027_1.html

35- http://abpnews.abplive.in/india-news/maratha-stir-puts-fadnavis-government-in-a-fix-461761/

36- http://ncbc.nic.in/Writereaddata/cl/gujarat.pdf

37- http://navbharattimes.indiatimes.com/opinion/editorial/jat-agitation-and-discussion-on-politics-in-reservation/articleshow/51081421.cms

38- http://www.patidarsamaj.org/

39- http://www.bhaskar.com/news-ja/GUJ-AHM-OMC-ahmedabad-turns-fortress-ahead-of-mega-rally-by-patels-today-5093901-NOR.html

40- http://www.business-standard.com/article/news-ani/hardik-patel-bats-for-obc-quota-says-nitish-chandrababu-naidu-is-one-among-us-115082500332_1.html

41- http://hindi.kolkata24x7.com/national-news/patel-reservation-protest-gyjarat

42- http://khabar.ndtv.com/news/india/patel-rally-in-vadodra-on-reservation-1209569

43- http://www.business-standard.com/article/current-affairs/rajkot-man-commits-suicide-in-support-of-patidar-agitation-115092700002_1.html

44- http://naidunia.jagran.com/state/gujarat-gujarat-patidars-own-reservation-movement-to-run-470840

45- http://www.business-standard.com/article/economy-policy/gujarat-subsidy-may-not-blunt-quota-demand-115100600018_1.html

46- http://www.jansatta.com/editors-pick/hardik-patel-booked-for-sedition-over-alleged-comments-on-gujarat-police/44970/

47- http://naidunia.jagran.com/state/rajasthan-hardik-patel-bail-plea-rejected-689563

48- http://hindi.pradesh18.com/news/live-news/violence-breaks-out-during-patidar-movement-in-mahesana-gujrat-1402404.html

49- http://khabar.ibnlive.com/news/desh/10-reservation-to-be-given-to-economically-backward-classes-in-general-category-in-gujrat-474437.html

50- http://www.bhaskar.com/news/MP-OTH-MAT-latest-dhar-news-023004-84156-NOR.html

51- http://indiatoday.intoday.in/education/story/gujarat-high-court-dismisses-reservation-for-upper-caste/1/682610.html

52- http://indianexpress.com/article/india/india-news-india/gujarat-high-court-reserves-verdict-on-10-ews-quota-2922430/

53- साहित्यसंस्कृति आणि जगातिकरण, भालचन्द्र निमाड़े, 2003

54- 'पीपुल ऑफ इंडिया : महाराष्ट्र', भाग दो, संपादक बी.वी. भानु, पेज 1434

55- इंडियाज साइलेंट रिवॉल्यूशन- क्रिस्टोफे जैफ्रेलॉट पेज 161

56- https://www.forwardpress.in/2016/04/marathas-plight-no-rain-no-jobs-hindi/

57- http://www.bbc.com/hindi/india-37413202
58- http://hindi.business-standard.com/storypage.php?autono=87715
59- https://indiankanoon.org/doc/1946655/
60- http://indianexpress.com/article/india/india-others/maharashtra-govt-okays-16-per-cent-quotas-for-marathas-5-per-cent-for-muslims/
61- http://www.bbc.com/hindi/india/2014/11/141114_maharashtra_ncp_reservation_sk
62- http://indianexpress.com/article/india/politics/maharashtra-bjp-sends-shivaji-descendant-sambhaji-raje-to-rajya-sabha-2848038/
63- http://www.rediff.com/election/2009/apr/15loksabhapolls-caste-to-the-fore-again-in-andhra-pradesh.htm
64- http://indianexpress.com/article/explained/the-kapu-agitation-reservation-a-burning-issue-for-community/
65- कास्ट ऐंड क्लास आर्टीकुलेशन आफ आंध्र प्रदेश- के श्रीनिवासुलू, सितंबर 2002
66- https://www.odi.org/sites/odi.org.uk/files/odi-assets/publications-opinion-files/2692.pdf
67- http://www.business-standard.com/article/pti-stories/kapu-leader-goes-on-indefinite-fast-116060900286_1.html
68- एजूकेशन ऐंड डिसप्रिविलेज्ड: नाइंटीन्थ ऐंड ट्वेंटीथ सेंचुरी इंडिया- संपादक सव्यसाची भट्टाचार्य पेज-17
69- http://www.hindustantimes.com/india/5-things-to-know-about-kapus-their-reservation-demand-and-protests/story-LVqE8UAv88rsP319ZdaJ4L.html
70- http://www.sanjeevnitoday.com/newsdetail/Reservation-in-fire-blight-AP-Kapu-community-violent-movement-train-and-put-in-a-police-vehicle-fire/01-02-2016
71- http://hindi.catchnews.com/india/who-are-the-kapus-and-why-did-they-torch-a-train-1454414535.html/fullview
72- http://www.thehindu.com/news/cities/Visakhapatnam/commission-to-provide-reservation-for-kapu-community-created/article8197532.ece
73- http://www.deccanherald.com/content/551098/kapu-leaders-agitation-stirs-tension.html
74- http://www.thehansindia.com/posts/index/Andhra-Pradesh/2016-07-04/Mudragada-Chandrababu-not-willing-to-resolve-issue-of-Kapu-reservations/239687
75- http://m.deccanherald.com/articles.php?name=http%3A%2F%2Fwww.deccanherald.com%2Fcontent%2F530929%2Fsidelining-jats-led-unrest.html
76- http://www.ncbc.nic.in/Writereaddata/Supreme%20Court%20Judgement-2015%20Jat%20Caste635647145288159656.pdf
77- http://www.frontline.in/static/html/fl2415/stories/20070810510109100.htm
78- http://www.patrika.com/news/up-special/jaat-protest-in-hariyana-for-reservation-1-14066/
79- http://www.tribuneindia.com/2013/20130124/main4.htm
80- http://timesofindia.indiatimes.com/india/10-job-quota-for-economically-weaker-section-in-Haryana/articleshow/18159092.cms
81- http://indiatoday.intoday.in/story/why-jats-are-protesting-in-haryana-all-you-need-to-know/1/600890.html
82- http://www.thehindu.com/news/national/other-states/jat-quota-stir-hits-life-in-rohtak/article8257664.ece
83- http://www.bbc.com/hindi/india/2016/02/160219_haryana_jat_violence_sr
84- http://one.airtel.in/news/56c6e4c1e4b07504cab1bfce.html
85- http://indianexpress.com/article/india/india-news-india/jat-reservation-protest-haryana/

86- http://www.bbc.com/hindi/india/2016/02/160220_haryana_hudda_beerendra_aj
87- http://www.bbc.com/hindi/india/2016/02/160221_haryana_sonipat_dam_salman_aj
88- http://www.bbc.com/hindi/india/2016/02/160222_haryana_blockade_jat_movement_ac
89- http://abpnews.abplive.in/india-news/jat-reservation-stir-334696/
90- http://www.thequint.com/videos/2016/06/09/jat-quota-agitation-why-are-there-fewer-protesters-this-time?gclid=CMn39b6RxcOCFYihaAod7zYHqg
91- http://www.business-standard.com/article/pti-stories/jat-stir-situation-improving-rail-road-traffic-resumes-116022400373_1.html
92- http://www.livemint.com/Politics/hs0EVDT1VsjgPVE0kXx1iK/Punjab-Haryana-high-court-stays-Jat-quota-law.html
93- http://www.amarujala.com/chandigarh/jat-now-got-reservation-in-haryana-benefit-in-government-job
94- http://hindi.pradesh18.com/news/haryana/chandigarh-city/haryana-cabinet-approves-jat-reservation-bill-2-1390717.html
95- http://khabar.ndtv.com/news/india/punjab-and-haryana-hc-stays-reservation-for-jats-1411688
96- http://www.jansatta.com/rajya/haryana-jat-agitation-begins-again-high-alert-in-the-whole-state/103233/
97- http://khabar.ibnlive.com/news/desh/haryana-jat-agitation-jat-reservation-sonipat-rohtak-protest-in-haryana-486915.html
98- http://aajtak.intoday.in/story/jat-leaders-challenges-high-court-decision-of-cancelling-reservation-in-supreme-court-1-871941.html
99- http://www.bhaskar.com/news/c-85-1232832-pa0345-NOR.html
100- http://www.bbc.com/hindi/india/2015/05/150526_profile_kirori_singh_bainsla_dil
101- http://indianexpress.com/article/opinion/columns/economic-survey-india-unemployment-2775236/
102- http://www.thehindubusinessline.com/money-and-banking/small-medium-sectors-face-credit-crunch/article7962319.ece
103- http://timesofindia.indiatimes.com/city/ahmedabad/Gujarat-Maharashtra-account-for-half-the-firms-listed-on-SME-exchanges/articleshow/49560981.cms
104- http://www.business-standard.com/article/markets/slowdown-in-diamond-jewellery-116042800010_1.html
105- http://www.business-standard.com/article/current-affairs/wealthy-yet-backward-in-gujarat-115090500849_1.html
106- http://www.unipune.ac.in/dept/mental_moral_and_social_science/politics_and_public_administration/ppa_webfiles/pdf/new-cv/rajeshwari-deshpande.pdf
107- http://www.business-standard.com/article/economy-policy/what-is-causing-distress-among-erstwhile-dominant-castes-115103101210_1.html
108- https://www.forwardpress.in/2016/04/marathas-plight-no-rain-no-jobs-hindi/
109- http://epaperbeta.timesofindia.com/Article.aspx?eid=31808&articlexml=Marathwada-farmer-suicides-at-454-22-higher-than-28052016012063
110- http://psainath.org/the-slaughter-of-suicide-data/

"यहां समानता सिर्फ समान लोगों के बीच है।
असमान लोगों को समान की बराबरी में खड़ा करने
मतलब है असमानता को बनाए रखना"

भारत सरकार

पिछड़ा वर्ग आयोग की रिपोर्ट

पहला भाग

खंड 1 और 2

मुख्य रिपोर्ट और सिफारिशें

1980

भाग 1

बीपी मंडल, पूर्व-सांसद
चेयरमैन, पिछड़ा वर्ग आयोग
भारत सरकार

अ. शा. संख्या
5, डॉ राजेंद्र प्रसाद रोड
नई दिल्ली
टेली 386045 (कार्यालय)
382135 (आवास)

दिनांक 31 दिसंबर 1980

आदरणीय राष्ट्रपति जी,

1. सर्वशक्तिमान ईश्वर की अनुकंपा से मुझे यह रिपोर्ट आपको सौंपने का सम्मान प्राप्त हुआ है।

2. 20 दिसंबर 1978 को भारत सरकार के तत्कालीन प्रधानमंत्री श्री मोरारजी भाई ने मेरी अध्यक्षता में चार सदस्यों वाले पिछड़ा वर्ग आयोग के गठन के फैसले की घोषणा संसद के सदन में की थी। अन्य सदस्यों में श्री दीवान मोहन लाल, श्री आर आर भोले, श्री दीन बंधु साहू और श्री के सुब्रमण्यम शामिल थे। आयोग के विचारार्थ विषय की घोषणा भी सदन में की गई थी।

3. हमारे एक सदस्य श्री दीन बंधु साहू ने स्वास्थ्य कारणों से 5 नवंबर 1979 को आयोग की सदस्यता से इस्तीफा दे दिया। वह 7 अक्टूबर 1980 को यह दुनिया छोड़कर चले गए। हमें इस बात का अफसोस है कि हमारे कार्य के बीच में उन्हें अपनी मूल्यवान सेवा छोड़नी पड़ी। उनके इस्तीफे से खाली हुई जगह पर एल आर नाइक को नियुक्त किया गया।

4. हमने 21 मार्च 1979 को भारत के प्रधानमंत्री श्री मोरारजीभाई देसाई के उद्घाटन भाषण के बाद अपना काम शुरू किया और अपना कार्य 12 दिसंबर 1980 को भारत की प्रधानमंत्री श्रीमती इंदिरा गांधी के समापन भाषण के साथ पूरा किया।

5. यह भी उल्लेखनीय है कि इस आयोग की नियुक्ति पूर्ववर्ती जनता सरकार द्वारा की गई थी, लेकिन श्रीमती इंदिरा गांधी सरकार ने न सिर्फ आयोग के कार्यकाल को दो बार विस्तार दिया, बल्कि हमारी जिम्मेदारियों को पूरा करने में हर तरह का समर्थन और सहयोग दिया। इससे वंचित, दबे-कुचले और सताए हुए समाज के प्रति उनकी प्रतिबद्धता और अनुराग का पता चलता है।

6. आयोग को काम करने के दौरान तमाम कठिनाइयों और चुनौतियों से जूझना पड़ा। जुलाई 1979 में लोकसभा भंग हो गई। उसके बाद मार्च 1980 में 9 राज्य विधानसभाएं भंग हो गईं। राज्य का पूरा अमला चुनाव की तैयारियों में जुट गया,

जिसकी वजह से आयोग का काम सुस्त हो गया। आयोग को 3 विस्तार मिले। पहला विस्तार तीन महीने के लिए 1 जनवरी से 31 मार्च 1980 तक के लिए था। दो और विस्तार 1 अप्रैल से 30 सितंबर 1980 और 1 अक्टूबर से 31 दिसंबर 1980 तक के लिए था। इन सभी कठिनाइयों और समय की बाध्यताओं के बावजूद आयोग ने अपना काम 2 साल से भी कम वक्त में पूरा किया।

7. हमारा काम, हमारे लिए विचारार्थ विषय में निर्धारित था। उसके मुताबिक हमें "सामाजिक और शैक्षणिक रूप से पिछड़े वर्ग की पहचान के लिए मानदंडों को निर्धारित करना" और "चिह्नित किए गए सामाजिक और शैक्षणिक रूप से पिछड़े वर्ग के नागरिकों के उत्थान के लिए उठाए जाने वाले कदमों" के बारे में सिफारिश करने का दायित्व सौंपा गया था। इसके मुताबिक ही हमने इस तरह के वर्ग को चिह्नित करने के लिए मानदंड तय किए और उनके उत्थान के लिए उठाए जाने वाले कदमों की सिफारिश की। सामाजिक और शैक्षणिक रूप से पिछड़े वर्ग के लिए अनुच्छेद 15 (4) और 16 (4) के तहत आरक्षण के संबंध में उच्चतम न्यायालय ने अधिकतम सीमा तय कर दी है, इसका भी हमने अपनी रिपोर्ट में ध्यान रखा है।

8. बहरहाल हमारी रिपोर्ट उन राज्यों की राह में व्यवधान नहीं बनती, जो समाज के कमजोर तबकों जैसे महिलाओं व गरीब लोगों के उत्थान के लिए कदम उठाना चाहते हैं। इस तबके को हमारे विचारार्थ विषय में शामिल नहीं किया गया था। मालूम हो कि उनके लिए आगे आरक्षण किए जाने को लेकर कोई प्रतिबंध नहीं है। उदाहरण के लिए कर्नाटक सरकार ने सामाजिक और शैक्षणिक रूप से पिछड़े वर्ग के लिए 48 प्रतिशत सीटों का आरक्षण किया है, जिनमें अनुसूचित जाति, अनुसूचित जनजाति और अन्य पिछड़ा वर्ग शामिल हैं और उसके बाद 18 प्रतिशत आरक्षण का प्रावधान अन्य कमजोर तबके के लिए किया है। कुल आरक्षण 66 प्रतिशत था, जिसे न्यायपालिका में चुनौती दी गई और इस पर न्यायालय ने रोक लगा दी। बहरहाल अनुच्छेद 15 (4) और 16 (4) के तहत ओबीसी के लिए आरक्षण को किसी अन्य आरक्षण के साथ घालमेल नहीं किया जा सकता, जो किसी अन्य मानदंड पर दिया गया हो। सुभाषिनी बनाम राज्य (एआईआर 1966 मैसूर 40) में पाया गया, "सामाजिक एवं शैक्षणिक रूप से पिछड़े वर्ग, अनुसूचित जाति और अनुसूचित जनजाति के अलावा अन्य के लिए आरक्षण की वैधता की जांच अनुच्छेद 14 के आधार पर किए जाने की जरूरत है। इस तरह के आरक्षण को संविधान की धारा 15 (4) के तहत दिए गए आरक्षण के साथ मिलाया नहीं जाना चाहिए। बालाजी मामले में जो ऊपरी सीमा तय की गई थी, वह सिर्फ अनुच्छेद 15 (4) के तहत मिलने वाले आरक्षण के लिए है। इसमें

अन्य किसी दिए गए आरक्षण को शामिल नहीं किया जा सकता।" उत्तर भारत के कुछ राज्यों की ओर से दिया गया थोड़ा आरक्षण प्रतिशत सामाजिक और शैक्षणिक रूप से पिछड़े वर्ग तक नहीं पहुंच रहा है, जो अनुच्छेद 15 (4) और 16 (4) के अधीन आते हैं।

9. देश के हर कोने में हमारे व्यापक दौरे के दौरान आम लोगों से मुलाकात हुई। मैं यह कहना चाहता हूं कि इस देश के पिछड़े वर्ग के लोग हमारी सिफारिशों पर सरकार की सकारात्मक प्रतिक्रिया की बहुत ज्यादा उम्मीद रखते हैं। हमारे सामने यह चिंता भी आई कि कहीं इस रिपोर्ट का हश्रभी काका कालेलकर आयोग की रिपोर्ट की तरह न हो। सामाजिक एवं शैक्षणिक रूप से पिछड़े वर्ग के लोग देश में बड़ी संख्या में हैं, जो सरकार से न्याय की उम्मीद रखते हैं।

10. जाति संबंधी आंकड़े न होने की वजह से हमें बहुत ज्यादा कठिनाइयों का सामना करना पड़ा, क्योंकि 1931 के बाद जातियों की जनगणना नहीं हुई। भविष्य में इस तरह की कठिनाइयों के समाधान संदर्भ में मैंने 15 जून 1979 और 18 अगस्त 1979 को क्रमश: श्री एचएम पटेल और वाईवी चव्हाण को पत्र लिखा। मैंने 31 मार्च 1980 को केंद्रीय गृह मंत्री ज्ञानी जैल सिंह को पत्र लिखकर इस संदर्भ में निवेदन किया। मुझे सूचित किया गया कि 1981 की जनगणना में जाति संबंधी आंकड़े जुटाना संभव नहीं है। मौजूदा नीति में भारत की जनगणना में जाति संबंधी गणना का प्रावधान नहीं है और यह नीति जारी रहेगी। इस नीति पर फिर से विचार की जरूरत है।

11. हम आपको एकमत होकर रिपोर्ट पेश करने की उम्मीद कर रहे थे और आयोग के सभी सदस्य इस बिंदु पर सहमत थे। आखिरी पल में जब रिपोर्ट पर हस्ताक्षर होने को थे, एक सदस्य श्री एलआर नाइक ने असहमति नोट लिखने का फैसला किया और इसे रिपोर्ट के भाग 6 में रखा गया है।

12. श्री नाइक का मुख्य तर्क यह था कि अन्य पिछड़े वर्गों की राज्यवार सूची को दो भागों में विभाजित किया जाना चाहिए। एक हिस्से में मध्यवर्ती (इंटरमीडिएट) पिछड़ा वर्ग हो और दूसरे हिस्से में वंचित पिछड़ा वर्ग होना चाहिए। वंचित पिछड़े वर्ग में उन्होंने उन जातियों को रखा था, जो उनके मुताबिक कम सुविधा संपन्न लोगों में बहुत ज्यादा वंचित थीं। उनका तर्क यह था कि सिफारिश की गई छूटों और लाभों के लिए उन्हें अलग इकाई के रूप में पहचाना जाना चाहिए। उनका मानना है कि यह दो श्रेणियां बनाने से इन दो समूहों में लाभों का असमान बंटवारा नहीं होने पाएगा।

13. जहां तक श्री नाइक के तर्क पर आयोग का नजरिया है, उनके तरीके को स्वीकार करना संविधान के अनुच्छेद 15 (4) के विरुद्ध नियम होगा। बालाजी बनाम मैसूर राज्य में उच्चतम न्यायालय ने साफ तौर पर कहा था, "पिछड़े वर्ग की दो श्रेणियां प्रस्तुत करना प्रतिकूल आदेश है, इसके साथ ही ऐसा करने से नागरिकों की सभी श्रेणियों का विभाजन बहुत अगड़े की तुलना में कम अगड़े के रूप में होगा। इसलिए हमारी राय है कि अनुच्छेद 15 (4) में इसके लिए कोई जगह नहीं है।" इस फैसले को न्यायालय के कई अन्य मामलों में दोहराया गया और अब यह स्थापित कानून बन गया है। इसे ध्यान में रखते हुए आयोग श्री नाइक के विचार से सहमत नहीं हो सका है कि पिछड़े वर्ग को दो श्रेणियों में विभाजित किया जाना चाहिए।

14. इसके अलावा तथाकथित वंचित पिछड़े वर्ग की आबादी के आंकड़े पर श्री नाइक द्वारा किया गया काम बहुत एकपक्षीय और पूरी तरह से अनुमान पर आधारित है।

15. यह भी उल्लेखनीय है कि श्री नाइक ने उपरोक्त बातों पर आखिरी क्षण में विचार किया, जबकि उसके पहले 10 से 14 नवबर 1980 के बीच उन्होंने ओबीसी की राज्यवार सूची के हर पन्ने पर हस्ताक्षर किए हैं, जिसमें अन्य पिछड़े वर्ग को एक समूह के रूप में माना गया है।

16. अपने पत्र के आखिर में मैं अपने सहयोगियों को धन्यवाद देता हूं, जिन्होंने इस रिपोर्ट को अंतिम रूप देने के लिए बहुत मेहनत की है। यह आयोग अन्य पिछड़े वर्ग के सदस्यों व एक अनुसूचित जाति के सदस्य श्री एलआर नाइक को मिलाकर बनाया गया था। दीवान मोहन लाल हमारे सबसे वरिष्ठ सदस्य हैं और वह कभी भी अपनी भूमिका निभाने में पीछे नहीं रहे। आयोग के उनके अनुभवों का बहुत लाभ मिला। श्री न्यायमूर्ति आरआर भोले, सांसद ने अपने विधायी व न्यायिक और भारत के शहरी और ग्रामीण जीवन के अनुभवों का भरपूर इस्तेमाल कर महत्त्वपूर्ण भूमिका निभाई, जिससे आयोग को बहुत मदद मिली। श्री के सुब्रमण्यम एक प्रतिभाशाली व अनुभवी व्यक्ति हैं, जिन्हें ग्रामीण जीवन के साथ पत्रकारिता का अनुभव है। उन्होंने समाज के निचले पायदान के लोगों के लिए अपनी सेवाएं दीं। श्री एलआर नाइक की नियुक्ति आयोग के कुछ महीने काम करने के बाद हुई, जिन्होंने बड़ी मेहनत व लगन से काम किया। अन्य सदस्य जहां देश भर के लगातार के दौरों से थक जाते थे, उन्होंने इस काम में कभी थकावट महसूस नहीं की।

17. मुझे आपको यह रिपोर्ट सौंपने का सौभाग्य मिला है और उम्मीद करता हूं कि आप हमारी सिफारिशों को स्वीकार करने में जरा सा भी नहीं हिचकिचाएंगे और

न्याय के लिए लंबे समय से प्रतीक्षारत हमारे देश के सामाजिक और शैक्षणिक रूप से पिछड़े वर्ग की समस्याओं का निवारण करेंगे।

सादर,

श्री नीलम संजीव रेड्डी	हस्ताक्षर
राष्ट्रपति, भारत सरकार	(बी. पी. मंडल)
राष्ट्रपति भवन	

आयोग का संयोजन और विचारार्थ विषय

संविधान के अनुच्छेद 340 में दी गई शक्तियों का इस्तेमाल करते हुए राष्ट्रपति ने पिछड़ा वर्ग आयोग की नियुक्ति की। आयोग का मकसद भारतीय क्षेत्र में सामाजिक व शैक्षणिक रूप से पिछड़े वर्ग की स्थिति की जांच करना था। आयोग का संयोजन निम्नवत था...

1. श्री बीपी मंडल (पूर्व सांसद)	चेयरमैन
2. श्री आरआर भोले, सांसद	सदस्य
3. श्री दीवान मोहन लाल	सदस्य
4. श्री एलआर नाइक (पूर्व सांसद)	सदस्य*
5. श्री के सुब्रमण्यम	सदस्य
6. श्री एसएस गिल	सेक्रेटरी

चेयरमैन व सदस्यों की नियुक्ति अंशकालिक आधार और अवैतनिक थी।

2. आयोग के विचारार्थ विषय थे...

अ) सामाजिक और शैक्षणिक रूप से पिछड़े वर्ग को परिभाषित करने के लिए मानदंड निर्धारित करना।

आ) चिह्नित किए गए सामाजिक और शैक्षणिक रूप से पिछड़े वर्ग के नागरिकों की उन्नति के लिए उठाए जाने वाले कदमों की सिफारिश करना।

इ) वांछनीयता की जांच करना या ऐसे पिछड़े वर्ग के नागरिकों के पक्ष में नियुक्तियों में आरक्षण के प्रावधान करना, जिन्हें केंद्र या किसी राज्य के सार्वजनिक सेवाओं में और पदों पर पर्याप्त प्रतिनिधित्व नहीं मिला है और

ई) तथ्यों की जांच करके मिली जानकारियों और उस आधार पर अपनी राय के मुताबिक उचित सिफारिशें कर राष्ट्रपति को रिपोर्ट सौंपना।

इस सिलसिले में आयोग पहले नियुक्त किए गए पिछड़ा वर्ग आयोग की सिफारिशों की भी जांच कर सकता है और सरकार को सौंपी गई उसकी रिपोर्ट की स्वीकार्यता के बारे में विचार कर सकता है।

3 (1) आयोग ऐसा कर सकता है–

अ) आयोग केंद्र सरकार, राज्य सरकारों और केंद्र शासित क्षेत्रों और ऐसे अन्य

*'श्री एलआर नाइक' की नियुक्ति श्री दीन बंधु साहू के स्थान पर हुई थी, जिन्होंने स्वास्थ्य संबंधी वजहों से 5 नवंबर 1979 को आयोग की सदस्यता से इस्तीफा दे दिया था।

प्राधिकारियों, संगठनों या व्यक्तिगत लोगों से ऐसी सूचनाए हासिल कर सकता है, जो उसे उसके काम के लिए जरूरी या सामयिक लगता है और

ब) आयोग ऐसी उप समितियों के साथ ऐसे समय और ऐसे स्थानों पर बैठक या बैठकें कर सकता है, जिन्हें वह अपने सदस्यों से गठित करता है या चेयरमैन के अधिकार के तहत ऐसा किया जा सकता है।

(2) आयोग या उसके द्वारा नियुक्त किसी भी उपसमिति के किसी भी राज्य के दौरों के समय या आयोग की ओर से आहूत बैठक के समय या ऐसी किसी भी उप समिति को किसी भी राज्य में 2 सदस्य रखने की अनुमति दे सकता है, जो उस राज्य से संबंधित हों और जो पिछड़े वर्ग के सदस्य हों। ये आयोग या उप समिति जैसा भी मामला हो, के अतिरिक्त सदस्य के रूप में होंगे।

4. आयोग का मुख्यालय दिल्ली में स्थित होगा।

5. आयोग को अपनी रिपोर्ट राष्ट्रपति को 31 दिसंबर 1979** के पहले प्रस्तुत करनी होगी।

राष्ट्रपति के आदेश से
हस्ताक्षर
(पीएस कृष्णन)
संयुक्त सचिव, भारत सरकार

** बाद में इसका कार्यकाल 31 दिसंबर 1980 तक बढ़ा दिया गया।

भूमिका

पिछड़ा वर्ग आयोग का गठन करने की अधिसूचना 1 जनवरी 1979 को जारी की गई थी और यह रिपोर्ट दिसंबर 1980 में प्रस्तुत की जा रही है। अगर तकनीकी रूप से कहा जाए तो आयोग ने अपना काम पूरा करने में 21 महीने लगाए, जबकि वास्तव में काम करने के लिए हमारे पास इससे भी कम समय उपलब्ध था।

सचिव, प्रशासनिक अधिकारी तथा एक-दो स्टेनोग्राफर्स को छोड़कर आयोग के शेष कर्मचारी केवल जून जुलाई 1980 में ही काम करने के लिए उपलब्ध हो सके। स्टाफ के प्रस्तावों का निर्माण और उनकी मंजूरी तथा उचित कार्मिकों की भर्ती में 4 महीने से ज्यादा लग गए। आयोग की औपचारिक शुरुआत 21 मार्च 1975 को तत्कालीन प्रधानमंत्री श्री मोरारजी देसाई द्वारा किया गया था। लेकिन आयोग पूरी तरह से अपना काम 1979 के मध्य से ही शुरू कर सका।

आयोग का काम पूरे जोर शोर से शुरू होते ही अगस्त 1979 में संसद भंग हो गई। राज्य आम चुनाव की तैयारियों में व्यस्त हो गए। यह चुनाव समाप्त होते ही 9 राज्यों में विधानसभाएं भंग कर दी गई। इन राज्यों के प्रशासन का सारा ध्यान विधानसभा चुनाव पर लग गया।

उपरोक्त स्थितियों का परिणाम यह हुआ कि आयोग का काम विशेषकर विभिन्न राज्यों का दौरा व कार्यक्रम अव्यवस्थित हो गया। देशव्यापी सामाजिक शैक्षणिक क्षेत्रीय सर्वेक्षण जो फरवरी 1980 में शुरू हुआ था, इससे गंभीर रूप से प्रभावित हुआ। समय की कमी तथा 7 उत्तर पूर्वी राज्यों में कुछ अशांति होने के कारण आयोग इस क्षेत्र का दौरा नहीं कर सका।

जैसा इस रिपोर्ट के अध्याय 3 में बताया गया है, आयोग ने अपनी जांच के संबंध में आंकड़े एकत्र करने के लिए बहुपक्षीय दृष्टिकोण अपनाया था। यह बहुत बड़ा काम था, जिसमें अनेक काम करने थे। यह समूचे देश से संबंधित था। यदि सभी संबंधित एजेंसियों और व्यक्तियों से हमें सहयोग सुलभ न हुआ होता तो यह काम नियत अवधि में पूरा न होता। प्रत्येक का अलग अलग धन्यवाद करना संभव नहीं होगा इसलिए आयोग उन सभी के प्रति अपना आभार प्रकट करना चाहेगा, जिनके बहुमूल्य सहयोग से ही यह काम संभव हो पाया है।

आयोग ने सभी राज्य सरकारों, केंद्र शासित प्रदेशों और भारत सरकार के सभी मंत्रालयों और विभागों को विस्तृत प्रश्नावलियां जारी की थीं। अपेक्षित सूचना संकलित करने में इन सभी एजेंसियों को अत्यधिक प्रयास करना पड़ा। आयोग के दौरों के संबंध में राज्य सरकारों तथा संघ शासित क्षेत्रों ने यथासंभव प्रयत्न भी किए। सभी संबंधित

लोगों को पूर्ण धन्यवाद।

छठी और सातवीं लोक सभा, राज्य सभा, राज्य विधान मंडलों और अनेक स्वैच्छिक संगठनों के प्रतिनिधियों, हजारों समाजसेवकों और जनसाधारण के प्रति आभार, जो आयोग के समक्ष साक्ष्य प्रस्तुत करने के लिए आए और हम उन सभी के आभारी हैं जिन्होंने हमारे निमंत्रणों का जवाब दिया।

हम प्रोफेसर एमएन श्रीनिवास (भारतीय प्रबंध संस्थान, बंगलौर), प्रोफेसर जोगेंद्र सिंह (जवाहरलाल नेहरू विश्वविद्यालय) और प्रोफेसर बीके राय वर्मन (विश्व भारती विश्वविद्यालय) का आयोग के सामाजिक शैक्षणिक क्षेत्र में सर्वेक्षण में दिए गए बहुमूल्य सहयोग के लिए कृतज्ञ हैं। डॉ केसी शील, महानिदेशक, केंद्रीय सांख्यिकी संगठन का भी इस संबंध में उल्लेख करना जरूरी है।

यह आभार व्यक्त करते हुए क्षेत्र सर्वेक्षण के सभी पहलुओं के संबंध में पूर्ण दायित्व आयोग अपने ऊपर लेता है। सामाजिक शैक्षणिक सर्वेक्षण के क्षेत्र के आंकड़ों के संगणन के काम को इलेक्ट्रॉनिकी आयोग ने बड़े बेहतरीन तरीके से किया। टाटा समाज विज्ञान संस्थान, बंबई और भारतीय विधि संस्थान दिल्ली ने आयोग के लिए दो विशेष रिपोर्टें तैयारकी थीं और हम उनके श्रेष्ठ कार्यों के लिए अपना आभार व्यक्त करते हैं।

श्री पी पद्मनाभ, भारत के महापंजीयक एवं आयुक्त जनगणना परिचालन ने आयोग के कार्य में बहुत रुचि ली और सभी संभव सहायता प्रदान की। गृह मंत्रालय सदैव सहयोग देता रहा और हमारी समस्याओं के प्रति उसने समुचित दृष्टिकोण अपनाया।

अनेक मंत्रालयों और विभागों की ओर से प्रतिनियुक्ति के आधार पर अस्थायी रूप से जुटाए गए आयोग के कर्मचारियों ने अनेक बाधाओं तथा कठिनाइयों के बावजूद संगठित रूप में काम किया। आयोग के अनुसंधान और सर्वेक्षण विंग को बहुत श्रमसाध्य काम करना था और डॉ एनआर पार्थसारथी, संयुक्त निदेशक के योग्य नेतृत्व में इसने अनेक स्रोतों से प्राप्त विशाल आंकड़ों के प्रसंस्करण में उल्लेखनीय योगदान दिया।

अंत में आयोग अपने सचिव श्री एसएस गिल द्वारा किए गए कार्य के लिए अत्यधिक आभार व्यक्त करता है। सामान्यतः उन जैसे व्यक्ति को रिपोर्ट तैयार करने में विशेष जिम्मेदारी निभानी पड़ती है। इस संबंध में उनका सुसंबद्ध विचारों को प्रस्तुत करने में उल्लेखनीय योगदान रहा है। आयोग के सभी सदस्य एकमत थे कि श्री गिल के अतिरिक्त अन्य पिछड़े वर्ग के कष्टों की विवेचना करने के लिए उन्हें कोई ऐसा सुयोग्य व्यक्ति उपलब्ध नहीं हो सकता था।

अध्याय 1

पहला पिछड़ा वर्ग आयोग

1.1 भारत के संविधान के अनुच्छेद 340 के तहत स्वर्गीय काका साहब कालेलकर की अध्यक्षता में पहले पिछड़ा वर्ग आयोग का गठन राष्ट्रपति के आदेश से 29 जनवरी 1953 को हुआ था। आयोग ने अपनी रिपोर्ट 30 मार्च 1955 को सौंपी। आयोग की संरचना और इसके विचारार्थ विषय के बारे में इस रिपोर्ट के परिशिष्ट 1, भाग 2 में दिया गया है।

1.2 आयोग ने 182 सवालों की एक प्रश्नावली जारी की। इसमें राज्य सरकारों व आम जनता से जांच के विभिन्न पहलुओं पर सवाल पूछे गए। साथ ही आयोग ने देश भर का दौरा किया और मौके पर पहुंचकर साक्ष्य जुटाए।

1.3 उपरोक्त प्रक्रिया के मुताबिक एकत्र किए गए साक्ष्यों की छानबीन व उन्हें संक्षेप में करने के बाद आयोग ने सामाजिक और शैक्षणिक रूप से पिछड़े वर्ग को चिह्नित करने के लिए निम्नलिखित मानदंड तय किए:-

1) हिंदू समाज के परंपरागत जाति क्रम में निम्न सामाजिक स्थिति
2) किसी जाति या समुदाय के बड़े तबके में सामान्य शैक्षणिक उन्नति की कमी
3) सरकारी सेवाओं में अपर्याप्त प्रतिनिधित्व या प्रतिनिधित्व न होना।
4) कारोबार, वाणिज्य एवं उद्योग के क्षेत्र में अपर्याप्त प्रतिनिधित्व

इसने देश भर में 2399 पिछड़ी जातियों या समुदायों की सूची भी तैयार की और इसमें से 837 को "अत्यंत पिछड़ा" के रूप में वर्गीकृत किया। भारत के महापंजीयक एवं जनगणना आयुक्त ने 930 पिछड़ी जातियों या समुदायों की जनसंख्या का अनुमान लगाने में आयोग का सहयोग किया।

1.4 पिछड़े वर्गों के उत्थान के लिए आयोग की सिफारिशें बहुत व्यापक क्षेत्र में और समग्रता लिए हुए हैं। इसमें व्यापक भूमि सुधार, ग्रामीण अर्थव्यवस्था के पुनर्संगठन, भूदान आंदोलन, पशुधन विकास, डेयरी फार्मिंग, पशुधन बीमा, मधुमक्खी पालन, सुअर पालन, मछली पालन, ग्रामीण व कुटीर उद्योग का विकास, ग्रामीण आवास, सार्वजनिक स्वास्थ्य और ग्रामीण पेयजल आपूर्ति, वयस्कों की शिक्षा, विश्वविद्यालय शिक्षा सरकारी सेवाओं में पिछड़े वर्ग की हिस्सेदारी आदि आदि जैसे विविधीकृत क्षेत्रों को शामिल किया गया है। आयोग की कुछ उल्लेखनीय सिफारिशें थीं-

1) 1961 की जनगणना में जनसंख्या के जातिवार विस्तृत विवरण को शामिल किया जाए।

2) हिंदू समाज के परंपरागत जातीय सोपान में उसकी निम्न स्थिति के मुताबिक उसके सामाजिक पिछड़ेपन की तुलना की जाए।

3) सभी महिलाओं को "पिछड़े" वर्ग में माना जाए।

4) सभी तकनीकी और व्यवसाय संबंधी (प्रोफेशनल) संस्थानों में पिछड़े वर्ग के अहर्ता प्राप्त (क्वालीफाइड) विद्यार्थियों के लिए 70 प्रतिशत सीटें आरक्षित की जाएं।

5) सभी सरकारी सेवाओं की रिक्तियों और स्थानीय निकायों में अन्य पिछड़े वर्ग के लिए न्यूनतम आरक्षण निम्न पैमाने पर किया जाए–

प्रथम श्रेणी	25 प्रतिशत
द्वितीय श्रेणी	33-1/3 प्रतिशत
तृतीय एवं चतुर्थ श्रेणी	40 प्रतिशत

1.5 यह उल्लेख करना मुनासिब होगा कि आयोग एकमत होकर रिपोर्ट पेश नहीं कर सका। दरअसल आयोग के 5 सदस्यों ने असहमति नोट लगाए। डॉ अनूप सिंह, श्री अरुणांग्शु डे और श्री पीजी शाह ने पिछड़ेपन को जाति से जोड़ने का विरोध किया। उन्होंने जाति के आधार पर पदों पर आरक्षण का भी विरोध किया था। वहीं श्री डीएस चौरसिया ने अपने 67 पेज के असहमति नोट में जाति को पिछड़े वर्ग का मानदंड बनाए जाने का पुरजोर समर्थन किया था। वहीं टी मरिअप्पा का असहमति नोट सिर्फ दो जातियों को अन्य पिछड़े वर्ग में शामिल किए जाने को लेकर था।

1.6 आयोग के चेयरमैन श्री काका कालेलकर ने इस मसले पर गोलमोल रुख अपनाया। हालांकि उन्होंने औपचारिक रूप से असहमति नोट नहीं लगाया, लेकिन राष्ट्रपति को भेजे गए उनके अग्रेषण पत्र में जाति को पिछड़ेपन का आधार माने जाने का विरोध किया। उन्होंने आयोग की ओर से की गई कुछ अन्य महत्त्वपूर्ण सिफारिशों को लेकर भी आपत्ति जताई थी।

काका कालेलकर आयोग की रिपोर्ट पर सरकार की कार्रवाई

1.7 आयोग की रिपोर्ट की विस्तृत जांच पड़ताल के बाद सरकार ने संविधान के अनुच्छेद 340 (3) के अनुपालन के लिए सरकार ने कार्रवाई ज्ञापन के साथ इसकी प्रति 3 सितंबर 1956 को संसद के दोनों सदनों में पेश किया। इस ज्ञापन मे यह पाया गया कि "संविधान की धारा 340 के अनुपालन के मुताबिक जांच

के मकसद में यह विचार करना जरूरी था कि क्या अन्य पिछड़ा वर्ग को उचित रूप से वर्गीकृत किया गया है। आयोग ने इसके लिए परीक्षण और मानदंड तय करना था, जिसके माध्यम से वर्गीकरण किए जाने थे। उन्हें ऐसे निर्विवाद मानदंड प्राप्त करना था, जिससे सामाजिक व शैक्षणिक पिछड़ेपन का मापन हो सके। आयोग इस मामले में एकमत नहीं रहा। दरअसल इस मामले में बहुत ज्यादा मतभिन्नता है।" इसमें आगे कहा गया था, "आयोग ने 2399 समुदायों को चिह्नित किया, जिसमें से सिर्फ 930 की ही अनुमानित आबादी 11.5 करोड़ है। इसके अलावा अनुसूचित जाति व जनजाति अलग से 7 करोड़ हैं।" (1951 की जनगणना के मुताबिक)। जाति को पिछड़ेपन का आधार माने जाने के बारे में इसमें कहा गया था, "इससे इनकार नहीं किया जा सकता है कि जाति व्यवस्था समतावादी समाज के विकास की राह में सबसे बड़ी बाधा है। किसी खास जाति को पिछड़े के रूप में चिह्नित किए जाने से मौजूदा व्यवस्था बरकरार रहेगी और जाति के आधार पर मौजूदा विभाजन स्थाई रूप से बना रह सकता है।"

1.8 बड़ी संख्या में जातियों व समुदायों को पिछड़े के रूप में चिह्नित किए जाने के सिलसिले में यह कहा गया है, "कुछ अपवादों को छोड़कर समूचे समुदाय को पिछड़े के रूप में चिह्नित किया जाए तो ऐसे में जरूरतमंद लोग कई तरफ से दलदल में फंस जाएंगे। ऐसे में शायद ही कुछ विशेष ध्यान या पर्याप्त सहायता जरूरतमंद तक पहुंचाई जा सके। साथ ही इससे संविधान के अनुच्छेद 340 में दी गई व्यवस्था की शर्तें भी पूरी नहीं हो सकेंगी।"

1.9 उपरोक्त तथ्यों को देखते हुए सरकार ने पाया कि यह जरूरी है कि, "सामाजिक और शैक्षणिक रूप से पिछड़े वर्ग के लिए काम किए जाने योग्य व सकारात्मक दायरा तय किया जाए" तथा आगे जांच की जाए 'जिससे आयोग द्वारा पाई गई खामियों की दिशा में बेहतर काम किया जा सके... ।' ज्ञापन में यह भी उल्लेख किया गया कि योजना आयोग ने पहले ही पिछड़ेपन को दूर करने के लिए विकास कार्यक्रम तैयार किए हैं और 'ध्यान दिए जाने वाला मुख्य बिंदु यह है कि क्या पिछड़े वर्ग के लिए विशेष रूप से काम करने और उन पर विशेष ध्यान दिए जाने की जरूरत है या मौजूदा कार्यक्रमों के ढांचे में प्राथमिकताओं को फिर से व्यवस्थित करने की जरूरत है, या अतिरिक्त कार्यक्रम बनाए जाने की जरूरत है। संयोग से आयोग की रिपोर्ट पर संसद में चर्चा नहीं हुई थी।

1.10 संसद में ज्ञापन पेश किए जाने के बाद सरकार ने 'पिछड़ेपन को जानने के लिए जाति से इतर कुछ दायरा तलाशने की कोशिश की, जो पिछड़े वर्ग को निर्धारित करने के लिए व्यावहारिक रूप से लागू किया जा सके।' डिप्टी रजिस्ट्रार जनरल को एक प्रायोगिक सर्वे करने को कहा गया, जिससे यह देखा जा सके कि क्या

पिछड़ेपन को जाति के बजाय पेशे या पेशेवर समुदाय के साथ जोड़ा जा सकता है। इस तरह का सर्वे किया गया लेकिन यह वांछित दायरा तय करने में असफल रहा। इस मामले पर 7 अप्रैल 1959 को राज्यों के प्रतिनिधियों के सम्मेलन में भी चर्चा की गई थी। इसके बाद गृह मंत्रालय के अधीन राज्य के अधिकारियों की एक बैठक में भी विचार किया गया। इन कोशिशों के बाद भी कोई आम सहमति नहीं बन सकी।

1.11 आखिर में केंद्र सरकार ने फैसला किया कि पिछड़े वर्ग की कोई अखिल भारतीय सूची नहीं तैयार की जानी चाहिए और न ही केंद्र सरकार की सेवाओं में अनुसूचित जाति व जनजाति के अलावा पिछड़े वर्ग के किसी किसी समूह को आरक्षण दिया जाना चाहिए। इसी क्रम में 14 अगस्त 1961 को केंद्रीय गृह मंत्रालय ने सभी राज्य सरकारों को यह बताते हुए लिखा, 'राज्य सरकारों को पिछड़ेपन को परिभाषित करने के लिए अपना दायरा तय करने का अधिकार है, वहीं केंद्र सरकार के विचार से यह बेहतर होगा कि जाति के बजाय आर्थिक आधार पर पिछड़ापन तय किया जाए।' पिछड़े वर्ग की सूची बनाए जाने के सिलसिले में यह पाया गया, 'अगर केंद्र सरकार अनुच्छेद 338 (3) के मुताबिक लोगों के कुछ समूह को अन्य पिछड़ा वर्ग के रूप में चिह्नित करती है तो भी यह राह खुली रहेगी कि राज्य सरकार अनुच्छेद 15 और 16 को उद्देश्यों को पूरा करने के लिए अपनी सूची तैयार करे।' राज्य सरकार अपनी सूची का अनुपालन कर सकती है, और इसके बाद केंद्र सरकार की ओर से बनाई गई कोई भी अखिल भारतीय सूची की कोई उपयोगिता नहीं रहेगी।

काका कालेलकर आयोग की रिपोर्ट पर कुछ टिप्पणी

1.12 यह ध्यान देने वाली बात है कि संविधान लागू होने के बाद काका कालेलकर आयोग की रिपोर्ट राष्ट्रीय स्तर पर की गई पहली जांच थी। उसके बाद से 10 राज्यों ने 15 आयोगों का गठन किया और उनकी रिपोर्टें इस विषय पर विस्तृत सामग्री मुहैया कराती हैं। इसके साथ ही मौजूदा आयोग के पास उच्चतम न्यायालय व कुछ उच्च न्यायालयों के फैसले भी हैं जो अनुसूचित जाति और अनुसूचित जनजाति के अलावा पिछड़े वर्ग तक विभिन्न तरह के लाभों के विस्तार के सिलसिले में आए हैं।

1.13 लेकिन इनकी कुछ बाधाओं के बावजूद इससे इनकार नहीं किया जा सकता है कि काका कालेलकर आयोग की रिपोर्ट कार्यप्रणाली की खामियों और गंभीर आंतरिक मतभेदों से भरपूर रही है। उदाहरण के लिए आयोग को सामाजिक व शैक्षणिक रूप से पिछड़े वर्ग को चिह्नित करने के दायरे में काम करने की जरूरत थी और उसके मुताबिक उस दायरे के तहत ऐसे वर्ग की सूची तैयार करनी थी।

इस अध्याय के पैरा 1.3 में आयोग का दायरा दिया गया है। आयोग ने 2399 जातियों व समुदायों की पिछड़े वर्ग की सूची बनाई, जो काका कालेलकर आयोग की रिपोर्ट के खंड 2 में दिया गया है। लेकिन रिपोर्ट से यह साफ नहीं है कि यह सूची तय दायरे में किस तरह से आती है। आयोग की राज्यवार सूची शिक्षा मंत्रालय की ओर से स्कॉलरशिप आदि के लिए तैयार की गई सूची के आधार पर बनाई गई है, जिन्हें 1949 में अन्य पिछड़े वर्ग में रखा गया था। शिक्षा मंत्रालय ने यह सूची संबंधित राज्य सरकारों की ओर से मिली सिफारिशों के आधार पर तैयार की थी।

1.14 यह पाया गया कि शिक्षा मंत्रालय ने अपनी सूची पिछड़े वर्ग को चिह्नित करने के लिए बगैर किसी खास सर्वे के तैयार की है, बल्कि इसका मतलब था कि उसने सिर्फ 'अन्य शैक्षिक रूप से पिछड़े वर्ग' की सूची तैयार की। यह 'सामाजिक व शैक्षणिक रूप से पिछड़े वर्ग' की सूची नहीं थी, जैसा कि संविधान के अनुच्छेद 340 में कहा गया है।

1.15 निश्चित रूप से काका कालेलकर आयोग ने शिक्षा मंत्रालय की मूल सूची में अपनी तरफ से जुटाए गए साक्ष्य के मुताबिक बदलाव किया था। लेकिन यह हकीकत है कि आयोग ने शैक्षणिक रूप से पिछड़े वर्ग की सूची का व्यापक हिस्सा ले लिया, जो अन्य सरकारी एजेंसियों की ओर से तैयार किया गया था। वह सूची पूरी तरह से अलग उद्देश्य के लिए तैयार की गई थी। उस सूची को भारत के सामाजिक और शैक्षणिक रूप से पिछड़े वर्ग की सूची के रूप में स्वीकार कर लिया गया। ऐसा बगैर किसी फील्ड सर्वे के किया गया, जिससे कि आयोग के उद्देश्य के मुताबिक उसकी वैधता की जांच की जा सके। साथ ही सामाजिक और शैक्षणिक रूप से पिछड़े वर्ग को चिह्नित करने का जो दायरा रखा गया था, आयोग द्वारा उसका परीक्षण भी नहीं किया गया था।

1.16 जैसा कि इस अध्याय के पैरा 1.4 में कहा गया है, काका कालेलकर आयोग ने शैक्षणिक संस्थाओं, सरकारी सेवाओं आदि में अन्य पिछड़े वर्ग (ओबीसी) के लिए सीटों के अलग अलग प्रतिशत की सिफारिश की थी। उदाहरण के लिए तृतीय और चतुर्थ श्रेणी के पदों के लिए 40 प्रतिशत आरक्षण और प्रथम श्रेणी के पदों के लिए 25 प्रतिशत आरक्षण, व्यावसायिक और तकनीकी संस्थानों में 70 प्रतिशत सीटों पर आरक्षण की सिफारिश की गई। लेकिन इसकी वजह की उचित व्याख्या नहीं की गई कि अलग अलग समूह में अलग अलग प्रतिशत आरक्षण की सिफारिश क्यों की गई। इस तरह से यह नजरिया स्वैच्छिक लगता है।

1.17 हालांकि उपरोक्त असफलताएं गंभीर हैं, लेकिन रिपोर्ट की वास्तविक खामी उसके आंतरिक विरोधाभासों में मिलती है। इस अध्याय के पैरा 1.5 में कहा गया है– आयोग के तीन सदस्यों ने रिपोर्ट की एक महत्त्वपूर्ण सिफारिश का विरोध किया। तीनों सदस्यों ने सामाजिक पिछड़ेपन का आधार जाति स्वीकार करने का विरोध किया, जिसके आधार पर सरकारी पदों पर आरक्षण दिया जाना था। असहमति का यह स्तर आयोग की सिफारिशों पर दबाव बनाने वाला था। श्री काका कालेलकर द्वारा राष्ट्रपति को भेजे 30 पेज के अग्रसारित पत्र में रिपोर्ट के बुनियादी आधारों को नष्ट कर दिया। इस पत्र के निम्न सारांश से बहुत कुछ पता चलता है..."यह स्वीकार करते हुए कि हिंदुओं में उच्च जातियों के लोगों ने निचले वर्ग की उपेक्षा की, जिसके लिए वे अपराधी है, मुझे सरकार से यह सिफारिश करनी पड़ी कि सभी विशेष सहायताएं सिर्फ पिछड़े वर्ग को दी जानी चाहिए, भले ही गरीब और उच्च वर्ग के जरूरतमंद लोगों को विशेष सहायता से बाहर रखा जाए। बहरहाल मेरी आंखें जाति आधारित लाभ देने को लेकर खुल गईं, जब मैंने पाया कि ऐसा करने से राष्ट्र के मुस्लिम, ईसाई वर्ग पर इसका बहुत खराब असर पड़ेगा.... "

"इससे मुझे काफी धक्का लगा और मैं इस निष्कर्ष पर पहुंचा कि हमने जो उपचार सुझाए हैं, वह उस बुराई से भी बदतर है, जिस पर हमें काबू पाना था।"

"यह दुखद अनुभूति मेरे भीतर हमारे पूरे श्रम के आखिर में आई है। मैं आयोग के भीतर अपनी राय नहीं व्यक्त कर सका था और अंततः मैंने इस पर अनिच्छा के साथ उन अधिकांश व्यक्तियों के साथ सहमत होने का निर्णय लिया, जिनके साथ मैंने जाति के आधार पर उपाय सुझाने में लगातार सहयोग दिया था। मैं बहुमत की ओर गया, जिसने जाति के आधार पर समस्या के समाधान का पक्ष लिया। जब रिपोर्ट को अंतिम रूप दिया जा रहा था, तब मैंने नए सिरे से सोचना शुरू किया और पाया कि जाति के अलावा अन्य आधार या कई अन्य आधारों पर पिछड़ेपन को चिह्नित किया जा सकता है। मैं सिर्फ संदेह जाहिर करने में सफल हो पाया। इससे केवल मेरे अधिकांश सहयोगियों के मन में शंका पैदा हो गई कि मैं आयोग की सिफारिशों को नष्ट भ्रष्ट कर रहा था। एक वजह यह भी है, जिसके चलते मैंने बगैर कोई असहमति नोट लगाए रिपोर्ट पर हस्ताक्षर किया..."

"...अगर ऐसे समुदायों की शिक्षा में उपेक्षा की गई तो वह इसलिए कि उनके लिए इसका कोई इस्तेमाल नहीं था। अब उन्होंने अपनी गलती जान ली है और यह उन पर निर्भर है उस दिशा में जरूरी कवायद करें।"

"हाल तक तमाम समुदाय जातीय सम्मेलन करा रहे थे। वे धन एकत्र कर अपने समुदाय के लड़के और लड़कियों को स्कॉलरशिप दे रहे थे। अपनी सहायता अपने आप करने की दिशा में यह बेहतर था कि समुदाय सामने आए और बेहतरी के लिए काम करे और संपन्न बन जाए। लेकिन अब सभी बोझ सरकारी खजाने पर डाल दिया गया है

और जिन लोगों ने पहले बिना सोचे समझे शिक्षा की उपेक्षा की, वे अब सरकारी सेवाओं में प्राथमिकता दिए जाने की मांग कर रहे हैं। जो हो, किंतु यह उचित है...."

"निश्चित रूप से मैं सरकारी सेवाओं में किसी समुदाय के आरक्षण के खिलाफ हूं। इसकी सामान्य वजह है कि सरकारी सेवा, सेवकों के लिए नहीं है बल्कि संपूर्ण समाज की सेवा करने के लिए है...."

"मुझे विश्वास है कि प्रथम वर्ग और द्वितीय वर्ग की सेवाओं में पिछड़ा वर्ग नैतिक व आर्थिक रूप से लाभान्वित होगा, अगर वे रिक्तियों में आरक्षण प्रतिशत की मांग नहीं करते हैं और सामान्य रूप से प्रशासन में खुले दिमाग से पहुंचते हैं तो वे पिछड़े वर्ग के पक्ष में अपनी प्राथमिकता तय कर सकते हैं... "

1.18 उपरोक्त सारांश से श्री कालेलकर के पिछड़ेपन और सामाजिक न्याय पर बेहतर वक्ता के रूप में विचार साफ होते हैं। इन शरीफ गांधीवादी ने औपचारिक रूप से असहमति नोट लिखकर अपना गुस्सा जताने से परहेज किया, जिसमें सामाजिक पिछड़ेपन का मुख्य आधार जाति को माना गया था। अपने विचारों को खुलकर अभिव्यक्त करने की जगह उन्होंने इस पत्र के आखिरी पैरा में अपना आकलन लिखा और इस तरह की कहावतों का इस्तेमाल किया "यूज द थोर्न टु रिमूव ए थोर्न" यानी एक कांटा निकालने के लिए दूसरे कांटे का उपयोग। उन्होंने लिखा कि हमने पाया कि जाति की बुराई उन साधनों से ही दूर हो सकती है, जिसे जाति के रूप में जाना जाता है। इससे यह स्पस्ट हो जाता है कि वह अपनी बातों में इतने उलझते चले जाते हैं कि हमें काका साहेब की मजबूरी पर तरस आता है।

1.19 इस रिपोर्ट अवधारणा, डिजाइन में ही इतनी बिखरी हुई है कि इसे खारिज किए जाने के तर्क रिपोर्ट में ही मौजूद थे।

सरकार की कार्रवाई को लेकर कुछ अवलोकन

1.20 काका कालेलकर आयोग की रिपोर्ट ने जहां सरकार का उच्चतम स्तर तक ध्यान खींचा, इसकी जांच का एक खास पहलू और है, जिस पर विशेष रूप से गौर करने की जरूरत है। तमाम संवैधानिक प्रावधानों का हवाला देने और सामाजिक और शैक्षणिक रूप से पिछड़े वर्ग को राहत देने की जरूरत बताए जाने के बावजूद सरकार की सोच खासकर ऐसी बना दी गई थी कि समाज के विभिन्न वर्गों के बीच देश में आर्थिक विषमता घटाए जाने की जरूरत है। यह रुख सरकार के उन पत्रों में साफ दिखता है, जो गृह मंत्रालय ने रिपोर्ट की पूरी जांच पड़ताल के बाद सभी राज्य सरकारों को लिखा। इस पत्र के निष्कर्ष वाले हिस्से में लिखा गया, "उनका (केंद्र सरकार) यह भी विचार था कि जहां राज्य सरकारों

को अपने क्षेत्र में पिछड़ेपन का अपना दायरा तय करने का विवेकाधिकार है, भारत सरकार के विचार से जाति को आधार बनाने से बेहतर आर्थिक परीक्षण की नीति अपनाना होगा।" (विशेष जोर देकर जोड़ा गया)।

1.21 सरकार की विकास योजनाओं का मुख्य लक्ष्य हमेशा से बड़े पैमाने पर गरीबी मिटाना रहा। इस मामले में तो पिछड़ेपन को तय करने के लिए आर्थिक दायरे से जोड़ने को समझा जा सकता है। इसके उद्देश्यों को लेकर आवाज उठ सकती है, लेकिन इसका तालमेल संविधान के अनुच्छेद 340 से नहीं है, जिसके तहत आयोग का गठन हुआ था। अनुच्छेद 15 (4) और 340 (1) "सामाजिक और शैक्षणिक रूप से पिछड़े वर्ग" की बात करते हैं। "आर्थिक पिछड़ेपन" का हवाला इन अनुच्छेदों में छोड़ दिया गया है। ऐसे में हमारे पास कहने को और भी है। इस विषय पर एक आगामी अध्याय है लेकिन यह कहना उचित होगा कि पिछड़ापन तय करने के लिए "आर्थिक जांच" को प्राथमिकता देने के मामले में सरकार ने शायद इस संवैधानिक जरूरतों पर कम ध्यान दिया। जो संविधान के अनुच्छेद 340(1)में उल्लिखित है। सरकार ने शायद संवैधानिक जरूरतों पर कम ध्यान दिया "सामाजिक व शैक्षणिक पिछड़ेपन" में जाति को पिछड़ेपन का आधार न मानना प्रशंसनीय मामला हो सकता है। शायद सरकार ने इसके लिए ज्यादा कवायद की। लेकिन जाति को निकालने और आर्थिक परीक्षण से भारतीय समाज में सामाजिक पिछड़ेपन की उत्पत्ति की अवहेलना होगी।

अध्याय 2

कुछ राज्यों में अन्य पिछड़े वर्ग की स्थिति

2.1 करीब 100 वर्षों से प्रांतीय सरकारें भारत में दबे कुचले या वंचित समाज के लिए कल्याणकारी कार्यक्रम चला रही है। ऐसा पहला कदम मद्रास सरकार ने उठाया था। सरकार ने वंचित तबके के विद्यार्थियों को खास सुविधाएं प्रदान करने वाले शैक्षणिक संस्थानों को वित्तीय सहायता देने के लिए 1885 में सहायता अनुदान की व्यवस्था की थी। इसके बाद 1921 में मद्रास सरकार की राज्य विधान परिषद ने एक प्रस्ताव पारित किया, जिसमें सरकारी सेवाओं में गैर ब्राह्मण प्रत्याशियों को ज्यादा प्रतिनिधित्व देने के लिए कदम उठाए गए। 1927 में इस योजना की समीक्षा की गई। आरक्षण का दायरा आगे और बढ़ा दिया गया। इसके लिए राज्य के सभी समुदायों को 5 बड़ी श्रेणियों में विभाजित किया गया और प्रत्येक श्रेणी के लिए अलग कोटा तय किया गया।

2.2 पीड़ित समुदायों के प्रतिनिधियों की मुलाकात और उनसे मिली जानकारी के आधार पर 1918 में मैसूर के महाराजा ने सर एलसी मिलर की अध्यक्षता में समिति का गठन किया। मिलर उस समय मैसूर के मुख्य न्यायधीश थे। समिति को गैर ब्राह्मणों को पर्याप्त प्रतिनिधित्व दिए जाने के लिए सुझाव देना था। मिलर समिति की रिपोर्ट के आधार पर मैसूर सरकार ने 1921 में पिछड़े समुदाय के लिए शिक्षा व राज्य सरकार की भर्तियों में विशेष सुविधाएं दीं।

2.3 1928 में बॉम्बे सरकार ने मिस्टर ओएचबी स्टार्टे की अध्यक्षता में समिति का गठन किया, जिसका मकसद पिछड़े वर्ग को चिह्नित करना और उनके विकास के लिए विशेष प्रावधानों का सुझाव देना था। समिति ने अपनी रिपोर्ट 1930 में सौंपी। इस समिति ने पिछड़े वर्ग को तीन श्रेणियों में विभाजित किया- दलित वर्ग, आदिवासी वर्ग व पहाड़ी जनजाति तथा अन्य पिछड़ा वर्ग। इस समिति ने सरकारी भर्तियों व शिक्षा में उपरोक्त 3 श्रेणियों में आने वाले लोगों के लिए विशेष प्रावधान किए जाने की सिफारिश की।

2.4 मांटेग्यू चेम्सफोर्ड सुधारों में 1919 में पहली बार अखिल भारतीय स्तर पर वंचित तबके के कल्याण के लिए व्यवस्थित कोशिश की गई। उस समय सार्वजनिक निकायों में इन वर्गों को अलग प्रतिनिधित्व का प्रावधान किया गया। आधिकारिक बोलचाल के सर्वग्राही शब्द वंचित वर्ग यानी डिप्रेस्ड क्लास की जगह उस समय

अनुसूचित जाति, अनुसूचित जनजाति और अन्य पिछड़ा वर्ग शामिल किया गया। 1931 की जनगणना में डिप्रेस्ड क्लास को बदलकर एक्सटीरियर कास्ट यानी बाहरी जाति कर दिया गया, जिसमें सिर्फ अछूत जातियां आती थीं। आदिवासी व पहाड़ी जनजाति को "आदिम जनजाति" के तहत डाल दिया गया।

2.5 वंचित वर्ग के साथ ही एक अन्य श्रेणी समाज के अति पिछड़े वर्ग की थी। इन्हें "क्रिमिनल ट्राइब्स (अपराधी जनजाति)" कहा गया। इन्हें अपराधी जनजाति अधिनियम 1871 के तहत अधिसूचित किया गया था और उनके पुनर्वास के लिए कुछ प्रावधान किए गए थे।

2.6 भारत सरकार अधिनियम 1935 में "वंचित वर्ग" को "अनुसूचित जाति" में तब्दील कर दिया गया और 1936 में विभिन्न प्रांतों में अनुसूचित जाति की अलग सूचियां तैयार की गईं। साथ ही आदिम जनजाति को पिछड़ी जनजाति में बदल दिया गया और इनकी सूची भी संबंधित प्रांतों में अधिसूचित की गई, जहां इन जनजातियों की उल्लेखनीय मौजूदगी थी।

2.7 भारत सरकार अधिनियम 1935 के तहत अनुसूचित जाति और अनुसूचित जनजातियों को लाए जाने का लाभ यह हुआ कि संघीय विधायिका और प्रांतीय विधानसभाओं में इन्हें राजनीतिक प्रतिनिधित्व मिल गया।

2.8 स्वतंत्रता के बाद ही केंद्र सरकार ने अन्य पिछड़े वर्ग (ओबीसी) को परिभाषित करने का काम शुरू किया, जिससे उनकी प्रगति के लिए विशेष प्रावधान किए जा सकें। संविधान के अनुच्छेद 15(4) और 16 (4) में कहा गया है कि सामाजिक एवं शैक्षणिक रूप से पिछड़े वर्गों या अनुसूचित जातियों व जनजातियों की प्रगति के लिए ऐसे प्रावधान किए जा सकते हैं। इन्हीं उद्देश्यों को लेकर काका कालेलकर आयोग का गठन संविधान के अनुच्छेद 340 के मुताबिक 1953 में किया गया था। इस आयोग की मुख्य सिफारिशों को केंद्र सरकार ने खारिज कर दिया और राज्य सरकारों को सुझाव दिया कि वे खुद के तय किए गए दायरे के आधार पर पिछड़े वर्ग की सूची तैयार कर सकते हैं और इस मसले पर उन्हें जो भी जरूरी लगता है, उसके मुताबिक कार्रवाई कर सकते हैं।

2.9 इसी के साथ कई राज्य सरकारों ने खुद के आयोग या समितियां बनाईं जिससे पिछड़ेपन के दायरे को परिभाषित किया जा सके और पिछड़ापन दूर करने के लिए कदम उठाने की सिफारिश की जा सके। इस तरह से 10 राज्य सरकारों ने इसके आधार पर 15 आयोग व समितियों का गठन किया। इन राज्यों में आंध्र प्रदेश, बिहार, गुजरात, जम्मू कश्मीर, कर्नाटक, केरल, महाराष्ट्र, पंजाब, उत्तर प्रदेश और तमिलनाडु शामिल हैं। इसके बाद आठ अन्य राज्यों व केंद्रशासित प्रदेशों ने अन्य पिछड़े वर्गों की सूची अधिसूचित की, जिससे कि विभिन्न शैक्षिक,

रोजगार व अन्य लाभ इस वर्ग को दिया जा सके। इन राज्यों में असम, दिल्ली, हरियाणा, हिमाचल प्रदेश, मेघालय, ओडिशा, पुद्दुच्चेरी और राजस्थान शामिल हैं। इन राज्य सरकारों व केंद्र शासित प्रदेशों में ज्यादातर अपनी तरफ से तैयार की गई ओबीसी की सूची पर भरोसा करते थे। इसका इस्तेमाल 1944 में तैयार की गई गए शिक्षा मंत्रालय की योजना के तहत मैट्रिक के बाद छात्रवृत्ति आदि देने में होता था। इसके अलावा अनुसूचित जाति एवं जनजाति आयुक्त द्वारा पहली पंचवर्षीय योजना का मसौदा तैयार किए जाते समय एक और सूची तैयार की गई थी।

2.10 सरकारी नौकरियों में वंचित तबके को उचित प्रतिनिधित्व देने के लिए पहली कोशिश जुलाई 1929 में हुई थी। उस समय भारत सरकार ने एक निर्देश जारी किया था कि इन वर्गों के योग्य विद्यार्थियों को नियुक्ति के उचित अवसर से इसलिए वंचित नहीं किया जाना चाहिए कि वे खुली प्रतिस्पर्धा में सफल नहीं होते। बहरहाल उनकी ओर से रिक्तियों में किसी निश्चित प्रतिशत का उल्लेख नहीं किया गया। पहली बार 1943 में अनुसूचित जातियों के लिए 8.33 प्रतिशत रिक्तियां आरक्षित की गईं। जून 1943 में आरक्षण बढ़ाकर 12.5 प्रतिशत कर दिया गया और इस तरह से जनसंख्या के अनुपात में अनुसूचित जातियों को प्रतिनिधित्व देने की कवायद की गई। पिछड़ी जनजातियों के लिए किसी आरक्षण की व्यवस्था नहीं की गई थी, जबकि उनका शैक्षणिक स्तर इतना नीचे था कि वे सरकारी सेवाओं में किसी उचित संख्या में उत्तीर्ण होने में सक्षम नहीं थे।

2.11 दिलचस्प है कि शिक्षा में वंचित तबकों के लिए प्रावधान बहुत बाद में किया गया। अनुसूचित जाति के लिए 1944 में शिक्षा मंत्रालय ने मैट्रिक के बाद छात्रवृत्ति आदि की योजनाएं शुरू की। 1948 में इसका विस्तार अनुसूचित जनजाति तक किया गया।

2.12 इसके पहले उल्लिखित 10 राज्यों द्वारा गठित आयोगों या समितियों द्वारा की गई प्रमुख सिफारिशों व उन पर की गई कार्रवाई का का विवरण निम्नवत है.

आंध्र प्रदेश

2.13 आंध्र प्रदेश सरकार ने 1966 में 112 समुदायों की एक सूची अधिसूचित की, जो अन्य पिछड़े वर्गों की थी। सरकार ने इनके लिए सरकारी सेवाओं और प्रोफेशनल कॉलेजों आदि में आरक्षण का प्रावधान किया। इस आदेश के खिलाफ कुछ याचिकाएं दायर की गईं। आंध्र प्रदेश उच्च न्यायालय ने इस आधार पर आरक्षण रद्द कर दिया कि सरकार अपनी सूची में शामिल समुदायों के सामाजिक और शैक्षणिक पिछड़ेपन का साक्ष्य नहीं दे सकी। उच्चतम न्यायालय ने भी इस फैसले

को बरकरार रखा।

2.14 इसे देखते हुए आंध्र प्रदेश सरकार ने अप्रैल 1968 में श्री मनोहर प्रसाद की अध्यक्षता में पिछड़ा वर्ग आयोग की नियुक्ति की। आयोग ने अपनी रिपोर्ट जून 1970 में दी। इस आयोग ने ओबीसी की 4 विभिन्न श्रेणियों को चिह्नित किया और प्रोफेशनल कॉलेजों व सरकारी सेवाओं में इनके लिए आरक्षण की सिफारिश की। दो महत्त्वपूर्ण विषयों पर आयोग की सिफारिशें और राज्य सरकार की ओर से की गई कार्रवाई निम्नलिखित तालिका में दी गई है-

क्रमांक	ओबीसी की श्रेणी	प्रोफेशनल कॉलेजों व सरकारी सेवाओं में आरक्षण	
		सिफारिश	स्वीकृत
1.	अबोरिजिनल ट्राइस, विमुक्त जाति, नोमैडिक और सेमी नोमैडिक ट्राइब्स	7 प्रतिशत	7 प्रतिशत
2.	वोकेशनल ग्रुप्स	13 प्रतिशत	10 प्रतिशत
3.	हरिजन कनवर्ट्स	1 प्रतिशत	1 प्रतिशत
4.	अन्य वर्ग	9 प्रतिशत	7 प्रतिशत
	कुल	30 प्रतिशत	25 प्रतिशत

2.15 राज्य सरकार ने आयोग की यह सिफारिश भी स्वीकार कर ली कि खुली प्रतिस्पर्धा द्वारा मेरिट के आधार पर चयनित अभ्यर्थियों की नियुक्ति आरक्षित रिक्तियों में समायोजित नहीं की जाएंगी। साथ ही 25 प्रतिशत आरक्षण का दायरा स्थानीय निकायों, राज्य सरकार के प्रतिष्ठानों आदि तक बढ़ा दिया गया।

2.16 राज्य सरकार ने मकान बनाने के लिए 25 प्रतिशत प्लॉटों और हाउसिंग बोर्ड द्वारा बनाए गए मकानों में 15 प्रतिशत आरक्षण ओबीसी के लिए कर दिया। पिछड़े वर्ग के विद्यार्थियों, जिनके परिवार की आय 6,000 रुपये सालाना से नीचे थी, का शिक्षण शुल्क माफ कर दिया गया और उन्हें छात्रवृत्ति और हॉस्टल सेवाओं आदि के योग्य माना गया।

2.17 बाद में सरकार ने मकान बनाने के लिए जमीन और अतिरिक्त जमीनों को पिछड़े वर्ग को आवंटित किए जाने की आयोग की सिफारिश भी स्वीकार कर ली। साथ ही पिछड़े वर्ग के लिए अलग से वित्त निगम का गठन किया गया। राज्य सरकार ने आर्थिक आधार पर छात्रवृत्ति व अन्य लाभों के विस्तार करने की आयोग की सिफारिशें भी स्वीकार कर लीं।

2.18 इसके साथ ही पांचवी विधान सभा में श्री अगीसम वीरप्पा की अध्यक्षता में

समिति का गठन किया गया। इस समिति को पिछड़े वर्ग के कल्याण के लिए कदम उठाने के सुझाव देने थे। आयोग ने अपनी रिपोर्ट 1977 में सौंपी। इसकी कुछ सिफारिशें सरकार ने स्वीकार की, जो निम्नवत हैं-

अ) प्रचलित मान्यताओं के आधार पर पहले दर्जे व उसके बाद छठे दर्जे तक छात्रवृत्ति का अनुदान देना।

आ) छात्रवृत्ति की दर में बढ़ोतरी।

इ) विभिन्न इंस्टीट्यूशंस में प्रवेश हेतु ओबीसी के लिए क्वालीफाइंग मार्क 40 प्रतिशत से घटाकर 35 प्रतिशत करना।

बिहार

2.19 बिहार सरकार ने 1951 में शिक्षा विभाग की ओर से शुरू की गई योजनाओं के तहत मैट्रिक के बाद स्कॉलरशिप आदि देने के लिए 109 पिछडी जातियों की सूची तैयार की। गृह मंत्रालय ने 14 अगस्त 1961 को राज्यों को लिखे गए अपने पत्र (अध्याय 1 के पैरा 1.12 में उल्लेख) में कहा कि वे पिछड़े वर्ग की अपनी सूची वापस ले सकते हैं, क्योंकि काका कालेलकर आयोग की सिफारिशें स्वीकार नहीं की गई हैं। बिहार सरकार ने 1951 में पहले तैयार की गई सूची को जारी रखने का फैसला किया।

2.20 पटना उच्च न्यायालय ने 1964 में बालाजी मामले में उच्चतम न्यायालय के फैसले का हवाला देते हुए बिहार सरकार की पिछड़ी जातियों की सूची को अवैध घोषित कर दिया क्योंकि पिछड़ेपन के आधार पर जाति की सूची तैयार की थी। इसे देखते हुए राज्य सरकार ने मौजूदा शैक्षणिक लाभों को 1951 में जारी अन्य पिछड़े वर्गों की सूची के मुताबिक देना जारी रखा, जिनके परिवारों की आमदनी 500 रुपये प्रतिमाह से कम थी। मेडिकल कॉलेजों में प्रवेश के लिए आय की सीमा 250 रुपये प्रति महीने तय की गई थी।

2.21 बिहार सरकार ने जून 1971 में श्री मुंगेरी लाल की अध्यक्षता में पिछड़ा वर्ग आयोग का गठन किया। आयोग ने अपनी रिपोर्ट 1976 में सौंपी। इस आयोग ने 128 समुदायों को "पिछड़े" के रूप में चिह्नित किया और उनमें से 94 को "अत्यंत पिछड़े- मोस्ट बैकवर्ड" के रूप में वर्गीकृत किया।

2.22 आयोग की मुख्य सिफारिशें निम्नलिखित थीं-

अ) अन्य पिछड़े वर्ग को सरकारी विभागों, स्थानीय निकायों और राज्य सरकार के प्रतिष्ठानों की रिक्तियों में 20 प्रतिशत आरक्षण दिया जाए। इसके अलावा ऐसी रिक्तियों में 3 प्रतिशत सीटें महिलाओं के लिए आरक्षित की जाएं और इतना ही प्रतिशत आर्थिक रूप से पिछड़े वर्ग के

लिए आरक्षित किया जाए, जिनके परिवार की आमदनी आयकर की सीमा से नीचे हो।

आ) इंजीनियरिंग, मेडिकल और अन्य प्रोफेशनल इंस्टीट्यूशंस में अन्य पिछड़े वर्ग के विद्यार्थियों के लिए 24 प्रतिशत आरक्षण हो।

इ) आवास के लिए जमीन के आवंटन, छात्रवृति और शिक्षण शुल्क की वापसी आदि की सुविधा ओबीसी को दी जाए।

2.23 राज्य सरकार ने उपरोक्त सिफारिशें अक्टूबर 1978 में स्वीकार कर ली। इसकी वजह से बड़े पैमाने पर विरोध प्रदर्शन शुरू हो गया। अगड़े व पिछड़े दोनों समुदायों के लोग सरकार से नाखुश थे। आयोग की सिफारिशों को लागू किए जाने से ढेरों विवाद भी सामने आए। तमाम भर्ती एजेंसियों ने आरक्षण के प्रावधानों की गलत तरीके से व्याख्या की, जिससे ऊपरी सीमा में पिछड़े वर्ग का चयन मेरिट के आधार पर हुआ। ऐसे मामलों में जहां ओबीसी खुली प्रतिस्पर्धा में 20 प्रतिशत आरक्षित कोटे से ज्यादा चयनित होते थे, उनकी वास्तविक चयन सीमा सिर्फ 20 प्रतिशत तक सीमित कर दी गई थी।

2.24 इसे देखते हुए बिहार सरकार ने जुलाई 1979 में इस गलत अवधारणा को दुरुस्त किया और साफ किया कि आरक्षण कोटा पिछड़े वर्ग के अभ्यर्थियों की न्यूनतम की सीमा तय करता है, न कि पिछड़े वर्ग की अधिकतम सीमा। यह भी साफ किया गया कि मेरिट में चुने गए पिछड़े वर्ग के अभ्यर्थियों को उनके आरक्षित कोटे में समायोजित नहीं किया जाएगा।

गुजरात

2.25 गुजरात सरकार ने अगस्त 1972 में पिछड़ा वर्ग आयोग का गठन किया। आयोग के अध्यक्ष एआर बख्शी ने अपनी रिपोर्ट 1976 में पेश की। इस आयोग ने 82 जातियों व समुदायों को सामाजिक व शैक्षणिक रूप से पिछड़े वर्ग के रूप में चिह्नित किया और निम्नलिखित प्रमुख सिफारिशें की-

अ) मेडिकल, इंजीनियरिंग और अन्य प्रोफेशनल इंस्टीट्यूशंस में 10 प्रतिशत आरक्षण दिया जाए।

आ) तृतीय व चतुर्थ श्रेणी की सरकारी नौकरियों में 10 प्रतिशत आरक्षण दिया जाए।

इ) सभी प्रथम व द्वितीय श्रेणी की सरकारी नौकरियों, स्थानीय निकायों, राज्य सरकार की कंपनियों आदि में 5 प्रतिशत आरक्षण हो।

ई) प्रशिक्षण सह उत्पादन केंद्रों में 10 प्रतिशत सीटों का आरक्षण हो।

उ) ओबीसी के उन छात्रों को स्कॉलरशिप और अन्य शैक्षणिक सुविधाएं दी

जाएं, जिनके माता पिता की आमदनी 4,800 रुपये सालाना से ज्यादा न हो। आय की यह सीमा घुमंतू जनजातियों और डिनोटीफाइड जनजातियों के लिए बढ़ाकर 7,200 रुपये कर दी गई थी।

2.26 बख्शी आयोग की सभी सिफारिशें गुजरात सरकार ने स्वीकार कर ली।

जम्मू कश्मीर

2.27 जम्मू कश्मीर सरकार ने 1956 में सिविल सर्विस कानून अधिसूचित किया, जिसमें अन्य बातों के साथ यह भी प्रावधान था कि राज्य सरकार पिछड़े वर्गों के लिए सरकारी सेवाओं में आरक्षण का प्रावधान कर सकती है। नवंबर 1967 में राज्य सरकार ने गजेंन्द्र गडकर समिति की नियुक्ति की। समिति को विभिन्न क्षेत्रों, समुदायों और पिछड़े वर्गों को सरकारी रोजगार में उचित प्रतिनिधित्व देने को लेकर जांच करनी थी और इस दिशा में उठाए जाने वाले कदमों के बारे में सुझाव देना था। गजेन्द्र गडकर समिति ने अपनी रिपोर्ट दिसंबर 1968 में दी। आयोग ने सिफारिश की कि पिछड़े समुदाय को चिह्नित करने के लिए आर्थिक पिछड़ेपन, पेशा, निवास, शिक्षा और जाति (हिंदुओं के मामले में) को मानक बनाया जाना चाहिए। आयोग ने सिफारिश की कि नौकरियों के बारे में उच्चाधिकार प्राप्त समिति को पड़ताल करनी चाहिए।

2.28 इन सिफारिशों को देखते हुए जम्मू कश्मीर सरकार ने फरवरी 1969 में पिछड़ा वर्ग समिति का गठन किया। इसके चेयरमैन जेएन वजीर थे। समिति ने अपनी रिपोर्ट नवंबर 1969 में पेश की। समिति की सिफारिशों पर अमल करते हुए राज्य सरकार ने "द जम्मू ऐंड कश्मीर शेड्यूल्ड कास्ट्स ऐंड बैकवर्ड क्लासेज (रिजर्वेशन) रूल, 1970" पेश किया। एक याचिका दायर होने के बाद उच्चतम न्यायालय ने इसमें कुछ खामियां चिह्नित की और कहा कि इसे प्रभावी बनाए जाने के पहले इन खामियों को दूर किया जाना चाहिए। इस फैसले को देखते हुए राज्य सरकार ने न्यायमूर्ति (डॉ) आदर्श एस आनंद समिति का गठन अगस्त 1976 में किया। इस समिति ने अपी रिपोर्ट सितंबर 1977 में सौंपी और निम्नलिखित सिफारिशें की...

पिछड़े वर्ग के मामले में राज्य सरकार का स्थाई निवासी निम्नलिखित श्रेणियों को माना जाएगा...

क) बाइस सप्ताह और वंचित वर्ग; और

ख) चिह्नित पिछड़े इलाकों के निवासी।

2.29 कमजोर व वंचित वर्ग में ज्यादातर पेशेवर समुदाय थे। पिछड़े इलाकों का चयन खासकर पहुंच, खराब मौसम, कम शिक्षा, इलाज की सुविधा का अभाव आदि

मानकों के आधार पर किया गया था।

2.30 राज्य के पिछड़े वर्गों के लिए समिति ने निम्नलिखित सिफारिशें कीं-

क) सभी सरकारी सेवाओं की रिक्तियों में 42 प्रतिशत आरक्षण

ख) सभी टेक्निकल और प्रोफेशनल इंस्टीट्यूशंस में 42 प्रतिशत आरक्षण

ग) जिन विद्यार्थियों के परिवार की सालाना आमदनी 3,000 रुपये सालाना से कम है उन्हें स्कॉलरशिप और भत्ते, इतना ही स्कॉलरशिप और भत्ता पिछड़े वर्ग के ज्यादातर विद्यार्थियों को भी मिले जिनके परिवार की उपरोक्त आमदनी हो।

2.31 नौकरियों व शैक्षणिक संस्थानों में उपरोक्त आरक्षण की व्यवस्था अनुसूचित जाति को मिलने वाले 8 प्रतिशत आरक्षण के अलावा थी। (जम्मू कश्मीर में अनुसूचित जनजाति नहीं हैं)

कर्नाटक

2.32 राज्यों के पुनर्गठन के बाद बने राज्य कर्नाटक में मैसूर, कूर्ग, बॉम्बे, हैदराबाद और मद्रास का पूरा या आंशिक हिस्सा था। इसके पहले इसके कुछ मूल राज्यों में तैयार की गई सूची के मुताबिक नए राज्य ने पूरे कर्नाटक के लिए पिछड़े वर्ग की एक सूची तैयार की। इस सूची को मैसूर उच्च न्यायालय ने खारिज कर दी। इसी तरह की एक और कोशिश 1959 में की गई और इसकी भी वही गति हुई। कर्नाटक सरकार ने 1960 में पिछड़ा वर्ग समिति गठित की। इसके चेयरमैन डॉ नागन्ना गौड़ा थे, जिन्होंने अपनी रिपोर्ट मई 1961 में पेश की।

2.33 इस समिति ने सुझाव दिया कि पिछड़े समुदायों की एक सूची नौकरियों में आरक्षण के लिए और एक और सूची शैक्षणिक छूटों व अनुदानों के लिए होनी चाहिए। इसने सिफारिश की कि प्रोफेशनल व टेक्निकल इंस्टीट्यूशंस में पिछड़े वर्ग के विद्यार्थियों के लिए 50 प्रतिशत आरक्षण की व्यवस्था होनी चाहिए। समिति ने यह भी प्रस्ताव किया कि सरकारी रिक्तियों में पिछड़े वर्ग के अभ्यर्थियों के लिए 45 प्रतिशत सीटें आरक्षित होनी चाहिए।

2.34 इस समिति की सिफारिशों के आधार पर 1961 में दिए गए सरकारी आदेश को बालाजी मामले की सुनवाई के बाद उच्चतम न्यायालय ने खारिज कर दिया। उच्चतम न्यायालय ने माना कि राज्य सरकार ने संविधान के साथ धोखाधड़ी की है। इसे देखते हुए राज्य सरकार ने अस्थाई कदम के तहत विशेष लाभ देने के लिए वर्ग की जगह व्यक्तियों को पिछड़े के रूप में मानना शुरू किया।

2.35 अगस्त 1972 में कर्नाटक सरकार ने पिछड़ा वर्ग आयोग का गठन किया, जिसके

अध्यक्ष श्री एलजी हावनर थे। आयोग ने अपनी रिपोर्ट नवंबर 1975 में सौंपी। अपने निष्कर्ष में आयोग ने कहा कि जातियों और समुदायों के सामाजिक पिछड़ेपन को जानने के लिए जाति को आधार नहीं बनाया गया है। इसके बजाय आयोग ने आर्थिक, आवासीय और पेशा आदि कई परीक्षण किए, जिनके आधार पर जातियों व समुदायों के सामाजिक पिछड़ेपन का निर्धारण किया गया है। पिछड़े वर्गों की श्रेणी पर भरोसा करने के अलावा आयोग ने राज्य में उनकी आबादी पर काम किया और सरकारी सेवाओं की रिक्तियों में में निम्नानुसार आरक्षण की सिफारिश की..

.

पिछड़े वर्ग का नाम	प्रतिशत आबादी	प्रतिशत आरक्षण
पिछड़ा समुदाय	19.20	16
पिछड़ी जातियां	14.47	10
पिछड़ी जनजातियां	8.00	6
कुल	41.67	32

2.36 शैक्षणिक संस्थानों में भी सीटों का आरक्षण इसी तरह करने का प्रस्ताव किया गया।

2.37 आयोग ने अन्य पिछड़े वर्गों के लिए अलग से वित्तीय निगम और निदेशालय गठित करने की सिफारिश की।

2.38 राज्य सरकार ने व्यापक रूप से आयोग की सिफारिशें स्वीकार कर लीं और सेवाओं और शैक्षणिक संस्थानों में विभिन्न श्रेणियों के लिए निम्नवत आरक्षण की व्यवस्था की-

क्रमांक	पिछड़े वर्ग का नाम	आरक्षण का प्रतिशत	
		शैक्षणिक संस्थानों में	सरकारी सेवाओं में
1	अनुसूचित जातियां	15	15
2	अनुसूचित जनजातियां	3	3
3	पिछड़ा समुदाय	20	18
4	पिछड़ी जातियां	10	10
5	पिछड़ी जनजातियां	5	5
6	विशेष समूह	15	15
7	कुल	68	66

केरल

2.40 अन्य पिछड़े वर्गों के लिए केरल सरकार ने 3 समितियों/आयोगों का गठन किया।

पहली मूल्यांकन समिति का गठन श्री वीके विश्वनाथन की अध्यक्षता में जून 1961 में किया गया। समिति ने अपनी रिपोर्ट अक्टूबर 1963 में पेश की, जिसकी प्रमुख सिफारिशें निम्नवत थीं...

1) ओबीसी विद्यार्थियों के लिए टेक्निकल व प्रोफेशनल कॉलेजों में 40 प्रतिशत आरक्षण और अनुसूचित जातियों व अनुसूचित जनजातियों के विद्यार्थियों के लिए 10 प्रतिशत आरक्षण
2) उपरोक्त आरक्षण राज्य सरकार की सभी नई नियुक्तियों में भी लागू होगा और
3) पिछड़े समुदायों के पुनर्वगीकरण के सवाल पर विशेषज्ञों की एक समिति का गठन हो।

2.41 राज्य सरकार ने उपरोक्त सिफारिशें स्वीकार कर लीं, लेकिन ओबीसी विद्यार्थियों का टेक्निकल व प्रोफेशनल इंस्टीट्यूशंस में आरक्षण सिर्फ 25 प्रतिशत स्वीकार किया।

2.42 इसी के साथ शैक्षणिक संस्थानों में सीटों के आरक्षण के सरकार के फैसले को संविधान के अनुच्छेद 15 (4) के तहत केरल उच्च न्यायालय में चुनौती दी गई। न्यायालय ने राज्य सरकार को निर्देश दिया कि पिछड़े वर्ग को शैक्षणिक लाभ देने और उसके उद्देश्यों को जानने के लिए फैक्ट फाइंडिंग की जाए। इस निर्देश के मुताबिक राज्य सरकार ने श्री जी कुमार पिल्लई की अध्यक्षता में जुलाई 1964 में आयोग का गठन किया। पिल्लई आयोग ने दिसंबर 1965 में रिपोर्ट पेश की। इसकी मुख्य सिफारिशें निम्नवत हैं -

1) आयोग ने 91 समुदायों को पिछड़े के रूप में वर्गीकृत किया और सिफारिश की कि पिछड़े वर्ग के उन लोगों को लाभ दिया जाए, जिनके परिवार की कुल सालाना आय 4,200 रुपये से कम है।
2) टेक्निकल और प्रोफेशनल इंस्टीट्यूशंस में ओबीसी के लिए 25 प्रतिशत सीटें आरक्षित की जानी चाहिए। इसमें ओबीसी की विभिन्न श्रेणियों के लिए सीटों के अलग अलग कोटे के भी संकेत दिए।

2.43 राज्य सरकार ने उपरोक्त सिफारिशों को स्वीकार कर लिया। इसमें सिर्फ यह संशोधन किया गया कि आय की सीमा 4,200 रुपये सालाना से बढ़ाकर 6,000 रुपये सालाना कर दी गई। उल्लेखनीय है कि उच्च न्यायालय ने इच्छा जताई थी कि राज्य सरकार ओबीसी के लिए शैक्षणिक लाभों की जांच संविधान के अनुच्छेद 15(4) के तहत कराए। इन सिफारिशों के परिप्रेक्ष्य में केरल सरकार ने सरकारी पदों पर अन्य पिछड़े वर्ग के 40 प्रतिशत आरक्षण की मौजूद व्यवस्था के साथ छेड़छाड़ करने की कोई कार्रवाई नहीं की।

2.44 इसके बाद एक बार फिर केरल उच्च न्यायालय के समक्ष याचिका दायर की गई। न्यायालय ने राज्य सरकार से कहा कि पिछड़े समुदायों के लिए आरक्षण का नियम अप्रचलित और पुराने आंकड़ों के आधार पर बनाया गया है। सरकार को इसके लिए सर्वे कराना चाहिए तथा समय समय पर उचित आंकड़े जारी करना चाहिए।

इसे देखते हुए राज्य सरकार ने श्री एमपी दामोदरन की अध्यक्षता में अक्टूबर 1967 में पिछड़ा वर्ग आरक्षण आयोग का गठन किया। आयोग ने जून में अपनी रिपोर्ट पेश की। सरकार को इस आयोग की रिपोर्ट की जांच में 8 साल से ज्यादा वक्त लगा और आखिर में यह महसूस किया गया कि इतने लंबे समय के बाद आयोग की जांच की वैधता खत्म हो गई होगी। ऐसी स्थिति में सरकार ने फैसला किया कि अब सिर्फ नए आयोग के गठन से ही मामले का संतोषपूर्ण समाधान किया जा सकता है। इसी दौरान पिछड़े वर्गों के 8 अलग समूहों के लिए सेवाओं में आरक्षण के प्रतिशत में कुछ बदलाव भी किया गया, लेकिन 40 प्रतिशत आरक्षण की व्यवस्था के साथ कोई छेड़छाड़ नहीं की गई। आरक्षण इस प्रकार है...

क्र.	समूह का नाम	चतुर्थ श्रेणी पदों पर	चतुर्थ श्रेणी के अलावा पदों पर आरक्षण
1.	एझवा	11%	14%
2.	मुस्लिम	10%	12%
3.	लैटिन कैथोलिक व एंग्लो इंडियन	4%	4%
4.	नाडार	1%	1%
5.	इसाई बने अनुसूचित जाति	2%	1%
6.	अंसारी, कम्माला, विश्वकर्मा जैसे 22 समुदाय	2%	3%
7.	धीवर समुदाय	2%	1%
8.	अन्य पिछड़ा वर्ग	8%	4%
9.	कुल	40%	40%

2.45 उसके बाद राज्य सरकार कोई नया आयोग गठित करने में सफल नहीं हुई।

महाराष्ट्र

2.46 पूर्व बॉम्बे राज्य के विभाजन के बाद महाराष्ट्र सरकार ने नवंबर 1961 में श्री बीडी देशमुख की अध्यक्षता में समिति का गठन किया। समिति को नौकरियों में पिछड़े वर्ग को आरक्षण पर सिफारिश करनी थी। समिति ने जनवरी 1964 में अपनी रिपोर्ट पेश की, जिसकी सिफारिशें निम्नवत हैं –

1) पिछड़े वर्ग को 4 श्रेणियों के तहत समूहबद्ध किया जा सकता है - ए) अनुसूचित जातियां और नव बौद्ध बी) अनुसूचित जनजातियां सी) डीनोटीफाइड और घुमंतू जनजातियां और डी) अन्य पिछड़ा समुदाय।

2) पिछड़े वर्ग की विभिन्न श्रेणियों के लिए नौकरियों और शैक्षणिक संस्थानों में आरक्षण राज्य में उनकी आबादी के प्रतिशत के मुताबिक होना चाहिए।

2.47 सरकार ने व्यापक रूप से उपरोक्त सिफारिशें स्वीकार कर लीं। सरकार ने राज्य की नौकरियों व शैक्षणिक संस्थाओं में 4 श्रेणियों के लिए निम्नवत आरक्षण का प्रावधान किया...

श्रेणी का नाम	प्रतिशत आरक्षण
अनुसूचित जातियां और नव बुद्ध	13
अनुसूचित जनजातियां	7
डीनोटीफाइड और घुमंतू जनजातियां	4
अन्य पिछड़ा समुदाय	10
कुल	34

2.48 इसी क्रम में अप्रैल 1979 में राज्य सरकार ने आदेश जारी किया कि राज्य सरकार, स्थानीय निकाय आदि की सभी रिक्तियों में 80 प्रतिशत आरक्षण आर्थिक रूप से कमजोर तबके के लिए होगा। इन कमजोर वर्गों का निर्धारण परिवार की मासिक आमदनी 200 रुपये से कम होने के आधार पर की जाएगी। जहां 200 रुपये से कम मासिक आमदनी वाले परिवारों में से उचित रूप से योग्य अभ्यर्थी नहीं मिलेंगे, ऐसे पदों की रिक्तियों को उन परिवारों के अभ्यर्थियों से भरा जाएगा, जिनकी मासिक आमदनी 200 से 400 रुपये प्रतिमाह है।

2.49 इस आदेश के बाद यह भी स्पष्ट किया गया कि 80 प्रतिशत आरक्षण में अन्य पिछड़े वर्गों, अनुसूचित जातियों व अनुसूचित जनजातियों आदि को दिया गया आरक्षण शामिल होगा।

पंजाब

2.50 पंजाब सरकार ने 1951 में पिछड़ा वर्ग आयोग का गठन किया और आयोग की सिफारिशों के आधार पर 14 जातियों को पिछड़ा माना गया, जिनकी राज्य में 2 प्रतिशत आबादी है। इनकी पहचान आर्थिक, शैक्षणिक और सामाजिक पिछड़ेपन के आधार पर की गई। आयोग की सिफारिशों के आधार पर नौकरियों में पिछड़े वर्ग के लिए 2 प्रतिशत सीटें आरक्षित की गईं। इसी तरह की व्यवस्था शैक्षणिक संस्थानों में प्रवेश को लेकर भी की गई।

2.51 राज्य सरकार ने 1965 में श्री बृषभान की अध्यक्षता में मूल्यांकन समिति का गठन किया, जिसे पिछड़े वर्ग को दी गई छूटों की समीक्षा करनी थी। अगस्त 1966 में पेश अपनी रिपोर्ट में समिति ने निम्नलिखित सिफारिशें की...

1) पिछड़े वर्ग की मौजूदा सूची तार्किक बनाई जानी चाहिए, जिससे जो जातियां या वर्ग अब पिछड़े नहीं रहे, उन्हें बाहर किया जा सके और. ..

2) शैक्षणिक संस्थानों में दिया गया मौजूदा आरक्षण 2 प्रतिशत से बढ़ाकर 5 प्रतिशत किया जाना चाहिए।

समिति ने यह भी पाया कि नौकरियों में आरक्षण से कोई फायदा नहीं हुआ है और सरकार को खासकर शैक्षणिक स्तर पर छूट बढ़ानी चाहिए।

2.52 सरकार ने सेवाओं में आरक्षण खत्म करने की समिति की सिफारिशें स्वीकार नहीं की। साथ ही नौकरियों व शैक्षणिक संस्थानों में आरक्षण कोटा बढ़ाकर 5 प्रतिशत कर दिया गया।

2.53 अनुसूचित जाति, जनजाति और पिछड़े वर्ग पर बनी पंजाब विधानसभा की समिति ने 1975-76 में अपनी चौथी रिपोर्ट में सिफारिश की कि ओबीसी के लिए नौकरियों में 15 प्रतिशत आरक्षण दिया जाना चाहिए। इन सिफारिशों की जांच के बाद राज्य सरकार ने पाया कि अनुसूचित जाति के लिए पहले ही 25 प्रतिशत और एक्स सर्विसमैन के लिए 20 प्रतिशत आरक्षण है। अधिकतम आरक्षण 50 प्रतिशत से ज्यादा नहीं हो सकता, ऐसे में यह संभव नहीं था कि पिछड़े वर्गों के लिए 5 प्रतिशत से ज्यादा आरक्षण दिया जाए।

उत्तर प्रदेश

2.54 अक्टूबर 1975 में श्री छेदी लाल साथी की अध्यक्षता में "अत्यंत पिछड़ा वर्ग आयोग" का गठन किया गया। आयोग ने 1977 में अपनी सिफारिशें दीं। आयोग ने पिछड़े वर्ग को 3 श्रेणियों में विभाजित करने की सिफारिश की और इन तीन श्रेणियों के लिए अलग अलग रिजर्वेशन कोटे की सिफारिश की, जो निम्नवत है-

श्रेणी का नाम आरक्षण	प्रतिशत
सूची ए में ऐसे लोग शामिल हों जो अधिया पर काम करने वाले श्रमिक अकुशल कामगार, गैर कारीगर और घरेलू मजदूर हैं	17
सूची बी में सीमांत और छोटे कृषक शामिल हों	10
सूची सी में मुस्लिम पिछड़े वर्ग शामिल हों	2.5
कुल	29.5

2.55 आयोग ने उपरोक्त आरक्षण का प्रावधान शैक्षणिक संस्थानों में भी करने की सिफारिश की और यह भी सिफारिश की कि गरीब परिवार के विद्यार्थियों को प्राथमिकता दी जानी चाहिए। इसमें हॉस्टल सुविधा, स्कॉलरशिप आदि के लिए खास प्रावधान करने की भी अनुशंसा की गई थी।

2.56 उत्तर प्रदेश सरकार ने उपरोक्त सिफारिशों को आंशिक रूप से ही स्वीकार किया और पिछड़े वर्ग के लिए सरकारी सेवा की सभी रिक्तियों में 15 प्रतिशत आरक्षण का आदेश जारी किया। इतने ही आरक्षण का प्रावधान टेक्निकल व प्रोफेशनल इंस्टीट्यूशंस के लिए भी किया गया। इसके बाद इलाहाबाद उच्च न्यायालय ने 1979 में आरक्षण के इस सरकारी आदेश को खारिज कर दिया और मामला अब उच्चतम न्यायालय में लंबित है।

तमिलनाडु

2.57 ओबीसी को विशेष सुविधाएं प्रदान करने के मामले में तमिलनाडु अग्रणी रहा है। जैसा कि पैरा 2.1 में संकेत दिया गया है, 1927 में मद्रास सरकार ने राज्य के सभी समुदायों को 5 श्रेणियों में प्रसिद्ध कम्युनल जीओ के माध्यम से विभाजित किया था और सरकारी सेवाओं में प्रत्येक की भर्ती के लिए अलग अलग कोटा निर्धारित किया था। पिछड़े वर्ग के बढ़ते दबाव में 1947 में राज्य सरकार ने प्रतिनिधित्व की व्यवस्था में बदलाव किया, जो निम्नवत है:

क्रमांक	समूह	1947 में आरक्षित कोटा	1947 में संशोधित कोटा
1	गैर ब्राह्मण हिंदू	5/12	6/12
2	ब्राह्मण	2/12	2/14
3	अनुसूचित जाति/वंचित वर्ग	1/12	2/14
4	मुस्लिम	2/12	1/14
5	एंग्लो इंडियन और क्रिश्चियन	2/12	1/14
6	पिछड़े हिंदू	----	2/14

2.58 आरक्षण की उपरोक्त व्यवस्था पर उच्चतम न्यायालय ने रोक लगा दी और उसके बाद राज्य सरकार ने 1951 में फैसला किया कि अब आरक्षण सिर्फ अनुसूचित जाति व पिछड़े वर्ग को मिलेगा। (संयोग से यह वह फैसला था जिसकी वजह से पहला संवैधानिक संशोधन 1951 पारित हुआ और अनुच्छेद 15 (4) जोड़ा गया)। आंध्र प्रदेश को अलग किए जाने के बाद से मद्रास सरकार ने 1964 में

[15]एआईआर 1979 सभी

आदेश जारी किया कि राज्य सरकार की नौकरियों में 16 प्रतिशत आरक्षण अनुसूचित जाति व जनजाति के लिए और 25 प्रतिशत आरक्षण पिछड़े वर्ग के लिए होगा। मेडिकल कॉलेजों आदि में आरक्षण के लिए भाषायी और जिला के आधार पर की गई व्यवस्था को 1960 में खत्म कर दिया गया और अनुसूचित जाति व जनजाति के लिए 15 प्रतिशत और पिछड़े वर्ग के लिए 25 प्रतिशत आरक्षण के लिए आदेश जारी किया गया।

2.59 तमिलनाडु सरकार ने श्री एएन सत्तनाथन की अध्यक्षता में नवंबर 1969 में पिछड़ा वर्ग आयोग का गठन किया। आयोग ने नवंबर 1970 में अपनी रिपोर्ट दी। इसकी मुख्य सिफारिशें थीं...

1) पिछड़े वर्ग की मौजूदा सूची में कुछ विसंगतियां हैं और इसे तर्कसंगत बनाया जाना चाहिए।
2) अन्य पिछड़े वर्ग के अभ्यर्थियों के लिए राज्य सरकार के 33 प्रतिशत पद आरक्षित किए जाने चाहिए।
3) उपरोक्त आरक्षण का पालन विभिन्न प्रोफेशनल और टेक्निकल इंस्टीट्यूशंस में भी किया जाना चाहिए और
4) विभिन्न शैक्षणिक छूट, विशेष कोचिंग सुविधा आदि अन्य पिछड़े वर्ग के विद्यार्थियों को मुहैया कराई जानी चाहिए।

2.60 आयोग की सिफारिशें, बालाजी मामले में न्यायालय के फैसले, 1971 की जनगणना के आधार पर अनुसूचित जातियों व जनजातियों की आबादी को देखते हुए राज्य सरकार ने (अन्य) पिछड़े वर्ग के लिए 31 प्रतिशत और अनुसूचित जातियों व जनजातियों के लिए 18 प्रतिशत आरक्षण का आदेश जारी किया। इन दो वर्गों के विद्यार्थियों के लिए सरकार ने शैक्षणिक संस्थानों में भी क्रमशः 31 प्रतिशत व 18 प्रतिशत कोटा निर्धारित किया।

2.61 राज्य सरकार ने 24 जनवरी 1980 को सरकारी नौकरियों व शैक्षणिक संस्थानों दोनों में ही ओबीसी के लिए आरक्षण कोटा 31 प्रतिशत से बढ़ाकर 50 प्रतिशत कर दिया। यह अनुसूचित जाति एवं जनजाति के लिए निर्धारित 18 प्रतिशत कोटे के बाद था। सरकार के इस आदेश के खिलाफ तमिलनाडु उच्च न्यायालय में याचिका लंबित है।

2.62 तमिलनाडु सरकार पिछड़े वर्ग के विद्यार्थियों के लिए स्कॉलरशिप, मुफ्त मध्याह्न भोजन, स्कूल यूनीफॉर्म, किताबें आदि भी मुहैया करा रही है। उनके लिए अलग हॉस्टल व विशेष कोचिंग की व्यवस्था भी शुरू की गई है। पेशेवर समुदायों को सब्सिडी दरों पर औजार दिए जा रहे हैं।

आठ अन्य राज्य

2.63 आठ राज्यों व केंद्र शासित प्रदेशों ने पिछड़े वर्ग की स्थिति के बारे में बगैर किसी औपचारिक जांच के अन्य पिछड़े वर्ग की सूची अधिसूचित की। इनकी स्थिति निम्नवत है...

2.64 हरियाणा ने पिछड़े वर्ग के लिए सरकारी नौकरियों में 10 प्रतिशत आरक्षण प्रोफेशनल व टेक्निकल इंस्टीट्यूशंस में 2 प्रतिशत आरक्षण का प्रावधान किया। हिमाचल प्रदेश ने ओबीसी के लिए सभी पदों पर 5 प्रतिशत सीटें आरक्षित की और इसका विस्तार कुछ शैक्षणिक छूटों तक भी किया। असम और पॉन्डिचेरी ने ओबीसी के लिए सरकारी नौकरियों में कोई आरक्षण नहीं किया, लेकिन शैक्षणिक संस्थानों में कुछ आरक्षण मुहैया कराया। राजस्थान, उड़ीसा, मेघालय और दिल्ली ने न तो सरकारी सेवाओं में कोई आरक्षण दिया और न ही शैक्षणिक संस्थानों में। इन राज्यों ने स्कूल फीस, किताबों, मध्याह्न भोजन के मामले में कुछ छूट जरूर मुहैया कराई। 1961 में उड़ीसा और दिल्ली दोनों ने ही जाति के आधार पर बनी पिछड़ों की सूची वापस ले ली और पिछड़ेपन के निर्धारण के लिए आर्थिक आधार तय किया।

2.65 जिन राज्यों व केंद्रशासित प्रदेशों ने कभी भी ओबीसी की कोई सूची तैयार नहीं की और न ही इनके उत्थान के लिए कोई काम किया, उन राज्यों में- अंडमान निकोबार द्वीप समूह, अरुणाचल प्रदेश, चंडीगढ़, दादरा और नागर हवेली, गोवा, दमन और दीव, लक्षद्वीप, मध्य प्रदेश, मणिपुर, मिजोरम, नगालैंड, सिक्किम, त्रिपुरा और पश्चिम बंगाल शामिल हैं।

2.66 पश्चिम बंगाल सरकार ने 1 अगस्त 1980 को एक समिति का गठन किया, जिसे संविधान के अनुच्छेद 15(4), 16(4) और 29(2) जिसे अनुच्छेद 15(4) के साथ पढ़ा जाए, के मुताबिक अध्ययन करना था। 30 अगस्त 1980 को सौंपी रिपोर्ट में समिति ने सिफारिश की कि हमारे विचार से "गरीबी और जीवन जीने का निचला स्तर पिछड़ापन तय करने के लिए महत्त्वपूर्ण आधार" हैं। समिति ने यह भी सिफारिश की कि पेशेवर समूहों के पिछड़ेपन की पहचान और समग्र योजना बनाने का काम "आर्थिक विकास और शैक्षणिक उन्नति के लिए इन समूहों का चयन गरीबी रेखा के नीचे रह रहे लोगों के आधार पर.... " होनी चाहिए। समिति पिछड़े वर्ग के लिए सरकारी नौकरियों में आरक्षण के लिए कोटे के खिलाफ थी।

2.67 समिति की सिफारिशें पश्चिम बंगाल सरकार ने यथावत स्वीकार कर ली।

अध्याय 3

वर्गीकरण और डेटा बेस

3.1 केंद्र सरकार द्वारा काका कालेलकर समिति की सिफारिशें स्वीकार न करने की वजह यह थी कि आयोग ने सामाजिक व शैक्षणिक रूप से पिछड़े वर्ग के उचित वर्गीकरण के उद्देश्यों के परीक्षण और उसके दायरे के मुताबिक काम नहीं किया। कुछ राज्य सरकारों की ओर से जारी आरक्षण आदेश के खिलाफउच्चतम न्यायालय और उच्च न्यायालयों में याचिका दायर की गई। न्यायालय के फैसलों में भी इस बात पर जोर दिया गया कि इसके लिए एक अनुभवजन्य दृष्टिकोण अति आवश्यक है, जिसके मुताबिक सामाजिक और शैक्षणिक रूप से पिछड़ेपन या अन्य पिछड़े वर्गों की पहचान की जाए।

3.2 आयोग ने गतिविधियों की योजना बनाते समय उपरोक्त जरूरतों का खास ध्यान रखा। शुरुआत से ही आयोग ने देश के प्रमुख समाजशास्त्रियों, शोध संगठनों और विशेषीकृत एजेंसियों की सेवाएं ली, जो इस गतिविधि के लिए अत्यंत जरूरी था। जांच के लिए एक या दो स्थापित तकनीकों के बजाय हमने व्यापक रूप से तथ्यों को जांचने की कवायद की और यथासंभव विस्तृत क्षेत्र से तथ्य जुटाए। संक्षेप में यह गतिविधियां निम्नवत हैं-

1) सामाजिक पिछड़ेपन के संबंध में संगोष्ठी

3.3 आयोग की शुरुआत औपचारिक रूप से तत्कालीन प्रधानमंत्री ने 21 मार्च 1979 को की और उसके तत्काल बाद हमारे निवेदन पर दिल्ली विश्वविद्यालय के एंथ्रोपोलॉजी विभाग ने सामाजिक पिछड़ेपन पर दो दिवसीय सेमीनार का आयोजन किया। इस सेमीनार का मकसद आयोग के विचारार्थ विषय पर सूचनाओं से युक्त बहस कराना और सदस्यों और शिक्षाविदों के बीच घनिष्टता विकसित करना था। इसने आयोग के कार्य के लिए बहुत खुशगवार माहौल तैयार किया और शैक्षणिक समुदाय से हमें लगातार समर्थन मिलता रहा। निश्चित रूप से इससे हमें बहुत ज्यादा लाभ हुआ।

2) प्रश्नावलियां

3.4 अप्रैल 1979 में आयोग ने निम्नलिखित तीन प्रश्नावलियां सभी राज्य सरकारों, केंद्रीय मंत्रालयों व विभागों और आम लोगों के लिए जारी कीं। (परिशिष्ट 2, 3 और 4 वाल्यूम 2)

अ) राज्य सरकार की प्रश्नावली

3.5 इस प्रश्नावली में राज्य सरकारों से सामाजिक और शैक्षणिक पिछड़ेपन पर उनके विचार मांगे गए थे। साथ ही ओबीसी के कल्याण के लिए उठाए गए कदमों, सरकारी नौकरियों में अन्य पिछड़े वर्गों के प्रतिनिधित्व, आय का स्तर और शारीरिक श्रम करने वाले कामगारों और पेशेगत समुदाय की सामाजिक स्थिति, उनके शैक्षणिक स्तर और स्कूल छोड़ने के मामलों के बारे में जानकारी मांगी गई थी। इसके बारे में सभी राज्य सरकारों और केंद्र शासित प्रदेशों से प्रतिक्रिया मिली।

आ) केंद्रीय मंत्रालयों व विभागों के लिए प्रश्नावली

3.6 इस प्रश्नावली में केंद्रीय मंत्रालयों और उनके अधीन काम कर रहे सार्वजनिक निगमों से निवेदन किया गया था कि वे उन संगठनों में काम कर रहे अन्य पिछड़े वर्ग के कर्मचारियों और कर्मचारियों की संख्या के सिलसिले में जानकारी दें। इस प्रश्नावली में सामाजिक और शैक्षणिक पिछड़ेपन के बारे में मोटा अनुमान और तैयार किया गया दायरा भी शामिल किया गया था। सभी 30 मंत्रालयों और विभागों व इनसे जुड़े 31 अधीनस्थ कार्यालयों से सूचनाएं प्राप्त की गईं।

इ) आम नागरिक, स्वयंसेवी संगठनों आदि के लिए प्रश्नावली

3.7 यह प्रश्नावली आम नागरिक, सामाजिक कार्यकर्ताओं, आम लोगों में काम करने वालों, जातीय संगठनों, स्वयंसेवी संगठनों आदि के लिए जारी की गई थी। इसका मकसद सामाजिक और शैक्षणिक पिछड़ेपन, स्वतंत्रता के बाद सामाजिक गतिशीलता के बारे में उनके विचार जानना था। साथ ही भारत के सामाजिक ढांचे में जाति का स्थान, पिछड़े वर्ग द्वारा झेली जा रही सामाजिक और नागरिक अक्षमताओं व समस्याओं आदि के बारे में जानकारी मांगी गई थी। यह प्रश्नावली अंग्रेजी और आयोग की उस राज्य की यात्रा के दौरान हर राज्य की स्थानीय भाषा में तैयार की गई। आयोग के दौरे के दौरान आयोजित की गई बैठकों में भी इसे व्यापक रूप से बांटा गया। इस प्रश्नावली के सभी 1872 जवाब आयोग को देश भर से प्राप्त हुए।

3.8 उपरोक्त 3 प्रश्नावलियों के माध्यम से मिली सूचनाओं को क्रमबद्ध रूप से संकलन, एकत्र और उनका विश्लेषण किया गया और उनका इस्तेमाल रिपोर्ट के संबंधित अध्यायों में किया गया।

(3) आयोग की यात्रा

3.9 आयोग ने देश भर का व्यापक दौरा किया, जिससे विभिन्न समुदायों और जनता के वर्गों से सामाजिक और शैक्षणिक स्तर के पिछड़ेपन की वजह से हो रही समस्या के बारे में प्रथम स्तर क़ी सूचना एकत्र की जा सके। आयोग ने इस

प्रक्रिया के दौरान 84 जिला मुख्यालयों, 37 गांवों, का दौरा किया और 171 औपचारिक बैठकें कीं। आयोग को आम लोगों व स्वयंसेवी संगठनों से 2638 प्रतिनिधित्व पत्र मिले। प्रत्येक राज्य मुख्यालय पर आयोग ने मुख्यमंत्रियों, मंत्रियों, सांसदों, विधान सभा सदस्यों, वरिष्ठ अधिकारियों, राज्य एवं केंद्र सरकार के निगमों के प्रतिनिधियों, स्वयंसेवी सामाजिक संगठनों और अन्य प्रमुख नागरिकों से इस सिलसिले में महत्त्वपूर्ण चर्चाएं कीं।

3.10 यह बहुत लाभदायक कवायद साबित हुई। इससे आयोग को अन्य पिछड़े वर्गों की स्थिति और उनकी समस्याओं के बारे में गहराई तक जानकारी मिली। समाज के विभिन्न वर्गों ने इस विषय पर अपनी प्रतिक्रिया व्यक्त की।

(4) आयोग के सामने साक्ष्य

3.11 आयोग ने सामाजिक व शैक्षणिक रूप से पिछड़े वर्गों के बारे में साक्ष्य जुटाने के लिए बड़ी संख्या में नागरिकों, गणमान्य नागरिकों, समाजशास्त्रियों, पत्रकारों, जनसांख्यिकों, आदि से चर्चा की और साक्ष्य जुटाए। 1979 में छठी लोकसभा के सभी सदस्यों को आमंत्रण भेजा गया और बड़ी संख्या में सांसद आयोग के समक्ष साक्ष्य देने के लिए उपस्थित हुए। कुछ राज्यसभा सदस्यों ने भी इससे जुड़े साक्ष्य दिए। इस सिलसिले में आयोग के सामने आए सभी सांसदों, गणमान्य नागरिकों, विशेषज्ञों की सूची इस रिपोर्ट के वाल्यूम 2 के परिशिष्ट–5 में दी गयी है।

(5) सामाजिक शैक्षणिक क्षेत्र का सर्वे

3.12 आयोग ने प्रोफेसर एमएन श्रीनिवास की अध्यक्षता में 15 विशेषज्ञों की एक समिति का गठन किया। समिति को पूरे देश में सामाजिक शैक्षणिक क्षेत्र में सर्वे के लिए एक डिजाइन तैयार करने का काम सौंपा गया। समिति ने 16 जुलाई से 20 जुलाई 1979 में दिल्ली में बैठक की और उसके बाद विस्तृत चर्चाओं के बाद एक शेड्यूल का सेट, डमी टेबल, इंस्ट्रक्शन आदि इस सर्वे के लिए तैयार किया।

3.13 सर्वे से प्राप्त व्यापक सूचनाओं के पूर्ण और उचित इस्तेमाल के लिए यह भी फैसला किया गया था कि पूरी प्रक्रिया के आंकड़ों की गणना की जाएगी। इसमें उम्मीद जताई गई थी कि सर्वे का परिणाम कुछ संकेतक पेश करेगा, जिससे भारतीय स्थितियों में सामाजिक व शैक्षणिक पिछड़ेपन के लक्षणों को जाना जा सकेगा। सर्वे का पूरा ब्योरा इस वाल्यूम के अध्याय 11 में दिया गया है।

(6) जाति अध्ययन, विशेष रिपोर्ट इत्यादि

पिछड़े वर्ग के कल्याण में उत्तर और दक्षिण की तुलना

3.14 अन्य पिछड़े वर्गों को उल्लेखनीय लाभ प्रदान करने के मामले में दक्षिण भारत के राज्यों का लंबा और साफ सुथरा इतिहास रहा है और इन राज्यों ने देश के किसी अन्य इलाके के तुलना में बहुत कुछ किया है। वहीं दूसरी ओर उत्तर भारत के राज्यों में अन्य पिछड़े वर्गों के लिए कल्याणकारी योजनाएं काफी सुस्त रही हैं। लंबे समय तक चले विरोध प्रदर्शन के बाद बिहार और उत्तर प्रदेश में हाल के वर्णों में सेवाओं और शैक्षणिक संगठनों में मामूली आरक्षण की व्यवस्था की गई है। स्थानीय कारकों, सामाजिक व्यवहार, पूर्वाग्रह आदि के बारे में साफ साफ समझना जरूरी है, जिसके लिए आयोग ने टाटा इंस्टीट्यूट आफ सोशल साइंसेज बॉम्बे की सेवाएं लीं। इसके माध्मय से चार राज्यों- तमिलनाडु, कर्नाटक, बिहार और उत्तर प्रदेश का अध्ययन किया गया। इस अध्ययन का परिणाम इस वाल्यूम के अध्याय 8 में दिया गया है।

(7) जनगणना के आंकड़ों का विश्लेषण, गांवों का प्रबंधन और विशेष रिपोर्टें

केस इंडेक्सिंग 1891/1931

3.15 जाति के आधार पर परंपरागत पेशे से जुड़ाव के बारे में जानकारी के लिए 1891 और 1931 की जनगणना के आंकड़ों के आधार पर आंकड़े एकत्र किए गए और उनका विश्लेषण किया गया। इस कवायद का मुख्य उद्देश्य विभिन्न जातियों में 40 साल की अवधि के दौरान सामाजिक गतिशीलता की जानकारी हासिल करना था। यह आंकड़े बिहार और उत्तर प्रदेश राज्य के लिए पूरी तरह तैयार किए गए थे और इन दो राज्यों का परंपरागत पेशों के आधार पर जाति सूचकांक तैयार किया गया था। इस अध्ययन को 1931 के आगे नहीं बढ़ाया जा सका क्योंकि जातियों की गणना को जनगणना से बाहर कर दिया गया।

एंथ्रोपोलाजिकल सर्वे आफ इंडिया, कलकत्ता द्वारा गावों का अध्ययन

3.16 आयोग के निवेदन पर एंथ्रोपोलाजिकल सर्वे आफ इंडिया कलकत्ता ने आंध्र प्रदेश, बिहार, कर्नाटक, मध्य प्रदेश, महाराष्ट्र, पंजाब, तमिलनाडु, त्रिपुरा और उत्तर प्रदेश के गांवों का अध्ययन उपलब्ध कराया। इन अध्ययनों से आयोग को इन राज्यों के ग्रामीण आबादी की सामाजिक आर्थिक स्थिति के बारे में उपयोगी जानकारियां मिलीं।

3.17 इंडियन काउंसिल आफ सोशल साइंस रिसर्च, नई दिल्ली, लेबर ब्यूरो (श्रम मंत्रालय). नेशनल लेबर इंस्टीट्यूट, इंस्टीट्यूट आफ इकनॉमिक ग्रोथ, नई दिल्ली, सेंटर फार द स्टडी आफ डेवलपिंग साइंस, नई दिल्ली आदि ने बड़े

पैमाने पर सर्वे रिपोर्ट और मोनोग्राफ तैयार किए हैं। इससे आयोग को उपयोगी सूचनाएं मिलीं और सामाजिक और शैक्षणिक रूप से पिछड़े वर्ग की स्थिति और समस्याओं को समझने में मदद मिली।

(8) कानूनी और संवैधानिक मसले

3.18 पिछले 20 साल के दौरान उच्चतम न्यायालय और विभिन्न उच्च न्यायालयों ने कई राज्यों की ओर से अन्य पिछड़े वर्गों को सरकारी संस्थानों में नौकरियों में आरक्षण, शैक्षणिक संस्थानों में सीटों के आरक्षण और अन्य सुविधाएं देने को लेकर फैसले सुनाए हैं। इन फैसलों में बहुत महत्त्वपूर्ण संवैधानिक और कानूनी मसलों पर चर्चा हुई है। ऐसे में आयोग के लिए यह जरूरी था कि इन न्यायिक फैसलों को संज्ञान में ले और पिछड़े वर्ग के उत्थान के बारे में कदम सुझाने के लिए अपनी सिफारिशें करते समय इनका विशेष ध्यान रखे। इस विचार से आयोग ने लॉ इंस्टीट्यूट आफ इंडिया नई दिल्ली को इस विषय पर समग्र रिपोर्ट तैयार करने का काम सौंपा।

अध्याय 4

सामाजिक पिछड़ापन और जाति

4.1 हिंदू सामाजिक ढांचे के निर्माण में जातियां ईंट के रूप में हैं। सामाजिक इतिहासकारों ने गुणों और बुराइयों दोनों के लिए ही जाति व्यस्था को अहम बताया है। लेकिन हमारा इस बहस में पड़ना मुनासिब नहीं है। यहां मुख्य रूप से चिंता का विषय यह है कि किस तरीके से हिंदू समाज को तमाम समूहों में बांटकर, उन्हें जातियों में विभाजित कर पदसोपान पर बैठाया गया है। समकालीन भारतीय दर्शन में प्रोफेसर ए आर वाडिया ने पाया है, "उपनिषदों की उच्च तत्व मीमांसा और गीता की नैतिकता को जातीय निरंकुशता द्वारा घटाकर कुछ शब्दों में कर दिया गया है। चेतन व अचेतन, पूरी दुनिया की एकता पर जोर देते हुए भारत ने एक ऐसे सामाजिक व्यवस्था को बढ़ावा दिया है, जिसमें अपने बच्चों को विभिन्न पारदर्शी डिब्बों में कैद कर दिया गया है। एक से दूसरे को, पीढ़ी को पीढ़ी से कई सदियों से विभाजित रखा गया है।" आगे यह भी कहा जा सकता है कि विभाजन की इस प्रक्रिया में समूहों को जाति कहा जाता है। इन्हें जन्म के आधार पर स्थाई रूप से उच्च और निम्न श्रेणी में डाल दिया गया है।

4.2 जातियों के अनुष्ठानिक रैंकिंग का एक महत्त्पूर्ण निष्कर्ष यह भी है कि इस व्यवस्था की जड़ों में जाति गहराई से समा गई है, जिसमें कुछ निहित स्वार्थ हैं। यह उच्च जातियों को निम्न जातियों के शोषण में सक्षम बनाता है। यह सामाजिक संगठन के संस्थागत ढांचे के माध्यम से होता है।

4.3 वास्तव में इस गुण के बारे में कुछ भी अस्वाभाविक नहीं है। सत्तासीन वर्ग हर जगह और हर तरह से अपने विशेषाधिकारों के इस्तेमाल की कोशिश करता है और सामान्यतया कुलीनता इस प्रक्रिया से हाथ मिला लेती है। मध्य युग में अंग्रेजों के काल का उदाहरण देते हुए ओस्ट[1] लिखते हैं, "... हर आदमी का पहला दायित्व है कि वह सामंत हो या पुजारी, कामगार या व्यापारी अपने काम की जानकारी प्राप्त करें और उसके खास बुलावे पर श्रमिक तबका आदेशों का पालन करे। सामाजिक श्रेणी और उनके दायित्व का निर्धारण ईश्वर के आदेश से मानवता के लिए हुआ है, जो स्थाई बना हुआ है और अपरिवर्तनीय है। शरीर के अंगों की तरह वे अन्य स्थान या कार्य में नहीं लगाए जा सकते हैं।"

4.4 यह तकरीबन जाति को लेकर ब्राह्मणवादी विचार के करीब है, जिसकी कोई उम्मीद कर सकता है! ऋग्वेद के पुरुष सूक्त में चार वर्णों का उल्लेख करते हुए

कहा गया है कि "उसके मुंह से ब्राह्मण की उत्पत्ति हुई, उसकी दोनों भुजाओं से राजन्य (क्षत्रिय), उसके उदर से वैश्य और दोनों पैरों से शूद्रों की उत्पत्ति हुई।" (ऋग्वेद 10.90)। अंग्रेज पादरी व वैदिक श्लोक कमोबेश एक ही चीजें कह रहे हैं। इस विचार से दैवीय रूप से विशेषाधिकार दिया गया है, जिससे समाज का संचालन होता है। अन्य देशों में जहां सत्तासीन वर्ग द्वारा इसे प्रचारित किया गया, वहीं भारत एकमात्र देश है, जहां इस अवधारणा को जातीय ढांचे में पिरो दिया गया।

4.5 जाति व्यवस्था की असल जीत ब्राह्मण की सर्वोच्चता में नहीं है, बल्कि इसमें है कि निम्न जातियों का इस तरह से अनुकूलन कर दिया गया है कि वे अपने को निम्न जाति का होना अपने रीति-रिवाज में एक स्वाभाविक क्रम की तरह स्वीकार करते हैं। भारत में जाति व्यवस्था 3,000 साल से ज्यादा समय से चल रही है और हाल फिलहाल में इसके ध्वस्त होने की कोई संभावना नजर नहीं आ रही है। कोई भी सामाजिक व्यवस्था इतने लंबे समय से बहुसंख्य आबादी के प्रति असमानता और भेदभाव करके जीवित नहीं रह सकती है, जो पूरी तरह से सामाजिक परिप्रेक्ष में हो। इसे इस तरह व्याख्यायित किया जा सकता है कि इस जटिल व्यवस्था को इस तरह से ढाला गया है कि मिथकों व परंपराओं में ब्राह्मणवाद सफलतापूर्वक जाति व्यवस्था को चला रहा है। यह पूरी तरह से नैतिक अधिकार के साथ चल रहा है, जिसे अनेक बार सामाजिक सुधारों के माध्यम से चुनौती मिल चुकी है। किस तरह से धर्म और मिथक का इस्तेमाल यह जादुई लहर बनाने में किया गया है, उसे हम कुछ जाने माने उदाहरणों से समझ सकते हैं।

4.6 जाति व्यवस्था की दैवीय उत्पत्ति की धारणा पवित्र हिंदू वेदों में दी गई है। जैसा कि पहले उल्लेख किया गया है, ऋग्वेद में आदि पुरुष के शरीर से चार वर्णों की उत्पत्ति का उल्लेख है। साथ ही इसकी उत्पत्ति की अवधारणा की व्याख्या भी की गई है और कार्यों व स्थिति के बारे में दैवीय न्यायसंगतता की बात कही गई है। गीता में भगवान कृष्ण ने कहा है, "मेरे द्वारा 4 वर्णानुक्रम बनाए गए हैं, जो गुण व कर्मों के आधार पर हैं।"

4.7 "सभी धर्म शास्त्र जाति को हल्के में लेते हैं। सभी पुराणों में जाति की उत्पत्ति के बारे में कहा गया है और इसे समाज के स्थाई क्रम के आधार पर देखा गया है।"[1]

4.8 "धर्म शास्त्रों में कहा गया है कि अगर कोई व्यक्ति अच्छा काम करता है तो उसे उच्च वर्ण में जन्म मिलेगा और उसका सम्मान होगा वहीं अगर वह बुरा काम

[1]मधयुगीन इंगलैंड में साहित्य और मंच- सी आर ओस्ट, ऑक्सफोर्ड, 1961

करता है तो वह निम्न जाति में यहां तक कि पशु के रूप में जन्म पा सकता है।"[2]

4.9 हिंदू समाज में चार वर्णों की रैंकिंग ब्राह्मणवादी कट्टरता के साथ जातीय ढांचे के रूप में की गई है। इस व्यवस्था का एक मुख्य गुण "शुद्धता और अशुद्धता" की अवधारणा है। "हिंदुस्तान में खासकर जातियों को पांच समूह में विभाजित किया जा सकता है। पहला- द्विज (दो बार जन्मी) जातियां, दूसरा ऐसी जातियां जिनके हाथों का छुआ द्विज लोग पक्का भोजन करते हैं, तीसरा वे जातियां जिनके हाथ का छुआ खाना द्विज जातियां स्वीकार नहीं करतीं, चौथा- वह जातियां जो अछूत नहीं हैं, लेकिन उनका छुआ पानी द्विज नहीं पी सकते। आखिर में वे सभी जातियां हैं जिनका द्विजों को ही नहीं बल्कि रुढ़िवादी हिंदुओं को छूना वर्जित किया गया है।"[3]

4.10 ".... मद्रास में ताड़ी उतारने वाला शानार अगर ब्राह्मण से 24 कदम से कम दूरी पर मिलता है तो ब्राह्मण अपवित्र हो जाता है। .... नायर नंबूदरी ब्राह्मण से संपर्क कर सकता है, लेकिन उसे छू नहीं सकता। वहीं तियान को ब्राह्मण से 36 कदम की दूरी बनाकर रखनी होती है। वहीं पुलियान ब्राह्मण 96 कदम से कम दूरी पर नहीं रह सकता है। तियान को नायर से 12 कदम दूर रहना होता है, जबकि कुछ जातियां तियान से मिल तो सकती हैं लेकिन उन्हें छू नहीं सकतीं"[3]

4.11 ".... मराठा क्षेत्र में महार, जो अछूत जातियों में से एक हैं, सड़क पर नहीं थूक सकते क्योंकि इससे उच्च जाति के हिंदू के पैर से वह थूक छू गया तो वे अपवित्र हो जाएंगे। उन्हें अपने गले में एक मिट्टी का बर्तन लटकाकर चलना होता है, जिसमें वे थूक सकें। साथ ही उन्हें अपने पीछे झाड़ू बांधकर चलना होता है, जिससे वे जिस राह से गुजरें, वह रास्ता साफ होता जाए। अगर उस राह से कोई ब्राह्मण गुजर रहा हो तो उससे दूर ही उसे लेट जाना होता है, जिससे उनकी गंदी परछाईं पवित्र ब्राह्मण पर न पड़ने पाए"।[3]

4.12 एक अन्य समाजशास्त्री 24.12.1932 को प्रकाशित "हिंदू" के एक अंश को लिखते हैं, जिससे यह पता चलता है कि देखने से भी व्यक्ति अपवित्र हो जाता है...

4.13 "इस (तिन्नेवेल्ली) जिले में एक ऐसा वर्ग है, जिसे देखा नहीं जा सकता, जिसे पुरादा वन्नान्स कहा जाता है। उन्हें दिन के समय निकलने की अनुमति नहीं है, क्योंकि उनको देखना अपवित्र माना जाता है। इन लोगों में से कुछ लोग अन्य बहिष्कृत जातियों का कपड़ा साफ करते हैं और मध्यरात्रि से दिन निकलने के पहले तक काम करते हैं। वह इंटरव्यू के लिए बमुश्किल अपने घरों से बाहर निकले।"[4]

[2] कास्ट ऐंड क्लास इन इंडिया, डॉ जीएस घुरये, द पापुलर बुक डिपो बॉम्बे

[3] आधुनिक भारत में जाति-एमएम श्रीनिवास, एशिया पब्लिशिंग हाउस, 1964

[4] राइज ऐंड अवेकनिंग आफ डिप्रेस्ड क्लासेज इन इंडिया, जेआर कांबले, नैशनल पब्लिशिंग हाउस नई दिल्ली, 1979।

4.14 दंड देने व कर लगाने का काम भी व्यक्ति की जाति से जुड़ा हुआ था। "ब्राह्मण को व्यक्तिगत कर से छूट थी। ब्राह्मण को एक व्यक्ति के रूप में व उसकी संपत्ति दोनों पर ही कर छूट थी। कौटिल्य विभिन्न जातियों से कर्ज पर ली जाने वाली अलग अलग ब्याज दरों का उल्लेख करता है। ब्राह्मण से 1 प्रतिशत, क्षत्रिय से 3, वैश्य से 4, और शूद्र से 5 प्रतिशत ब्याज.... दुनिया में जो कुछ भी है, ब्राह्मण उसके योग्य है। हकीकत में पूरी दुनिया ब्राह्मण की संपत्ति है और अन्य उसकी दया पर जीते हैं।" महाभारत में कहा गया है, शूद्र कोई संपत्ति नहीं रख सकता, उसकी संपत्ति उसका मालिक जब इच्छा हो, हड़प सकता है।[5]

4.15 कानून के संदर्भ मे: "ब्राह्मण और गैर ब्राह्मण के बीच स्थानीय विवादों में गवाह को निश्चित रूप से ब्राह्मण के पक्ष में बोलना चाहिए।" शतपथ ब्राह्मण के मुताबिक सिर्फ ब्राह्मण की हत्या असल में हत्या है, जबकि यजुर्वेद में घोषित किया गया है कि यह अन्य किसी व्यक्ति को मारने की तुलना में ज्यादा जघन्य अपराध है।'' वहीं दूसरी ओर मनु कहता है कि ब्राह्मण द्वारा शूद्र की हत्या किए जाने पर ब्राह्मण को उतनी ही सजा दी जा सकती है, जितनी एकबिल्ली, एक नेवले, नीलकंठ, मेढक, छिपकली, उल्लू या कौवे को मारने पर दी जाती है।''[6]

4.16 ".... राजा कभी भी संभावित अपराधों में ब्राह्मण को दंडित नहीं कर सकता। लेकिन उसे जघन्य अपराधों में देश निकाला दिया जा सकता है, उसकी संपत्ति छीनी जा सकती है, लेकिन उसे शारीरिक क्षति नहीं पहुंचाई जा सकती। दुनिया में कोई ऐसा अपराध नहीं है जिसके लिए उसकी हत्या कर दी जाए। राजा को एक पुरोहित की हत्या का विचार अपने मन में नहीं लाना चाहिए।"[7]

4.17 "अगर कोई शूद्र किसी द्विज के नाम और जाति को नीचा दिखाता है तो 10 अंगुल लंबी लोहे की सरिया गर्म करके उसके मुंह में घुसा दी जाए।"[8]

4.18 जाति पर आधारित भेदभाव गहराई तक प्रचारित थी और और यह इस तरह से लागू किया गया कि निचली जातियों के कपड़ों से भी उनकी पहचान की जा सके। जनेऊ हिंदू और शूद्रों के बीच जाति विभाजन का एक चिह्न था। हाल के दिनों में कुछ निम्न जातियों ने जनेऊ पहनने की कोशिश की तो द्विज लोगों ने इसका हिंसक विरोध किया। "मालाबार और पूर्वी तट के ताड़ी उतारने वाले, एझवा और शानारा को छाता लगाने, जूते पहनने या सोने के गहने पहनने, दूध दुहने या देश की सामान्य भाषा का इस्तेमाल करने की अनुमति भी नहीं थी।"[9]

---

[5] सोशल मूवमेंट ऐंड सोशल ट्रांसफार्मेश, एमएसए राव

[6] सोशल मूवमेंट ऐंड सोशल ट्रांसफार्मेश, एमएसए राव

[7] मनु संहिता, जेआर कांबले द्वारा उद्धृत

[8] सोशल मूवमेंट ऐंड सोशल ट्रांसफार्मेश, एमएसए राव

[9] कास्ट ऐंड क्लास इन इंडिया, डॉ जीएस घुरये, द पापुलर बुक डिपो बॉम्बे

4.19 मैसूर राज्य में कुछ खास निचली जाति की महिलाओं को अपने स्तन ढकने की इजाजत नहीं थी। इस मसले पर बहुत विवाद हुआ। इसके खिलाफ आंदोलन चले। आखिरकार मैसूर के महाराजा ने एक शाही फरमान जारी किया और इन जातियों को जैकेट पहनने या स्तन ढकने की अनुमति प्रदान की। "किसी तरह उन्हें स्तन ढकने की अनुमति तो मिल गई, लेकिन उन्हें उच्च जातियों की तरह कपड़े पहनने या बाल संवारने की अनुमति नहीं थी।"[10]

4.20 उपरोक्त से पता चलता है कि किस तरह से शूद्रों की व्यक्तिगत, सामाजिक और आर्थिक गतिविधियां उनके निम्न जाति के दर्जे के चलते प्रभावित थी। इस तरह के मिथक और लेख भी गढ़े गए थे कि उनके ऊपर सेवा का दायित्व है। ब्राह्मण की सर्वोच्चता और शूद्र की निम्न स्थिति धार्मिक किताबों में डाली गईं। उदाहरण के लिए तुलसीदास ने अपने रामचरित मानस में लिखा..

"पूजिए विप्र शील गुण हीना
नहि शूद्र गुण ज्ञान प्रवीणा"

मतलब अगर कोई ब्राह्मण गुणवान नहीं है तो उसकी भी पूजा करनी चाहिए, लेकिन अगर कोई शूद्र ज्ञानी भी है तो उसकी पूजा नहीं करनी चाहिए।

आपस्तम्ब को उद्‌घृत करते हुए घुरिये लिखते हैं, "अगर कोई 10 साल का ब्राह्मण है और 100 साल का क्षत्रिय है तो ब्राह्मण को उस क्षत्रिय के पितातुल्य माना जाएगा।"

4.21 बाल्मीकि रामायण हमें शंबूक की प्रसिद्ध कथा बताती है। इसमें लिखा गया है कि शंबूक ने उत्तर खंड के जंगलों में अपने को पेड़ पर पैरों से उल्टा लटकाए रखा। उसने 12 साल तक कठिन तपस्या की। 12 साल के ब्राह्मण बच्चे की मृत्यु पर, जिसका पिता अभी जिंदा था, उसके कुछ संबंधियों ने राम से शिकायत की, कि शंबूक ने शूद्र होते हुए भी तपस्या की, जिसकी वजह से ऐसा हुआ है। राम उत्तरखंड के जंगलों में गए और इन आरोपों की सच्चाई की पुष्टि करने के बाद उन्होंने शंबूक का वध कर दिया।

4.22 महाभारत में एकलव्य की कहानी दी गई है। यह एक आदिवासी बच्चा था, जो गुरु द्रोणाचार्य के पास धनुर्विद्या की शिक्षा लेने गया। गुरु ने उसे अपना शिष्य बनाने से इनकार कर दिया और कहा कि यह विद्या सिर्फ क्षत्रियों को दी जा सकती है। एक दिन द्रोणाचार्य अपने कौरव व पांडव विद्यार्थियों के साथ धनुर्विद्या के प्रशिक्षण के लिए जंगल में जा रहे थे। उनके साथ एक कुत्ता भी था। जब कुत्ता भौंका तो उसका मुंह तीर से भर गया। तीर चलाने वाला छिपा हुआ था और उसने सिर्फ कुत्ते की आवाज सुनकर उस दिशा में तीर चलाई थी। द्रोणाचार्य जानते थे कि ऐसा कर सकने में सिर्फ अर्जुन ही सक्षम है। उन्होंने

[10] सोशल मूवमेंट ऐंड सोशल ट्रांसफार्मेशन, एमएसए राव

छिपे हुए व्यक्ति को बुलाया तो एकलव्य सामने आया और उसने स्वीकार किया कि उसने अपने तीर से कुत्ते को मारा है। उसके गुरु के बारे में पूछे जाने पर एकलव्य ने बताया कि वह द्रोणाचार्य का शिष्य था। उसके कथन से पहले की घटना ताजा हो गई, जब द्रोणाचार्य ने उसे धनुर्विद्या सिखाने से मना कर दिया था। उसके बाद द्रोणाचार्य ने विद्या सिखाने के गुरुदक्षिणा के रूप में एकलव्य का दाहिने हाथ का अंगूठा मांग लिया। एकलव्य ने गुरु की आज्ञा का सम्मान किया और उसने अपना अंगूठा दान कर दिया। उसके बाद वह अक्षम हाथों के कारण कभी धनुष नहीं चला सका।

4.23 अगर कहीं जनता को धर्म रूपी अफीम खिलाने का काम किया गया तो वह भारत है। भारत में छोटे छोटे पंडे पुजारियों ने लोगों की इस तरह से सोच विकसित कर दी कि इस देश की बहुसंख्यक आबादी सदियों से बुरी दशा में जीने को मजबूर है। वह जाति के मुताबिक मजदूर, किसान, शिल्पी आदि है। शूद्र मुख्य रूप से उत्पादन करने वाली जातियां बनीं। उनका सामाजिक श्रम भारत की महान सभ्यता के जीवन का रक्त है। हालांकि सामाजिक रूप से उन्हें बाहरी जाति माना जाता है, उन्हें निजी संपत्ति का अधिकार नहीं दिया गया, उनके ऊपर कर का बोझ लादा गया और उनकी छोटी छोटी गलतियों के लिए सामाजिक संहिता में बड़े बड़े दंड के प्रावधान किए गए। नीची जाति का होने की वजह उनके जन्म से जुड़ी हुई थी और वे बगैर किसी आस के उसी स्थिति में जीने को मजबूर किए गए।

4.24 यह तर्क दिया जा सकता है कि भगवान कृष्ण ने कहा है कि चार वर्ण मेरे द्वारा गुण व कार्य के आधार पर बनाए गए, उन्होंने व्यक्ति की जाति को उसके कर्म से जोड़ दिया। यह कर्म की वजह से नहीं बल्कि उसके किसी जाति विशेष में जन्म की वजह से हुआ। इसमें कोई संदेह नहीं है कि भगवत गीता में दार्शनिक स्तर पर व्यवहार में बड़ा बदलाव किया है, लेकिन इस दर्शन की वास्तविक स्थिति यह है कि जाति एक धागे से जुड़ी है और उसे कौशल से जोड़ा गया है। जाति के सूत्र सिद्धांत और इस सिद्धांत में अंतर स्पष्ट है। सूत्रों के ब्राह्मण लेखकों ने शूद्रों को उनके जन्म से मुक्ति का एकमात्र रास्ता यह बताया है कि वे उच्च जाति में पैदा हों। सीधे शब्दों में कहें तो उन्हें अगले जन्म में उच्च जाति में जाने तक इंतजार करने का प्रावधान रखा गया। वहीं दूसरी तरफ गीता में विपक्षियों को कई तरीके से हथियार रहित बनाया गया है। पहला, इसमें चार वर्णों में विभाजन को तार्किकता दी गई है। दूसरे इस विभाजन में समानता दिखाने की कोशिश की गई है और इसमें कार्यों के विभाजन के मुताबिक किसी व्यक्ति की स्थिति तय करने की कवायद की गई है।

4.25 गांधी जी ने इस सिद्धांत का इस्तेमाल अछूत की समस्या के खिलाफ किया। लेकिन कुल मिलाकर जाति के बारे में गीता का या गांधी के धर्मयुद्ध का जो असर है, वह क्या जाति व्यवस्था की आम धारणा के मुताबिक है? जब हम सामाजिक हकीकतों को देखते हैं तो इस तरह की पारभौतिक अवधारणाएं सही नहीं साबित होतीं, जिसे लोगों का बड़ा धार्मिक काम माना जाता है। स्थानीय स्तर पर स्थिति यह है कि लोग बड़े पैमाने पर जातीय विभाजन के शिकार हैं। इस लिहाज से देखें तो जाति व्यवस्था हिंदू समाज में विभाजन करने वाला है। लोगों को विभिन्न जातिगत खोलों में अलग थलग किया गया है। यह जातियां अपनी ही जाति में शादी विवाद करती हैं। अपनी ही जाति में खाना खाती हैं और बड़े पैमाने पर परंपरागत काम करती हैं। कुल मिलाकर उनका जन्म ही जाति तय कर देता है और धार्मिक कर्मकांडों में हर जाति का एक स्थान तय कर दिया गया है।

4.26 सामाजिक संगठन का उपरोक्त ढांचा 3000 साल से ऊपर से बना हुआ है। यह विभिन्न जातियों व समुदायों के विकास की राह में बाधा है। उदाहरण के लिए उच्च ज्ञान का एक मात्र ठेकेदार ब्राह्मण है। ब्राह्मण को सबसे सृजनात्मक माना गया है, जिनके पास खास मेधा है। वहीं दूसरी तरफ शूद्रों को हर तरह की सामाजिक, शैक्षणिक, सांस्कृतिक और आर्थिक लाभ से वंचित रखा गया। कास्ट ऐंड इंडियन पॉलिटिक्स में रजनी कोठारी ने दिखाया है कि किस तरह से निम्न जातियों को प्रतिस्पर्धा से दूर रखा गया और उच्च जातियों में जो अयोग्य थे, उन्हें भी जगह दी गई–

"ब्राह्मण जब उच्च शिक्षा, पेशेवर शिक्षा और नौकरियों के लिए किसी संस्थान में जाते हैं तो वे एक समूह बना लेते हैं, जिसमें से गैर ब्राह्मण बाहर होते हैं। 1892 से 1904 के बीच आईसीएस में 16 सफल अभ्यर्थियों में से 15 ब्राह्मण थे। 1914 में 128 स्थाई जिला मुंसिफ में से 93 ब्राह्मण थे। 1944 में यूनिवर्सिटी में 650 पंजीकृत स्नातक में से 452 ब्राह्मण थे।"

4.27 उपरोक्त उदाहरण बहुत पुराना नजर आता है। इस पर कोई कह सकता है कि तीन दशक की विशेष छूटों, सुविधाओं और प्रोत्साहनों के बाद से निम्न जातियां तेजी से अपने पैरों पर खड़ी हो रही हैं। लेकिन निम्नलिखित उदाहरण आंखें खोलने वाले हैं। 1969 से 1978 के 10 वर्षों में मेरिट के आधार पर सिर्फ 10 अनुसूचित जाति व जनजाति आईएएस बने हैं। 1976 और 1977 में एक भी एससी और एसटी कैंडीडेट खुली प्रतिस्पर्धा में जगह नहीं बना सका। इसी तरह से इन 10 वर्षों में सिर्फ 6 एससी और एसटी कैंडीडेट मेरिट के आधार पर आईपीएस बन पाए।

4.28 उपरोक्त छोटा लेकिन दिया गया उदाहरण वंचित तबके की सांस्कृतिक स्थिति को दर्शाता है। इससे पता चलता है कि वंचित तबका अभी अपने ऐतिहासिक बाधाओं से मुक्त नहीं हो पाया है।

4.29 जाति की स्थिति व्यक्ति के जीवन के हर पहलुओं पर असर डालती है। इससे ऐसे समाज का सृजन होता है, जिसमें श्रेणी को लेकर कोई साम्य नहीं है। दूसरे शब्दों में कहें तो निम्न जातियां न केवल सामाजिक रूप से पिछड़ी हैं, बल्कि वे शैक्षणिक, राजनीतिक और आर्थिक रूप से भी पिछड़ी हुई हैं। दूसरी तरफ उच्च जातियां हर क्षेत्र में आगे हैं। इसकी मूल वजह उनका उच्च या निम्न जाति में होना और उस जाति विशेष को दिया गया पदानुक्रम है।

4.30 दरअसल जाति के दर्जे की भूमिका समाज में इतने व्यापक थे कि विचार और प्रशासन, न्याय पूरी तरह से इसी रंग में रंगे हैं। इसे अगर आज के कानून के शासन के हिसाब से देखें तो इसकी तुलना हम पहले के हिंदू समाज से कर सकते हैं, जहां एक व्यक्ति अपने जाति क्रम के दर्जे से सीधे तौर पर जुड़ा हुआ था।

4.31 अंग्रेजों ने कानून के बारे में कहा है कि अगर इसे सार्वभौमिक, अवैयक्तिक, सबके लिए एक समान, एक भौगोलिक क्षेत्र के लिए तैयार किया हुआ और न्याय का प्रतिनिधित्व करने वाला संतुलित और निष्पक्ष बनाना है तो इसे अंधा होना चाहिए। इसी के मुताबिक आंख पर पट्टी बांधे संतुलित तुला लिए एक महिला को दिखाया गया[11]। वहीं हिंदू कानून के मामले में इसका उलटा होता है। यहां समाज में लोगों के बीच विभेद किया गया है, जहां कानूनी पहचान, अधिकार व बाध्यताएं अलग अलग व्यक्तियों के लिए अलग अलग हैं।"

4.32 ब्रिटिश काल में कानून के शासन में रहने और इसे हमारे संविधान का हिस्सा बनाए जाने के बावजूद हकीकत में व्यक्ति के जातीय दर्जे के मुताबिक उसे तमाम सुविधाएं मिली हुई हैं। हाल के समय का जातीय पदानुक्रम का मिल रहा लाभ और पूर्व इतिहास का नशा इसके दिलचस्प उदाहरण हैं।

4.33 पहले के विचार यह कहने के लिए पर्याप्त होंगे कि परंपरागत भारतीय समाज में सामाजिक पिछड़ापन सीधे तौर पर जातीय दर्जे से जुड़ा हुआ है और आगे अन्य कई तरह के पिछड़ेपन इसी विकलांगता से जुड़े हुए हैं।

[11]द मॉडर्निटी आफ ट्रेडीशन, लॉयड आई रुडोल्फ और सुसेन होएबर रुल्डोफ (ओरिएंट लॉन्गमेन्स लिमिटेड, नई दिल्ली, 1967

अध्याय 5

जाति का सामाजिक गति विज्ञान

5.1 पिछले अध्याय में दिए गए तर्कों पर दो गंभीर आपत्तियां सामने आ सकती हैं। पहली, जाति व्यवस्था का मॉडल हिंदू शास्त्रों के आधार पर बना है और इससे सिर्फ पुरोहित वर्ग का प्रतिनिधित्व होता है, न कि सामाजिक हकीकत सामने आती है। उदारहण के लिए ऐसा नहीं है कि अगर कोई शूद्र किसी द्विज का नाम लेकर पुकारता है तो लोहे की गर्म सलाखें उसके मुंह में घुसेड़ दी जाती हैं या ब्राह्मण द्वारा किसी शूद्र की हत्या कर देना मेढक या कौवे को मार देने जैसा है।

5.2 दूसरे, जातीय बाध्यताएं धीरे धीरे खत्म हो रही हैं। ब्रिटिश शासन में कानून आने, शहरीकरण, औद्योगीकरण, बड़े पैमाने पर शिक्षा के प्रसार और सबसे बढ़कर स्वतंत्रता की प्राप्ति और युवा पीढ़ी के आगे आने की वजह से ऐसा हो रहा है।

5.3 उपरोक्त दोनों बिंदु थोड़े वजनदार हैं, लेकिन दुर्भाग्य से पिछले अध्याय में जो मुख्य सवाल उठाए गए हैं, वे उनसे अलग नहीं हैं। अगर हम मान लें कि जाति मॉडल एक आदर्श राज्य की अवधारणा देता है तो इससे यह साबित होता है कि जाति, व्यवस्था का आधार है। साथ ही यह भारत में सामाजिक संगठनों का आधार है। इसने समाज को बड़े पैमाने पर पद सोपान व निचली व उच्च जातियों में बांट रखा है, जिससे बड़े पैमाने पर निचली जातियां पीड़ित हैं। निचली जातियों को सामाजिक रूप से विकलांग बना दिया गया, उनके अधिकार छीन लिए गए। सदियों से ऐसा किया जाता रहा और इसके परिणामस्वरूप वह निम्न जाति के दर्जे में हैं। इसी तरह से इन सभी तर्कों के साथ कि समय के साथ जाति व्यवस्था कमजोर हो जाएगी और खासकर स्वतंत्रता के बाद तेजी से ऐसा होगा, जाति व्यवस्था बनी हुई है और इसके बुनियादी ढांचे में कोई बदलाव नहीं आया है।

5.4 जाति व्यवस्था अपने जबरदस्त लचीलेपन की वजह से लंबे समय से बनी हुई है। सामाजिक संगठन की कोई भी योजना तब तक लंबे समय सफल नहीं हो सकती है, जब तक कि उसमें समाज में हो रहे बदलावों के मुताबिक समायोजन की क्षमता न हो और वह उस वक्त की समस्याओं का प्रभावी समाधान करने में सक्षम न हो। जाति व्यवस्था के बने रहने की प्रमुख वजह उसका लचीलापन है। इसकी वजह से ही बुद्धिज्म और इस्लाम की चुनौतियों के सामने भी यह व्यवस्था बनी रही, विदेशी ब्रिटिश संस्कृति के झटकों को सहती रही। गांधी, आंबेडकर और लोहिया के त्याग के बावजूद इसे खत्म नहीं किया जा सका।

5.5 जातिविहीन और समतावादी समाज को लेकर संवैधानिक प्रतिबद्धता और खासकर

वयस्क मताधिकार ने जाति व्यवस्था को बेनकाब करने के लिए बड़ी फौज खड़ी कर दी है। लेकिन स्वभाव के मुताबिक यहां भी एक मक्कार इंस्टीट्यूशन है, जो हिंदू अवतारों के उदाहरण दे रहा है। वह मूल प्राण में बदलाव के बगैर नए नए रूपों में सामने आ रहा है। वास्तव में देखें तो कुछ विश्लेषकों को लगता है कि लोकतांत्रिक राजनीति और व्यापक पैमाने पर लामबंदी का तर्क जाति को केंद्रबिंदु में ले आया है। "...जहां जातीय ढांचा, प्रमुख सांगठनिक ढांचों में से एक ढांचा मुहैया कराती है, जिसके साथ बड़ी आबादी जीवन बिताती है, राजनीति निश्चित रूप से ऐसे ढांचे को संगठित करती है... अपने संगठन के साथ जाति व्यवस्था को जोड़ने के लिए राजनीति अपने डिजाइन के मुताबिक मापक तैयार करती है। उनकी गतिविधियों के मुताबिक राजनीति करने के लिए जाति व बांधव समूह को भी अपनी पहचान बताने का मौका मिलता है और उनके लिए जगह बनती है। उपरोक्त दोनों एक दूसरे से जुड़े कारक ही असल में कारगर हैं और शक्ति के लिए नए दावेदार हैं।"[1]

5.7 "सामाजिक उन्नति और स्थिति की गतिशीलता क्या अन्य जगहों पर आकांक्षी जाति समूहों में है?" कोठारी का कहना है कि इसमें संदेह है कि जाति से राजनीति यथावत बहुत ज्यादा प्रभावित रही है। राजनीति निम्न जातियों को राजनीति के माध्यम से कुछ हासिल करने का मौका दे रही है, जिसे वे सामाजिक साधनों से नहीं प्राप्त कर सकते।

5.8 विभिन्न जातियां और जातीय समूह जिस तरीके से ताकत के खेल में खुद को गतिशील बनाते हैं, वह उनकी राजनीतिक कार्रवाई के स्तर पर निर्भर होता है। "राज्य या जिला स्तर के सूक्ष्म सेग्मेंट एक दूसरे में घुल मिल जाते हैं, जिससे वे इसे एक व्यावहारिक इकाई की तरह संचालित करने में सक्षम होते हैं। लेकिन इस तरह का विलय बहुत दुर्लभ है, क्योंकि इसका आधार परंपरागत ढांचे में निहित है। ग्राम स्तर पर बड़ा सेग्मेंट उप विभाजित हो सकता है और इसकी घटक इकाइयां एक दूसरे का विरोध कर सकती हैं, क्योंकि भूतकाल की दरारें मौजूद रहती हैं।"[2]

5.9 शुरुआत से ही यह देखा गया है कि संविधान निर्माताओं ने एक जाति रहित समाज की परिकल्पना की है, लेकिन हमारे राष्ट्रीय जीवन के कुछ महत्त्वपूर्ण जगहों पर जाति का महत्त्व बढ़ गया है। रजनी कोठारी ने जैसा कहा है, लामबंदी और जोड़बंदी के लिए पहले से तैयार परंपरागत चैनलों ने वास्तव में बड़ी अहम भूमिका निभाई है। अभी यह सत्य बना हुआ है। इन चैनलों के बहुत ज्यादा और बगैर किसी प्रतिबंध के इस्तेमाल पर इसे और गहरा व व्यापक बनाने में मदद

[1] कास्ट इन इंडियन पॉलिटिक्स- रजनी कोठारी

[2] कास्ट इन माडर्न इंडिया- एमएन श्रीनिवास (एशिया पब्लिशिंग हाउस, बॉम्बे 1964)

मिलती है। वास्तव में तमाम राजनीतिक पर्यवेक्षकों ने इस तरफ ध्यान दिलाया है कि सभी राजनीतिक दलों के प्रत्याशियों के चयन में जाति से जुड़ाव का महत्त्व रहा है। सभी राजनीतिक दल यह तरीका अपनाते हैं और संसद व राज्य विधानसभाओं के चुनाव में इसका इस्तेमाल करते हैं। यह लक्षण स्वतंत्रता के तत्काल बाद आ गया, जब स्वतंत्रता आंदोलन के दिग्गज राजनीतिक पटल पर छाए हुए थे। "1951 के बिहार चुनाव में जातीय दुश्मनी खुलकर देखी गई। तीन प्रमुख जातियां थीं- राजपूत, (जिनका नेतृत्व वित्त और खाद्य मंत्री एएन सिन्हा कर रहे थे) भूमिहार (जिनका नेतृत्व उस समय के मुख्यमंत्री डॉ श्रीकृष्ण सिन्हा कर रहे थे) और कायस्थ, जिनका नेतृत्व राजस्व एवं उत्पाद सचिव श्री केबी सहाय कर रहे थे। कांग्रेस खत्म हो रही थी और जाति चुनाव में प्रमुख बन रहा था। राजकुमारी अमृत कौर को आदिवासी इलाकों में भ्रमण के लिए लाया गया जिससे आदिवासी इलाकों में लोगों का अलगाववाद रोका जा सके। आदिवासी बड़े पैमाने पर इसाई हो गए थे। अलगाववादी बड़े पैमाने पर झारखंड नाम से अलग ट्राइबल राज्य के गठन की मांग कर रहे थे।[3]

5.10 आंध्र के बारे में श्रीनिवास ने हैरिसन का निम्नलिखित वाक्यांश दिया है "युद्ध के बाद के दशक में आंध्र प्रदेश की राजनीति में हिंदू जाति का अनुशासन विशेष तौर पर ध्यान खींचता है। इस दौरान जाति ने बड़ी अहम भूमिका निभाई। इस मामले के अध्ययन से भारत की प्रतिनिधि संस्थाओं में जाति के असर का पता चलता है।"

5.11 प्रोफेसर श्रीनिवासन आगे समीक्षा करते हैं, "आधुनिक मैसूर में जाति सर्वत्र मौजूद है। आंध्र प्रदेश में कांग्रेस पार्टी में दो प्रमुख जातियां प्रभावी हैं। इनमें से एक लिंगायत हैं और दूसरे वोक्कालिंगा। लिंगायत-वोक्कालिंगा की दुश्मनी हर मसले में साफ नजर आती है। चाहे वह सरकारी पदों पर नियुक्ति का मामला हो या कॉलेजों में आरक्षण का मसला या स्थानीय निकायों व विधानसभा में प्रतिनिधियों के चयन का मामला हो।" भले ही यह स्थिति दो दशक पहले बताई गई है, लेकिन आयोग ने अपने दौरे में जांच के दौरान पाया कि इस तरह की दुश्मनी कर्नाटक में अब भी मौजूद है।

5.12 लामबंदी की इस प्रक्रिया में जाति संगठनों का उदय हुआ। "अनुरूप जातियों का मिश्रण कर सामाजिक और राजनीतिक प्रभाव बढ़ाने की कवायद की गई।[4] उच्च और निम्न जातियों में दुश्मनी में यह एक महत्त्वपूर्ण बात उभरकर सामने आई।'विखंडन' जाति व्यवस्था का पुराना लक्षण रहा है, इसे जातियों

[3] कास्ट इन मॉडर्न इंडिया- एमएन श्रीनिवास (एशिया पब्लिशिंग हाउस, बॉम्बे 1964)

[4] कास्ट इन इंडिया, जेएच हट्टन, कैंब्रिज युनिवर्सिटी प्रेस

को विखंडित होने की धारणा कह सकते हैं, जहां नई सगोत्र उप इकाइयां टूटकर बनती हैं... वहीं जातीय एसोसिएशन साफ तौर पर आधुनिक खोज हैं और यह उपजातियों में विभाजित विभिन्न जातियों को सम्मिश्रित करने के एजेंट के रूप में काम कर रहे हैं।"[5] पैरा 5.8 में हमने पहले ही पाया है कि जातियों की लामबंदी का स्तर राजनीतिक कार्रवाई के स्तर पर निर्भर होता है। राजनीतिक ताकत हासिल करने के लिए जातीय संगठन पहले की सभी जातीय सीमाओं को तोड़ रहे हैं। "अहिर क्षत्रिय महासभा का आयोजन उत्तर प्रदेश के सभी अहिरों के लिए किया गया। वहीं अखिल भारतीय यादव महासभा पूरे देश में जातीय संभावनाएं तलाशने के लिए बनी। जाति की परिचालन इकाई हमेशा बहुत छोटी रही है, लेकिन हाल के दिनों में जातियों के संगठन ने अपवाद स्वरूप कुछ बड़े कार्यक्रम भी किए हैं।"[6]

5.13 सही कहें तो मुख्य रूप से जातीय एसोसिएशनों ने सिर्फ जातियों के लिए राजनीतिक कार्रवाई में एक चैनल का काम किया। "इस तरह की गुटबंदी से अलग थलग पड़ी गांवों की और इलाकों की जातियों ने उर्ध्वाधर संगठनों में जगह बनाई, जिनकी एक पहचान थी। इसने राजनीतिक लोकतंत्र में सफलता में अहम भूमिका निभाई। लोगों को संवाद, प्रतिनिधित्व और नेतृत्व दिया।"[7]

5.14 आज भारत में इन जातीय संगठनों के काम करने का दायरा व इनकी गतिविधियां तरह तरह की हैं। ज्यादातर दबंग जातियां जैसे राजपूत, ठाकुर, कायस्थ, यादव, जाट आदि ने अपनी समान जाति समूहों से देशव्यापी लिंक बना लिए हैं। अन्य महत्त्वपूर्ण क्षेत्रीय जातियों में कम्मा, रेड्डी, वोक्कालिंगा, लिंगायत, नाडार, एझवा, महार, मराठा आदि हैं, जिनके मजबूत क्षेत्रीय संगठन व दबाव समूह हैं।

5.15 जाति के परिचालन क्षेत्र का विस्तार एक गांव से निकलकर सगोत्र स्तर पर राज्य या अखिल भारतीय स्तर पर हो सकता है। इससे यह संकेत मिल सकता है कि जाति व्यवस्था अपनी परंपरागत विभाजनकारी गुण खो रही है और हम धीरे धीरे राष्ट्रीय एकता की ओर बढ़ रहे हैं। इस सच्चाई से बेहतर कुछ नहीं हो सकता। इसमें कोई संदेह नहीं है कि आधुनिक ताकतें पुराने जातीय जोड़ों में कुछ इलाकों में प्रवेश कर रही हैं और कुछ परंपरागत जातीय प्रतीक चिह्नों को कमजोर कर रही हैं। इसका यह मतलब नहीं निकलता कि जाति व्यवस्था खुद कमजोर हो रही है।

5.16 जैसा कि पहले कहा गया है जाति संस्था में बहुत लचीलापन है और स्वतंत्रता के बाद बहुत बदलाव हुए हैं, लेकिन इससे 'जातिवाद' में कोई उल्लेखनीय कमी

[5] कास्ट फिजन ऐंड फ्यूजन, आरएल हर्डग्रेव जूनियर, इकोनॉमिक ऐंड पॉलिटिकल वीकली, जुलाई 1968

[6] कास्ट, क्लास ऐंड पॉलिटिक्स, अमित भट्ट, मनोहर बुक सर्विस, दिल्ली 1975।

[7] द माडर्निटी आफ ट्रेडीशन, एलए रुडोल्फ, सुसेन रुडोल्फ, ओरिएन लांगमैन्स लिमिटेड 1967

नहीं आई है। जाति संगठनों की असली प्रकृति के बारे में ईएमएस नंबूदिरीपाद ने कहा है कि इसके "पहले स्वरूप में मौजूद भीड़ एकत्र हुई और उसने सामंतवाद के खिलाफ लड़ाई लड़ी।" बहरहाल आज यह देखना पर्याप्त है... कि ये जातीय संगठन किसानों के वर्ग संगठन नहीं हैं। इसके विपरीत सामान्य रूप से देखें तो वे जातीय अलगाववाद के आधार पर खड़े हुए हैं और विशेष रूप से देखें तो किसान के रूप में हैं। इस तरह से अगर वे वर्ग के रूप में संगठित होते हैं तो इन जातीय संगठनों ढांचा किसानों का रूप ले लेगा।' इसी संदर्भ में रुडोल्फ्स ने टिप्पणी की है, "परंपरागत अधिकार व जातियों के कार्य अब घट रहे हैं, लेकिन जाति एसोसिएशनों के मामले में देखें तो जिनके पास राजनीतिक अधिकार है, और इसकी वजह से उन्हें संसाधन, अवसर और सम्मान मिला हुआ है, जिसे नए व व्यापक संदर्भ में देखा जा सकता है।"[8]

5.17 उपरोक्त जानकारियां हिंदू समाज के सामाजिक संगठन में जातियों के कमजोर होने को लेकर जल्दबादी में कोई निष्कर्ष निकालने को लेकर सचेत करती हैं। निश्चित रूप से सामाजिक गतिशीलता बढ़ रही है और जाति के कुछ परंपरागत लक्षण कमजोर हो रहे हैं। लेकिन कर्मकांडों के मोर्चे पर जाति ने जो गंवाया है, उसे राजनीतिक मोर्चे पर हासिल कर लिया है। इसकी वजह से उच्च और निम्न जातियों में शक्तियों का कुछ संतुलन भी बना है और इस तरह से सामाजिक तनाव दबे हैं। हालांकि ये तनाव सामाजिक ताने बाने में बने हुए हैं लेकिन देश इनका समाधान निकालने में सक्षम है। यह इस पर निर्भर करता है कि शासन कर रही उच्च जातियां समझ बूझ के मुताबिक ऐतिहासिक रूप से दबाए गए और पिछड़े लोगों की मांगों व उम्मीदों को कानूनी तरीके से पूरा कर दें।

[8] द नेशनल क्वेश्चन इन केरला (बॉम्बे 19520

अध्याय 6

सामाजिक न्याय, योग्यता और विशेषाधिकार

6.1 विधि के समक्ष समता एक भारतीय नागरिक का सबसे कीमती लोकतांत्रिक अधिकार है। इसे भारत के संविधान के अनुच्छेद 14 में शामिल किया गया है। इस अधिकार की आगे व्याख्या और उसका खास स्पष्टीकरण संविधान के अनुच्छेद 15, 16 और 29 में किया गया है। ये अनुच्छेद किसी भी नागरिक के साथ धर्म, जाति, समूह, लिंग, भाषा या जन्म स्थान के आधार पर भेदभाव पर प्रतिबंध लगाते हैं। साथ ही शैक्षणिक संस्थानों में प्रवेश और रोजगार में समान अवसर, सामाजिक स्थानों के इस्तेमाल का अधिकार भी देती हैं।

6.2 उपरोक्त अनुच्छेद एक नागरिक के मूल अधिकार का ठोस आधार तैयार करते हैं। लेकिन सभी नागरिकों को शैक्षणिक और रोजगार के समान अवसर सुनिश्चित करने में हम इस बात की उपेक्षा करते हैं कि सामाजिक, सांस्कृतिक, शैक्षणिक और आर्थिक रूप से सैकड़ों साल से भेदभाव का शिकार रहे कुछ पिछड़े वर्गों की खास समस्याएं हैं। समानता के सिद्धांत का यह स्वरूप बहुत बहुत न्यायप्रिय व साफ सुथरा लगता है, लेकिन इसमें गंभीर समस्या भी है। सामाजिक न्याय की यह जानी पहचानी सूक्ति है कि यहां केवल समान लोगों के बीच समानता है। असमान और समान के लोगों को एक साथ खड़े करना, असमानता को बनाए रखना है। जब हम कमजोर और मजबूत लोगों को एक समान मंच पर प्रतिस्पर्धा की अनुमति देते हैं तो हम मजबूत के पक्ष में जमीन तैयार कर रहे होते हैं। इसमें सिर्फ दिखावटी प्रतिस्पर्धा होती है, जिसमें कमजोर प्रतिस्पर्धी शुरुआत से ही हार के लिए विवश किया जाता है। यह तरीका "योग्यतम की अतिजीविता उत्तरजीविता(सर्वाइवल आफ फिटेस्ट)" को सुनिश्चित करता है। लेकिन हमें निश्चित रूप से यह भी ध्यान रखना चाहिए कि योग्यतम की अतिजीविता जंगल का कानून है।

6.3 समाज की मानवता इससे निर्धारित होती है कि उस समाज के कमजोर, विकलांग और कम प्रतिभाशाली लोगों के प्रति उसका व्यवहार कैसा है और उसे कितना संरक्षण दिया गया है। जंगल में जहां हर कोई खुद की जान बचाने की कवायद में रहता है और बुरे लोग सबसे ज्यादा झपट लेते हैं, वहीं एक सभ्य समाज में तार्किक कारण होते हैं। महत्त्वाकांक्षी व हर संसाधन पर कब्जा करने वाली

मानसिकता के आक्रामक सदस्यों पर प्रतिबंध होते हैं, वहीं कमजोर और हाशिए पर खड़े समाज को विशेष सुरक्षा मुहैया कराई जाती है। किसी भी सामाजिक न्याय की योजना के लिए इन तथ्यों पर विचार करना जरूरी है और इसकी उपेक्षा करने पर क्रूर मानव समाज बन जाएगा।

"सीमित अर्थों में सामाजिक न्याय के अधिकार को कमजोर, उम्रदराज, बेसहारा, गरीब, महिलाओं, बच्चों और अन्य वंचित लोगों के अधिकार के रूप में परिभाषित किया जा सकता है। यह संरक्षण राज्य प्रदान करता है, जिससे जीवन की कड़ी प्रतिस्पर्धा में वंचित तबका टिका रह सके। इसमें वंचित तबके को जरूरी सहायता दी जाती है, जिससे उन्हें भी समान अवसर मिल सके। जीवन की दौड़ में जो बहुत आगे बढ़ चुके हैं, उनके बराबर वंचितों को भी दौड़ने का मौका मिल सके। यह अधिकारों का समुच्चय है, एक अर्थ में यह हमारे अधिकारों को कम करता है, वहीं दूसरे अर्थों में यह हमारे अधिकारों का संरक्षक भी है। यह अमीर और गरीब के बीच संतुलन स्थापित करने वाली पहिया है।"[1]

6.4 समाज के वंचित तबके को सुरक्षा मुहैया कराए जाने को लेकर हमारे संविधान निर्माता पूरी तरह से सचेत थे। संविधान का अनुच्छेद 15, 16 और 29 जहां सभी नागरिकों को शैक्षणिक, रोजगार और अन्य सुविधाएं समान रूप से मुहैया कराने की बात करता है, वहीं अनुच्छेद 16 की धारा 4 में कहा गया है- (4) इस अनुच्छेद में कुछ भी ऐसा नहीं है जो राज्य को समाज के पिछड़े वर्ग के नागरिकों के लिए नियुक्तियों या पदों पर आरक्षण देने से रोकता हो, जिन्हें राज्य की राय में राज्य की सेवाओं में उचित प्रतिनिधित्व नहीं मिला है।

6.5 इसके साथ ही संविधान (प्रथम संशोधन) अधिनियम 1951 के परिणामस्वरूप अनुच्छेद 15 में भी इसी तरह की धारा शामिल कर ली गई। इस तरह से यह देखा जा सकता है कि अनुच्छेद 15 और 16 दोनों की धारा 4 में किसी भी शैक्षिक और सामाजिक रूप से पिछड़े वर्ग के उन्नयन के लिए विशेष प्रावधान किए जा सकते हैं। इसके अलावा अनुच्छेद 46 में कहा गया है कि राज्य का कर्तव्य है कि वह कमजोर वर्ग के लोगों के शैक्षणिक और आर्थिक हितों की रक्षा के लिए विशेष ध्यान रखे।

6.6 इसे देखते हुए यह लग सकता है कि कमजोर वर्गों के लिए अनुच्छेद 15(4) और 16 (4) के मुताबिक दी गई विशेष सुरक्षा शिक्षा, रोजगार आदि के मूल अधिकारों की विरोधी है। यह तर्क किया जा सकता है कि संविधान के अनुच्छेद 14, 15, 16 और 29 में हर नागरिक को समान अवसर देने और समान व्यवहार करने की बात कही गई है, लेकिन यह तर्क देते समय अनुच्छेद 15 और 16 की

[1] सोशल जस्टिस ऐंड लॉ, श्री जस्टिस के सुब्बा राव, नैशनल, नई दिल्ली।

धारा 4 की उपेक्षा की जाती है। इनमें समाज के कमजोर तबके के लिए राज्य को विशेष प्रावधान करने के अधिकार दिए गए हैं। इस धाराओं की वजह से राज्य को अधिकार मिला हुआ है कि वह अनुच्छेद 14 में दिए गए समता के अधिकार के बावजूद कमजोर तबके के लिए प्रावधान बना सके।

6.7 यहां पर वास्तविक मदभेद व्यक्ति और समाज के हितों को लेकर उठता है। मूल अधिकार प्राथमिक रूप से व्यक्ति के अधिकारों से संबंधित हैं। समाज की ओर से किए गए दावे किसी व्यक्ति की ओर से किए गए कम अवधि के दावे के बराबर नहीं हो सकते। कोई व्यक्ति किसी गलत चीज से समाज की तुलना में कम समय तक पीड़ित होता है। इसे देखते हुए अनुच्छेद 15 (4) और अनुच्छेद 16 (4) के तहत पिछड़े वर्ग को विशेष दर्जा दिया गया है, जो कुल मिलाकर मूल अधिकार के सिद्धांतों का अंश है। सिर्फ राज्य की नीतियों के नीति निर्देशक तत्वों में समाज के दावों के बारे में सामान्य रूप से पहचान प्रदान की गई है।

6.8 अब मूल अधिकारों व राज्य की नीति के नीति निर्देशक तत्वों को लेकर संसद के बहस और न्यायिक घोषणाओं में टकराव बहुत आम हो गया है। इस टकराव का उल्लेख पंडित नेहरू द्वारा संविधान (पहले संशोधन) विधेयक 1951 के दौरान संसद की बहसों में किया गया है। उन्होंने कहा है– "... राज्य की नीतियों के नीति निर्देशक तत्व किसी खास लक्ष्य की ओर गतिशील होते हैं। मूल अधिकार कुछ स्थाई है, जो कुछ मौजूदा अधिकारों का संरक्षण करते हैं। एक बार फिर.... दोनों अधिकार हैं। लेकिन कभी कभी और किसी तरह ऐसा हो सकता है कि गतिशील कदम और स्थिर स्थिति एक दूसरे में पूरी तरह फिट न हों।"

"...परिणाम यह है कि संविधान के पीछे का पूरे मकसद, जो कुछ उद्देश्यों के लिए कदम उठाने के लिए संवैधानिक गतिशीलता रखता है, पर बुरा असर पड़ेगा और स्थायी तत्व पर कुछ ज्यादा ही जोर दिया जाएगा और गतिशील तत्व पीछे छूट जाएंगे। हमें इसके समाधान के लिए कुछ करना होगा।"

"अगर आप व्यक्ति की स्वतंत्रता में व्यक्ति या समूह के साथ असमानता बरतते हैं, तो नीति निर्देशक तत्वों को लेकर आप टकराव करते हैं, जैसा कि संविधान में दिया गया है। संविधान में धीरे धीरे सुधार या अलग रास्ता की निकालने की बात कही गई हो, ऐसा नहीं है। धीरे धीरे, लेकिन तेजी से सुधार होना चाहिए। जहां तक संभव हो राज्य को कम से कम असमानता और ज्यादा से समानता लाने की दिशा में काम करना चाहिए। अगर किसी तरह की व्यक्तिगत स्वतंत्रता की रक्षा की बात आती है तो इसका मतलब यह नहीं है कि वह अपील मौजूदा असमानता को जारी रखने के लिए है। ऐसे में आप मुसीबत में पड़ जाएंगे। ऐसे

में आपको स्थिर, अप्रगतिशील होना होगा और आप इस स्थिति में बदल नहीं सकते। आप यथार्थवादी नहीं हो सकते। और मुझे उम्मीद है कि हममें से ज्यादातर लोगों का लक्ष्य समतावादी समाज की स्थापना है।"

6.9 पंडित नेहरू द्वारा उठाई गई दुविधा हकीकत में है। कानूनों को लागू करते समय इस दुविधा का सामना करना पड़ता है, जिसका मसकद सिर्फ सामाजिक व्यवस्था बनाना होता है। हम इस बात पर गर्व कर सकते हैं कि हमने लोकतांत्रिक भारतीय गणराज्य की स्थापना की है, लेकिन भारतीय समाज के असमानता वाले चरित्र को संतोष की चीज नहीं मानी जा सकती।

6.10 हम इस मामले की आगे और जांच करें, उसके पहले यह जरूरी है कि मानव समाज में समानता के निहितार्थों के बारे में कुछ चर्चा कर लें। एचजी गेन्स ने पाया कि समानता के तीन वैकल्पिक परिणामों पर सामान्यतया विचार किया जाता है। 1) अवसर की समानता 2) उपचार (ट्रीटमेंट) की समानता और 3) परिणाम की समानता। अवसर की समानता का वादा अनुच्छेद 16 (1) के तहत किया गया है। यह वास्तव में मुक्तिवादी है और न कि समतावादी सिद्धांत पर। इसमें जीवन के दौड़ में हर किसी को एक समान रूप से स्वतंत्रता दी गई है। "जो लोग अपनी जिंदगी वंचित के रूप में शुरू करते हैं, वे बमुश्किल इस अवसर की समानता का लाभ उठा पाते हैं। जिन लोगों की पहले से ही बेहतर स्थिति है, उनके मुकाबले वंचित व्यक्ति कभी भी समान अवसर नहीं प्राप्त कर सकता। अवसर की समानता भी एक असामाजिक सिद्धांत है, क्योंकि इसमें तमाम व्यक्तिगत और सामूहिक बाधाओं की उपेक्षा की गई है, जिससे वंचित तबका इस सिद्धांत का फायदा नहीं उठा पाता है। जब तक किसी गरीब के बच्चे को जन्म के समय ही उठाकर मध्य वर्ग के परिवार में नहीं डाल दिया जाता है, तब तक अवसर में असमानता बनी रहेगी।"[2]

6.11 उपचार की समानता में गेन्स पाते हैं कि इसकी व्याख्या दो तरीके से की जा सकती है। "एक तरफ इसका मतलब लोग मोटे तौर पर अव्यक्तिगत सामाजिक स्तर पर समान हैं... वहीं दूसरी ओर इसका मतलब है कि लोगों को उनके पूर्व संसाधनों की परवाह किए बगैर समान संसाधन मुहैया कराया जाए और उनके सामाजिक आर्थिक स्थिति पर ध्यान न दिया जाए। अगर इस रूप में देखें तो उपचार की स्वतंत्रता उसी तरह से बाधित होती है, जैसा कि अवसर की समानता के मामले में होता है। इसमें वंचित वर्ग को उनके वंचित होने का नुकसान होता है। यहां तक कि न्यायालय, जो कानून के मुताबिक उपचार की समानता पर गर्व करते हैं, वहां भी उन लोगों को लाभ मिलता है, जो वकील रख सकते हैं। उन

[2] मोर इक्वलिटी, पैन्थियन बुक्स, न्यूयॉर्क, 1973

गरीब लोगों को नुकसान उठाना पड़ता है जो अपना पक्ष नहीं रख पाते और वे प्राय: न्यायधीशों की ओर से समान उपचार नहीं हासिल कर पाते हैं।"[3]

6.12 उपरोक्त विचारों को ध्यान में रखते हुए, गेन्स पाते हैं, "इसके फलस्वरूप समानता के सिर्फ समतावादी सिद्धांतों से ही स्थिति में सुधार की जा सकती है। इसके लिए असमान अवसर या उपचार देने की जरूरत पड़ सकती है, जिससे वंचित लोगों को भी संसाधनों या अधिकारों पर समान मौका मिल सके।"

6.13 अगर एक पेड़ के बारे में फैसला उसके फलों से की जाए तो स्वाभाविक रूप से हमारे सबसे विश्वसनीय स्वाद के मुताबिक उसके परिणाम आएंगे। यह केवल न्यायोचित आदेश स्थापित करने की कवायद होगी। किसी भी परिस्थिति में दुर्जेय काम यह होगा कि खासकर हम उस समाज के बारे में व्यवस्था बनाएं, जो सदियों से जातीय ऊंच नीच में बंटा हुआ है।

6.14 वास्तव में मूल अधिकार का सार खुद भी हकीकत से तब तक दूर रहेगा, जब तक कि वंचित समाज का संरक्षण न किया जाए और उन्हें उनके कानूनी अधिकार न दिए जाएं। स्वतंत्रता के तुरंत बाद हर राज्य ने भूमि सुधार कानून लागू किया। बटाई पर काम करने वालों व हरवाहों के खेती करने की अवधि की सुरक्षा प्रदान की। जमीन की मात्रा पर सीलिंग लागू की गई। कमजोर और गरीब छोटे किसान और खेती करने वालों के पास कोई साधन नहीं था कि वे अपने अधिकार बड़े ताकतवर भूमि मालिकों से ले सकें। जमींदारों के पास संसाधन था। उनकी ताकत के सामने भूमि सुधार कानून और सीलिंग कानून भी प्रभावी न रहा और इसका मकसद पूरा न हो सका। समाज का मजबूत तबके ने हरिजनों व अन्य पिछड़े वर्गों पर अत्याचार जारी रखा। वे सामान्यतया दंड से बचने में सक्षम हैं। हमारी पूरी कानूनी प्रक्रिया इतनी खर्चीली और समय खाने वाली है कि समाज के वंचित तबके के पास इतनी क्षमता नहीं है कि न्यायालयों से कानून का सहारा पा सकें। इन परिस्थितियों में "विधि के समक्ष समता" का दावा भारतीय समाज के कमजोर तबके के लिए फायदेमंद साबित नहीं होता। परिणाम में समानता, प्रभावी समानता का वास्तविक परीक्षण होगा। इस हकीकत से कोई भाग नहीं सकता है कि हमारा संप्रभु लोकतांत्रिक गणतंत्र तब तक त्रुटिपूर्ण बना रहेगा, जब तक कि स्वतंत्रता का उचित फल नहीं मिलता। अवसर की समानता और उपचार की समानता हमारे समाज के पिछड़े तबके के व्यक्तियों को भी उपलब्ध करानी होगी। इस संदर्भ में श्री न्यायमूर्ति के सुब्बाराव ने पाया: "...जब तक वंचित तबके को अतिरिक्त सहायता नहीं दी जाती, तब तक यह सुझाव देना असंभव है कि उन्हें अत्यधिक अगड़े लोगों के बीच समान अवसर मिल रहा है। सामाजिक न्याय

[3] मोर इक्वलिटी, पैन्थियन बुक्स, न्यूयॉर्क, 1973

के लिए मांग व इसे उचित बताए जाने की यही वजह है कि देश के वंचित नागरिकों को तरजीही उपचार प्रदान किया जाए, जिससे वे समाज के अगड़े समुदायों के साथ समान अवसर प्राप्त कर सकें।"[4]

6.15 इस सिलसिले में "मेरिट" की अवधारणा को लेकर कोई बहुत ज्यादा गरमाहट और रोष नहीं होगा। पिछड़े वर्गों को विशेष शैक्षणिक सुविधाओं के लिए अनुदान देने और विभिन्न तरह की छूट देने को लेकर कोई आपत्ति नहीं करता वहीं अनुसूचित जाति, अनुसूचित जनजाति और अन्य पिछड़े वर्ग को शैक्षणिक संस्थानों या सेवाओं में एक आरक्षित कोटा दे दिए जाने पर तीखी प्रतिक्रिया होती है। "मेरिट" की वकालत करने वालों को तब बहुत बुरा लगता है, जब दबे कुचले वर्ग का विद्यार्थी 45 प्रतिशत नंबर पाकर मेडिकल कॉलेज में प्रवेश पा लेता है और सामान्य कोटे में 70 प्रतिशत अंक पाने वालों को तरजीह नहीं मिलती। इस बात को लेकर बड़ा असंतोष होता है कि अखिल भारतीय सेवाओं में बहुत ऊंचे रैंक के सामान्य कोटे की तुलना में प्रतियोगिता में कम अंक हासिल करने वाले पिछड़े वर्ग के लोगों को जगह मिल जाती है।

6.16 यह प्रतिक्रिया दो मान्यताओं के आधार पर है। पहला, इससे व्यक्ति आहत होता है कि ज्यादा "प्रतिभाशाली" अभ्यर्थी कम "प्रतिभाशाली" अभ्यर्थी की तुलना में पूरी तरह से बाहरी आधार पर पीछे छूट जाता है। दूसरा, यह तर्क दिया जाता है कि आरक्षित कोटे में कम मेरिट वाले अभ्यर्थियों का चयन करने से देश में सेवाओं की गुणवत्ता खराब होती है, जिसके लिए बेहतर मेधावी लोग उपलब्ध होते हैं।

6.17 तर्क का यह स्वरूप भले ही शुरुआती तौर पर प्रशंसनीय लगता है, लेकिन मेरिट की प्रकृति के आधार पर देखें तो यह भ्रम पैदा करने वाला है। हम इसे एक घरेलू उदाहरण से समझ सकते हैं। मोहन एक संपन्न मध्यवर्गीय परिवार से है। उसके माता और पिता दोनों उच्च शिक्षित हैं। वह बेहतरीन पब्लिक स्कूलों में से एक में पढ़ाई करता है, जो उसे पाठ्यक्रम से अतिरिक्त गतिविधियां उपलब्ध कराता है। घर पर उसके लिए अलग कमरा है और उसे पढ़ने में उसके माता और पिता दोनों ही सहयोग प्रदान करते हैं। उसके घर में टेलीविजन और रेडियो सेट हैं और उसके पिता तमाम पत्रिकाएं भी मंगाते हैं। उसके मन मुताबिक अध्ययन के लिए और आखिर में उसके बेहतर कैरियर के लिए उसके माता पिता हमेशा लगातार मार्गदर्शित करते हैं। उसके ज्यादातर मित्र उसकी ही तरह की पृष्ठभूमि वाले हैं। वह अत्यंत प्रतिस्पर्धी दुनिया के बारे में पूरी तरह जानता है और उसमें वह अपने लिए उचित जगह बनाने के लिए कवायद करता है। उसके कुछ रिश्तेदार बहुत

[4] सोशल जस्टिस ऐंड लॉ, श्री जस्टिल के सुब्बा राव, नैशनल, नई दिल्ली

प्रभावशाली लोग हैं और वह उसके लिए सिफारिश कर सकते हैं या उसे सही दिशा की ओर मोड़ सकते हैं।

6.18 वहीं दूसरी तरफ लालू गांव का बच्चा है। उसके माता पिता निम्न सामाजिक दर्जे के पिछड़े वर्ग के हैं। गांव के जातीय पदानुक्रम में वे निचले पायदान पर हैं। उसके पिता के पास 4 एकड़ खेती योग्य जमीन है। उसके माता पिता दोनों ही अशिक्षित हैं। उसका 8 लोगों का परिवार 2 कमरे की झोपड़ी में रहता है। गांव में जहां प्राथमिक विद्यालय स्थित है, वहीं उसे हाई स्कूल की पढ़ाई करने के लिए करीब 3 किलोमीटर आना और जाना पड़ता है। उच्च शिक्षा प्राप्त करने के लिए वह अपने माता पिता से निवेदन करता है कि तहसील के पास रहने वाले उसके रिश्तेदार के यहां उसे रहने को भेजा जाए। उसे विषयों के अध्ययन के लिए कभी कोई उचित मार्गदर्शन नहीं मिलता। न ही उसे कैरियर के चयन के बारे में कोई जानकारी है। उसके ज्यादातर मित्रों ने आठवीं से ज्यादा पढ़ाई नहीं की है। उसे कभी भी किसी सांस्कृतिक माहौल में अपनी प्रतिभा प्रदर्शन का मौका नहीं मिला है। उसने अपनी कॉलेज की शिक्षा बगैर किसी उत्साह के हासिल की है। ग्रामीण पृष्ठभूमि का होने की वजह से वह दिखने में भी गंवार लगता है। कॉलेज की शिक्षा मिलने के बावजूद उसका उच्चारण खराब है, उसका तरीका भद्दा है और उसमें आत्मविश्वास की कमी है।

6.19 कल्पना करें कि मोहन और लालू जन्म के समय एक समान मेघावी थे। स्वाभाविक रूप से उनके सामाजिक, सांस्कृतिक और वातावरण में भारी अंतर रहा। ऐसे में मोहन प्रतियोगिता के किसी भी क्षेत्र में लालू को पीछे छोड़ देगा। यहां तक कि अगर लालू का बुद्धिलब्धि मोहन की तुलना में बहुत ज्यादा हो तब भी इस बात की संभावना ज्यादा है कि मोहन "मेरिट" के आधार पर किसी प्रतियोगिता में चयनित हो जाए।

6.20 अब मान लें कि दोनों विद्यार्थी अखिल भारतीय सेवा की परीक्षा में शामिल होते हैं और मोहन, लालू की तुलना में 50 प्रतिशत ज्यादा अंक हासिल करता है। तो इसका मतलब क्या यह है कि मोहन की "मेरिट" लालू से 50 प्रतिशत ज्यादा है ? क्या अगर दोनों के स्थान बदल दिए जाएं तो उनकी प्रतिभा का आकलन किया जा सकता है? अगर मेरिट में धैर्य, चित्त की दृढ़ता, कठिनाइयों से जूझने की क्षमता आदि को जोड़ा जाए तो क्या मोहन और लालू को मिले अंकों में उचित सुधार नहीं हो सकता। मोहन ने जहां संपन्नता के बीच जीवन बिताया है, वहीं लालू ने कठिनाइयों से जूझते हुए पढ़ाई पूरी की है।

6.21 हकीकत यह है कि हम अभिजात्य तबके को "मेरिट" कहते हैं। हम देसज समाज और विशेषाधिकार वाले माहौल का घालमेल करते हैं। मोहन और लालू

किसी उचित आधार पर "समान" नहीं हैं। उनका एक ही मानक के आधार पर आकलन करना उचित नहीं होगा। सभ्य समाज की जागरूकता और सामाजिक न्याय की मांग यह कहती है कि "मेरिट" और "समानता" को जड़वत नहीं बनाया जा सकता है और विशेषाधिकार का तत्व निश्चित रूप से चिह्नित किया जाना चाहिए और अगर कोई "असमान" है तो उसे एक ही दौड़ में शामिल नहीं किया जाना चाहिए।

अध्याय 7

सामाजिक न्याय, संविधान और कानून[1]

7.1 पिछले अध्याय में हमने मूल अधिकार और राज्य के नीति निर्देशक तत्व के बीच मतभेदों को देखा और यह पाया कि किस तरह से अनुच्छेद 15 (4) और 16 (4) ने संविधान के इन दो अहम हिस्सों के बीच साम्य बिठाने का काम किया है। इस अध्याय में हम यह जांच करेंगे कि इन दो अनुच्छेदों ने समाज के कमजोर तबके के लिए सामाजिक न्याय दिलाने में राज्य की नीति तैयार करने में किस तरह से भूमिका निभाई है।

7.2 भारत में राज्य बड़ा नियोक्ता है और यह भाई भतीजाबाद की खामियों को खत्म करने का सबसे बड़ी औषधि है। सरकार के अधीन रोजगार और विभिन्न शिक्षण एवं तकनीकी संस्थानों में प्रवेश भारतीय नागरिकों के लिए सबसे महत्त्वपूर्ण अवसर है, जिससे वे देश के विकास में अहम भूमिका निभा सकते हैं। असमानता से भरे हमारे समाज में अनुसूचित जाति एवं अनुसूचित जनजाति को आरक्षण मिलने से पहले उच्च पदों और मेडिकल एवं इंजीनियरिंग की करीब 90 प्रतिशत सीटें करीब 18 प्रतिशत उच्च जातियों से भरी रहती थीं। असमानता की वजह से तमाम निम्न जातीय आंदोलन हुए। खासकर इस तरह के आंदोलन दक्षिण भारत में ज्यादा हुए, जो इस शताब्दी की शुरुआत से ही देखे जा सकते हैं। लगातार चल रहे विरोध के कारण मद्रास, मैसूर, ट्रावणकोर, कोचीन आदि राज्यों में स्वतंत्रता के बहुत पहले मेडिकल व इंजीनियरिंग कॉलेजों में वंचित तबके के लिए आरक्षण की व्यवस्था की गई। भारत की स्वतंत्रता के बाद वंचितों के साथ भेदभाव की भयावह स्थिति के उपचार के लिए संविधान के अनुच्छेद 16 में धारा 4 जोड़कर समाधान की कवायद की गई। इस अनुच्छेद के तहत राज्य को अधिकार दिया गया कि वह अपर्याप्त प्रतिनिधित्व होने पर पिछड़े वर्ग के नागरिकों के लिए कुछ पदों का आरक्षण कर सकता है। आरक्षण की इस नीति को पहली बड़ी चुनौती मद्रास में मिली। दो ब्राह्मण अभ्यर्थियों ने क्रमशः एक मेडिकल व एक इंजीनियरिंग कॉलेज में ज्यादा अंक पाने के बावजूद प्रवेश न पाने पर इसे चुनौती दी। इस मामले में उच्चतम न्यायालय का फैसला[2] ऐतिहासिक महत्त्व का है। इसी

[1] यह अधयाय भारतीय विधि संस्थान, नई दिल्ली द्वारा तैयार किये गए विशेष पत्र पर आधारित है।

[2] चंपकम दोराय राजन बनाम मद्रास सरकार (एआईआर, 1951 एसी 226)

मामले से स्वतंत्र भारत में आरक्षण को लेकर कानूनी लड़ाई शुरू हुई थी। ऐसे में इसका सारांश जान लेना जरूरी है।

7.3 मद्रास सरकार की ओर से जारी आदेश (जो कम्युनल जीओ के नाम से प्रसिद्ध है) में सभी मेडिकल व इंजीनियरिंग कॉलेजों की सीटें एक निश्चित अनुपात में 6 समुदायों में बांट दी गईं। प्रवेश के लिए विभिन्न समुदायों के अभ्यर्थी केवल अपने समुदाय के लिए निर्धारित सीटों पर प्रतिस्पर्धा कर सकते थे। उनकी दूसरे समुदाय से कोई प्रतिस्पर्धा नहीं होती थी। दो ब्राह्मण अभ्यर्थियों को अपने कोटे के तहत प्रवेश नहीं मिला और उन्होंने सरकार के आदेश को चुनौती दी। उनका आधार यह था कि सरकार का आदेश अनुच्छेद 29 (2) के तहत मूल अधिकारों का उल्लंघन है। उच्चतम न्यायालय ने कम्युनल जीओ को इस आधार खारिज कर दिया कि वर्गीकरण धर्म, समुदाय और जाति के मुताबिक किया गया है और उस तरह से यह जीओ अनुच्छेद 29 (2) का उल्लंघन करता है। मद्रास सरकार का तर्क था कि वर्गीकरण अनुच्छेद 46 का अनुपालन करते हुए किया गया है, जिसमें राज्य से कहा गया है कि उसे समाज के शैक्षणिक व आर्थिक रूप से कमजोर तबके को आगे बढ़ाने के लिए विशेष ध्यान देने की जरूरत है। सरकार के तर्क को इस आधार पर खारिज कर दिया गया कि "मूल अधिकार रक्षणीय हैं और इसे किसी विधायी या कार्यकारी कार्रवाई या आदेश से संकुचित या कम नहीं किया जा सकता। सिर्फ तीसरे हिस्से के संबंधित अनुच्छेद के माध्यम से इसका विस्तार किया जा सकता है। हमारे विचार से वह सही रास्ता होगा कि इसे तीसरे व चौथे भाग के प्रावधानों के मुताबिक किया जाए।"

7.4 उच्चतम न्यायालय के इस फैसले के गंभीर परिणाम हुए। बड़े पैमाने पर राजनीतिक विरोध प्रदर्शन हुए। इस मामले ने संविधान की खामियों को उजागर किया। पहले संविधान संशोधन विधेयक 1951 के माध्यम से अनुच्छेद 15 में धारा 4 डाला गया। इस धारा में कहा गया है...इस अनुच्छेद या अनुच्छेद 29 की धारा (2) में ऐसा कुछ भी नहीं है जो राज्य को सामाजिक एवं शैक्षणिक रूप से पिछड़े वर्ग के नागरिकों या अनुसूचित जाति और जनजाति के नागरिकों के उत्थान के लिए राज्य सरकार को कोई विशेष प्रावधान करने से रोकता हो।

7.5 अनुच्छेद 16 की धारा (4) में जहां सरकार के अधीन आने वाले पदों पर आरक्षण मुहैया कराने की बात कही गई है, वहीं नई धारा में राज्य को "सामाजिक और शैक्षणिक रूप से पिछड़े वर्ग के उत्थान के लिए कोई भी विशेष प्रावधान बनाने का अधिकार दिया गया है। ..."

7.6 यह भी उल्लेख किया जा सकता है कि जहां अनुच्छेद 16 (4) "किसी भी

पिछड़े वर्ग के नागरिक" के लिए है, वहीं अनुच्छेद 15 की धारा 4 में "किसी भी सामाजिक एवं शैक्षणिक रूप से पिछड़े वर्ग" की बात की गई है। जैसा कि पंडित नेहरू ने प्रवर समिति के समक्ष कहा था कि अनुच्छेद 15 (4) की भाषा को अनुच्छेद 340 के साथ जोड़कर देखना होगा, जिसमें कहा गया है कि "सामाजिक और शैक्षणिक रूप से पिछड़े वर्ग के नागरिकों" के लिए पिछड़ा वर्ग आयोग बनाया जा सकता है।

7.7 इस संशोधन पर संसद में चली बहसों के अध्ययन से साफ पता चलता है कि पिछड़े वर्ग के वर्गीकरण के लिए किसी दायरे की जगह जातियों या समुदायों की एक सूची होनी थी। एक बहस के दौरान पंडित नेहरू ने पाया था, "आखिर में हम पाते हैं... हमारे सामाजिक जीवन में अनंत विभाजन हुए हैं... हम इन्हें किसी नाम से पुकार सकते हैं धार्मिक विभाजन में जाति व्यवस्था आदि... " तत्कालीन कानून मंत्री आंबेडकर इस दिशा में मुखर थे जब उन्होंने पाया कि "जिन्हें पिछड़ा वर्ग कहा जाता है वे... कुछ और नहीं बल्कि कुछ निश्चित जातियों का संग्रह हैं।"

7.8 संविधान के अनुच्छेद 15 (4) और 16 (4) में पिछड़े वर्ग को थोड़े से अधिकार दिए गए हैं। वहीं अगड़े वर्ग के लोग सरकारी नौकरियों और शैक्षणिक संस्थानों में आरक्षित कोटे के प्रावधान से बहुत तंग रहते हैं। उन्हें यह दुख अपने हित को लेकर है और वे मानते हैं कि इससे "अवसर की समानता", "विधि के समक्ष समता" से इनकार किया गया है और इससे मूल अधिकारों का उल्लंघन हुआ है। इससे दुखी पक्ष ने विभिन्न उच्च न्यायालयों व उच्चतम न्यायालय में याचिकाएं दायर कीं, जिससे उनके कथित मूल अधिकार को लागू किया जा सके और साल दर साल इस पर कानूनी विवाद बढ़े हैं।

7.9 यह स्थापित तथ्य है कि ऐसे मसलों पर बहुत धीरे धीरे प्रक्रिया बढ़ती है। अगर स्थिरता छोटे दिमाग का गुण है तो न्यायिक दिमाग के मुताबिक किसी को छोटेपन के लिए कभी दोषी नहीं ठहराया जा सकता है। पिछले दो तीन दशकों में पिछड़ी जाति को आरक्षण कोटा दिए जाने जैसे बहुत ज्यादा विवादास्पद और भावनात्मक मसले पर बड़े पैमाने पर फैसले आए हैं, जिसमें इस मसले पर अलग अलग राय उभरकर सामने आई है। लेकिन वहीं इस मसले को लेकर अहम बात यह रही है कि इस महत्त्वपूर्ण मसले पर कुछ आम सहमति भी बनी है, जिसे लेकर न्यायालय में मामले चले हैं।

7.10 शैक्षणिक कवायद करने के बजाय हमें अनुच्छेद 15 (4), 16 (4) और 29 (2) के इतिहास और विकास पर गंभीरता से विचार करना होगा। हम इस सिलसिले में आए करीब आधे दर्जन मामलों का अध्ययन कर सकते हैं, जो इस मामले में महत्त्वपूर्ण हैं। इसके बाद कानूनी जानकारों व न्यायालय की ओर से

स्वीकार किए गए महत्त्वपूर्ण तथ्यों पर विचार करते हैं।

7.11 बालाजी बनाम मैसूर राज्य मामले में उच्चतम न्यायालय के फैसले[3] में पिछड़े वर्ग के आरक्षण के सवाल पर बहुत महत्त्वपूर्ण न्यायिक फैसला आया। इसका असर बाद के सभी फैसलों पर पड़ा। इस मामले का संक्षिप्त विवरण इस प्रकार है।

7.12 नागन्ना गौड़ा समिति की 1962 की रिपोर्ट के आधार पर कर्नाटक सरकार ने सभी मेडिकल व इंजीनियरिंग कॉलेजं में अन्य पिछड़े वर्ग के अभ्यर्थियों के लिए 50 प्रतिशत सीटें आरक्षित करने का फैसला किया। यह अनुसूचित जाति के लिए आरक्षित 15 प्रतिशत कोटे और अनुसूचित जनजाति के लिए 3 प्रतिशत आरक्षित कोटे के अतिरिक्त था। इस तरह से मेडिकल व इंजीनियरिंग की 68 प्रतिशत सीटें समाज के कमजोर तबके के लिए आरक्षित हो गईं। मेरिट पूल के लिए 32 प्रतिशत सीटें बचीं। समिति ने यह भी पाया कि पिछड़े वर्ग को चिह्नित करने का एकमात्र आधार जाति व समुदाय है। इसके अलावा समिति ने अन्य पिछड़े वर्ग को पिछड़े व ज्यादा पिछड़े वर्ग में उप विभाजित किया। इनके लिए 50 प्रतिशत आरक्षित कोटे में से क्रमश: 28 प्रतिशत और 22 प्रतिशत आरक्षित किया गया।

7.13 उपरोक्त आदेश को इस आधार पर चुनौती दी गई कि समुदाय का सामाजिक पिछड़ेपन का निर्धारण अनुच्छेद 15 (4) के तहत नहीं आता।

7.14 न्यायालय ने सबसे महत्त्वपूर्ण तथ्य यह पाया कि पिछड़ेपन की अवधारणा इस बात से नहीं जुड़ी है कि जो वर्ग पिछड़ा है, उसका संबंध समाज के बहुत ज्यादा अगड़े वर्ग से है उसे भी पिछड़े वर्ग की सूची में जगह दी जाए। इसके अलावा अनुच्छेद 15 (4) के तहत पिछड़ापन निश्चित रूप से सामाजिक और शैक्षणिक आधार पर होना चाहिए, न कि या तो सामाजिक या शैक्षणिक आधार पर।

7.15 सामाजिक पिछड़ेपन के बारे में न्यायालय ने पाया कि जिन लोगों के समूह पर अनुच्छेद 15 (4) लागू होता है उन्हें "नागरिकों के एक वर्ग" के रूप में वर्णित किया गया है न कि "नागिरकों की जाति" के रूप में। यह हकीकत है कि हिंदू सामाजिक ढांचे में जाति नागरिक के दर्जे को तय करती है। जाति की अवधारणा आने और समय बीतने के साथ "जाति के आधार पर काम और पेशा और बाध्यकारी होता गया। धार्मिक अवधारणा व रीति रिवाज को मानते हुए इसकी शुद्धता के मुताबिक काम किया जाने लगा। इसकी वजह से इसमें कठोरता और लचीलेपन की अनुपस्थिति आती गई।" इसे देखते हुए यह अप्रासंगिक नहीं होगा कि नागरिकों के जाति समूह को सामाजिक पिछड़ेपन के निर्धारण का मानक बनाया जाए। लेकिन जहां तक "हिंदुओं में सामाजिक पिछड़े वर्ग के नागरिकों का समूह तैयार करने के लिए जाति एक आधार हो सकता है, इस आधार पर पूरी

[3]एआईआर 1963 एस सी, 649

तरह से परीक्षण नहीं किया जा सकता।" शैक्षणिक पिछड़ेपन की जांच के लिए नागन्ना गौड़ा समिति ने पिछले तीन हाई स्कूल की कक्षाओं सूची तैयार की है, जो राज्य के सभी स्कूलों से ली गई है। इसमें सभी समुदायों के शैक्षणिक पिछड़ेपन की जांच की गई है, जिनके औसत की जांच की गई है। साथ ही यह देखा गया है कि राज्य में औसत शिक्षा से कम शिक्षा किन जातीय समूहों की है। राज्य के औसत से 50 प्रतिशत नीचे शिक्षित समुदायों के लोगों को "अति पिछड़ा' की श्रेणी में रखा गया।

7.16 इस बिंदु पर न्यायालय ने पाया कि राज्य के औसत से नीचे शिक्षित समुदाय को शैक्षणिक रूप से पिछड़ा वर्ग माना गया है। वह वर्ग जिनका औसत राज्य के औसत से 50 प्रतिशत नीचे था, स्वाभाविक रूप से शैक्षणिक रूप से पिछड़े वर्ग के नागरिक थे। इस उद्देश्य के लिए मामूली अंतर प्रासंगिक नहीं था।

7.17 न्यायालय ने यह भी पाया कि "पिछड़ा वर्ग" और "अति पिछड़ा वर्ग" का उप-वर्गीकरण अनुच्छेद 15 (4) के मुताबिक न्यायोचित नहीं है। "पिछड़े वर्ग को दो श्रेणी में पेश करना आचरण आदेश है, भावार्थ के रूप में नहीं। ऐसा करने का मकसद सभी वर्ग के नागरिकों का मापन है, जो राज्य में ज्यादा अगड़े वर्गों की तुलना में कम अगड़े हैं। और इसलिए हमारी राय में अनुच्छेद 15 (4) में इसके लिए संभावना नहीं है।"

7.18 आरक्षण की मात्रा के संदर्भ में न्यायालय ने पाया कि समाज के कमजोर तबके के हितों को पूरे समुदाय के हित में समाहित कर लिया गया है। "सामान्य रूप से या व्यापक परिप्रेक्ष में कहें तो विशेष प्रावधान 50 प्रतिशत से कम होना चाहिए, जो अलग अलग मामलों में सामयिक परिस्थितियों पर निर्भर हो सकता है।" इस तरह से पिछड़े वर्ग, अनुसूचित जाति और अनुसूचित जनजाति के लिए 68 प्रतिशत आरक्षण ज्यादा माना गया और इसे असंवैधानिक घोषित कर दिया गया।

7.19 उपरोक्त वजहों से राज्य सरकार के आचरण आदेश को उच्चतम न्यायालय ने खारिज कर दिया।

7.20 इस सिलसिले में अगला महत्त्वपूर्ण मामला आर चित्रलेखा बनाम मैसूर राज्य[4] का है, जो वास्तव में बालाजी मामले में दिए गए फैसले की ही अगली कड़ी है।

7.21 बालाजी मामले को देखते हुए मैसूर सरकार ने सामाजिक और शैक्षणिक पिछड़ेपन की जांच के लिए पेशे और साधनों का परीक्षण किया और अपने जुलाई 1963 के आदेश में इसे शामिल किया। इस आदेश के तहत मेडिकल, इंजीनियरिंग और अन्य तकनीकी संस्थानों में पिछड़े वर्ग के लिए 50 प्रतिशत

[4] एआईआर 1964, एससी 1823

सीटें आरक्षित कर दी गईं और इसके साथ अनुसूचित जाति के लिए 15 प्रतिशत और अनुसूचित जनजाति के लिए 3 प्रतिशत सीटें आरक्षित की गईं।

7.22 इस आदेश की वैधता को मैसूर उच्च न्यायालय में डीजी विश्वनाथ बनाम मैसूर सरकार[5] मामले चुनौती दी गई। यह चुनौती इस आधार पर थी कि आचरण आदेश में "जाति" और "आवास" के आधार की उपेक्षा की गई थी, इस तरह से इसमें हिंदुओं में पिछड़े वर्ग को वास्तविक लाभ नहीं मिल रहा था। बालाजी मामले में उच्चतम न्यायालय जाति, गरीबी, पेशा, आवास का स्थल को सामजिक पिछड़ेपन को तय करने के लिए कुछ प्रासंगिक आधार माना था। याची के मुताबिक जाति और आवास को सरकारी आदेश में प्रासंगिक दायरा न मानने से बालाजी मामले में फैसले की अवहेलना हुई है। इसलिए यह खराब कानून था। मैसूर उच्च न्यायालय ने याचिका को अनुमति दी और बालाजी मामले को देखते हुए कहा, "सरकार ने जाति व आवास के आधार की उपेक्षा की है, ऐसे में न्यायालय का मानना है कि पिछड़े वर्ग के वर्गीकरण को स्वीकार करने से वास्तव में हिंदुओं के बीच असल पिछड़े वर्ग की मदद नहीं मिलती है।"

7.23 मैसूर उच्च न्यायालय द्वारा बालाजी मामले की व्याख्या की सच्चाई को जांचने के लिए उच्चतम न्यायालय के सामने आर. चित्रलेखा बनाम मैसूर राज्य का मामला पेश किया गया। उच्चतम न्यायालय ने पाया, "इस न्यायालय ने जहां यह कहा कि जाति सिर्फ एक प्रासंगिक परिस्थिति है और यह नागरिकों के पिछड़ेपन की जांच के लिए प्रमुख परीक्षण नहीं हो सकता, वहीं उच्च न्यायालय ने कहा कि यह हिंदुओं में पिछड़ेपन के निर्धारण के लिए महत्त्वपूर्ण आधार है और सरकार को पिछड़ेपन के निर्धारण के लिए जाति को शामिल करना चाहिए..... . एक वर्ग के पिछड़ेपन की जांच के लिए जाति सिर्फ एक प्रासंगिक परिस्थिति है। इस न्यायालय के फैसले में ऐसा कुछ भी नहीं है, जिसमें संबंधित प्राधिकरण को नागरिकों के एक समूह के विशेष पिछड़ेपन के निर्धारण को जाति को शामिल करने पर रोकता हो। इस न्यायालय ने नागरिकों के एक वर्ग के पिछड़ेपन के निर्धारण में जहां जाति को अलग नहीं किया था, वहीं इसे एक वर्ग के पिछड़ेपन के निर्धारण के लिए इसे अनिवार्य कारक भी नहीं बनाया था। हम यह भी साफ करना चाहते हैं कि संविधान के अनुच्चेद 15 (4) के मुताबिक अगर वर्ग के निर्धारण में जाति को बाहर कर दिया गया है और अन्य परीक्षण पूरे होते हैं, तब भी वह वर्गीकरण को निष्प्रभावी नहीं करता।"

7.24 'जाति' और 'वर्ग' के सिलसिले में न्यायालय ने कहा, "संविधान के अनुच्छेद 15 की धारा 4 में हालांकि 'वर्गों' शब्द का इस्तेमाल किया गया है, जिसमें जाति

[5] एआईआर 1964 मैसूर 232

के बिना समुदाय की बात की गई है। लेकिन अगर इसका मकसद वर्गों को जाति से बराबर करना था तो ऐसे में संविधान निर्माताओं ने इसमें 'पिछड़ा वर्ग या जाति' के इस्तेमाल से कहीं नहीं रोका है।" अनुच्छेद 15 में 'पिछड़ा वर्ग' और 'अनुसूचित जाति' के रूप में समीपता से यह भी साफ होता है कि 'वर्ग', 'जाति' का पर्याय नहीं है।

7.25 उपरोक्त वजहों पर विचार करते हुए मैसूर उच्च न्यायालय के फैसले को निरस्त माना गया और सरकार का आदेश बहाल कर दिया गया।

7.26 यह भी देखा जा सकता है कि बालाजी मामले में और कमोबेश चित्रलेखा मामले में भी संभवत: सामाजिक पिछड़ेपन के निर्धारण में जाति के महत्त्व और 'वर्ग' और 'जाति' के समानार्थक होने के मामले को ज्यादा रूढ़िवादी विचार के मुताबिक लिया गया। इस समय हम यह दिखा सकते हैं कि समय गुजरने के साथ ही इन मसलों को लेकर आगे आने वाले न्यायिक फैसलों में महत्त्वपूर्ण बदलाव आए, जो चित्रलेखा मसले से बहुत अलग हो गए। पी राजेंद्रन बनाम मैसूर राज्य[6] मामले में उच्चतम न्यायालय के फैसले से यह विभाजन साफ नजर आता है।

7.27 मेडिकल कॉलेजों में प्रवेश में सामाजिक और शैक्षणिक रूप से पिछड़े वर्ग के लिए सीटों के आरक्षण के लिए मद्रास सरकार द्वारा बनाए गए नियम में उस आदेश को संलग्नक के रूप में शामिल किया गया है। इस आदेश को अनुच्छेद 14 और अनुच्छेद 15 का उल्लंघन बताकर न्यायालय में चुनौती दी गई। इसके लिए आधार बनाया गया कि सरकार के आदेश में सूचीबद्ध वर्ग वास्तव में कुछ जातियों की सूची है। इस मामले में न्यायालय ने पाया, "अगर सिर्फ जाति के आधार पर आरक्षण दिया गया है और इसमें सामाजिक और शैक्षणिक पिछड़ेपन को शामिल नहीं किया गया है तो यह अनुच्छेद 15 (1) का उल्लंघन होगा। लेकिन यह किसी भी हाल में नहीं भूलना चाहिए कि जाति भी नागरिकों का एक वर्ग है और अगर संपूर्ण रूप से कोई जाति सामाजिक और शैक्षणिक रूप से पिछड़ी हुई है तो ऐसी जाति के पक्ष में आरक्षण किया जा सकता है और इस आधार पर अनुच्छेद 15 (4) के अर्थों में वह सामाजिक और शैक्षणिक रूप से पिछड़े वर्ग की नागरिक है..... यह सही है कि मौजूदा मामले में सामाजिक और शैक्षणिक पिछड़े वर्ग का निर्धारण जाति के आधार पर किया गया है। लेकिन यह जरूरी नहीं है कि पूरी तरह से इसे जातीय आधार पर किया गया है और इन जातियों से जुड़े वर्ग सामाजिक और शैक्षणिक पिछड़े नागरिकों के वर्ग में नहीं है।"

7.28 न्यायालय ने यह भी कहा कि यह याची का काम है कि वह दिखाए कि जाति आधारित सरकार का आदेश सामाजिक और शैक्षणिक रूप से पिछड़ेपन

के आधार पर नहीं है।

7.29 राजेंद्रन मामले का निष्कर्ष यह था कि जातिवार वर्गीकरण को सामाजिक व शैक्षणिक रूप से पिछड़ेपन को चिह्नित करने को वैध माना गया। बालाजी और चित्रलेखा मामले में सिर्फ जाति के आधार पर वर्गीकरण को खारिज कर दिया गया। लेकिन राजेंद्रन मामले में इन मामलों को खारिज किए बगैर जाति के आधार पर वर्गीकरण को मंजूरी दी गई और कहा गया, "एक जाति भी नागरिकों का एक वर्ग है।"

7.30 पी सागर बनाम आंध्र प्रदेश सरकार[6] मामले में उपरोक्त फैसले में मामूली संशोधन किया गया। इस मामले में उच्चतम न्यायालय ने आंध्र प्रदेश उच्च न्यायालय के फैसले पर रोक लगा दी। आंध्र प्रदेश सरकार ने जाति के आधार वर्गीकरण किया था और राज्य यह बताने में असफल रहा कि किन मानदंडों के आधार पर यह सूची तैयार की गई है। इस मामले में याची का मुख्य मसला यह था कि राज्य सरकार द्वारा अधिसूचित सामाजिक और शैक्षणिक रूप से पिछड़े वर्ग की सूची पूरी तरह से जाति आधारित है और इस तरह से यह संविधान के अनुच्छेद 15 (1) का उल्लंघन है। इस मामले और राजेंद्रन[7] मामले में मुख्य अंतर यह है कि इस मामले में सरकार पिछड़े वर्ग के वर्गीकरण के मानदंडों को बताने में असफल रही। न्यायालय ने पाया कि 'वर्गों' कहने का मतलब लोगों का एक स्वभाव वाला वर्ग है, जो एक दूसरे से किसी आधार पर जुड़े हुए हैं। उनमें कुछ समानताएं हैं, जैसे उनका दर्जा, श्रेणी, पेशा, किसी विशेष इलाके में आवास, वर्ण, धर्म और उनकी पसंद मिलती जुलती है। एक वर्ग को निर्धारित करने के लिए जाति को अलग नहीं किया जा सकता। लेकिन वर्ग निर्धारण के मामले में राज्य सरकार को इसकी सूची तैयार करने के पहले मानदंडों को तय करने के साथ उसकी उचित जांच पड़ताल करनी चाहिए। "... राज्य सरकार के तर्क, जिस पर अधिकारियों या राज्य ने विचार किया, उसमें न्यायालयों द्वारा स्वीकार किए गए मानदंडों पर विचार किया जाना चाहिए..... सामाजिक और शैक्षणिक रूप से पिछड़े वर्ग निर्धारण के लिए प्राधिकारियों ने जिन मानदंडों को आधार बनाया, वह इस तरह के दावे के लिए पर्याप्त नहीं है.... संविधान के अनुच्छेद 15 का पहला खंड सभी लोगों को हर चीज तक सामान्य पहुंच की गारंटी देता है। कुछ तय सीमाओं के अपवादों को छोड़कर स्वतंत्रता की गारंटी खंड 1 में दी गई है, लेकिन अपवाद भी तय किए गए हैं। इसके लिए तय शर्तों का कड़ाई से पालन किया जाना चाहिए।"

7.31 राजेंद्रन और सागर मामलों में फैसलों के प्रमुख बिंदुओं को देखें तो इसमें एक ही स्थिति के सिर्फ दो पहलुओं पर जोर दिया गया है। राजेंद्रन मामले में 'जाति'

[6] एआईआर 1968 एससी 1012

[7] एआईआर 1968 एससी 1379

पिछड़ेपन के आधार पर सूचीबद्ध की गई थी, न कि इस आधार पर कि सिर्फ जाति के आधार पर सूची बनाई गई थी। राज्य ने न्यायालय के समक्ष सूची तैयार करने के साक्ष्य प्रस्तुत किए। वहीं सागर मामले में राज्य सरकार वर्गीकरण के समर्थन में साक्ष्य प्रस्तुत करने में सफल नहीं हुई। सागर मामले में उच्चतम न्यायालय के फैसले के बाद, विभिन्न न्यायालय मानदंडों और साक्ष्यों की वस्तुनिष्ठता या परीक्षण को लेकर ज्यादा चुस्त हो गए, जिनके आधार पर किसी जाति विशेष को सामाजिक और शैक्षणिक रूप से पिछड़ा बताया गया था।

7.32 पेरियाकरुप्पम बनाम तमिलनाडु सरकार[8] मामले में याची ने राज्य को 6 डिवीजन में विभाजित करने और सामाजिक और शैक्षणिक रूप से पिछड़े वर्ग, अनुसूचित जाति व अनुसूचित जनजाति को मेडिकल कॉलेज की प्रवेश परीक्षा में 41 प्रतिशत आरक्षण देने को चुनौती दी। याची ने तर्क दिया कि (1) यूनिटवार चयन संविधान के अनुच्छेद 14 एवं 15 का उल्लंघन है। (2) जाति के आधार पर पिछड़े वर्ग का निर्धारण असंवैधानिक है और (3) पिछड़े वर्ग, अनुसूचित जाति एवं जनजाति को 41 प्रतिशत दिया गया आरक्षण ज्यादा है।

7.33 न्यायालय ने इस याचिका को अनुमति दे दी कि यूनिटवार चयन अवैध था। लेकिन कोर्ट ने जाति के आधार पर पिछड़े वर्ग का वर्गीकरण अनुच्छेद 15 (4) को ध्यान में रखते हुए उचित ठहराया, और वह 41 प्रतिशत आरक्षण ज्यादा नहीं था। न्यायालय ने पाया, "निस्संदेह हमें यह नहीं भूलना चाहिए कि देशहित में देश के मेडिकल कॉलेजों में योग्य और प्रतिस्पर्धी विद्यार्थियों को लिया जाना चाहिए, लेकिन देश में समरसता और दीर्घावधि हितों का भी ध्यान रखा जाना चाहिए। इससे इनकार नहीं किया जा सकता है कि समाज के वंचित वर्ग के तमाम विद्यार्थी देश के अगड़े तबके के साथ खुली प्रतिस्पर्धा नहीं कर सकते। ऐतिहासिक वजहों से मिलने वाले फायदे को मूल अधिकार के रूप में नहीं माना जा सकता (जोर देना शामिल)। व्यापक रूप से विचार करके ही देश के हित की रक्षा की जा सकेगी। अगर पिछड़े वर्गों को आगे आने में मदद दी जाएगी तब वे समाज के अगड़े तबके के साथ चल सकेंगे..... जाति हमेशा एक वर्ग के रूप में पहचानी जाती रही है... इसमें कोई संदेह नहीं है कि देश में बहुत सी जातियां हैं, जो सामाजिक और शैक्षणिक रूप से पिछड़ी हुई हैं। " न्यायालय की ओर से किया गया यह प्रस्ताव राजेंद्रन मामले को बल देता है, जिसने संविधान के अनुच्छेद 15 (4) को ध्यान में रखते हुए पिछड़े वर्ग का वर्गीकरण जाति के आधार पर करने की अनुमति दी है, अगर वह जाति सामाजिक और शैक्षणिक रूप से पिछड़ी पाई जाती है।

[8]एआईआर 1971 एससी 2303

7.34 एसवी बलराम बनाम आंध्र प्रदेश राज्य[9] मामले में उच्चतम न्यायालय के फैसले में भी जाति के आधार पर सामाजिक और शैक्षणिक रूप से पिछड़ेपन के निर्धारण की बात आई है। सागर मामले में आए उच्चतम न्यायालय के फैसले को आगे बढ़ाते हुए आंध्र प्रदेश सरकार ने पिछड़ा वर्ग आयोग का गठन किया, जिसे पिछड़े वर्ग के लिए दायरे के निर्धारण आदि का काम करना था। आयोग ने यह दायरा गरीबी, पेशा, जाति और शिक्षा तय किया। इस दायरे के तहत आयोग ने पिछड़े वर्ग की सूची भी तैयार की। राज्य सरकार ने पिछड़े वर्ग के अभ्यर्थियों के लिए मेडिकल कॉलेजों में 25 प्रतिशत आरक्षण का प्रावधान किया। अनुसूचित जाति एवं अनुसूचित जनजाति के लिए आरक्षण क्रमश: 14 प्रतिशत और 4 प्रतिशत था। राज्य सरकार के इस आदेश को उच्च न्यायालय में चुनौती दी गई, जिस पर यह कहते हुए रोक लगा दी गई कि यह अनुच्छेद 15 (1) और अनुच्छेद 29 (2) का उल्लंघन करता है और इसे अनुच्छेद 15 (4) से बचाया नहीं गया था। उच्चतम न्यायालय ने उच्च न्यायालय के आदेश को दरकिनार कर दिया और कहा कि राज्य सरकार द्वारा जारी पिछड़े वर्गों की सूची सही है और शैक्षणिक और सामाजिक रूप से पिछड़े वर्ग, अनुसूचित जाति और अनुसूचित जनजाति को 43 प्रतिशत आरक्षण ज्यादा नहीं है।

7.35 न्यायालय ने पाया कि राज्य सरकार की ओर से नियुक्त पिछड़ा वर्ग आयोग ने विभिन्न प्राधिकारियों और संगठनों को एक प्रश्नावली दी, राज्य के विभिन्न जिलों का दौरा किया और कई समुदायों के प्रतिनिधियों के साथ मौखिक रूप से बातचीत करके साक्ष्य एकत्र किए। इन साक्ष्यों के आधार पर आयोग ने पाया कि कुछ जातियां सामाजिक और शैक्षणिक रूप से पिछड़ी हैं और इसी के मुताबिक उनका वर्गीकरण किया गया। न्यायालय ने "आयोग की आलोचना का भी हवाला दिया, कि उसने पिछड़े वर्ग के एक खास समूह के वर्गीकरण के उद्देश्य से व्यक्तिगत जानकारी का इस्तेमाल किया। इस तरह से परिस्थितियों को देखते हुए यह अनिवार्य है और इसमें कुछ भी अनुचित या गैर कानूनी नहीं है। आयोग ने विभिन्न क्षेत्रों का दौरा किया और झोपड़ियों, विभिन्न आवासीय क्षेत्रों में लोगों तक पहुंचकर वास्तविक जीवन स्तर की जानकारी जुटाई।"

7.36 जाति को आधार स्वीकार किए जाने के सिलसिले में न्यायालय ने पाया, "इसे नहीं भुलाया जा सकता कि जाति भी एक नागरिकों का वर्ग है और एक जाति सामाजिक और शैक्षणिक रूप से पिछड़ी हो सकती है। अगर जरूरी आंकड़े एकत्र किए जाने के बाद यह पाया जाता है कि पूरी जाति सामाजिक और शैक्षणिक रूप से पिछड़ी है तो हमारी राय में ऐसे लोगों को आरक्षण दिया जा

[9]एआईआर 1972 एससी 137

सकता है, भले ही यह हकीकत हो कि उस समूह में से कुछ लोग सामाजिक और शैक्षणिक रूप से ऊपर की स्थिति में हों और वे सामान्य औसत से ऊपर हों।[10] इस हकीकत को अस्वीकार नहीं किया जा सकता कि देश में ऐसी तमाम जातियां हैं जो सामाजिक और शैक्षणिक रूप से पिछड़ी हुई हैं और इसलिए उचित यह होगा कि राज्य अनुच्छेद 15 (4) का इस्तेमाल करके ऐसे लोगों के हितों की रक्षा करे।"

7.37 न्यायालय ने पहले के त्रिलोकीनाथ बनाम जम्मू कश्मीर राज्य[11] के फैसले को देखते हुए अनुच्छेद 16(4) के तहत सार्वजनिक क्षेत्र में पिछड़े वर्ग को रोजगार देने की संभावना देखी। इस मामले में न्यायालय ने पाया था कि एक पूरी जाति या समुदाय के सदस्य्य सामाजिक आर्थिक और शैक्षणिक पैमाने पर पिछड़े हो सकते हैं। उन्हें पिछड़े वर्ग का माना जा सकता है, लेकिन ऐसा इसलिए नहीं है कि वे किसी जाति या समुदाय के सदस्य हैं, बल्कि वे एक वर्ग से हैं।

7.38 कुल 43 प्रतिशत आरक्षण के संदर्भ में न्यायालय ने यह नहीं माना कि यह ज्यादा है। इसकी वजह यह है कि यह 50 प्रतिशत सीमा के भीतर था, जैसा कि बालाजी मामले में सीमा तय की गई थी।

7.39 सामाजिक व शैक्षणिक रूप से पिछड़े वर्ग के परीक्षण की व्यावहारिकता या परीक्षण के साधन को लेकर भी न्यायालयों में विरोध किया गया। केएस जयश्री बनाम केरल राज्य[12] एक ऐसा मामला है, जिसमें केरल पिछड़ा वर्ग आयोग की सिफारिशों को राज्य सरकार द्वारा स्वीकार करने को लेकर याचिका दी गई थी। इस आयोग ने साधन और जाति/ समुदाय परीक्षण किया, जिससे पिछड़े वर्ग को चिह्नित किया जा सके। आयोग ने जातियों या समुदायों की सूची तैयार कर उन्हें पिछड़े वर्ग के रूप में चिह्नित किया जिनमें ऐसे परिवार शामिल थे, जिनकी आमदनी सामाजिक एवं शैक्षणिक रूप से पिछड़े वर्ग के चयन करने के दायरे में थी। केरल सरकार ने सिफारिशें स्वीकार कर लीं। शमीम बनाम मेडिकल कॉलेज त्रिवेंद्रम[13] मामले में एक न्यायधीश के पीठ ने सरकार के आदेश को रद्द कर दिया और पिछड़े वर्ग के सभी परिवारों की आर्थिक स्थिति को लेकर कहा कि "गरीबी के परीक्षण से सामाजिक पिछड़ेपन का निर्धारण नहीं किया जा सकता।" बहरहाल उसी उच्च न्यायालय में दो न्यायधीशों के पीठ ने इस फैसले को पलट दिया और सरकार के आदेश को बरकरार रखा। उच्च न्यायालय ने कहा कि आर्थिक पिछड़ापन सामाजिक और शैक्षणिक पिछड़ेपन में भूमिका अदा करता है और इस तरह से गरीबी या आर्थिक स्तर एक प्रासंगिक कारक है। जयश्री

[10]इस पर विषेश जोर दिया गया है

[11]एआईआर 1969, एससी 1

[12]एआईआर 1976 एससी 2381

[13]एआईआर 1976 केरल 54

बनाम केरल राज्य मामले में उच्चतम न्यायालय ने केरल उच्च न्यायालय के फैसले को बरकरार रखा। साथ में यह भी घोषित किया कि वर्गीकरण का आधार सिर्फ गरीबी होना तार्किक नहीं है। यही विचार ललिता चाको बनाम केरल राज्य[14] मामले में भी सामने आया। इस मामले में न्यायालय ने कहा कि सिर्फ परिवारों की सालाना आमदनी के आधार पर सामाजिक और शैक्षणिक पिछड़ेपन का निर्धारण नहीं किया जा सकता।

7.40 विभिन्न फैसलों के निचोड़ के साथ हम हाल में छोटेलाल और अन्य बनाम उत्तर प्रदेश मामले में इलाहाबाद उच्च न्यायालय के फैसले का उल्लेख कर सकते हैं, जिसमें संविधान के अनुच्छेद 15 (4) और अनुच्छेद 16 (4) के बारे में साफ किया गया है। इस मामले में न्यायालय ने पाया कि–

"(1) अनुच्छेद 15 (4) में अनुसूचित जाति और जनजाति की तर्ज पर सामाजिक और शैक्षणिक रूप से पिछड़े वर्ग की सूची बनाना और अनुसूचित जाति एवं जनजाति के लिए संदर्भित अनुच्छेद 338 (3) के प्रावधानों के तर्ज पर पिछड़े वर्ग की सूची को राष्ट्रपति मंजूरी दे सकते हैं। संविधान के अनुच्छेद 340 (1) के तहत गठित आयोग की रिपोर्ट के आधार पर इसे मंजूरी दी जा सकती है, जिसमें अनुसूचित जाति एवं जनजाति की तरह ही उनके पिछड़ेपन का मामला दिखाया गया हो।

(2) पिछड़े वर्ग की अवधारणा इस आधार पर नहीं तैयार की जा सकती है कि किसी समुदाय में सबसे आगे के वर्ग की तुलना में उस समुदाय के कुछ लोग पिछड़े हैं।

(3) पिछड़ापन निश्चित रूप से सामाजिक और शैक्षणिक होना चाहिए, न कि या तो सामाजिक या शैक्षणिक पिछड़ा।

(4) अनुच्छेद 15 (4) "पिछड़े वर्ग" से संबंधित है न कि "पिछड़ी जाति" से। हालांकि जाति का परीक्षण कुछ समुदायों के मामले में टूट जाता है, जिनकी कोई जाति नहीं है।

(5) सामाजिक पिछड़ेपन को जानने के लिए जाति संबंधित कारक है, लेकिन केवल इसके आधार पर या इसे प्रमुख मानकर पिछड़ेपन का निर्धारण नहीं हो सकता।

(6) सामाजिक पिछड़ापन सबसे बेहतरीन विश्लेषण है, जिसकी वजह से बड़े पैमाने पर गरीबी आई है। गरीबी की वजह से सामाजिक पिछड़ापन बढ़ाने में जाति को अहम माना जा सकता है, जिससे गरीब नागरिक जुड़े

[14]एआईआर 1967 केरल 124

हुए हो सकते हैं। इससे यह पता चलता है कि जाति और गरीबी दोनों ही नागरिकों के पिछड़ेपन के निर्धारण में प्रासंगिक हैं।

(7) सिर्फ जाति के आधार पर वर्गीकरण, जिसमें अन्य प्रासंगिक कारकों को न शामिल किया गया हो, उसे अनुच्छेद 15 (4) में अनुमति नहीं मिली है। बहरहाल कुछ जातियां पूरी तरह से सामाजिक और शैक्षणिक रूप से पिछड़ी हो सकती हैं।

(8) कुछ वर्गों द्वारा अपनाए गए पेशे (जिन्हें निम्न माना जाता है) भी सामाजिक पिछड़ेपन में अहम हो सकते हैं। और इसलिए नागरिकों के आवास की स्थिति भी सामाजिक पिछड़ेपन की वजह हो सकती है, जो ग्रामीण भारत की समस्या है।

(9) पिछड़े वर्ग का पिछड़े और अति पिछड़े वर्ग में विभाजन कुछ ऐसा है, जैसे आबादी को बहुत अगड़े और शेष में विभाजित कर दिया जाए और शेष को पिछड़े और अति पिछड़े में विभाजित किया जाए। इसकी वारंटी संविधान के अनुच्छेद 15 (4) में नहीं दी गई है।

(10) अनुच्छेद 16 (4) में किसी व्यक्ति को कोई ऐसा अधिकार नहीं दिया गया है कि उसे आरक्षण दिया जाए। यह राज्य के विवेकाधीन अधिकार से जुड़ा मसला है कि वह ऐसे लोगों के लिए आरक्षण की व्यवस्था करे, जो उसकी राय में पिछड़े वर्ग के नागरिक हैं और उन्हें राज्य की सेवाओं में पर्याप्त प्रतिनिधित्व नहीं मिला है। एक जाति या वर्ग का सेवाओं में सिर्फ प्रतिनिधित्व अपर्याप्त होना ही अनुच्छेद 16 (4) के तहत पर्याप्त वजह नहीं है, जब तक वह वर्ग (पूरी तरह से जाति के रूप में भी) सामाजिक और शैक्षणिक रूप से पिछड़ा हुआ न हो।

(11) अगर किसी वर्ग को ऐसी सूची में शामिल कर दिया जाए, जिससे कि वह वर्ग आने वाले समय में हमेशा के लिए पिछड़े वर्ग में आ जाए, इससे आरक्षण का उद्देश्य विफल हो जाता है। इसलिए राज्य को एक निश्चित अवधि के बाद पिछड़े वर्ग की सूची की समीक्षा करने को भी ध्यान में रखना चाहिए और एक निश्चित समय बाद उन वर्गों के लिए आरक्षित सीटों की समीक्षा करनी चाहिए।

(12) विभिन्न श्रेणियों के तहत पदों का कुल आरक्षण (पिछड़े वर्ग सहित) 50 प्रतिशत से कम होना चाहिए।

(13) न्यायपालिकाओं का न्यायक्षेत्र सिर्फ यह निर्धारित करने तक सीमित है कि क्या राज्य ने पिछड़े वर्ग की पहचान के लिए सभी मानकों का पालन

वैध तरीके से किया है या नहीं। अगर संबंधित परीक्षण नहीं किया गया है तो न्यायालय या तो राज्य द्वारा तैयार की गई "पिछड़े वर्ग " की सूची में संशोधन कर सकता है या आरक्षण का विस्तार क्षेत्र संशोधित कर सकता है। लेकिन उसे उल्लंघन वाले हिस्से को हटाना होगा और राज्य पर छोड़ना होगा कि वह सही दायरे का इस्तेमाल करते हुए उचित फैसला करे।[15]

7.41 बालाजी मामले में फैसला करीब 17 साल पहले आया था और इसी क्रम में राजेंद्रन, सागर, बलराम आदि मामले के फैसले आए, जिससे पता चलता है कि मामले के मूल रुख कुछ महत्त्वपूर्ण बाते थीं। लेकिन सबसे ताकतवर असर यह था कि बालाजी मामले में आया फैसला न्यायिक चिंतन के मूल में बना रहा, जो इलाहाबाद उच्च न्यायालय के छोटेलाल मामले के फैसले में प्रमुखता से उभरकर सामने आया।

7.42 उदारहण के लिए बाजाली मामले में पैराग्राफ 20 के मुताबिक उच्चतम न्यायालय ने पाया कि अनुच्छेद 15 (4) के तहत पिछड़े वर्ग की विशेष स्थिति की तुलना अनुसूचित जाति और अनुसूचित जनजाति के पिछड़ेपन के मामले में की जा सकती है। यह बहुत विवादास्पद अवलोकन था और इसकी वजह से तमाम भ्रम पैदा हुए। लेकिन वास्तव में न तो पिछड़ेपन की जानकारी के लिए तरह का प्रयोग किसी राज्य सरकार द्वारा किया गया न ही उच्चतम न्यायालय द्वारा इस पर कोई जोर दिया गया। जब इस मामले को लेकर उच्चतम न्यायालय के समक्ष पुनर्विचार में विरोध जताया गया तो बलराम बनाम आंध्र प्रदेश राज्य में न्यायालय ने पाया कि यह "तथ्यात्मक रूप से पिछड़े वर्ग के चयन के लिए जाति पर जोर देने वाला है, जो वास्तव में सामाजिक और शैक्षणिक रूप से पिछड़े हैं।" पहले के मामलों में तय किए गए सिद्धांतों पर गौर करने के बाद उच्चतम न्यायालय ने कहा, "इसका निश्चित तौर पर ध्यान रखा जाना चाहिए कि उपरोक्त में से किसी भी फैसले में यह नहीं कहा गया है कि सामाजिक और शैक्षणिक रूप से पिछड़ापन अनुसूचित जाति और अनुसूचित जनजाति से हर मामले में ठीक ठीक समान होना चाहिए।" राज्य सरकारों ने सामाजिक और शैक्षणिक रूप से पिछड़ेपन को निर्धारित करने के लिए विभिन्न परीक्षण तय किए हैं और उसकी तुलना अनुसूचित जाति और अनुसूचित जनजाति के मामले से की जा सकती है। इसके अलावा उच्चतम न्यायालय ने किसी भी राज्य सरकार की ओर से तैयार की गई पिछड़े वर्ग की सूची को इस आधार पर खारिज नहीं कया है कि उसकी ओर से अधिसूचित पिछड़े वर्ग की तुलना अनुसूचित जाति और अनुसूचित जनजाति से

[15]एआईआर 1979 सभी 135

किए जाने योग्य नहीं थी। हालांकि इलाहाबाद उच्च न्यायालय ने छोटेलाल मामले में पाया कि पिछड़ेपन के मामले मे अन्य पिछड़े वर्ग की तुलना अनुसूचित जाति व अनुसूचित जनजातियों से की जा सकती है।

7.43 इलाहाबाद उच्च न्यायालय ने इस बात पर भी जोर दिया कि अनुच्छेद 15 (4) "पिछड़े वर्ग" की बात करता है न कि "पिछड़ी जाति" की। इस मामले में कानून साफ तौर पर स्थापित है और इस फैसले में मौजूदा सोच साफ है। स्थिति को राजेंद्रन मामले में ही साफ कर दिया गया था जब उच्चतम न्यायालय ने कहा था, "जाति भी नागरिकों का एक वर्ग है और अगर कोई वर्ग पूरी तरह से सामाजिक और शैक्षणिक रूप से पिछड़ा हुआ है तो उस जाति को आरक्षण दिया जा सकता है। यह इस आधार पर होगा कि सामाजिक और शैक्षणिक रूप से पिछड़े वर्ग के नागरिक की बात अनुच्छेद 15 (4) में कही गई है।" पेरियाकरुप्पम मामले में उच्चतम न्यायालय ने एक बार कहा कि "एक जाति हमेशा एक वर्ग के रूप में पहचानी जाती रही है।"

7.44 बालाजी मामले में किए गए अवलोकन और उसके बाद के इलाहाबाद उच्च न्यायालय के फैसले सहित कई फैसलों में गरीबी और सामाजिक पिछड़ेपन में संबंध सामने आया। इस मामले में उच्चतम न्यायालय ने कहा, "सामाजिक पिछड़ापन के अंतिम विश्लेषण में गरीबी व्यापक पैमाने पर उभरकर सामने आती है। नागरिकों का यह वर्ग जो बहुत ही गरीब है, स्वाभाविक रूप से सामाजिक रूप से पिछड़ा है।" अध्याय 4 में हमने दिखाया है कि हिंदू जाति वर्णक्रम में निम्न और अशुद्ध जातियों को छोटा कहे जाने वाले काम निर्धारित किए गए और बेहतरीन जिंदगी के अन्य सभी साधनों से उन्हें वंचित कर दिया गया। ऐसा जाति व्यवस्था के कारण किया गया, जिसमें निम्न जातियां सामाजिक रूप से पिछड़ी और आर्थिक रूप से कमजोर हो गईं। इन जातियों की गरीबी उनके साथ हुए सामाजिक भेदभाव से जुड़ी हुई है। वे अपनी गरीबी की वजह से सामाजिक रूप से नहीं पिछड़ी हैं। ऐतिहासिक और सामाजिक साक्ष्यों को देखते हुए इस विचार को समर्थन नहीं मिलता कि सामाजिक पिछड़ापन गरीबी की वजह से आया है। वास्तव में यह एक अलग मामला है।

7.45 हम इस अध्याय को श्री न्यायमूर्ति के सुब्बा राव के इस अवलोकन से खत्म कर सकते हैं जो उन्होंने जनरल मैनेजर साउदर्न रेलवे बनाम रंगाचारी[16] मामले में संविधान के अनुच्छेद 16 (4) के मुताबिक कहा था। उच्चतम न्यायालय ने इस पर रोक लगा दी कि अनुच्छेद 16 (4) प्रकृति में अनुच्छेद 16 (1) का अपवाद है और इसकी व्याख्या इस तरह से नहीं की जा सकती है जिससे कि मुख्य

[16] एआईआर 1962 एससी 36

प्रावधान नष्ट हो जाए। "संविधान का कोई भी प्रावधान या कोई भी अधिनियमन इस तरह से नहीं बनाया जा सकता कि वह समान रूप से मौजूद प्रावधान को नष्ट कर दे....." अपने इस फैसले में न्यायमूर्ति सुब्बाराव ने पाया कि अनुच्छेद 16 (4) अनुच्छेद (16 (1) का अपवाद नहीं है। " इसमें 'अनुच्छेद में कुछ भी ऐसा नहीं' एक विधायी उपकरण है, जिसमें यह साफ किया गया है कि इसमें दी गई शक्तियां किसी तरह से मुख्य प्रावधानों तक सीमित नहीं हैं, बल्कि उसके बाहर भी जाती हैं। इसे अपवाद के रूप में नहीं मोड़ा जा सकता, बल्कि उसे अनुच्छेद के एक अन्य बगैर किसी रोक वाले प्रावधान के रूप में संरक्षित किया गया है।"

7.46 हालांकि यह अवलोकन एक असहमति वाले फैसले के रूप मे किया गया, लेकिन फिर भी अन्य पिछड़े वर्ग को विशेष लाभ दिए जाने के लिए संविधान के अनुच्छेद 16 (4) को लागू करने के मामले में इस पर गंभीरता से विचार किए जाने की जरूरत है।

अध्याय 8

अन्य पिछड़े वर्ग के कल्याणकारी कार्यों में उत्तर दक्षिण की तुलना

(चार राज्यों के मामलों का अध्ययन)

8.1 ऐतिहासिक गलतियों को दुरुस्त करना बहुत जटिल और कठिन प्रक्रिया है। जातियों में विभाजित हिंदू समाज में जाति व सामाजिक आर्थिक स्थिति नजदीकी से जुड़ी हुई है। मुट्ठी भर उच्च जातियों ने जीवन की सभी बेहतर चीजों पर कब्जा कर लिया और बड़ी संख्या में मौजूद निम्न जातियां सामान्य जिंदगी जीने की बुनियादी जरूरतों से भी वंचित रहीं। इसे देखते हुए स्वतंत्रता के बाद देश के सामने सबसे जरूरी मसला उच्च और निम्न के बीच खाई को पाटना व ज्यादा समन्वयवादी समाज बनाना था।

8.2 सरकार ने इस समस्या के समाधान के लिए दो तरीके अपनाए। एक तरफ जहां देश के संपूर्ण विकास के लिए पंचवर्षीय योजनाएं बनीं वहीं दूसरी ओर अनुच्छेद 15 (4), 16 (4), 46 आदि के तहत विशेष प्रावधान बनाए गए। इसका मकसद पिछड़े वर्ग के सभी समूहों उत्थान करना था। सरकार को पिछड़े वर्ग के कल्याण के लिए योजनाएं बनाने व उन्हें लागू करने का पूरा दायित्व सौंपा गया, लेकिन अनुसूचित जाति व जनजाति को छोड़कर अन्य मामले में इसे राज्य सरकारों के विवेक पर छोड़ दिया गया। यह तरीका अपनाए जाने के कारण अन्य पिछड़े वर्ग के हितों की गंभीर उपेक्षा हुई।

8.3 अन्य पिछड़े वर्गों के उत्थान का कार्य राज्य सरकारों और उनके संसाधनों पर छोड़ दिया गया। ऐसे में विभिन्न सरकारों ने इसके लिए अलग अलग तरीके अपनाए। दक्षिण भारत के राज्यों में पिछड़ा वर्ग आंदोलन का लंबा इतिहास रहा है। ऐसे में उन राज्यों में अन्य पिछड़े वर्ग के कल्याण के लिए योजनाएं लागू करने की दिशा में उल्लेखनीय प्रगति हुई। वहीं दूसरी ओर उत्तर भारत के राज्यों में आधे अधूरे मन से काम किया गया और इस दिशा में काम करने में हिचकिचाहट रही। इस दिशा में उठाया गया सबसे ठोस कदम सरकारी नौकरियों व प्रोफेशनल शिक्षण संस्थानों में आरक्षण का प्रावधान करना था। इस तरह की रियायत दक्षिण भारत के 4 राज्यों में पहले लागू हो गई और पूरी प्रक्रिया सामान्य और बगैर व्यवधान

के चली। वहीं जब बिहार और उत्तर प्रदेश जैसे राज्यों में बहुत छोटे पैमाने पर इसी तरह की रियायत देने की कवायद की गई तो उच्च जातियों की तरफ से हिंसक प्रतिक्रिया की गई।

8.4 सही मायने में देखें तो यह चकरा देने वाले लक्षण थे। सामान्यतया देखा जाए तो उत्तर भारत की तुलना में दक्षिण में रूढ़िवादिता ज्यादा है। दक्षिण और उत्तर भारत में अन्य पिछड़े वर्ग के सवाल पर प्रतिक्रिया को समझने के लिए आयोगों के कार्य बहुत महत्त्वपूर्ण हैं। तमिलनाडु, कर्नाटक, बिहार और उत्तर प्रदेश में अन्य पिछड़े वर्ग के लिए किए गए कल्याणकारी कार्यों की तुलना के लिए आयोग ने टाटा इंस्टीट्यूट आफ सोशल साइंस से तुलनात्मक अध्ययन करने के लिए संपर्क किया। उस अध्ययन को इस रिपोर्ट के वाल्यूम 4 में रखा गया है। उस अध्ययन के कुछ पहलुओं की समीक्षा करने से निम्नलिखित महत्त्वपूर्ण बातें निकल कर सामने आती हैं। आयोग इस अध्ययन के सभी निष्कर्षों से अनिवार्य रूप से सहमत नहीं है।

8.5 उत्तर प्रदेश और बिहार में आरक्षण को लेकर पीछे हटने और तमिलनाडु और कर्नाटक में ऐसा न होने की वजह को लेकर आयोग ने निम्नलिखित 9 परिकल्पनाएं प्रस्तुत की हैं–

(1) सांप्रदायिक आरक्षण योजना का पुराना इतिहास है, लेकिन अगड़ी जातियों द्वारा इसका विरोध लगभग नदारद रहा।

(2) अगर अगड़ी जातियां खुद विभाजित रहती हैं, ऐसे में प्रतिरोध की संभावना कम रहती है।

(3) अगर पिछड़ी व अनुसूचित जातियां एकजुट नहीं रहती हैं तो उच्च जातियों की ओर से प्रतिशोध की संभावना ज्यादा होती है।

(4) अगर पिछड़ी जातियां भी राजनीतिक रूप से जागरूक और संगठित हैं तो अगड़ी जातियों की ओर से प्रतिशोध की संभावना कम रहती है।

(5) अगर उच्च जातियों के सामने अचानक अपना राजनीतिक और आर्थिक दबदबा खत्म होने का संकट आता है, जैसे अगर अचानक श्रेणी में असमानता को लेकर आरक्षण लागू किया जाए तो ऐसी जातियों की ओर से प्रतिशोध की संभावना बहुत ज्यादा होती है।

(6) अगर अगड़ी उप जाति के लोग पिछड़ी जाति के लोगों से आसानी से आगे बढ़ जाते हैं तो प्रतिशोध की संभावना मामूली रहती है।

(7) अगर राज्य को कुल मिलाकर इस तरह के पुनरुत्थान का अनुभव होता है या बाहरी संकेतों के खिलाफ ध्रुवीकृत होता है तो अगड़ी जातियों के

खिलाफ पिछड़े वर्ग का आंदोलन कम मजबूत रहने की संभावना होती है।

(8) पिछड़े वर्ग की ओर से बचाव करने की क्षमता (अ) उनकी संख्या (ब) राजनीतिक जागरूकता (स) दबंगई (द) वैकल्पिक संभावनाओं की कमी पर निर्भर होती है।

(9) अगर गैर सरकारी क्षेत्र का विस्तार हो रहा है तो अगड़ी जातियों की ओर से प्रतिशोध की संभावना कम रहती है।

8.6 अगर ऐतिहासिक संदर्भ में जातियों के टकराव को देखा जाए तो अध्ययन में कहा गया है, "ब्रिटिश शासकों ने हिंदू जाति ढांचे में तमाम ढांचागत हलचलें पैदा की। यह प्रकृति और प्रभाव में विरोधाभासी थे ..... । इस तरह से हिंदू जाति व्यवस्था में ब्रिटिश शासन का असर नौकरियों, शिक्षा और पेशे पर एकाधिकार के मामले में बहुत ज्यादा पड़ा। पश्चिम की समानता व न्याय की अवधारणा हिंदू पदसोपान, सांस्कृतीकरण के लक्षणों, सामान्य सुधार आंदोलनों को पीछे छोड़ रही थी और तेजी से सुधार हो रहा था। आधुनिक भारत में जातीय संगठन उभरे और इनकी नई भूमिका सामने आई। इससे जातीय टकराव बढ़ा। ब्रिटिश भारत में दो और महत्त्वपूर्ण चीजें सामने आईं जिसमें आम लोगों का राजनीतिकरण और सार्वजनिक वयस्क मताधिकार शामिल है। स्वतंत्रता के बाद से यह बदलाव का सबसे बड़ा हथियार बना।"

8.7 अब हम 4 राज्यों की अलग अलग स्थिति देखेंगे, जिसका अध्ययन इंस्टीट्यूट द्वारा किया गया है।

तमिलनाडु

8.8 तमिलनाडु के ब्राह्मण पीढ़ियों से पढ़े लिखे होने के कारण ब्रिटिश शिक्षा प्रणाली के मुख्य लाभार्थी हुए। यह लाभ साफ नजर आता है। इससे वे सभी सरकारी नौकरियों व पेशों में एकाधिकार स्थापित करने में सफल रहे। "मांटेग्यू चेम्सफोर्ड रिपोर्ट में भी इसे लेकर अलर्ट किया गया और इसे देखते हुए गैर ब्राह्मण अभिजात्य जातियों ने सबसे पहले साउथ इंडियन लिबरल फेडरेशन ऐंड सोसाइटी, द जस्टिस पार्टी की स्थापना 1916 में की।" 1920 में सत्ता में आने के बाद से इस पार्टी ने नौकरियों में ब्राह्मणों की पकड़ कमजोर करने की दिशा में कदम उठाए। 1927 के कम्युनल जीओ के तहत विभिन्न समुदायों के लिए पदों पर कंपार्टमेंटल रिजर्वेशन की व्यवस्था की गई।

8.9 यह उल्लेख करना उचित होगा कि, "जस्टिस पार्टी के नेता उस तबके से थे, जिनके पास जमीनें थीं। वे भूमिहीन जातियों को अपनी श्रेणी में शामिल कर

अपने आधार को व्यापक बनाने को बहुत इच्छुक नहीं थे..... 1927 का कम्युनल जीओ वेल्लाल जाति के लिए जीत थी, खासकर मुदलियारों के लिए।" यह तरीका अपनाने के कारण जस्टिस पार्टी का बहुसंख्य आधार खत्म हो गया। उसके बाद राष्ट्रीय आंदोलन ने इसे और कमजोर कर दिया।

8.10 इसी बीच कांग्रेस में ब्राह्मणों के दबदबे और गांधी जी के वर्ण के शुद्ध होने के विचार से अलग होकर ईवी रामास्वामी नायकर ने कांग्रेस पार्टी छोड़ दी और स्व सम्मान आंदोलन (सेल्फ रेस्पेक्ट मूवमेंट) चलाया। उन्होंने ब्राह्मणवादी धर्म और संस्कृति को खारिज कर दिया और अलग से द्रविड़िस्तान की मांग की। उसके बाद द्रविड़ कषगम पार्टी की स्थापना के साथ हिंदू विरोधी और उत्तर भारत विरोधी बातें भी इस विचारधारा में शामिल हो गईं।

8.11 1947 में 1927 के कम्युनल जीओ में संशोधन किया गया। इसमें महत्त्वपूर्ण बात यह थी, "पहली बार गैर ब्राह्मण जातियों को अलग कर गैर ब्राह्मण हिंदू और गैर ब्राह्मण पिछड़े हिंदू में विभाजित किया गया।" इस कंपार्टमेंटल आरक्षण को उच्च न्यायालय ने खारिज कर दिया। इसके बाद सरकार ने एक और आदेश 1951 में जारी किया जिसमें सिर्फ अनुसूचित जाति और जनजाति और अन्य पिछड़े वर्ग के लिए आरक्षण की व्यवस्था की गई। इस पर गैर ब्राह्मण अगड़ी जातियों ने कोई तीखी प्रतिक्रिया नहीं दी क्योंकि "वे अपनी ताकत बरकरार रखने के लिए सक्षम हो चुके थे और इसके कारण फैसले का उन्होंने कोई तीखा विरोध नहीं किया।"

8.12 उपरोक्त आरक्षण योजना की खास बात यह थी कि इसने ज्यादातर बड़े समुदायों या जाति समूहों को अगड़े और पिछड़े धड़ों में बांच दिया। "अनुसूचित जाति से इसाई बने लोगों को पिछड़ा माना गया, जबकि अन्य इसाइयों को अगड़ा। लबाई और दखनी मुस्लिम पिछड़े हैं, जबकि उर्दू बोलने वाले मुस्लिम अगड़े। अदिसाइवा, करघाता, कालावाली-वल्लाल अगड़े हैं, और थुलुवल्ला और सोझियावल्ला पिछड़े हैं। रेड्डी अगड़े हैं, जबकि गंजाम के रेड्डी, गावरा और वाडुगर नायडू पिछड़े हैं। कम्मा नायडू अगड़े हैं...." विभाजन के इस तरीके से अगड़ी उपजातियों की विरोध और प्रदर्शन करने की क्षमता बहुत कम हो गई।

8.13 आरक्षण व्यवस्था लागू होने से पिछड़े वर्ग में अधिसूचित लोगों में से अगड़ी जाति समूहों को ज्यादा फायदा मिला। तमिलनाडु पिछड़ा वर्ग आयोग ने अपने विशेष नोट में यह कहा और सुझाव दिया कि पिछड़े वर्ग की विभिन्न श्रेणियों के लिए कंपार्टमेंटल आरक्षण पेश किया जा सकता है, लेकिन राज्य सरकार ने इस सुझाव पर ध्यान नहीं दिया। "यहां मुख्य सवाल यह है कि आखिर कमजोर और बहुत पिछड़ी जातियां, जिनकी संख्या 88.7 प्रतिशत है, ऐसा अनुभव क्यों नहीं करती

हैं कि कुछ मुट्ठी भर जातियों को आरक्षण का पूरा फायदा मिल रहा है।" कर्नाटक में देवराज उर्स ने इस व्यवस्था को पेश किया, जिससे इन जातियों का राजनीतिक आधार मिल सके। लेकिन तमिलनाडु में इस तरह का आंदोलन आकार नहीं ले सका क्योंकि वहां द्रविड़ कषगम संस्कृति प्रभावी थी। जैसे जैसे तमिल संस्कृति प्रभावी होने लगी..... वास्तविक पिछड़ा वर्ग आंदोलन..... नहीं उभर सका।

8.14 कुछ अन्य राज्यों के विपरीत तमिलनाडु में हरिजन व अन्य पिछड़े वर्गों के बीच टकराव नहीं हुआ क्योंकि वहां ब्राह्मण और गैर ब्राह्मण का विवाद था। "चूंकि तमिलनाडु एक गैर सांस्कृतिक संस्कृति क्षेत्र है, वहां चार वर्ण की व्यवस्था कम ही लागू होती है।" यहां हरिजन भी आगे की कतार में आकर सेल्फ रेस्पेक्ट मूवमेंट से जुड़े।

8.15 तमिलनाडु की अर्थव्यवस्था के विस्तार और तुलनात्मक रूप से ज्यादा मात्रा में शहरीकरण होने से ब्राह्मण और गैर ब्राह्मण उच्च जाति के युवाओं को नौकरियों के नए अवसर मिलने लगे। निश्चित रूप से इससे तनाव कम हुआ अन्यथा नौकरियों में आरक्षण आदि की वजह से इन जातियों के बीच तनाव बढ़ता।

कर्नाटक

8.16 मैसूर के ब्राह्मण भी अपने तमिल बंधुओं के करीब समान ही थे। उन्होंने दो प्रभावशाली जातियों लिंगायत और वोक्कालिंगा पर बढ़त बना ली थी। मद्रास में जस्टिस आंदोलन के उभार के रजवाड़ा वाले इलाके मैसूर के लिंगायत और वोक्कालिंगा भी सरकारी सेवाओं और शिक्षा में ब्राह्मणों के एकाधिकार के खिलाफ विरोध पर उतर आए। ब्राह्मण जहां शहरी इलाकों का रुख कर चुके थे, लिंगायत समुदाय जमीन से जुड़ा हुआ था। उन्होंने कृषक समुदाय का एसोसिएशन बनाया और 1917 में प्रजा मित्र मंडली का गठन हुआ। इसका मकसद गैर ब्राह्मणों की आवाज बुलंद करना था। सरकार ने पिछड़े वर्ग की शिकायतों पर सहानुभूतिपूर्वक विचार किया। मिलर समिति की रिपोर्ट के आधार पर सरकार ने 1921 में पिछड़े वर्ग के अभ्यर्थियों के लिए शैक्षणिक और रोजगार के क्षेत्र में विशेष प्रावधान किए। इसकी वजह से धीरे धीरे सेवाओं और प्रोफेशनल इंस्टीट्यूशंस में ब्राह्मणों की संख्या में कमी आई।

8.17 मसलों पर विशेष ध्यान न देने की वजह से प्रजा मित्र मंडली का पतन हो गया और उसकी जगह 1928 में प्रजा पक्ष ने ले ली। इस दल का नेतृत्व मुख्य रूप से दो प्रभावशाली जातियों के हाथों में था, जो पड़ोसी राज्यों में जातीय टकराव को लेकर चर्चा में रहती थीं।

8.18 स्वतंत्रता के बाद "वोक्कालिंगा ने राज्य की मशीनरी और कांग्रेस पार्टी पर नियंत्रण

शुरू कर दिया लिंगायत उनके जूनियर पार्टनर बने। 1956 में एकीकृत कर्नाटक के गठन के बाद जातीय संतुलन बढ़ा। पूरे राज्य में लिंगायतों की आबादी राज्य की कुल आबादी का 15 प्रतिशत हो गई, वहीं वोक्कालिंगा की आबादी 11 प्रतिशत थी। पुराने मैसूर इलाके से राजनीति का केंद्र नवनिर्मित क्षेत्र खासकर बॉम्बे-कर्नाटक हो गया।"

8.19 पुनर्गठन के बाद नए नेताओं ने सांप्रदायिक आरक्षण योजना का विस्तार पूरे राज्य के लिए कर दिया। परिणामस्वरूप न्यायालयों में तमाम मामले दर्ज किए गए। इसमें बालाजी मामला अहम है। राज्य सरकार ने 1963 में अन्य पिछड़े वर्गों के लिए 30 प्रतिशत और अनुसूचित जाति एवं जनजाति के लिए 18 प्रतिशत आरक्षण का प्रावधान किया। इस आरक्षण योजना के लाभार्थी राजनीतिक रूप से दबंग जातियां वोक्कालिंगा और लिंगायत थीं। इसकी वजह से अन्य अल्पसंख्यक जातियों में नाराजगी पैदा हुई, जो खुद को उपेक्षित और वंचित महसूस करने लगे। "देवराज उर्स... बहुत सावधानीपूर्वक और परिश्रम से गैर लिंगायत और गैर वोक्कालिंगा समुदायों को जागरूक किया गया।" प्राथमिक रूप से इससे आधार मजबूत हुआ और वे 1972 से 1980 तक राज्य में शासन करने में सफल रहे।

8.20 1972 में उन्होंने कर्नाटक पिछड़ा वर्ग आयोग का गठन किया, जिसके चेयरमैन श्री एलजी हावानूर थे। सर्वे के आधार पर आयोग ने ब्राह्मण, लिंगायतों, क्षत्रियों आदि को पिछड़े वर्ग की सूची में शामिल नहीं किया। आयोग की सिफारिशों में थोड़ा संशोधन के बाद राज्य सरकार ने राज्य के वंचित वर्ग को 6 व्यापक श्रेणियों में विभाजित किया और हर समूह के लिए अलग आरक्षण का प्रावधान किया।

8.21 इस योजना का विशेष गुण यह था, "लिंगायत की कुछ उपजातियों को पिछड़े वर्ग के रूप में चिह्नित किया गया, जबकि इसकी ज्यादातर उपजातियों को अगड़ी जाति में रखा गया। साथ ही वोक्कालिंगा को पिछड़े समुदाय के रूप में वर्गीकृत किया गया, वहीं कर्नाटक राज्य में उनके वरिष्ठ साझेदार लिंगायतों में ज्यादातर को अगड़े के रूप में चिह्नित किया गया। इन वजहों से लिंगायत समुदाय आरक्षण योजना को लेकर विभाजित हो गया, जो हावानूर आयोग की रिपोर्ट के आधार पर की गई थी। साथ ही इस मसले पर वोक्कालिंगा और लिंगायत के बीच गठजोड़ नहीं बन सका, क्योंकि वे पिछड़े और अगड़े के अलग अलग खेमे में चले गए। यह बिहार और उत्तर प्रदेश की स्थिति से बिल्कुल अलग था, जहां सभी बड़े अगड़े समूह जैसे ब्राह्मण, क्षत्रिय, राजपूत और भूमिहार को अगड़े के रूप में वर्गीकृत किया गया था और और उन्हें एकजुट होने के लिए प्लेटफॉर्म मिल गया था।"

8.22 हावानूर आयोग की रिपोर्ट के कारण लिंगायत व अन्य पिछड़ी जातियों में जबरदस्त मतभेद उभरकर सामने आए। लेकिन छोटी पिछड़ी जातियों का जोरदार ध्रुवीकरण हुआ। लिंगायतों के विरोध प्रदर्शन से कोई खास असर नहीं पड़ा।

8.23 "कर्नाटक में गैर ब्राह्मण आंदोलन 20 के दशक में व्यापक पुररुत्थानवादी कन्नड़ विचारधारा पैदा करने में असफल रहा, जिससे गैर ब्राह्मणों के बीच दरार नहीं बनी। ... अभी हाल की दरार ने पुराने ब्राह्मण बनाम गैर ब्राह्मण की दरार की जगह ले दी।"

8.24 "उत्तर प्रदेश और बिहार के ब्राह्मण, क्षत्रिय, भूमिहार और राजपूत की तरह कर्नाटक के लिंगायत, ब्राह्मण और बुंट को आरक्षण योजना से बाहर रखा गया। कर्नाटक के ब्राह्मण इतने कमजोर थे कि वे लिंगायत से हाथ मिला सकते थे। उनमें कोई अंतर नजर नहीं आता। ब्राह्मण नेताओं को लगता था कि नौकरियों के मामले में 1972 के बाद से थोड़ा बेहतर स्थिति में हैं। इन सभी वजहों से अगड़ी जातियों की नाराजगी कर्नाटक में कम हुई और इसने हिंसक रूप नहीं लिया।"

8.25 कर्नाटक में शहरीकरण और उद्योगों के तेज विकास से जातिगत तनाव कम हुआ, जैसा कि तमिलनाडु के मामले में हुआ था।

बिहार

8.26 तमिलनाडु और कर्नाटक के विपरीत उत्तर प्रदेश और बिहार की द्विज जातियां बिल्कुल अलग हैं और वे पिछड़ी जातियों और हरिजनों से भी अलग रहती हैं। इसके अलावा यहां कायस्थ मुख्य रूप से शिक्षित जाति हैं, ब्राह्मण नहीं।

8.27 "बिहार में साठ के दशक तक कांग्रेस के भीतर राजनीतिक संघर्ष और प्रतियोगिता मुख्य रूप से द्विज जातियों के बीच ही थी। साठ के दशक के बाद यह दरार उल्लेखनीय रूप से मिटे बगैर ही इन जाति समूहों और निचली किसान जातियों व अनुसूचित जातियों के बीच टकराव शुरू हुआ।"

8.28 बिहार की तीन द्विज जातियों ब्राह्मण, भूमिहार और राजपूतों के पास ज्यादा जमीनें थीं। यहां पर ब्राह्मणों के बजाय उच्च शिक्षा में कायस्थ थे, जिन्होंने आधुनिक और पेशेवर शिक्षा ग्रहण की। 1911 में बंगाल से बिहार को अलग किया जाना उनके लिए बड़ा अवसर था।

8.29 भूमिहार, राजपूतों की तुलना में ज्यादा पढ़े लिखे थे, लेकिन कायस्थों की तुलना में गांवों पर ज्यादा केंद्रित थे। उनका कांग्रेस में दबदबा था। यह दबदबा उनके चतुर नेता डॉ श्रीकृष्ण सिन्हा की मृत्यु तक बना रहा।

8.30 स्वतंत्रता के बाद के शुरुआती दौर में कांग्रेस शासित बिहार में राज्य के राजनीतिक

जीवन में सामाजिक दरार सतह पर थी। "कायस्थ, राजपूत समूहों को प्रोत्साहित कर अपनी स्थिति मजबूत करने की कवायद कर रहे थे। ब्राह्मण भी पचास के दशक में बड़ी संख्या में कांग्रेस में घुसे। पचास के दशक में भूमिहार राजपूत की प्रतिद्वंद्विता चरम पर थी।" लेकिन इन सभी प्रगति से पता चलता है कि इस अवधि के दौरान पिछड़ी जातियों ने सत्ता के खेल में महत्त्वपूर्ण जगह नहीं बनाई थी। यादवों, कुर्मियों और कोइरियो के उभार के बाद पिछड़ा वर्ग खुद को जातीय आधार पर संगठित करने लगा। "आल इंडिया यादव महासभा का मुख्यालय पटना में है और बिहारी यादवों के साथ पंजाब और उत्तर प्रदेश के उनके समकक्ष भी भारत के यादव आंदोलन की रीढ़ रहे। शुरुआती स्तर पर इनमें से ज्यादातर जाति समूहों ने मुख्य रूप से लड़ रहे उच्च जातियों के सहयोगी के रूप में काम किया। अपना नेतृत्व मजबूत रखने के लिए अगड़ी जातियों के लोग पिछड़ी जातियों को अपने साथ रखते थे।" स्वाभाविक रूप से इससे किसान जातियां मोर्चा नहीं बना सकीं प्रत्येक जाति कांग्रेस में बंटकर घुसी। हां, यह सही है कि राजनीतिक कौशल सीखने के बाद वे ज्यादा आत्मनिर्भर होने लगे।

8.31 यह जानना दिलचस्प होगा कि 1934 और 1960 के बीच बिहार प्रदेश कांग्रेस की कार्यकारिणी में कायस्थ सदस्यों की संख्या 53.84 प्रतिशत से तेजी से घटकर 4. 76 प्रतिशत पर पहुंच गई। वहीं भूमिहारों की संख्या इस दौरान 15.38 प्रतिशत से बढ़कर 28.56 प्रतिशत हो गई। "कुछ बढ़ोतरी के बाद राजपूतों और ब्राह्मणों की संख्या कांग्रेस में लगातार घटी। पिछड़ी जातियां (उच्च और निम्न दोनों) 1948 के आसपास से नजर आने लगीं और 1960 तक 14 प्रतिशत पदों पर काबिज हो गईं। जैसा कि ब्लेयर (1980) दिखाते हैं, कांग्रेस विधायी दल में 1962 में पिछड़ी जातियों की संख्या सिर्फ 24.9 प्रतिशत थी, जिसमें बड़ी संख्या में उच्च पिछड़े थे। एक बार फिर यह राजनीति और आम जीवन में दक्षिण भारत के गैर ब्राह्मण जातियों की सफलता के विपरीत नजर आता है। बिहार के इतिहास में 1963 में पहली बार अगड़ी जाति के नेता (केबी सहाय, कायस्थ) और पिछड़ी जाति के नेता (बीरचंद पटेल, कुर्मी) में पूरी ताकत के मुकाबला हुआ। दिलचस्प है कि न सिर्फ पिछड़ी जाति के विधायक, बल्कि अनुसूचित जाति व जनजाति के विधायक दो प्रतिद्वन्द्वियों में बंटे हुए थे। ज्यादातर पिछड़ों ने पटेल के बजाय सहाय को वोट दिया।"

8.32 1962 के बाद से अगड़ी जातियों के विधायकों की संख्या कम हुई और पिछड़े वर्ग के विधायकों की संख्या बढ़ी, हालांकि यह अंतर बहुत ज्यादा नहीं था। राम मनोहर लोहिया ने पहली बार पिछड़ी जातियों को एकजुट करने का विचार दिया, जिससे कांग्रेस को हराया जा सके। साठ के दशक में संयुक्त सोशलिस्ट पार्टी ने

उन्हें लुभाना शरू किया। "कांग्रेस की 1967 में हार पिछड़ी जातियों के उत्थान का एक महत्त्वपूर्ण मील का पत्थर है। इन विधानसभा चुनावों में बनिया, कुर्मी, कोइरी और यादव प्रत्याशी बड़ी संख्या में जीतकर आए। कुल विधायकों में इनकी संख्या 31.6 प्रतिशत थी। इनमें से ज्यादातर एसएसपी से थे। 1969 के मध्यावधि चुनाव में भी यही रिपीट हुआ। 1972 के चुनाव में कांग्रेस कामयाब रही और पिछड़ी जातियों के विधायकों की संख्या 1962 से भी निचले स्तर पर आ गई। पिछड़ी जातियों की संख्या 1977 के चुनाव में फिर बढ़ी, जब जनता पार्टी चुनाव जीती। उसके बाद की हुई घटनाओं से लगता है कि 1977 का चुनाव बिहार की राजनीति में स्थायी और टिकाऊ रूप से पिछड़े वर्ग का उभार साबित नहीं हुआ। 1967 में उनके उभार की तरह ही 1977 में भी उभार नजर आया, जो अस्थायी साबित हुआ। इसके विपरीत कर्नाटक में 1972 और 1978 के चुनाव में स्थायित्व दिखा और पिछड़ी जातियों का नया गठजोड़ बना।"

8.33 बिहार में भूमि सुधार की स्थिति मुख्य वजह रही, जिससे पिछड़ी जातियों का राजनीति में उचित रुझान नजर नहीं आया। बिचौलियों को खत्म किए जाने की वजह से कुर्मी, कोइरी और यादव जैसी किसान जातियों को निश्चित रूप से मदद मिली। यह छोटे किसान प्रोपराइटर "अपनी जमीन पर बहुत कठिन मेहनत करते हैं और अपने श्रमिकों से भी बहुत काम कराते हैं।" और कृषि श्रमिकों के किसी भी विरोध पर आपसी टकराव होता है और हरिजनों का उत्पीड़न होता है। इसकी वजह से बिहार में इनमें कोई समझौता न हो सका और संयुक्त राजनीतिक ताकत नहीं बन सकी। इस स्थिति के चलते टकराव और खाई की स्थिति हमेशा बनी रही।

8.34 बिहार में कर्पूरी ठाकुर सरकार ने नवंबर 1978 में पिछड़े वर्ग के लिए 20 प्रतिशत आरक्षण का प्रावधान किया। (इसका विस्तृत ब्योरा रिपोर्ट के अध्याय 2 में दिया गया है।) "पिछड़ी जातियों के ध्रुवीकरण के लिए कर्पूरी ठाकुर सिर्फ लोहिया की राह पर चल रहे थे। उन्होंने सोचा कि वह बिहार में सफलतापूर्वक कर्नाटक मॉडल लागू कर लेंगे। इस सरकारी आदेश ने अगड़ी जातियों को प्रतिरोध के लिए उकसाया। बड़े पैमाने पर विरोध शुरू हो गया। कॉलेज और विश्वविद्यालय बंद हो गए। रेल व बसों पर हमले हुए। सरकारी संपत्तियों को नुकसान पहुंचाया गया।"

8.35 इकोनॉमिक ऐंड पॉलिटिकल वीकली* के हाल के एक लेख में जेम्स मोर ने देवराज अर्स और कर्पूरी ठाकुर की उपलब्धियों की तुलना कुछ इस तरह से की है–

*ईपीडब्ल्यू वार्षिक नवंबर 1980

"ठाकुर ने पदभार संभालने के बाद अपनी नीतियां पिछड़े वर्गों को ध्यान में रखकर बनाई। उन्होंने अपने आदेशों में ऐसा किया कि पिछड़े वर्ग ने अगड़ों को बिहार की राजनीति में पीछे छोड़ दिया। गांवों से लेकर विधानसभा तक में द्विज जातियां पीछे छूट गईं। लेकिन उन्होंने राज्य में पिछड़े वर्ग को राजनीतिक रूप से मजबूत करने और राजनीतिक व आर्थिक योजनाएं ऐसी नहीं बनाईं जिससे कि पिछड़े वर्ग को सरकार का संरक्षण मिल सके। उनकी शुरुआत में की गई पेशकश की वजह से अगड़ी और अनुसूचित जातियां खतरा महसूस करने लगीं और उनकी सरकार कोई बड़ा लक्ष्य हासिल किए बगैर गिर गई। उनके बाद ऐसी सरकार आई, जिसमें अगड़ी जातियों और जनसंघियों का दबदबा था। देवराज अर्स के शब्दों में कर्पूरी यह जाने बगैर शेरों के बाड़े में घुस गए कि किस तरह से बॉक्स खोला जाए।"*

8.36 अर्स के ओबीसी और अनुसूचित जाति के संबंधों के प्रबंधन के बारे में मोर ने पाया– "उत्तर भारत में जहां चल रहे कार्यक्रम को अनुसूचित जाति के लिए खतरे के रूप मे देखा गया, वहीं अर्स ने पिछड़े वर्ग और अनुसूचित जातियों में गठजोड़ कायम रखा। उन्होंने प्रतीकवाद और पुष्ट कार्रवाई के माध्यम से ऐसा किया। प्रतीकात्मक स्तर पर उन्होंने अनुसूचित जाति के नेता बी बासाविलंगप्पा को राजस्व मंत्री के रूप में महत्त्वपूर्ण भूमिका दी और कैबिनेट में अनुसूचित जाति का प्रतिनिधित्व महत्त्वपूर्ण विभागों के साथ दोगुना किया। विधानसभा के स्पीकर पद पर भी उस वर्ग के सदस्य को बिठाया। अर्स ने यह भी बहुत सफलतापूर्वक और दावे के साथ अनुसूचित जातियों को आश्वस्त किया कि पिछड़े वर्ग के कोटे से उनके अनिवार्य कोटे पर कोई असर नहीं पड़ेगा। साथ ही उन्होंने कवायद की कि उच्च पदों पर जहां अनुसूचित जातियों को नहीं रखा गया था, उनके कार्यकाल में इस तरह का कोई भेदभाव नहीं किया गया और अनुसूचित जातियों को जगह मिली।"

8.37 तमिलनाडु और कर्नाटक के विपरीत बिहार में शहरीकरण और औद्योगीकरण की रफ्तार सुस्त रही। ऐसे में उच्च जातियों का युवा तबका अपना मूल कार्य छोड़कर नई जगहों में लगने में सक्षम नहीं हो पाया। इसके साथ उच्च सरकारी पदों पर उच्च जातियों की संख्या ज्यादा थी। इन सब वजहों से पिछड़ी जातियों पर हमले करने के लिए ऊंची जाति की क्षमता भी थी और उन्हें इसके लिए प्रेरणा भी मिली। जब भी पिछड़ी जातियों ने सर उठाने की कोशिश की, उन पर हमले हुए।

उत्तर प्रदेश

*राइजिंग मिडिल पीजेंट्री इन नॉर्थ इंडिया, प्रधान एम प्रसाद, इकोनॉमिक एंड पॉलिटिकल वीकली, एनुअल नवंबर 1980

8.38 बिहार की तरह ही उत्तर प्रदेश में भी वर्ण के मुताबिक अलग अलग जातियां बनी हुई थीं। 1931 की जनगणना के मुताबिक अगड़ी द्विज जातियों की संख्या कुल आबादी की करीब 20.30 प्रतिशत थी। इसमें ब्राह्मण 9.23 प्रतिशत और राजपूत की आबादी 7.28 प्रतिशत थी। किसानों में उच्च जातियां यादव, कुर्मी, जाट, लोध और कोइरी की कुल आबादी 16.4 प्रतिशत थी। उत्तर प्रदेश में ब्राह्मण, कायस्थ और बाद में बनिया आधुनिक शिक्षा के मुख्य लाभार्थी हुए। राजपूत दबंग खेतिहर थे। उन्होंने ब्राह्मण, कायस्थ के नौकरियों व पेशों में एकाधिकार के मामले में दखल देने की कोई कवायद नहीं की।

8.39 उत्तर प्रदेश में अगड़ी और पिछड़ी जातियों के बीच बिहार या कर्नाटक जैसी खाई उत्पन्न न होने की एक वजह स्वतंत्रता की लड़ाई में भी मिलती है। "हिंदू-मुस्लिम और कांग्रेस-लीग के बीच की खाई ने हर एक खाई को दरकिनार कर दिया।" इससे यह भी पता चलता है कि किस तरह से एक व्यापक मसले ने उसी क्षेत्र के छोटे मसलों को दबा दिया।

8.40 पिछड़े वर्ग के मोर्चे पर "किसान जातियां यादव, कुर्मी, कोइरी, जाट ने आपस में भाईचारा विकसित कर लिया था। हालांकि यह तबका राजनीतिक मोर्चे पर एकजुट नहीं हो सका और ओबीसी और अनुसूचित जातियों के बीच कोई तालमेल नहीं बन पाया।"

8.41 उत्तर प्रदेश में 1937 से ही विभिन्न मंत्रालयों में जातीय आंकड़ों से पिछड़ी जातियों की कमजोरी का पता चलता है। 1937-39 की कैबिनेट में 6 पदों में से कैबिनेट में 3 ब्राह्मण थे और कोई ओबीसी नहीं था। यह पैटर्न 1952 में जाट नेता चरण सिंह को कैबिनेट में लिए जाने तक चलता रहा। संपूर्णानन्द, सीबी गुप्ता और सुचेता कृपलानी ने भी यह पैटर्न जारी रखा। 1967 में चरण सिंह के नेतृत्व में संयुक्त विधायक दल (एसवीडी) सरकार में 3 मंत्रालय किसान पिछड़ी जातियों को दिए गए, जिनमें यादव व कुर्मी शामिल थे। यह जरूरी हो गया था, क्योंकि 1967 के चुनाव में ठीक ठाक संख्या में पिछड़ी जाति के प्रतिनिधि जीतकर विधानसभा में पहुंचे। "कांग्रेस के पतन के साथ विधानसभा में अगड़ी जातियों के प्रतिनिधित्व में कमी आई।" 1970 में दूसरी बार चरण सिंह के नेतृत्व में और 1970-71 में टीएन सिंह के नेतृत्व में बनी सरकार में भी उच्च पिछड़ी किसान जातियों को थोड़ा बेहतर प्रतिनिधित्व मिला। साथ ही पहली बार कारीगर जाति को भी प्रतिनिधित्व मिला। लेकिन इस ट्रेंड से ओबीसी के उल्लेखनीय लाभ का संकेत नहीं मिलता। त्रिपाठी, बहुगुणा और तिवारी के नेतृत्व में बनी सरकरों में अगड़ी जातियों की दबंगई फिर बढ़ गई। उसके बाद सिर्फ 1977 में जनता पार्टी की सरकार आने पर ही

ओबीसी की हिस्सेदारी उल्लेखनीय रूप से बढ़ी। "बिहार में कर्पूरी ठाकुर की सरकार बनने पर जिस तरह से पिछड़ों का उत्थान हुआ, उसी तरह उत्तर प्रदेश में राम नरेश यादव के काल में मंत्रिमंडल में पिछड़े वर्ग की संख्या 1977 में बढ़ी। 1980 के चुनाव ने एक बार फिर इस अवधारणा को बदल दिया कि शक्ति के संतुलन में महत्त्वपूर्ण बदलाव हो रहा है।"

8.42 भूमि सुधार की वजह से बिहार की तरह ही उत्तर प्रदेश में बदलाव आए। "बंटाई और दूसरे का खेत लेकर खेती करने वाली जातियों यादव, कुर्मी, लोध, गूजर, कोइरी को खेती पर मालिकाना हक मिल गया। साथ ही वे आधुनिक खेती के बारे में जानकारी हासिल करने भर को शिक्षित भी थे।"

8.43 अति पिछड़ा वर्ग आयोग की सिफारिशों के आधार पर यादव सरकार ने अगस्त 1977 में ओबीसी के लिए सरकारी पदों पर 15 प्रतिशत आरक्षण का आदेश दिया। यह साफ नहीं है कि "पिछड़ा वर्ग आयोग" की जगह "अति पिछड़ा वर्ग आयोग" का गठन क्यों किया गया। अगर अगड़ी जातियों की संख्या के हिसाब से देखें तो ओबीसी के लिए 15 प्रतिशत आरक्षण बहुत मामूली था। "यहां तक कि उत्तर प्रदेश के कुछ इलाकों में सरकारी सेवाओं में काम करने वाले लोगों ने भी विरोध प्रदर्शन में हिस्सा लिया। प्रदर्शनकारियों का कहना था कि सामाजिक और आर्थिक पिछड़ेपन का आधार वर्ग होना चाहिए, न कि जाति।"

8.44 उस दौर को देखने से पता चलता है कि ओबीसी और अनुसूचित जातियों ने उत्तर प्रदेश में कोई राजनीतिक संगठन या दबाव समूह नहीं तैयार किया था, जिससे कि सेवाओं और शिक्षण संस्थाओं में ज्यादा प्रतिनिधित्व की मांग दमदारी से उठाई जा सके। यहां तक कि राज्य सरकार द्वारा दिया गया 15 प्रतिशत आरक्षण भी इलाहाबाद उच्च न्यायालय ने खत्म कर दिया। "कर्पूरी ठाकुर की तरह से ही राम नरेश यादव ने भी एक दशक से कम समय के काल में पिछड़े वर्ग की लामबंदी की कोशिश की। देवराज उर्स की तरह उन्होंने किसी शानदार रणनीति के माध्यम से अगड़ी जातियों को विभाजित करने की कोशिश नहीं की। 1977 में जनता पार्टी की विजय से सिर्फ विपथगामी मामले सामने आए।"

निष्कर्ष

8.45 तमाम अध्ययनों को देखते हुए आरक्षण को लेकर उत्तर भारत में दक्षिण की तुलना में तीखी प्रतिक्रिया आदि को संक्षेप में इस तरह व्यक्त किया जा सकता है–

(1) कर्नाटक और तमिलनाडु में पिछड़ा वर्ग आंदोलन का लंबा इतिहास रहा है और चरणबद्ध तरीके से तमाम कदम उठाए गए। वहीं उत्तर प्रदेश व

बिहार में इस तरह के कदम भी नहीं उठाए गए और इसे लेकर कोई जनांदोलन भी नहीं हुआ।

(2) दक्षिण भारत में अगड़ी जातियां बंटी हुई थीं। चाहे वह वर्गीकरण योजना के हिसाब से रहा हो या राजनीतिक या दोनों आधार पर। बिहार और उत्तर प्रदेश में सरकारी आदेशों में अगड़ी जातियों को विभाजित नहीं किया गया था।

(3) दक्षिण भारत में पिछड़ी किसान जातियो व अनुसूचित जातियों में टकराव बहुत मामूली थे। उत्तर भारत में यह खाईं बहुत गहरी थी। कई बार यह हिंसा के रूप में सामने आती थी। इसकी वजह से उत्तर भारत में पिछड़े वर्ग में एकता कमजोर हुई।

(4) गैर सांस्कृतीकृत दक्षिण भारत वर्ण को लेकर खाईं ब्राह्मण और गैर ब्राह्मण के रूप में थी। ब्राह्मण आबादी कुल आबादी का महज 3 प्रतिशत थी। सांस्कृतीकरण का शिकार बने उत्तर भारत में अगड़ी जातियों में कोई दरार नहीं थी और उनकी संख्या करीब 20 प्रतिशत थी। इसे देखते हुए पता चलता है कि उत्तर प्रदेश और बिहार की उच्च जातियां मजबूत स्थिति में थीं और पिछड़े वर्ग के खिलाफ आंदोलन कर सकती थीं।

(5) दक्षिण भारत में पिछड़े वर्ग के का बेहतर संगठन और लंबा इतिहास था और वे राजनीति में मजबूत स्थिति में थे। अन्य किसान जातियों में यादवों को नेतृत्व दिए जाने के बावजूद उत्तर भारत में एकजुट होकर मजबूत ओबीसी आंदोलन कभी नहीं हो सका।

(6) उत्तर प्रदेश और बिहार में उप सामंतवाद की परंपरा की वजह से अगड़ी जातियां छोटी पिछड़ी जातियों पर नियंत्रण स्थापित करने में सक्षम थीं। वे मुख्यधारा की पिछड़ी जातियों के साथ हाथ मिलाने से उन्हें रोक सकती थीं। दक्षिण भारत में ऐसा नहीं था।

(7) "तमिलनाडु और कर्नाटक की अर्थव्यवस्था का तेजी से प्रसार हुआ। निजी क्षेत्र उभरकर आया। इससे तमाम अगड़ी जातियों को काम मिल गया। इसके अलावा वे राज्य के बाहर जाने को भी तैयार थे। उत्तर प्रदेश व बिहार में निजी क्षेत्र स्थिर रहा। उत्तर प्रदेश और बिहार में अगड़ी जातियों के पास सरकारी नौकरियों के अलावा कोई विकल्प नहीं था। इन सब वजहों से उन्होंनें हिंसक प्रतिक्रियाएं दीं।"

अध्याय 9

केंद्र व राज्य सरकारों की ओर से साक्ष्य

(एक समीक्षा)

9.1 आयोग ने दो अलग-अलग प्रश्नावली तैयार की। एक प्रश्नावली राज्य सरकारों व केंद्र शासित प्रदेशों के लिए थी (परिशिष्ट -2) और एक केंद्र सरकार के मंत्रालयों और विभागों के लिए थी (परिशिष्ट-3)। इसमें संबंधित पक्षों से विभिन्न पहलुओं पर सूचनाएं मांगी गईं। यह प्रश्नावली निम्नलिखित पहलुओं को ध्यान में रखकर तैयार की गई-

(1) विभिन्न राज्यों में पिछड़े वर्ग के बारे में तुलनात्मक स्थिति की जानकारी हासिल करना और उनके कल्याण के लिए उठाए गए कदम।

(2) सामाजिक व शैक्षणिक रूप से पिछड़ेपन के बारे में विभिन्न राज्य सरकारों व केंद्र शासित प्रदेशों की सोच के बारे में जानकारी हासिल करना और

(3) इन सवालों के आधार पर कुछ जरूरी जानकारी हासिल करना, जिससे आयोग इन पर एक राय कायम कर सके।

(ए) राज्य सरकारों के लिए प्रश्नावली

9.2 राज्य सरकारों व केंद्र शासित प्रदेशों के लिए तैयार की गई प्रश्नावली में कुल 86 सवाल रखे गए। उन्हें 7 भागों में बांटा गया। (1) मानदंड (2) सुरक्षात्मक कदम, आरक्षण आदि (3) जनगणना (4) सामाजिक (5) शैक्षणिक (6) कल्याणकारी और (7) रोजगार। यह प्रश्नावली राज्य व केंद्र शासित प्रदेशों की सरकारों को 11 अप्रैल 1979 को भेजे गए। इनका जवाब मिलने में एक साल से ज्यादा वक्त लगा।

9.3 इन जवाबों का विश्लेषण करने के पहले यह बताना जरूरी है कि आयोग को किस प्रकृति की सूचनाएं मिलीं। प्रश्नावली के कुछ महत्त्वपूर्ण सवालों के अर्थपूर्ण जवाब देने के लिए राज्यों को विभिन्न एजेंसियों से आंकड़े जुटाने थे। उदाहरण

के लिए आयोग ने इसमें बहुत दिलचस्पी दिखाई थी कि विभिन्न स्थानीय निकायों, सरकारी रोजगार आदि (प्रश्न संख्या 10, 11 और 12) में ओबीसी के प्रतिनिधित्व की क्या स्थिति है। हम यह भी जानना चाहते थे कि राज्य लोक सेवा आयोगों, न्यायपालिका और राज्य प्रशासन के उच्च पदों पर ओबीसी को कितना प्रतिनिधित्व (प्रश्न 24) मिला है। इसी तरह की सूचना 'शिक्षा' और 'रोजगार' के बारे में मांगी गई थी।

9.4 निराशाजनक पहलू यह रहा कि बमुश्किल ही किसी राज्य ने इच्छित सूचनाएं मुहैया कराई। स्वाभाविक रूप से जिन राज्यों ने ओबीसी की कोई सूची अधिसूचित नहीं की थी, वे उपरोक्त सूचनाएं मुहैया करा पाने में सक्षम नहीं थे। इस तथ्य के बावजूद 16 राज्यों और 2 केंद्र शासित प्रदेशों ने इस तरह की सूची अधिसूचित की थी। इनमें से कुछ राज्यों में ओबीसी के कल्याण के लिए योजनाएं भी चल रही थीं। इनमें से महज एक या दो ने जरूरी ब्योरा दिया। इसके अलावा कुछ राज्यों ने तो सामान्य और सीधे सवालों का जवाब देना भी उचित नहीं समझा, जो महत्त्वपूर्ण नीतिगत मसलों से जुड़े थे। बार बार रिमाइंडर भेजे जाने और व्यक्तिगत स्तर पर संपर्क करने के बावजूद स्थिति में कोई बदलाव नहीं आया।

9.5 उपरोक्त अवलोकन किसी की निंदा के मकसद से नहीं किया गया है। आयोग ने हर तरीके से सूचनाएं हासिल करने की कवायद की। राज्य सरकारों व केंद्र शासित प्रदेशों की ओर से आयोग को पूरी मदद भी मिली। उपरोक्त तथ्यों को सिर्फ यह स्पष्ट करने के लिए सामने रखा गया है कि प्रश्नावली के कुछ अत्यंत महत्त्वपूर्ण सवालों पर जवाब नहीं मिला या उनमें विश्लेषणात्मक गहराई नहीं थी।

मानदंड

9.6 इस खंड में ऐसे सवाल रखे गए थे, जो अन्य पिछड़े वर्ग को चिह्नित करने की समस्या के विभिन्न पहलुओं से जुड़े हुए थे। असम, आंध्र प्रदेश, बिहार, गुजरात, कर्नाटक, केरल, महाराष्ट्र, पंजाब, राजस्थान और उत्तर प्रदेश ने सिफारिश की कि पिछड़े वर्ग को चिह्नित करने के लिए जाति एक मानदंड है। दिल्ली, दादरा और नागर हवेली, हरियाणा, हिमाचल प्रदेश और मध्य प्रदेश ने कहा कि जाति को पिछड़ेपन को चिह्नित करने के लिए मानदंड नहीं बनाया जाना चाहिए। बिहार, गुजरात, हिमाचल प्रदेश, केरल, पंजाब, राजस्थान और उत्तर प्रदेश ने सुझाव दिया कि कमजोर आर्थिक स्थिति एक महत्त्वपूर्ण पहलू है। वहीं दिल्ली, दादरा और नागर हवेली व हरियाणा ने यह इच्छा जताई थी कि आर्थिक आधार पर ही पिछड़ेपन का निर्धारण होना चाहिए।

9.7 गैर हिंदुओं के बारे में असम ने कहा था कि जिन लोगों के साथ सामाजिक भेदभाव होता है, उनका एक वर्ग है और सामाजिक पिछड़ेपन के निर्धारण के लिए इसका इस्तेमाल आधार के रूप में हो सकता है। गुजरात और महाराष्ट्र ने भी इसी तरह के विचार व्यक्त किए थे। मध्य प्रदेश ने गैर हिंदुओं के लिए शिक्षा की जांच के आधार पर पिछड़ेपन का पता लगाने का सुझाव दिया। हरियाणा आर्थिक दायरे के पक्ष में था। केरल का मानना था कि परंपरागत पेशे, आर्थिक पिछड़ेपन और निम्न सामाजिक स्थिति को इस मकसद के लिए दायरा बनाया जा सकता है। पंजाब और उड़ीसा हिंदुओं व गैर हिंदुओं दोनों के लिए ही इसी तरह के परीक्षण के पक्ष में थे।

सुरक्षात्मक कदम, आरक्षण आदि

9.8 इस रिपोर्ट के अध्याय 2 में 18 राज्यों व केंद्र शासित प्रदेशों द्वारा अन्य पिछड़े वर्ग के कल्याण के लिए उठाए गए कदमों के बारे में संक्षेप में बताया गया है। इस अध्याय में सरकारी नौकरियों व शैक्षणिक संस्थानों में आरक्षण के बारे में भी दिया गया है। शेष 13 राज्यों व केंद्र शासित प्रदेशों, अंडमान और निकोबार द्वीप समूह, अरुणाचल प्रदेश, चंडीगढ़, दादरा और नागर हवेली, गोवा, दमन और दीव, लक्षद्वीप, मध्य प्रदेश, मणिपुर, मिजोरम, नगालैंड, सिक्किम, त्रिपुरा और पश्चिम बंगाल ने न तो अन्य पिछड़े वर्ग को चिह्नित किया था और न ही इन राज्यों में उनके उत्थान के लिए कोई कदम उठाए गए थे। यहां तक कि 18 राज्यों में, जहां ऐसा किया गया था, ओबीसी को आंशिक राहत ही दी गई थी। उदाहरण के लिए असम, पांडिचेरी, राजस्थान, उड़ीसा, मेघालय और दिल्ली में सरकारी नौकरियों व शिक्षण संस्थानों में आरक्षण का प्रावधान नहीं किया था। गुजरात, हरियाणा, हिमाचल प्रदेश और पंजाब ने सिर्फ मामूली रूप से यह व्यवस्था की। उत्तर प्रदेश में ओबीसी को 15 प्रतिशत आरक्षण देने की कवायद की गई, उस पर भी इलाहाबाद उच्च न्यायालय ने रोक लगा दी और यह मामला उच्चतम न्यायालय में अपील के लिए लंबित है।

9.9 इस खंड में कुछ सवाल चुने गए निकायों, सेवाओं आदि में अन्य पिछड़े वर्ग के प्रतिनिधित्व को लेकर थे। इन सवालों के जवाब सिर्फ दो राज्यों ने दिए, वह भी आधे अधूरे और अपर्याप्त थे।

9.10 सिर्फ गुजरात ने स्थानीय निकायों में ओबीसी के प्रतिनिधित्व के बारे में सूचना दी। वहां 3 नगर निगमों बड़ौदा, सूरत और राजकोट में अन्य पिछड़े वर्गों का प्रतिनिधित्व क्रमश: 6 प्रतिशत, 16 प्रतिशत और 12 प्रतिशत था। न्याय पंचायतों

और जिला पंचायतों में ओबीसी का प्रतिनिधित्व 12 से 16 प्रतिशत के बीच था। यही आंकड़े पिछड़े वर्ग के लोगों के पंचायतों के सरपंच चुने जाने के मामले में भी थे।

9.11 हरियाणा में कुल 15,005 मुखिया में से 1,114 (7.4 प्रतिशत) मुखिया अन्य पिछड़े वर्ग से थे। कुल 5,262 ग्राम पंचायतों में से 204 (करीब 4 प्रतिशत) पिछड़े वर्ग से थे। न्यायपंचायतों के 22 सरपंचों में से दिल्ली में सिर्फ 1 सरपंच ओबीसी थे।

9.12 गुजरात के आंकड़ों से साफ होता है कि ओबीसी आबादी की तुलना में उनका प्रतिनिधित्व बहुत कम था। हमारे विचार से यह प्रतिनिधित्व अन्य राज्यों की तुलना में कुछ ज्यादा था। दुखद है कि ज्यादातर राज्यों खासकर उत्तर भारत के राज्यों ने सूचनाएं नहीं जुटाई।

9.13 उच्च लोक सेवा में ओबीसी के वास्तविक प्रतिनिधित्व के संबंध में सिर्फ 2 राज्यों ने सूचनाएं दी। केरल में राज्य लोक सेवा आयोग के 7 सदस्यों में से 4 सदस्य अन्य पिछड़े वर्ग से थे। असम में 3 में से एक ओबीसी और उत्तर प्रदेश में 9 में से 3 सदस्य पिछड़े वर्ग से थे। केरल में उच्च न्यायालय के 16 न्यायधीशों में से 4 ओबीसी थे। असम में 6 में से 2 और महाराष्ट्र में 33 में से 1 न्यायधीश ओबीसी थे। केरल में 38 जिला व सत्र न्यायधीश में से 12 ओबीसी और 90 विभागाध्यक्षों में से 19 अन्य पिछड़ा वर्ग से थे।

9.14 उपरोक्त सूचनाएं बहुत साधारण और कम हैं। जानकारी इतनी नहीं है कि इससे देश भर की स्थिति के बारे में किसी निष्कर्ष पर पहुंचा जा सके। केरल को अन्य पिछड़े वर्ग के लिए बड़े पैमाने पर कदम उठाने और उस तबके की बेहतरी के लिए काम करने के लिए जाना जाता है। इसके बावजूद राज्य में ओबीसी की आबादी की तुलना में प्रतिनिधित्व बहुत कम है। ज्यादातर अन्य राज्यों में खासकर उत्तर भारत के राज्यों में स्थिति बहुत कम संतोषजनक है।

9.15 एक दिलचस्प सवाल (प्रश्न 9) स्वतंत्रता के बाद हुए विभिन्न राज्यों में मुख्यमंत्रियों के वर्ण से जुड़ा हुआ था। इससे यह खुलासा हुआ कि देश स्वतंत्र होने के बाद दो-तीन राज्यों को छोड़कर सभी राज्यों के मुख्यमंत्री ब्राह्मण थे। 1977 और 1980 के विधानसभा चुनाव के बाद सिर्फ कुछ राज्यों के मुख्यमंत्री ब्राह्मण थे। इससे चुनावी राजनीति और बदलते रुख का पता चलता है।

जनगणना

9.16 इस खंड में अन्य पिछड़े वर्ग, डिनोटीफाइड (विमुक्त) जनजातियों, अगड़ी जातियों के विभिन्न जनसांख्यिकीय पहलुओं पर सूचनाओं की जानकारी मांगी गई

थी, जिससे काका कालेलकर आयोग द्वारा तैयार की गई अन्य पिछड़े वर्ग की सूची से तुलना की जा सके, जो विभिन्न राज्य सरकारों ने तैयार की थी। इसके बारे में मिली सूचना बहुत अपूर्ण थी।

9.17 विभिन्न राज्यों द्वारा तैयार की गई अन्य पिछड़े वर्गों की सूची और काका कालेलकर आयोग द्वारा तैयार सूची की तुलना करने पर ज्यादातर मामलों में भारी अंतर का नजर आता है, जैसा कि हम इस तालिका में देख सकते हैं।

क्रमांक	**राज्य का नाम**	**काका कालेलकर आयोग में अधिसूचित जातियों की संख्या**	**राज्य सरकारों द्वारा अधिसूचित जातियों की संख्या**
1	आंध्र प्रदेश	124	95
2	असम	44	119
3	हरियाणा	88	64
4	हिमाचल प्रदेश	27	48
5	कर्नाटक	64	181
6	केरल	48	76
7	महाराष्ट्र	360	196
8	उड़ीसा	148	(सूची हटी)
9	पंजाब	88	62
10	तमिलनाडु	156	124
11	उत्तर प्रदेश	120	56

9.18 इन दोनों सूचियों में अंतर की प्रमुख वजह यह है कि राज्य सरकारों ने अपनी सूची कुछ छोटे मोटे फील्ड सर्वे और जांच के आधार पर तैयार की थी, वहीं काका कालेलकर आयोग ने अपनी सूची शिक्षा मंत्रालय से ली थी, जिसे मैट्रिक के बाद छात्रवृत्ति देने के लिए इस्तेमाल किया जाता था। दूसरे जमीनी स्थिति और स्थानीय वजहों का भी असर हो सकता है, जो राज्य सरकारों की ओर से तैयार की गई सूची पर पड़ा होगा।

9.19 उत्तर प्रदेश को छोड़कर किसी भी राज्य ने गैर हिंदू समुदाय के अन्य पिछड़े वर्ग की सूची तैयार नहीं की थी। उत्तर प्रदेश में मुस्लिम समुदाय की 21 पिछड़ी जातियों को अधिसूचित किया गया था। कुछ अन्य राज्यों ने पिछड़े वर्ग की अपनी सूची में कुछ पिछड़े मुस्लिमों को भी शामिल किया था। केरल में मुस्लिम, लैटिन कैथोलिक और एंग्लो इंडियन और ईसाई धर्म स्वीकार करने वाली अनुसूचित जातियों के लिए अलग आरक्षण की व्यवस्था की गई है।

9.20 कुछ राज्यों ने डिनोटीफाइड जनजातियों की सूची बनाई थी। हालांकि ज्यादातर मामलों में लगभग आबादी नहीं दी गई है। हरियाणा में 9 डिनोटीफाइड जनजातियां हैं। हिमाचल प्रदेश में 7, जम्मू कश्मीर में 2, कर्नाटक में 62, मध्य प्रदेश में 21, महाराष्ट्र में 14, उड़ीसा में 11, तमिलनाडु में 70, पश्चिम बंगाल में 2 और दिल्ली में 2 डिनोटीफाइड जनजातियां हैं।

सामाजिक

9.21 इस खंड में मुख्य रूप से अन्य पिछड़े वर्ग की सामाजिक स्थिति की जांच, उनकी समस्याओं, कानूनी उपचार के असर आदि के बारे में जानकारी मांगी गई थी।

9.22 नागरिक अधिकार रक्षा अधिनियम के तहत किसी भी वर्ग के नागरिक के साथ खुला भेदभाव या सामाजिक, नागरिक और धार्मिक अधिकारों से वंचित किया जाना संज्ञेय अपराध है और संबंधित राज्य सरकारें इन कानूनों को लागू करने के लिए जवाबदेह हैं। इसे देखते हुए कोई भी राज्य किसी भी वर्ग के नागरिक को सामाजिक, नागरिक और धार्मिक अधिकार देने से इनकार नहीं कर सकता। लेकिन बिहार, गुजरात, हिमाचल प्रदेश, हरियाणा, जम्मू कश्मीर, केरल, मध्य प्रदेश, पंजाब, तमिलनाडु और उत्तर प्रदेश ने पाया कि पिछड़े वर्गों के साथ सामाजिक भेदभाव होता है। पृथक्करण, निचला सामाजिक दर्जा, खराब पेशा, सामाजिक दूरी बनाने, नीचा दिखाने आदि जैसी कुछ अभिव्यक्तियां हैं, जो अन्य पिछड़े वर्ग की सामाजिक स्थिति की गवाही देती हैं। भौगोलिक पृथक्करण, खराब पेशा करना, शिक्षा एवं रोजगार की कमी, प्राचीन एवं अस्वास्थ्यकर स्थिति में आवास, सामाजिक प्रतिबंध, आदि कुछ सामाजिक अक्षमताएं हैं, जिन्हें ओबीसी को झेलना पड़ता है।

9.23 सरकारी सेवाओं और शैक्षणिक संस्थानों में सीटों का आरक्षण, अलग विभाग स्थापित करना और पिछड़े वर्ग के कल्याण के लिए सलाहकारी निकाय बनाना, मकान बनाने के लिए जमीन का आवंटन करना, अलग वित्तीय संस्थान स्थापित करना आदि कुछ महत्त्वपूर्ण कदम हैं, जो उपरोक्त अक्षमता को दूर करने के लिए कुछ राज्यों द्वारा उठाए गए हैं।

9.24 कुछ राज्यों में कुछ जातियों को अनुसूचित जाति में शामिल नहीं किया गया है, जिनके साथ अछूत जैसा वर्ताव किया जाता है। उदाहरण के लिए महाराष्ट्र के नव बौद्ध, उत्तर प्रदेश के मुस्लिम मेहतर आदि के साथ अछूत जैसा व्यवहार किया जाता है, लेकिन वे अनुसूचित जाति में शामिल नहीं हैं। कोलघा, कोलचा, कोटवालिया, मेइन गुजराती के साथ अछूत जैसा वर्ताव किया जाता है, जिनमें से पहली 3 जातियों को अनुसूचित जनजाति में डाला गया है। ज्यादातर राज्यों ने इस

सवाल का जवाब नहीं दिया। इस मामले में और ज्यादा गहराई से जांच किए जाने की जरूरत है।

9.25 कई जाति समूह हैं, जो न तो तीन वर्णों में शामिल हैं, न ही उन्हें अनुसूचित जाति और जनजाति में शामिल किया गया है और न ही वे अन्य पिछड़े वर्ग में हैं। उदाहरण के लिए कर्नाटक के लिंगायत, गुजरात के लोहार, कदिया, सुथार, कुम्हार और दर्जी, हरियाणा के अहिर और जाट, हिमाचल प्रदेश और महाराष्ट्र का डिनोटीफाइड समुदाय, पांडिचेरी के कर्निकर, कुरुप, इरुलार, नायर, नांबियार आदि ऐसे मामलों के उदाहरण हैं।

9.26 भूमिहीन कृषि श्रमिकों के बारे में असम, बिहार, गुजरात, जम्मू कश्मीर, कर्नाटक, मध्य प्रदेश, पॉन्डिचेरी आदि राज्यों ने बताया कि ये ज्यादातर अनुसूचित जाति, अनुसूचित जनजाति और अन्य पिछड़े वर्ग से थे। हरियाणा, पंजाब, केरल, महाराष्ट्र, उड़ीसा, आदि ने कहा कि उपरोक्त कहे गए तीन वर्गों के अलावा अन्य जातियों के लोग भी कृषि श्रमिक का काम करते हैं।

9.27 आवास की स्थिति अलग होने के बारे में केरल, मध्य प्रदेश और कर्नाटक ने बताया कि अनुसूचित जाति और अन्य पिछड़े वर्ग के लोग सामान्यतया गांव के एक ही क्षेत्र में रहते हैं। लेकिन राजस्थान, गुजरात, हरियाणा, हिमाचल प्रदेश और पंजाब ने बताया कि ये दो वर्ग सामान्यतया गांव के एक इलाके में नहीं रहते।

9.28 डिनोटीफाइड जनजाति का आवासीय इलाका बदलता रहता है और इस सिलसिले में बहुत कुछ किए जाने की जरूरत है। इनमें से बड़ी संख्या में लोग न तो अनुसूचित जाति की सूची में हैं और न ही अनुसूचित जनजाति की सूची में। राज्यों के पास ऐसी आबादी के बारे में अनुमान भी उपलब्ध नहीं है। इनकी उन्नति के लिए स्वीकृत कुछ तरीके हैं- इनके कौशल प्रशिक्षण केंद्र स्थापित करना, आश्रम (आवासीय), स्कूल, छात्रावास आदि की व्यवस्था करना।

9.29 डिनोटीफाइड जनजातियों के लिए चलने वाली सभी कल्याणकारी योजनाओं के बोझ का वहन अब राज्य सरकारों को करना होगा। पांचवीं योजना से केंद्र सरकार की ओर से राज्यों को इसके लिए दी जाने वाली मदद रोक दी गई है।

शैक्षणिक

9.30 किसी भी राज्य सरकार ने अन्य पिछड़े वर्ग की साक्षरता और शिक्षा के स्तर के पूर्ण आंकड़े नहीं दिए। पिछड़े वर्ग को शिक्षा के क्षेत्र में बढ़ावा देने के लिए कुछ राज्यों द्वारा उठाए गए कदम निम्नवत हैं-

असम- मैट्रिक के बाद छात्रवृत्ति देना, किताबें खरीदने के लिए अनुदान, स्टडी टूर, शिक्षण संस्थानों में आरक्षण का प्रावधान और राज्य के पिछड़े

इलाकों में प्रौढ़ शिक्षा कार्यक्रम चलाना।

आंध्र प्रदेश- शिक्षण शुल्क से छूट, मैट्रिक के पहले और मैट्रिक के बाद छात्रवृत्ति, हॉस्टल सुविधा, कपड़े व किताबें मुफ्त मुहैया कराना, शिक्षण संस्थानों में 20 प्रतिशत आरक्षण, प्रवेश के समय न्यूनतम क्वालीफाइंग अंक में 5 प्रतिशत छूट आदि।

गुजरात- परीक्षा शुल्क से छूट, छात्रवृत्ति, मुफ्त कपड़े मुहैया कराना, कोचिंग सेंटर चलाना, शिक्षण संस्थानों में 10 प्रतिशत सीटों का आरक्षण, राज्य भर में प्रौढ़ शिक्षा कार्यक्रम चलाने जैसी सुविधाएं शामिल हैं। ओबीसी विद्यार्थियों के लिए एख विशेष आश्रम स्कूल शुरू किया गया।

हरियाणा- मैट्रिक के पहले व बाद में छात्रवृत्ति, शिक्षण संस्थानों में 2 प्रतिशत आरक्षण और विभिन्न कॉलेजों में प्रवेश के समय न्यूनतम निर्धारित अंक में 5 प्रतिशत की छूट और परिवार की आमदनी सालाना 4,200 रुपये से कम होने पर शुल्क में छूट।

जम्मू कश्मीर- गुज्जरों व वकरवालों के लिए 80 मोबाइल स्कूलों की स्थापना, विशेष छात्रावास सुविधा, छात्रवृति, किताबों व यूनीफॉर्म की मुफ्त आपूर्ति, शिक्षण संस्थानों में विभिन्न श्रेणी के पिछड़े वर्गों के लिए सीटों का आरक्षण और 1,100 प्रौढ़ शिक्षा केंद्र खोलना।

कर्नाटक- स्कूल फीस माफी, छात्रवृत्ति की व्यवस्था, हॉस्टल सुविधा, मुफ्त यूनीफॉर्म के साथ वर्कशॉप में मुफ्त प्रशिक्षण, शिक्षण संस्थानों में 50 प्रतिशत आरक्षण और प्रौढ़ शिक्षा केंद्र का संचालन।

केरल- शिक्षण एवं परीक्षा शुल्क में छूट, विशेष भत्ते, पोस्ट ग्रेजुएट कोर्स में 5 प्रतिशत सीटों का आरक्षण, तकनीकी संस्थानों में 25 प्रतिशत आरक्षण, विभिन्न कॉलेजों में प्रवेश के दौरान अंकों में 5 प्रतिशत की छूट आदि।

महाराष्ट्र- आदिवासियों के लिए अनौपचारिक शिक्षा कार्यक्रम चलाना, 10 वयस्क शिक्षा केंद्रों की स्थापना, शिक्षण संस्थानों में 10 प्रतिशत आरक्षण, उन सभी ओबीसी विद्यार्थियों को शिक्षण शुल्क में छूट जिनके परिवार की सालाना आमदनी 4,800 रुपये से कम है।

पंजाब- शिक्षण शुल्क में छूट, भत्ते, प्रौढ़ शिक्षा के लिए कक्षाओं का संचालन, शिक्षण संस्थानों में 5 प्रतिशत आरक्षण।

तमिलनाडु- हायर सेकंडरी स्तर तक मुफ्त शिक्षा, उच्च अध्ययन के लिए शैक्षणिक छूट और शिक्षण संस्थानों में 50 प्रतिशत आरक्षण।

9.31 विश्वविद्यालयों, सीनेट्स, सिंडिकेट्स, शैक्षणिक परिषद, नियुक्ति बोर्डों आदि के बारे में सिर्फ कर्नाटक और महाराष्ट्र ने बताया कि उन्होंने अपने संबंधित विश्वविद्यालय अधिनियम में पिछड़े वर्गों के लिए विशेष प्रावधान किया है।

9.32 बिहार, जम्मू कश्मीर, कर्नाटक और तमिलनाडु ने पिछड़े वर्ग के विद्यार्थियों के लिए अलग से हॉस्टल का प्रावधान किया। उड़ीसा ने पहले ही इस तरह के 134 हॉस्टल बनवाए थे और ओबीसी सूची वापस लिए जाने के बाद इनका इस्तेमाल एससी और एसटी विद्यार्थियों के लिए होने लगा। गुजरात में एससी और एसटी हॉस्टलों में 20 प्रतिशत सीटें ओबीसी विद्यार्थियों के लिए आरक्षित की गई थीं।

9.33 पहले से ही ऐसा देखा गया है कि दक्षिण को छोड़कर अन्य राज्यों में ओबीसी के शैक्षणिक सुधार के लिए उठाए गए कदम बहुत मामूली, बनावटी और अस्थायी प्रकृति के थे।

लोक कल्याण

9.34 केंद्र सरकार द्वारा अन्य पिछड़े वर्ग के कल्याण के लिए योजनागत व्यय में कोई आवंटन नहीं किया गया। यह पूरी तरह संबंधित राज्य सरकारों पर निर्भर था और ऐसी सभी योजनाएं उनके संसाधनों से चलती थीं। इस रिपोर्ट के अध्याय 2 में हमने बताया है कि 18 राज्यों और केंद्र शासित प्रदेशों ने ओबीसी के उत्थान के लिए कार्यक्रम शुरू किए। उन्होंने इन कार्यक्रमों का संक्षिप्त ब्योरा भी दिया। लेकिन यह देखा गया कि जो राज्य अन्य पिछड़े वर्गों से जुड़े मसलों को लेकर ज्यादा चिंतित थे, उन्होंने भी तमाम पिछड़े वर्गों के लिए पर्याप्त प्रावधान नहीं किए। उदाहरण के लिए कर्नाटक, तमिलनाडु और जम्मू कश्मीर ने क्रमशः अपने आखिरी सालाना बजट में 2.4 प्रतिशत, 0.27 प्रतिशत और 0.46 प्रतिशत धन ओबीसी के लिए बनी खास योजनाओं पर खर्च किया। इस तरह से देखा जाए तो अगर केंद्र सरकार राज्य सरकारों की सहायता के लिए बड़े कदम उठाती है तो ओबीसी के लिए प्रभावी योजनाएं बनाने में कामयाबी मिलेगी।

9.35 ज्यादातर राज्यों में कल्याणकारी या सामाजिक कल्याण विभाग ओबीसी मामलों को देखता है। सामान्यतया योजनाएं आदिवासियों, हरिजनों आदि के उत्थान के लिए बनती हैं, जो इस विभाग से मदद लेते हैं।

9.36 कार्यक्रमों का वास्तविक कार्यान्वयन कल्याण निदेशालय करता है और कुछ राज्य जैसे गुजरात, जम्मू कश्मीर, कर्नाटक आदि ने भी सलाहकार बोर्ड बनाए हैं, जिससे वंचित तबकों में शामिल लोगों की सभी श्रेणियों के लिए योजना बनाने में सरकार को मदद मिल सके। तमिलनाडु और आंध्र प्रदेश दोनों ही राज्यों में अलग से पिछड़ा वर्ग निदेशालय स्थापित किया गया है, जो ओबीसी मामलों को

देखता है।

9.37 करीब हर राज्य में तमाम स्वयंसेवी संगठन और एजेंसियां हैं, जो पिछड़े वर्ग के कल्याण के लिए काम कर रही हैं। वे अपने पक्ष में माहौल बनाती हैं और आधिकारिक मंचों पर बात रखती हैं। उदाहरण के लिए इस तरह के 53 संगठन गुजरात में और 61 संगठन कर्नाटक में काम कर रहे हैं।

9.38 ओबीसी की मदद के लिए कुछ राज्यों ने अलग से वित्तीय संस्थान स्थापित करने की कवायद शुरू की है। उदाहरण के लिए असम ने ओबीसी के लिए डेवलपमेंट कॉर्पोरेशन स्थापित किया है। कर्नाटक बैकवर्ड क्लास ऐंड माइनरिटीज डेवलपमेंट कॉर्पोरेशन 1977 में बना, जिसका काम अन्य पिछड़े वर्ग के ऐसे परिवारों की मदद करना है, जिनकी सालाना आमदनी 6,000 रुपये से कम है। उधारी लेने वाले को सीधे अग्रिम कर्ज देना और इसके लिए बैंकों के साथ गठजोड़ करना शामिल है। पंजाब स्टेट बैकवर्ड क्लास लैंड फाइनैंस ऐंड डेवलपमेंट कॉर्पोरेशन पिछड़े वर्ग के आवेदकों को प्रति व्यक्ति 30,000 रुपये तक का कर्ज विभिन्न क्षेत्रों में छोटे उद्योग स्थापित करने के लिए देता है। हिमाचल प्रदेश ने अंत्योदय कॉर्पोरेशन स्थापित करने को मंजूरी दी है।

9.39 राज्य सरकारों से यह भी पूछा गया कि क्या अन्य पिछड़े वर्ग के लोग दबंग जातियों के दबाव से मुक्त होकर या हिंसा के खतरे से मुक्त होकर अपने मताधिकार का इस्तेमाल करने में सक्षम हैं? असम, गुजरात, हिमाचल प्रदेश, जम्मू कश्मीर, केरल, मध्य प्रदेश, पंजाब और राजस्थान ने कहा कि चुनाव के समय ओबीसी पर कोई दबाव नहीं होता। कर्नाटक ने कहा कि ऐसे मामले अत्यंत पिछड़ी जातियों वाले इलाकों से आते हैं। यहां निराशाजनक यह है कि बिहार और उत्तर प्रदेश ने इस सवाल का जवाब नहीं दिया, जहां बूथ कैप्चरिंग की घटनाएं आम और सबको ज्ञात थीं।

रोजगार

9.40 हमने राज्य सरकारों से पूछा था कि अन्य पिछड़े वर्गों के प्रमुख व्यवसाय क्या क्या हैं और पेशे पर करीब कितने परिवार निर्भर हैं। इस बिंदु पर कोई भी राज्य जवाब नहीं दे सका। ज्यादातर राज्यों ने इस बात पर जोर दिया कि ओबीसी छोटे किसानों और भूमिहीन कृषि श्रमिकों के रूप में काम करते हैं। कुछ राज्यों ने पशुपालन, मत्स्य पालन, मुर्गी पालन, बढ़ई, लोहार, बुनकरी आदि को पिछड़े वर्ग का परंपरागत व्यवसाय बताया था।

9.41 भूमिहीन श्रमिकों के कल्याण के लिए उठाए गए खास कदमों के बारे में पूछे गए सवाल के जवाब में राज्यों ने निम्नलिखित कदम गिनाए–

(1) कृषि श्रमिकों के लिए न्यूनतम मजदूरी अधिनियम पारित करना और उसे लागू कराना।

(2) अतिरिक्त जमीन का आवंटन, मुख्य रूप से जो सीलिंग कानून लागू होने पर मिली थी।

(3) मकान के लिए जमीन का आवंटन

बंगाल में प्रभावी तरीके से न्यूनतम मजदूरी अधिनियम लागू किया गया था, जिसके खास लाभ बताए गए थे।

9.42 कर्नाटक में डिप्टी कमिश्नरों को निर्देश दिए गए थे कि वे 200 एकड़ के करीब का एक ब्लॉक बनाएं, जिनमें गरीब, भूमिहीन कृषि श्रमिकों को बसाया जा सके, जो अनुसूचित जाति, जनजाति और पिछड़ी जनजातियां हैं। केरल में कृषि कामगार अधिनियम के माध्यम से कृषि श्रमिकों के लिए भविष्य निधि योजना लाई गई। गुजरात और हिमाचल प्रदेश, राजस्थान आदि में अन्त्योदय योजना के तहत विशेष सुविधाओं का विस्तार किया गया।

9.43 हरित क्रांति के प्रभाव के मामले में बिहार, हरियाणा, हिमाचल प्रदेश, जम्मू कश्मीर, केरल, महाराष्ट्र, पंजाब और उत्तर प्रदेश ने जवाब में कहा कि इससे उत्पादन बढ़ने के साथ रोजगार के अवसर बढ़े हैं। साथ ही इससे कृषि श्रमिकों की आमदनी बढ़ी है। सिर्फ कर्नाटक और उड़ीसा ने पाया कि ज्यादा फायदा बड़े किसानों को हुआ है। कर्नाटक ने यह भी कहा कि हरित क्रांति के कारण ऊंची जातियों व कृषि श्रमिकों के बीच अमीरी और गरीबी का अंतर बढ़ गया है। पंजाब इसके प्रभाव व लाभों को लेकर सबसे ज्यादा उत्साहित दिखा। पंजाब ने जवाब में कहा कि इसकी वजह से बिहार, उत्तर प्रदेश, राजस्थान और उड़ीसा से बड़े पैमाने पर मौसमी मजदूर आने लगे हैं, क्योंकि इससे कृषि श्रमिकों की मांग बढ़ गई है।

9.44 बंधुआ मजदूरों के प्रसार के बारे में सिर्फ गुजरात, जम्मू कश्मीर, कर्नाटक, उड़ीसा और उत्तर प्रदेश ने संकेत दिए कि कुछ छोटे इलाकों में ऐसा होता है। उत्तर प्रदेश में यह बुराई थोड़ी ज्यादा फैली हुई नजर आती है, खासकर पहाड़ी इलाकों में। राज्य सरकार ने आदिवासी इलाकों में बंधुआ मजदूरों के पुनर्वास के लिए योजना बनाई है और 1979-80 में इसके लिए 30 लाख रुपये का प्रावधान किया।

9.45 ज्यादातर राज्यों ने बताया कि गांवों में आर्थिक गतिविधियों में बदलाव के साथ कारीगरों का रोजगार खत्म हुआ है। गुजरात में बांस, लकड़ी के कारीगर, हैंडलूम के बुनकर, आदि इनमें शामिल हैं। हरियाणा की रिपोर्ट के मुताबिक बढ़ई, बर्तन बनाने वालों, लोहारों, बुनकरों आदि का काम घटा है। लोहार, बढ़ई, बर्तन बनाने

वालों, चमड़े का काम करने वालों और बुनकरों के काम को पंजाब में नुकसान पहुंचा।

9.46 महाजनों से अन्य पिछड़े वर्ग को संरक्षण देने के सिलसिले में विभिन्न राज्यों ने निम्नलिखित रिपोर्ट दी–

असम– राज्य विकास निगम द्वारा अन्य पिछड़े वर्ग के लोगों को वित्तीय सहायता का विस्तार किया गया।

गुजरात– कुटीर उद्योगों, छोटे कारोबार आदि को वित्तीय मदद और दुधारू जानवरों व मुर्गी पालन की व्यवस्था करना। महाजनी अधिनियम के तहत समय समय पर महाजनी व ज्यादा ब्याज वसूलने की घटनाओं की पड़ताल करना।

हरियाणा– हरियाणा रिलीफ आफ इनडेटेडनेस ऐक्ट 1976 के तहत मिनी बैंकों, राष्ट्रीकृत बैंकों, सहकारी समितियों आदि के माध्यम से छोटी व मझोली अवधि के लिए कर्ज की व्यवस्था करना। कृषि श्रमिकों, कारीगरों आदि की कुछ श्रेणियों के लिए कर्ज का इंतजाम करना।

हिमाचल प्रदेश– निजी महाजनों द्वारा लिए जा रहे ब्याज की जांच करना और विभिन्न वित्तीय संस्थानों से कर्ज की सुविधा मुहैया कराना।

जम्मू कश्मीर– कमजोर वर्ग को कर्ज की उपलब्धता देखने के लिए जिला सलाहकार समितियों का गठन किया गया। डिस्ट्रेस्ड डेटर्स रिलीफ ऐक्ट और सूदखोर ऋण अधिनियम से भी कर्ज में डूबे पिछड़े वर्ग को मदद मिली।

कर्नाटक– कर्नाटक कर्ज राहत अधिनियम 1976 में 2400 रुपये से कम सालाना आमदनी वाले कमजोर तबके के कर्जदारों को पूरी तरह से कर्ज मुक्त घोषित कर दिया गया।

महाराष्ट्र– मनी लेंडर्स ऐक्ट के तहत संरक्षण दिया गया।

उड़ीसा– उड़ीसा मनी लेंडर्स ऐक्ट 1939 में संशोधन कर कमजोर तबके के लोगों को पर्याप्त संरक्षण दिया गया और कोई भी प्रावधान तोड़ने वाले महाजनों पर भारी जुर्माना लगाया गया।

(बी) केंद्र सरकार के कार्यालयों आदि के लिए प्रश्नावली

9.47 19 मार्च 1979 को सभी मंत्रालयों, विभागों आदि को प्रश्नावली भेजकर जानकारी मांगी गई कि वहां के कर्मचारियों में सभी श्रेणी के पिछड़े वर्गों का प्रतिनिधित्व कितना है। केंद्र सरकार ने पिछड़े वर्ग की कोई सूची नहीं तैयार की थी और न ही अलग से सरकारी कार्यालयों में इसके आंकड़े तैयार किए गए थे।

इसकी वजह से संबंधित विभागों में एक मोटा आंकड़ा तैयार किया गया, जो हिंदू व गैर हिंदू समुदायों के बारे में थे। इसके बारे में रिपोर्ट के भाग 2 के एनेक्सचर 7 के पैरा 4 में जानकारी दी गई है।

9.48 उपरोक्त प्रश्नावली के जवाब 30 केंद्रीय मंत्रालयों और विभागों, इनसे जुड़े 31 अधीनस्थ विभागों और 14 मंत्रालयों के तहत आने वाले सार्वजनिक उपक्रमों की ओर से मिले। इन जवाबों का ब्योरा रिपोर्ट के भाग 2 के एनेक्सचर 8 मे दिया गया है। निम्नलिखित तालिका से कुल रोजगार की स्थिति का पता चलता है-

कर्मचारियों की श्रेणी	कुल कर्मचारी	एससी-एसटी प्रतिशत	ओबीसी प्रतिशत
प्रथम श्रेणी	1,74,043	5.68	4.69
द्वितीय श्रेणी	12,786	18.18	10.63
तृतीय व चतुर्थ श्रेणी	4,84,646	24.40	24.40
सभी श्रेणी	15,71,475	18.71	12.55

9.49 उपरोक्त तालिका से दो बातें बहुत साफ होती हैं। पहली, एससी-एसटी कर्मचारियों के प्रतिशत की तुलना में ओबीसी कर्मचारियों का प्रतिशत बहुत कम है। यह प्रतिशत इन दोनों वर्गों की आबादी को देखते हुए और ज्यादा अंतर दर्शाता है। कुल रोजगार में एससी-एसटी कर्मचारियों की संख्या 18.71 है, जिनकी कुल आबादी 22.5 प्रतिशत है। वहीं ओबीसी की कुल आबादी 52 प्रतिशत है, जिनकी नौकरियों में हिस्सेदारी महज 12.55 प्रतिशत है। दूसरे, प्रथम श्रेणी की सेवाओं में कुल रोजगार की तुलना में एससी-एसटी और ओबीसी का प्रतिशत बहुत कम है। उदाहरण के लिए प्रथम श्रेणी की नौकरियों में एससी-एसटी का प्रतिशत 5. 68 है, जबकि ओबीसी का प्रतिशत महज 4.69 है। दूसरे शब्दों में कहें तो ओबीसी कर्मचारियों का प्रतिनिधित्व प्रथम श्रेणी की सेवाओं में उनकी आबादी और नौकरियों के अनुपात की तुलना में 10वां हिस्सा भी नहीं है।

अध्याय 10

जनता से जुटाए गए साक्ष्य

10.1 आयोग ने आम लोगों, स्वयंसेवी संगठनों, सामाजिक कार्यकर्ताओं, राजनेताओं, विधानमंडलों आदि से बहुत बहुमूल्य आंकड़े एकत्र किए। आयोग ने इसके लिए देश के तमाम इलाकों का दौरा किया। राज्यों और जिला मुख्यालयों पर बैठकें की। दूर दराज के गांवों में पहुंचकर जमीनी स्थिति की जांच की गई और जहां तक संभव हो सका, लोगों के विचार सुने गए। जुटाए गए सभी साक्ष्यों को निम्नलिखित तीन समूहों में बांटा जा सकता है-

आम जनता, स्वयंसेवी संगठनों आदि के लिए प्रश्नावली

10.2 एक प्रश्नावली (परिशिष्ट 4) में 18 सवाल हैं, जो आम लोगों के लिए अलग से तैयार किए गए हैं। इसका देश भर में प्रचार किया गया। इसे बड़े पैमाने पर देसी और अंग्रेजी भाषाओं के दैनिक अखबारों में प्रकाशित किया गया, जिन राज्यों में आयोग को जाना था। इसकी प्रतियां आयोग के दौरे के दौरान आम लोगों में बांटी गई। आयोग को मिले जवाब का विषयवार सारांश निम्नवत है -

स्वतंत्रता के बाद जातीय ढांचे में बदलाव

10.3 विभिन्न राज्यों में जातीय ढांचे में स्वतंत्रता के बाद हुए भौतिक परिवर्तन के बारे में 63 प्रतिशत लोगों ने अपनी प्रतिक्रिया में कहा कि इसमें कोई भौतिक परिवर्तन नहीं हुआ है। वहीं दूसरी ओर 17 प्रतिशत जवाबों से संकेत मिलता है कि समय के साथ जातियों के बीच खाई और गहरी हुई है। वहीं अन्य 17 प्रतिशत का कहना था कि कुछ जातियों की राजनीतिक, सामाजिक, आर्थिक स्थिति में बदलाव हुआ है, जो बड़ी सामाजिक गतिशीलता है। दिलचस्प है कि बमुश्किल किसी ने कहा कि जातिवाद घटा है।

पिछड़ेपन को परिभाषित करने के लिए मानदंड

10.4 करीब 78 प्रतिशत लोगों ने अपनी प्रतिक्रिया में कहा कि पिछड़ेपन का निर्धारण जाति के आधार पर किया जा सकता है। बहरहाल 28 प्रतिशत लोगों का ही मानना था कि सिर्फ जाति के आधार पर पिछड़ेपन का दायरा तय किया जा सकता है। करीब 70 प्रतिशत लोगों का मानना था कि पिछड़े वर्ग के निर्धारण के लिए कई मानदंड जैसे सामाजिक दर्जा, राजनीतिक प्रभाव, शैक्षणिक स्थिति आदि होने चाहिए। अन्य लोग आवास की स्थिति और वित्तीय स्थिति के आधार पर अन्य पिछड़े वर्ग का निर्धारण किए जाने के पक्ष में थे।

10.5 गैर हिंदू धार्मिक समूह के बारे में 62 प्रतिशत लोगों का मानना था कि दायरा आर्थिक स्थिति, रोजगार, शैक्षणिक स्तर, निम्न सामाजिक स्थिति और परंपरागत पेशे आदि के आधार पर तय होना चाहिए। करीब 18 प्रतिशत का विचार था कि गैर हिंदुओं में भी जाति जीवन की हकीकत है और इसे पिछड़ेपन के मानदंड के रूप में स्वीकार किया जाना चाहिए।

राज्य सरकारों की ओबीसी सूची

10.6 राज्यों की ओर से ओबीसी में अधिसूचित लोगों में से करीब 82 प्रतिशत लोगों ने कहा कि वे इस सूची से वाकिफ हैं। बहरहाल 62 प्रतिशत लोग सूची से संतुष्ट नहीं थे जिसकी वजह अधिसूचना या अन्य कुछ थी। यह मसला उठाया गया कि समाज की तमाम अग्रणी जातियों को सूची में जगह दे दी गई है और कुछ पिछड़ों को छोड़ दिया गया है। कुछ लोगों का यह भी मानना था कि वस्तुनिष्ठ परीक्षण के आधार पर सूची तैयार नहीं की गई है।

10.7 करीब 82 प्रतिशत लोगों ने कहा कि सामाजिक और शैक्षणिक रूप से पिछड़े लोगों को विशेष सुविधाएं दी जानी चाहिए। करीब 52 प्रतिशत लोगों का मानना था कि ओबीसी को शैक्षणिक सुविधा के साथ नौकरियों में भी आरक्षण दिया जाना चाहिए।

नौकरियों का आरक्षण

10.8 ऐसे राज्य, जहां सरकारी क्षेत्र और सावर्जनिक क्षेत्र की कंपनियों में ओबीसी आरक्षण की व्यवस्था है, वहां के 75 प्रतिशत लोगों ने यह बताया कि इसके बारे में जानकारी है। लेकिन 65 प्रतिशत लोगों ने आरक्षण की मात्रा को लेकर नाराजगी जताई।

10.9 सेवाओं में अन्य पिछड़े वर्ग की हिस्सेदारी बढ़ाने के लिए जो कदम उठाए गए है, उसके बारे में 45 प्रतिशत लोगों ने कहा कि आरक्षण का प्रतिशत बढ़ाए जाने का पक्ष लिया है। करीब 17 प्रतिशत लोगों ने नौकरियों व शिक्षण संस्थानों में जाति आधारित आरक्षण किया जाना चाहिए। मुफ्त शिक्षा की सुविधा, अधिकतम उम्र सीमा में छूट, प्रतिस्पर्धी परीक्षाओं में शामिल हो रहे ओबीसी अभ्यर्थियों के लिए विशेष कोचिंग सुविधा आदि कुछ अन्य कदम थे, जिसके बारे में लोगों ने सुझाव दिए थे।

ओबीसी द्वारा झेली जा रही अक्षमता

10.10 प्रतिक्रिया देने वाले करीब 78 प्रतिशत लोगों ने विभिन्न तरह की अक्षमता के बारे में बताया, जिनमें सार्वजनिक उपभोग की चीजों मुफ्त इस्तेमाल न करने पाना, सामाजिक भेदभाव, शैक्षिक अवसरों की कमी, उपेक्षित क्षेत्रों और अलग बस्तियों

में रहना, आदि शामिल हैं, जो अक्षमता को दिखाते हैं। सिर्फ 9 प्रतिशत जवाबों से संकेत मिलते हैं कि ओबीसी के साथ किसी तरह का भेदभाव नहीं होता है और उनमें कोई अक्षमता नहीं है।

10.11 इन असमर्थताओं को दूर करने के लिए संबंधित राज्यों की ओर से उठाए गए कदमों के बारे में करीब 43 प्रतिशत लोगों का मत था कि इस दिशा में कोई ठोस कदम नहीं उठाया गया है। वहीं दूसरी ओर 17 प्रतिशत लोगों का कहना था कि इस दिशा में कुछ कदम उठाए गए हैं, लेकिन इनमें से एक तिहाई लोगों का माना था कि जो कदम उठाए गए हैं, वे न तो पर्याप्त हैं, न प्रभावी। अन्य ने पाया कि शिक्षा संबंधी और रोजगार के अवसर का विस्तार, आवास के लिए प्रावधान आदि से पिछड़े वर्ग की कठिनाइयां दूर हुई हैं।

रोजगार/शिक्षा तक पहुंच

10.12 प्रतिक्रिया देने वाले करीब 82 प्रतिशत लोगों का मानना था कि ओबीसी तबके को रोजगार हासिल करने या उच्च संस्थानों में प्रवेश पाने में तमाम कठिनाइयों का सामना करना पड़ता है। आरक्षण के प्रतिशत में बढ़ोतरी, ऊपरी आयु सीमा बढ़ाने, ओबीसी के हितों की रक्षा के लिए मंत्रालय, आयोग का गठन कुछ उपाय हैं, जिनके बारे में सुझाव दिए गए थे।

ऋणग्रस्तता

10.13 प्रतिक्रिया देने वाले 71 प्रतिशत लोगों के मुताबिक ओबीसी तबके के बहुसंख्य लोग कर्ज में डूबे हुए हैं। कर्ज में ज्यादा डूबे रहने की मुख्य वजह अशिक्षा, गरीबी, सामाजिक परंपराएं आदि हैं।

शिक्षा

10.14 ओबीसी तबके में शिक्षा के प्रसार के बारे में प्रतिक्रिया देने वाले करीब 40 प्रतिशत लोगों ने कहा कि पिछड़े वर्ग के बच्चों के लिए मुफ्त एवं अनिवार्य शिक्षा जरूरी है। करीब 12 प्रतिशत चाहते थे कि वयस्कों के लिए विशेष प्रौढ़ शिक्षा अभियान चलाया जाए। ओबीसी में शिक्षित तबके के लिए रोजगार के इंतजाम किए जाएं, उच्च शिक्षा और व्यावसायिक प्रशिक्षण, और ज्यादा शिक्षण संस्थानों की स्थापना, पुस्तकों और स्कूल यूनीफॉर्म की मुफ्त व्यवस्था, रहने की मुफ्त व्यवस्था एससी और एसटी की तर्ज पर दी जानी चाहिए। साथ ही ओबीसी तबके में शिक्षा के प्रसार के लिए अन्य कई कदमों के सुझाव दिए गए थे।

कठिनाइयां दूर करने के लिए उठाए गए कदम

10.15 ओबीसी तबके की स्थिति में सुधार के बारे में करीब 25 प्रतिशत लोगों का सुझाव था कि कम ब्याज पर या ब्याज मुक्त कर्ज का इंतजाम होना चाहिए।

10 प्रतिशत लोग मकान बनाने के लिए जमीन और कृषि भूमि का मुफ्त वितरण चाहते थे, जबकि 31 प्रतिशत लोग शिक्षा और रोजगार में आरक्षण चाहते थे। वहीं 26 प्रतिशत लोगों की सलाह थी कि उपरोक्त सभी सुविधाएं प्रदान की जानी चाहिए।

दबंग जातियां

10.16 करीब 50 प्रतिशत लोगों ने दबंग को इस तरह परिभाषित किया कि ये सामाजिक, आर्थिक या राजनीतिक शोषण करने वाले लोग होते हैं। करीब 74 प्रतिशत लोगों ने कहा कि ऊपर के तीन वर्णों के लोग दबंग जातियों में आते हैं। किसी जाति के दबंग जाति होने के बारे में निर्धारण उसकी शैक्षणिक, आर्थिक या राजनीतिक स्थिति के मुताबिक होता है या यह इन तत्वों सहित कुछ अन्य तत्वों पर निर्भर होता है। करीब 35 प्रतिशत लोगों ने अपने जवाब में कहा कि दबंग जातियों व ओबीसी तबके के बीच संबंध तनावग्रस्त होते हैं।

स्वयंसेवी संगठनों की भूमिका

10.17 करीब 72 प्रतिशत लोगों ने कहा कि वे स्वयंसेवी संगठनों के बारे जानते हैं और उनका मानना है कि वे लोग संबंधित जाति या वर्गों के कल्याण के लिए काम करते हैं। जहां तक उनकी गतिविधियों के असर का प्रश्न है, 17 प्रतिशत लोगों ने कहा कि इन संगठनों ने अपनी ही जातियों के सदस्यों का कल्याण किया है। करीब 35 प्रतिशत का विचार था कि कुछ शैक्षणिक, आर्थिक, राजनीतिक और सामाजिक लाभ इन संगठनों की गतिविधियों से हुए हैं। लेकिन 20 प्रतिशत लोगों का मानना था कि उनका असर बहुत मामूली रहा है।

पेशे के तरीके में बदलाव

10.18 पेशे के तरीके में बदलाव के सिलसिले में करीब 45 प्रतिशत लोगों ने कहा कि पिछले तीन दशक के दौरान महत्त्वपूर्ण बदलाव आए हैं। करीब 14 प्रतिशत लोगों का कहना है कि ये बदलाव खराब थे और औद्योगीकरण, सामाजिक बदलाव आदि की वजह से बड़ी संख्या में लोग बेरोजगार हुए हैं। 35 प्रतिशत से ज्यादा लोगों ने कहा कि उनके विचार से बदलाव बेहतरी की दिशा में हुए हैं।

आर्थिक दायरा

10.19 पिछड़े वर्ग को चिह्नित करने के लिए आर्थिक दायरे की वैधता के बारे में करीब 36 प्रतिशत लोगों ने कहा कि वह इसके पक्ष में नहीं हैं, लेकिन 28 प्रतिशत का मानना है कि पिछड़ापन सीधे सीधे गरीबी से जुड़ा हुआ मामला है।

2 संसद सदस्यों से मिले साक्ष्य

(ए) छठी लोक सभा

10.20 आयोग ने छठी लोकसभा के सांसदों व राज्य सभा के सांसदों को इस मसले पर राय के लिए आमंत्रित किया। सांसदों को 31 मार्च से 8 मई 1979 के बीच 6 बैच में बुलाया गया। इसमें हिस्सा लेने वाले सांसदों की सूची परिशिष्ट 9 में है।

10.21 सर्व श्री आरएल पासवान, हुकुम देव, राम विलास, एलआर नाइक, के राममूर्ति, पीवी पेरियासामी, बीआर माथन, गोविंद्रन मिरी, नाथू सिंह, आरएस यादव, ब्रह्म प्रकाश, बीपी मौर्या, मोहन लाल पीपल, दया राम शाक्य, शामलाल यादव, कुंवर महमूद अली खान, आरएल कुरील, एमवी विशारद, कैहो, चीतूभाई फमित, एसएच लिंगदोह, जी मल्लिकार्जुन राव और केएस नारायणन ने सरकारी नौकरियों और शैक्षणिक संस्थानों में अन्य पिछड़े वर्ग के आरक्षण का पक्ष लिया। इनका मानना था कि यह ओबीसी तबके के उत्थान के लिए ठोस कदम होगा। इसके अलावा सर्वश्री एलआर नाइक, पीवी पेरियासामी, गोविंद्रन मिरी, ब्रह्म प्रकाश, बीपी मौर्य, शामलाल यादव, कुंवर महमूद अली खान, मंगल देव विशारद, जी मल्लिकार्जुन राव और केएल नारायणन ने इस बात पर जोर दिया कि विभिन्न ऐतिहासिक व सांस्कृतिक तत्वों को ध्यान में रखते हुए हिंदू समुदाय में जाति को सामाजिक और शैक्षणिक रूप से पिछड़ेपन का आधार बनाया जाना चाहिए। सर्वश्री राम विलास, आरएल कुरील और केएन नारायणन का विचार था कि ओबीसी को उनकी आबादी के अनुपात में आरक्षण दिया जाना चाहिए। वहीं दूसरी तरफ सर्वश्री चतुर्भुज और चंदन सिंह का विचार था कि अन्य पिछड़े वर्ग की पहचान के लिए मुख्य परीक्षण का आधार आर्थिक बनाया जाना चाहिए।

10.22 श्री राममूर्ति और डॉ पीवी पेरियासामी ने आयोग का ध्यान इस ओर दिलाया कि कुछ लोग निहित स्वार्थ के कारण यह भ्रम फैलाने में लगे हैं कि ओबीसी तबके को आरक्षण मिलने से एससी और एसटी तबके को मिल रही सुविधाएं कम हो जाएंगी। इन सांसदों ने यह बहुत महत्त्वपूर्ण बात उठाई कि आयोग को इस बात के लिए खास जोर देना चाहिए कि ओबीसी और एससी-एसटी तबके के बीच किसी तरह के हितों का टकराव न हो। वास्तव में ये दो समूह वंचित तबके के आंदोलन की समानांतर धाराएं हैं।

10.23 कुछ सांसदों की ओर से व्यक्तिगत रूप से किए गए अवलोकन भी अहम हैं, जो निम्नवत हैं-

10.24 श्री बीपी मौर्य ने जाति व्यवस्था की उत्पत्ति के बारे में विस्तार से बताया और कहा कि भारतीय स्थिति में वर्ग (मार्क्सवादी अर्थों में) ने जाति को तैयार किया था न कि इसके उलट मामला है। इसे ध्यान में रखते हुए सामाजिक और शैक्षणिक पिछड़ेपन के निर्धारण के लिए जाति को आधार बनाया जाना चाहिए।

उन्होंने यह भी कहा कि पिछड़े वर्ग के जिन लोगों ने तरक्की कर ली है, उन सदस्यों को आरक्षण का लाभ देना अन्यायपूर्ण होगा। इसे देखते हुए उन्होंने सुझाव दिया कि जाति के साथ गरीबी को भी आधार बनाया जाना चाहिए।

10.25 श्री राम विलास ने सुझाव दिया कि ओबीसी के लिए निर्धारित मौजूदा प्रतिशत को बढ़ाया जाना चाहिए। साथ ही और ज्यादा शैक्षणिक सुविधाएं दी जानी चाहिए। राज्यों की सूची में तमाम पिछड़ी जातियां छूट गई हैं और उनके दावे की फिर से जांच की जानी चाहिए। वह चाहते थे कि ओबीसी के सामाजिक, आर्थिक व शैक्षणिक आंकड़े समग्र रूप से एकत्र किए जाएं। उनका विचार था कि अगर किसी अभ्यर्थी के परिवार की सालाना आमदनी 10,000 रुपये से ऊपर है तो उसे आरक्षण का लाभ नहीं दिया जाना चाहिए।

10.26 श्री राममूर्ति इस बात से ज्यादा चिंतित थे कि सरकार काका कालेलकर आयोग की सिफारिशों को 25 वर्षों से नहीं मान रही है। उनका कहना था कि सरकार को मौजूदा आयोग की रिपोर्ट पर तत्काल कार्रवाई करनी चाहिए।

10.27 श्री एलके नाइक ने इस बात पर जोर दिया कि भारत सरकार द्वारा ओबीसी की केंद्रीय सूची तैयार करवाई जानी चाहिए। विशेष संवैधानिक प्रावधानों को ध्यान में रखते हुए उन वर्गों के लोगों को सामाजिक और शैक्षणिक रूप से पिछड़े वर्ग की सूची में शामिल किया जाना चाहिए। उन्होंने यह भी कहा कि आयोग का दायरा इन कारकों पर ही आधारित होना चाहिए। उन्होंने इच्छा जताई कि आयोग के दिशानिर्देशन में इस विषय पर दिए गए न्यायालय के आदेशों का अध्ययन किया जाना चाहिए।

10.28 श्री दयाराम शाक्य ने विभिन्न लोक सेवा आयोगों आदि की साक्षात्कार प्रणाली के खिलाफ अपनी राय रखी, जो भर्तियों के समय होते थे। उनका मानना था कि इसमें गरीब तबके से आने वाले बच्चों और अमीर परिवारों से आने वालों के बीच भेदभाव होता है। उन्होंने यह भी सुझाव दिया कि ओबीसी सूची तैयार किए जाते समय काका कालेलकर आयोग द्वारा छोड़ दी गई जातियों को भी उसमें शामिल किया जाना चाहिए। वहीं काका कालेलकर आयोग की रिपोर्ट पेश किए जाने के बाद जिन जातियों ने प्रगति कर ली है, उन्हें ओबीसी सूची से बाहर किया जाना चाहिए।

10.29 श्री शिवमंगल देव विशारद ने यह मसला उठाया कि सामाजिक पिछड़ापन सीधे तौर पर जाति से जुड़ा हुआ है। यहां तक कि जब सामाजिक रूप से पिछड़ी जातियां आर्थिक रूप से संपन्न हो जाती हैं, तब भी उनके सामाजिक दर्जे में कोई बदलाव नहीं होता। उन्होंने वाराणसी में हुई घटना का जिक्र करते हुए कहा कि

एक राष्ट्रीय स्तर के नेता की प्रतिमा का अनावरण बाबू जगजीवन राम ने किया। उसके बाद हिंदू जाति के लोगों ने उस प्रतिमा की गंगाजल से धुलाई की, क्योंकि उनका मानना था कि बाबू जगजीवन राम के छूने से प्रतिमा अपवित्र हो गई थी।

(बी) सातवीं लोक सभा

10.29 छठी लोक सभा को भंग कर दिया गया और जनवरी 1980 में सातवीं लोकसभा का गठन हुआ। आयोग ने नई लोकसभा के सदस्यों को भी आमंत्रित किया और इस सिलसिले में उनके समक्ष विचार के लिए यह विषय रखा। देश को 4 क्षेत्रों में बांटा गया और हर क्षेत्र के सांसद को आयोग से मिलने के लिए 1 जुलाई से 4 जुलाई 1980 के बीच आमंत्रित किया गया। राज्य सभा के सदस्यों को भी आमंत्रण भेजा गया। जिन सांसदों ने आयोग के आमंत्रण पर प्रतिक्रिया दी, उनकी सूची परिशिष्ट 10 में है।

10.31 सातवीं लोक सभा के भी ज्यादातर सांसदों का मानना था कि अन्य पिछड़े वर्गों को विशेष सुविधाएं दी जानी चाहिए और सेवाओं व शिक्षण संस्थानों में उनके लिए आरक्षण किया जाना चाहिए। जिन सांसदों ने अपनी राय रखी उनमें सर्वश्री पी शिवशंकर, पी राजगोपाल नायडू, एनजी रंगा, आरवी स्वामीनाथन, ई बालनंदन, नरसिंह मकवाना, बीके गधावी, मुंदार शर्मा, एसबी चव्हाण, मधु दंडवते, जीआर कोचक, हकम सिंह, श्यामलाल यादव, नरेंद्र सिंह, राम प्यारा पनिकर, जेएस कश्यप, एनई होरो, डीपी यादव और सीएम पाणिग्रही शामिल थे। इनमें से ज्यादातर लोगों ने कहा कि सामाजिक और शैक्षणिक रूप से पिछड़ेपन के आधार पर ओबीसी की पहचान होनी चाहिए। श्री बीआर रेड्डी और प्रोफेसर एनजी रंगा का विचार था कि ओबीसी को मिलने वाला फायदा उन परिवारों तक ही सीमित होना चाहिए, जिनकी मासिक आमदनी 1,000 रुपये से ज्यादा नहीं हो, जिससे ओबीसी तबके के प्रभावशाली लोगों को आरक्षण का अनुचित रूप से लाभ न मिल सके। श्री एसबी चव्हाण भी इस पक्ष में थे कि इस तरह के कुछ प्रतिबंध लगाए जाने चाहिए, जिससे ओबीसी की सूची भारी भरकम न होने पाए और पिछड़े वर्ग को मिलने वाले आरक्षण का फायदा कमजोर न हो।

10.32 श्री जीएम सिंह, जनरल राजिंदर सिंह स्पैरो, श्रीमती राजिंदर कौर और श्री टोमपोक सिंह इस पक्ष में थे कि पिछड़ेपन के निर्धारण में आर्थिक स्थिति को आधार बनाया जाना चाहिए।

10.33 कानून मंत्री श्री पी शिवशंकर ने सुझाव दिया कि यह सुरक्षित होगा कि उच्चतम न्यायालय ने तमाम फैसलों में सामाजिक और शैक्षणिक रूप से पिछड़ेपन के निर्धारण के जिन दायरों पर विभिन्न मामलों में रोक लगाई है, उसे ध्यान में रखा

जाए। अन्य दायरों को स्वीकार किए जाने से नए सिरे से याचिका पड़ जाएगी। इससे जटिलता होगी। उनका यह भी मानना था कि अगर पिछड़ेपन के निर्धारण के लिए आर्थिक दायरे को स्वीकार किया जाता है तो इससे ओबीसी तबके को झटका लगेगा। कुछ राज्य सरकारों ने पहले ही ओबीसी की सूची तैयार कर रखी है। ज्यादातर मामलों में उन सूचियों का न्यायालय में परीक्षण हो चुका है। आयोग को यथासंभव उन सूचियों को अपनाने की कोशिश करनी चाहिए। उनका यह भी मानना था कि शुरुआती भर्तियों में आरक्षण दिए जाने के साथ साथ पदों के आरक्षण में भी 3 से 4 प्रतिशत आरक्षण दिया जाना चाहिए।

10.34 श्री बीजे पुजारी और एनबी सिडमैन का मानना है कि अनुसूचित जातियां जो ईसाई आदि धर्मों में शामिल हो गईं, उन्हें भी ओबीसी सूची में शामिल किया जाना चाहिए। इसी तरह का विचार ई बालनंदन ने भी व्यक्त किए।

10.35 श्री आरपी गायकवाड़ ने कहा कि शिक्षा की कमी पिछड़े वर्ग की कमजोरी की मूल वजह है। उनके शैक्षणिक प्रगति के लिए हर संभव कदम उठाए जाने की जरूरत है। लेकिन नौकरियों में आरक्षण की व्यवस्था उन्हें तार्किक और न्यायसंगत नहीं लगती। श्री एनके सेजवलकर का भी मानना था कि ओबीसी के लिए नौकरियों में आरक्षण उचित नहीं होगा। श्री बापूसाहेब पारुलेकर ने कहा कि देश का लक्ष्य जातिहीन और वर्गहीन समाज की स्थापना था और ओबीसी की सूची बनाने का दायरा तय करते समय इस उद्देश्य को कोई नुकसान नहीं पहुंचना चाहिए।

10.36 प्रोफेसर मधु दंडवते ने कहा कि अगर कोई एक धर्म से दूसरे धर्म में जाता है तो उस व्यक्ति की सामाजिक आर्थिक स्थिति नहीं बदलती। ऐसे में यह जरूरी है कि बुद्धिज्म, ईसाई धर्म अपनाने वाली अनुसूचित जातियों को भी अनुसूचित जाति ही माना जाना चाहिए। लेकिन जब तक कानून के माध्यम से यह बदलाव नहीं लाया जाता है, तब तक इन धर्म बदलने वाले लोगों को ओबीसी सूची में शामिल किया जाना चाहिए। उनका यह भी मानना था कि आर्थिक रूप से पिछड़े तबके को भी सामाजिक और शैक्षणिक रूप से पिछड़े वर्ग की एक अलग इकाई के रूप में शामिल किया जाना चाहिए। उन्होंने निम्न जातियों को लेकर पुजारियों के भेदभाव करने का जिक्र करते हुए लार्ड माउंटबेटन के समय का एक उदाहरण दिया। लार्ड माउंटबेटन ने अपने कार्यकारिणी के सदस्य डॉ बीआर आंबेडकर को आमंत्रित किया और उनसे जगन्नाथ पुरी मंदिर में साथ चलने को कहा। स्थानीय पुजारी ने बहुत खुश होकर माउंटबेटन का स्वागत किया लेकिन डॉ आंबेडकर को मंदिर में घुसने की अनुमति नहीं दी।

10.37 श्री मुबारक शाह का मानना था कि जम्मू कश्मीर की विशेष भौगोलिक स्थिति और समस्याओं को देखते हुए जाति आधारित समाज का अखिल भारतीय मॉडल राज्य पर लागू नहीं होती है। उनका मानना था कि भौगोलिक स्थिति और कुछ इलाकों के एकदम अलग थलग होने को भी जम्मू कश्मीर के मामले में पिछड़ेपन का आधार माना जाना चाहिए।

10.38 श्री ज्योतिर्मय बसु ने कहा कि जाति सामंती व्यवस्था की विरासत है। जातिवादी दृष्टिकोण से सामाजिक परिदृश्य को देखना पश्चिम बंगाल के मामले में व्यावहारिक नहीं होगा। उन्होंने यह भी कहा कि उनकी पार्टी इस मामले की गहराई से जांच के बाद इस मसले पर अपने विचार आयोग के समक्ष रखेगी।

10.39 श्रीमती गीता मुखर्जी ने कहा कि जाति आधारित भेदभाव पश्चिम बंगाल में बीते दिनों की बात है। अब कोई ऐसी एक जाति नहीं है, जो कई पीढ़ी से एक पेशे में लगी हो। वह समाज में आर्थिक रूप से कमजोर तबके को विशेष सहायता दिए जाने के पक्ष में थीं।

3. आयोग के दौरे

10.40 आयोग ने देश के ज्यादातर राज्यों व केंद्र शासित प्रदेशों का दौरा किया। यह दौरे विभिन्न स्थलों की जमीनी हकीकत जानकर साक्ष्य जुटाने के लिए थे (परिशिष्ट 11)। आयोग के दौरे के कार्यक्रम का हर राज्य में पहले से प्रचार किया गया। साथ ही आम आदमी के लिए प्रश्नावली भी देसी और अंग्रेजी भाषा में दैनिक समाचार पत्रों में प्रकाशित की गई। राज्य मुख्यालयों पर आयोग ने मुख्यमंत्रियों, मंत्रियों, सांसदों, विधायकों, वरिष्ठ अधिकारियों, सामाजिक और जातीय संगठनों के प्रतिनिधियों व अन्य जानी मानी हस्तियों से मुलाकात की। जिलों व गांवों के भ्रमण के दौरान बड़ी संख्या में प्रतिनिधियों ने जानकारी दी और बैठकों में वक्ताओं ने अपना पक्ष रखा। आयोग ने 17 राज्यों, 5 केंद्रशासित प्रदेशों, का दौरा किया और 2638 अभ्यावेदन प्राप्त किए और 1,539 लोगों से साक्ष्य रिकॉर्ड किए।

10.41 व्यापक रूप से दो तरह के साक्ष्य आयोग के सामने आए। पहला, बड़ी संख्या में आम लोग और जातीय संगठनों ने किसी खास जाति को अन्य पिछड़े वर्ग की सूची में शामिल करने पर जोर दिया। कुछ ने, जिनकी जातियां पहले से ही राज्य में पिछड़े वर्ग में अधिसूचित थीं, वे अनुसूचित जाति या अनुसूचित जनजाति में शामिल किए जाने को इच्छुक थे। आयोग के समक्ष आए करीब तीन चौथाई लोग इसी तरह की प्रतिक्रिया देने वाले लोग थे। उनके प्रतिनिधित्व की अलग से जांच की गई और इसके परिणाम को आयोग की ओर से राज्यवार तैयार की जाने वाली

अन्य पिछड़े वर्ग की सूची में शामिल किया गया। दूसरे, एसोसिएशनों या व्यक्तियों ने सामाजिक और शैक्षणिक रूप से पिछड़ेपन के सवाल पर चर्चा की, वह बहुत सामान्य प्रकृति का था और आयोग को तमाम सुझाव दिए गए।

10.42 आयोग के समक्ष प्रतिक्रिया देने वालों में एक बड़ा तबका ऐसा था, जिसका मानना था कि सामाजिक और शैक्षणिक पिछड़ेपन के निर्धारण के लिए जाति को आधार बनाया जाना चाहिए। वे ओबीसी को उदारता से छूट दिए जाने के पक्ष में थे, जिससे उनका ऐतिहासिक पिछड़ापन दूर किया जा सके, जिससे वे सदियों से जूझ रहे हैं। ऐसा उनकी निचली जाति का दर्जा होने के वजह से है। सुझाए गए कुछ महत्त्वपूर्ण कदम थे: सरकारी सेवाओं व शिक्षण संस्थानों में आरक्षण, विभिन्न विषयों में प्रवेश के लिए अधिकतम उम्र की सीमा और न्यूनतम क्वालीफाइंग मार्क में छूट, अन्य शैक्षणिक छूट जैसे मुफ्त किताब, यूनीफॉर्म और विशेष कोचिंग सुविधा, मकान बनाने के लिए जमीन का आवंटन, सस्ती ब्याज दरों पर कर्ज, छोटे पैमाने पर उद्योग स्थापित करने में मदद आदि शामिल हैं।

10.43 प्रतिक्रिया देने वाले कुछ लोगों का तर्क था कि ओबीसी के लिए आरक्षण आबादी के हिसाब से होना चाहिए क्योंकि यह लोकतांत्रिक ढांचे में जरूरी है कि सार्वजनिक सेवाओं में पर्याप्त प्रतिनिधित्व हो। उनमें से कुछ का यह भी कहना था कि संसद और विधानसभाओं में भी पिछड़े वर्ग के लिए आरक्षण की व्यवस्था होनी चाहिए, क्योंकि अन्य पिछड़े वर्ग के लोग तभी अपने वर्ग को सहायता करने में सक्षम होंगे, जब राजनीतिक ढांचे में उनको पर्याप्त प्रतिनिधित्व मिले। कुछ एसोसिएशनों और लोगों ने सुझाव दिए कि लोक सेवा आयोगों, चयन बोर्डों और अन्य भर्ती एजेंसियों में ओबीसी का पर्याप्त प्रतिनिधित्व होना चाहिए, जिससे अन्य पिछड़े वर्ग के अभ्यर्थियों के साथ उचित और सहानुभूतिपूर्ण व्यवहार हो। इस पर बार बार जोर दिया गया कि उचित संरक्षण और उचित व्यवहार कानून लागू कराने वाली एजेंसियों की ओर से मिलना चाहिए। बड़ी संख्या में पुलिस बलों की नियुक्ति समाज के कमजोर तबके से होनी चाहिए। इस नीति से न सिर्फ वंचित तबके में आत्मविश्वास आएगा बल्कि यह भी सुनिश्चित हो सकेगा कि वंचित तबके को लेकर कानून लागू कराने वाली एजेंसी ज्यादा संवेदनशील और उसकी समस्याओं की समझ रखने वाली है।

10.44 कुछ लोगों का कहना था कि राज्यों की मौजूदा ओबीसी सूची में तमाम जातियों व समुदायों को शामिल किया गया है जो वास्तव में अगड़ी हैं और कुछ अन्य को छोड़ दिया गया है, जो वास्तव में पिछड़ी हैं। उन्होंने यह भी कहा कि पिछड़े वर्ग के उत्थान के लिए विशेष छूट जानी चाहिए, लेकिन वास्तव में पिछड़े तबके

के हितों की रक्षा के लिए पर्याप्त सुरक्षात्मक कदम उठाए जाने चाहिए। इसे देखते हुए इसाई, इस्लाम, बुद्धिज्म आदि अपना चुके अनुसूचित जातियों को अनुसूचित जाति के लिए मिल रही सुविधाओं से वंचित नहीं किया जाना चाहिए और यही व्यवस्था ओबीसी के लिए भी की जानी चाहिए। कुछ स्थानों पर ऐसा भी पाया गया कि सभी मुस्लिमों व सभी इसाइयों को ओबीसी सूची में शामिल किए जाने की जरूरत है, क्योंकि वे वास्तव में बहुत पिछड़े हैं।

10.45 ओबीसी की पहचान के लिए मानदंड के बारे में कुछ लोगों की सलाह थी कि वंशानुगत पेशे की वजह से निम्न सामाजिक दर्जा मिला होता है, जिसे पिछड़े वर्ग की पहचान के लिए एक मानक बनाया जा सकता है।

10.46 यह स्वाभाविक है कि आयोग के सामने आने वाले ज्यादातर लोग ओबीसी वर्ग से थे। वे वंचित तबके का प्रतिनिधित्व कर रहे थे और वे आयोग के समक्ष अपनी शिकायतें दर्ज कराना चाहते थे। लेकिन ज्यादातर जगहों पर कुछ एसोसिएशन या सदस्य अगड़े वर्गों या जातियों से भी थे, जिन्होंने जाति को पिछड़ेपन से जोड़ने का विरोध किया और उन्होंने सरकारी नौकरियों में ओबीसी को आरक्षण दिए जाने का विरोध किया। वे सामान्यतया इस पक्ष में थे कि पिछड़ेपन के निर्धारण के लिए साधन परीक्षण का तरीका अपनाया जाना चाहिए और उनका इस बात पर जोर था कि गरीबी ही सामाजिक और शैक्षणिक रूप से पिछड़ेपन की मूल वजह है। दिलचस्प है कि करीब हर राज्य में कुछ ब्राह्मणों ने खुद को इस आधार पर पिछड़े वर्ग में शामिल किए जाने का दावा किया कि उनका सामाजिक दर्जा ऊंचा नहीं है, साथ ही साधनों के अभाव के कारण वे अपने बच्चों को पढ़ा भी नहीं सकते।

10.47 सामान्यतया यह पाया गया कि हर व्यक्तिगत समूह और एसोसिएशन अपने वर्ग के हितों से बंधे हुए थे। ओबीसी को दी जाने वाली छूट का सवाल उनके अपने भावनाओं से जुड़ी हुई थी। आयोग ने बार बार यह पाया कि एक ही बैठक में वक्ता इस मसले पर विरोध में विचार रख रहे थे और वर्ग के प्रति उनका झुकाव बहुत साफ था। उदाहरण के लिए त्रिवेंद्रम में 15.06.1979 को हुई एक बैठक में विधायक श्री आर सुंदरेशन नायर ने कहा कि केरल में कोई सामाजिक भेदभाव या छुआछूत नहीं है, इसलिए पिछड़ेपन के निर्धारण के लिए आर्थिक मानदंड को आधार बनाया जाना चाहिए। अगले वक्ता और विधायक श्री एएन नाडार ने कहा कि केरल में जाति व्यवस्था बहुत मजबूत है और जाति को सामाजिक और शैक्षणिक रूप से पिछड़ेपन का आधार बनाया जाना चाहिए। थोड़ी ही देर बाद आल इंडिया मुस्लिम लीग के त्रिवेंद्रम जिला समिति के अध्यक्ष श्री इसुद्दीन ने

आर्थिक मानदंड का पक्ष लिया। वहीं अखिल भारतीय विश्वकर्मा महासभा, त्रिवेंद्रम के श्री के वासुदेवन ने इसका कड़ा विरोध किया। इसी तरह से बिहार के सहरसा में 26.05.1979 को हुई बैठक में श्री जगन्नाथ मिश्र ने आर्थिक मानदंड का समर्थन किया जबकि श्री नरेंद्र नारायण यादव पूरी तरह से जाति को मानदंड बनाए जाने के पक्ष में थे। इस तरह के तमाम उदाहरण हर राज्य से दिए जा सकते हैं।

10.48 आयोग के दौरे के दौरान प्रतिक्रिया देने वाले कुछ लोगों के विचार का सारांश दिया जा सकता है। यह कवायद की गई है कि बहुत बड़े दायरे में ली गई राय को इसमें शामिल किया जा सके।

10.49 हैदराबाद के विधायक श्री जी लचन्ना ने संविधान में जाति व्यवस्था को खत्म किए जाने का कोई प्रावधान न होने को लेकर नाराजगी जताई और कहा कि बिहार, उत्तर प्रदेश और महाराष्ट्र में जातीय टकराव देश में जातिवाद बढ़ने के संकेत देते हैं। लंबे समय से निम्न जातियों को भेदभाव का सामना करना पड़ रहा है। उनके उत्थान के लिए उपचारात्मक कदम उठाए जाने चाहिए। उनके विचार से गैर हिंदू समुदायों में कोई सामाजिक पिछड़ापन नहीं है, क्योंकि वे जातिवाद के अभिशाप से मुक्त हैं। हालांकि वे आंध्र प्रदेश सरकार द्वारा ओबीसी को दिए जा रहे 25 प्रतिशत आरक्षण से संतुष्ट थे, लेकिन वह चाहते थे कि ओबीसी को और ज्यादा सुविधाएं दिए जाने की जरूरत है।

10.50 पूर्व विधायक श्री पी लक्ष्मन्ना ने अग्निकुल क्षत्रिय संगम के प्रतिनिधि के तौर पर कहा कि उनका मछुआरों का समुदाय बहुत ज्यादा गरीब है। दूर दराज के गांवों में रहता है और अक्सर आने वाले चक्रवात से उन्हें खासा नुकसान होता है। बहुत ज्यादा पिछड़ेपन को देखते हुए 1968 में उनके समुदाय को अनुसूचित जनजाति में शामिल किए जाने का प्रस्ताव आया था, लेकिन यह किन्ही वजहों से मूर्त रूप नहीं ले सका। उन्होंने इस बात की वकालत की कि एक समूह के रूप में मछुआरों को अलग से आरक्षण दिया जाना चाहिए। वह ब्याजमुक्त कर्ज, सस्ते मकान और बेहतरीन संचार व्यवस्था भी मछुआरों के लिए चाहते थे।

10.51 आंध्र प्रदेश बैकवर्ड क्लास स्टूडेंट्स यूनियन के श्री जे यादागिरि का कहना था कि ओबीसी को पर्याप्त प्रतिनिधित्व और आरक्षण भारतीय केंद्रीय सेवाओं, संघ लोक सेवा आयोग, राष्ट्रीयकृत बैंकों, सार्वजनिक निगमों आदि में दिया जाना चाहिए। आरक्षण का अनुपात उस वर्ग की आबादी के मुताबिक होना चाहिए। आवासीय विद्यालयों में 50 प्रतिशत सीटें ओबीसी के लिए आरक्षित होनी चाहिए। आरक्षण नीति को उचित तरीके से लागू कराने व इसकी निगरानी के लिए राज्य सरकार की आरक्षण नीति में जांच निकाय की व्यवस्था होनी चाहिए।

10.52 बिहार के मुख्यमंत्री श्री राम सुंदर दास ने कहा कि ओबीसी को नौकरियों व शिक्षण संस्थानों में आरक्षण दिए जाने का मसला सीधे सीधे देश की प्रगति और विकास से जुड़ा हुआ है। देश की प्रगति तब तक नहीं हो सकती, जब तक कि पूरा देश राष्ट्र निर्माण कार्य से जुड़ा न हो। यह तभी संभव हो सकता है, जब ओबीसी तबके के बड़ी संख्या में लोग सरकारी सेवाओं आदि में भर्ती किए जाएं।

10.53 चौसा पश्चिम (बिहार) के श्री अविनाश चंद्र मुखिया ने कहा कि सामाजिक और शैक्षणिक रूप से पिछड़ेपन को चिह्नित करने के लिए जाति आधार हो सकता है। सरकारी नौकरियों व शिक्षण संस्थानों में 60 प्रतिशत ओबीसी आरक्षण होना चाहिए। आरक्षण के प्रावधान को प्रभावी तरीके से तभी लागू का जा सकता है जब भर्ती करने वाली एजेंसियों में ओबीसी तबके के लोग शामिल हों। अन्य पिछड़े वर्ग के अभ्यर्थी, जो मेरिट के आधार पर चुने जाते हैं, उन्हें आरक्षण कोटे से बाहर किया जाना चाहिए। राज्य विधानसभाओं में भी ओबीसी के लिए सीटें आरक्षित की जानी चाहिए। महिलाओं के लिए अलग से प्रावधान बनाए जाने चाहिए।

10.54 बंगलौर के श्री वाई रामचंद्रन ने कहा कि 1935 से ही पिछड़े वर्गों की मांगों की उपेक्षा की जा रही है और यह उचित वक्त है कि केंद्र सरकार ओबीसी को पर्याप्त राहत प्रदान करे। भारत की स्थिति में जाति ही एकमात्र आधार है, जिससे सामाजिक और शैक्षणिक रूप से पिछड़े वर्ग की पहचान की जा सकती है। नौकरियों व शिक्षण संस्थानों में ओबीसी को पर्याप्त प्रतिनिधित्व दिया जान चाहिए और आरक्षण की मात्रा इस मामले में उच्चतम न्यायालय के फैसलों को देखते हुए तय किया जाना चाहिए।

10.55 बंगलौर के श्री केआरएस नायडू ने कहा कि उन्होंने पिछड़ेपन के निर्धारण के लिए 9 कारकों की पहचान की है। ये हैं- सामाजिक, शैक्षणिक, आर्थिक, सांस्कृतिक, परंपरागत, ऐतिहासिक, ग्राफिकल (?), भौगोलिक और राजनीतिक। उन्होंने इस बात पर भी जोर दिया कि भारतीय समाज मुख्य रूप से दो वर्गों में बंटा है, शारीरिक श्रम करने वाला और बौद्धिक श्रम करने वाला। यह विभाजन एक वर्ग के सामाजिक दर्जे की जांच करने के लिए अहम है।

10.56 मैसूर विश्वविद्यालय में समाज शास्त्र की प्रोफेसर श्रीमती पार्वती अम्मा ने कहा कि जहां पिछड़ापन सीधे सीधे जाति से जुड़ा हुआ है, इसे चिह्नित करने के लिए इकाई उपजाति नहीं होनी चाहिए, बल्कि पूरे समुदाय को सामाजिक और शैक्षणिक रूप से पिछड़ा माना जाना चाहिए। पिछड़ेपन को खत्म करने के लिए शिक्षा सबसे बड़ा साधन है और इसे मैट्रीकुलेशन तक पूरी तरह से मुफ्त किया जाना चाहिए। अर्थव्यवस्था का

तेजी से विविधीकरण किया जाना चहिए, जिससे पिछड़े वर्ग के लिए नौकरियों के अवसर मिल सकें।

10.57 केरल विधानसभा के डिप्टी स्पीकर श्री पीके गोपालकृष्णन ने त्रिशुर में आयोग की बैठक के दौरान कहा कि हमारे सामाजिक जीवन में जाति बहुत बड़ी हकीकत है और किसी व्यक्ति का सामाजिक दर्जा चार प्रमुख कारकों से निर्धारित होता है: समुदाय के जाति क्रम में उसका स्थान, राजनीति को प्रभावित करने में उसकी क्षमता, वित्तीय स्थिति और उसकी शैक्षणिक और रोजगार की स्थिति।

10.58 हरिजन समाज, कालीकट (केरल) के श्री केएम रमन ने अपने विचार व्यक्त करते हुए कहा कि बड़ी संख्या में जातियों को पिछड़ा मानने और उन्हें प्राथमिकता और छूट देने से अछूतों को दिए गए विशेषाधिकार पर असर पड़ेगा और वह उस तबके को मिलेगा, जो लाभ पाने योग्य नहीं हैं।

10.59 केरल के कालीकट के सांसद श्री बीबी अब्दुल्ला कोया चाहते थे कि पिछड़ेपन के निर्धारण के लिए पेशे को मानदंड बनाया जाना चाहिए। पिछड़े वर्ग के विद्यार्थियों को उदारतापूर्वक छात्रवृत्ति दी जानी चाहिए। साथ ही सेवाओं में प्रवेश के लिए उन्हें न्यूनतम शैक्षणिक योग्यता में छूट दी जानी चाहिए। वह चाहते थे कि पूरे मुस्लिम समुदाय को पिछड़ा वर्ग घोषित किया जाए और उन्होंने सुझाव दिए कि पिछड़े वर्ग को मुफ्त कानूनी सहायता दी जानी चाहिए, जिससे वे समाज के दबंग तबके की ओर से होने वाले अपने शोषण का विरोध कर सकें।

10.60 रायपुर के पत्रकार श्री पन्ना लाल यदु ने कहा कि छत्तीसगढ़ में कुछ जिले ऐसे हैं जहां कुर्मी, तेली और यादव समुदाय के लोगों की संख्या क्रमश: करीब 25 लाख, 20 लाख और 17 लाख है। लेकिन वहां इन समुदायों से कोई सांसद, विधायक या प्रशासनिक अधिकारी नहीं बन पाया है। उन्होंने इन समुदायों के साथ समाज के अन्य पिछड़े वर्गों के लिए शिक्षण संस्थानों, सरकारी नौकरियों, संसद और राज्य विधानसभाओं में आरक्षण की वकालत की।

10.61 राजपूत समुदाय से ताल्लुक रखने वाले सतना के श्री विश्वनाथ सिंह चाहते थे कि पिछड़ेपन के निर्धारण के लिए आर्थिक परीक्षण हों। उन्होंने इस बात पर जोर दिया कि जाति के आधार पर आरक्षण दिए जाने से उत्तर प्रदेश और बिहार में दंगे हो चुके हैं।

10.62 बलभद्रपुर, तांती (उड़ीसा) के रहने वाले बुनकर समुदाय के श्री प्रमोद कुमार दास ने कहा कि पावरलूम की संख्या बढ़ने से बुनकरों पर बहुत बुरा असर पड़ा है। इस समय बुनकरों के 106 परिवारों में से सिर्फ 5 ही परंपरागत व्यवसाय कर रहे हैं। मैट्रीकुलेशन तक पढ़े 22 लोगों में से 11 ने सरकारी नौकरियां करनी शुरू कर दी है और शेष पावरलूम टेक्नोलॉजी में प्रशिक्षण लेने को उत्सुक हैं। उन्होंने

यह इच्छा जताई कि उनके समुदाय को सरकारी सेवाओं और शिक्षण संस्थानों में आरक्षण दिया जाना चाहिए और साथ ही मैट्रीकुलेशन स्तर पर विद्यार्थियों को भत्ते दिए जाने चाहिए।

10.63 तेली समुदाय के प्रतिनिधि हरे कृष्ण साहू ने आयोग के समक्ष कहा कि उड़ीसा के बोडामुंदेरी गांव में उनके समुदाय के 36 परिवारों में कोई भी तेल निकालने के आनुवांशिक कारोबार में नहीं लगा है। तेल प्रसंस्करण की मशीनें लग जाने के बाद उनका बाजार पर एकाधिकार हो गया और तिलहन की आपूर्ति कम हो गई, क्योंकि ज्यादा जमीन का इस्तेमाल धान की खेती में होने लगा। बहुत ज्यादा गरीब होने की वजह से तेली समुदाय अपने बच्चों को उच्च शिक्षा नहीं दिला सकते हैं। वह चाहते थे कि तिलहन खरीदने और तेल निकालने के लिए आधुनिक मशीने लगाने के लिए विशेष कर्ज की सुविधाएं दी जाएं।

10.64 औरंगाबाद के नव बुद्धिस्ट श्री बीएस मोरे ने कहा कि सदियों के बहिष्कार के बाद हरिजन नव बुद्धिस्ट हो गए। लेकिन दुर्भाग्य से इसके बाद भी उनके साथ भेदभाव किया जा रहा है और वे अछूत बने हुए हैं। नव बुद्धिस्टों के लिए भी छूट जारी रखी जानी चाहिए।, जबतक कि अछूत मानने की स्थिति खत्म न हो जाए। जो लोग वित्तीय रूप से ठीक ठाक हैं उनके साथ अछूत जैसा व्यवहार नहीं किया जाता, उन्हें अनुसूचित जाति की सूची से बाहर किया जाना चाहिए।

10.65 मुस्लिम बैकवर्ड क्लास एसोसिएशन, नागपुर के सचिव श्री एएम बाने ने स्पष्ट किया कि कुछ मुस्लिम समुदायों में हिंदू समुदायों की तरह से ही जातीय ढांचा है। वे वंशानुगत रूप से जातीय पेशे में लगे हुए हैं। हिंदू और मुस्लिम समुदाय के बीच इस तरह के पेशेगत संबंध का उदाहरण देते हुए उन्होंने कुरैशी और खटिक, जुलाहा और हलबा बुनकर, पिंजारा और धुनिया, लालबेगी और भंगी, रंगरेज और रंगारी, तेली और तिरमाल का जिक्र किया। उनकी इच्छा थी कि इस तरह की छूट का विस्तार पेशेगत मुस्लिम समुदाय तक किया जाना चाहिए, जैसा कि हिंदू समुदाय के मामले में किया गया है।

10.66 राजस्थान बैकवर्ड क्लासेज फेडरेशन जयपुर के सचिव श्री दाऊ लाल ने कहा कि राजस्थान सरकार ने पिछड़े वर्ग के लिए छूट का कोई विस्तार नहीं किया है। पिछड़े वर्ग के लोगों की राज्य की विधानसभा में कोई प्रतिनिधित्व या आवाज नहीं है। उन्होंने राज्य विधानसभाओं व लोक सभा में पिछड़े वर्ग के लिए आरक्षण की वकालत की। वह चाहते थे कि सरकारी सेवाओं में भी आरक्षण दिया जाए और उम्मीद जताई कि यह आयोग किसी मकसद तक पहुंचने में कामयाब रहेगा और इसका हस्र काका कालेलकर आयोग की तरह नहीं होगा।

10.67 जोधपुर के श्री ओम प्रकाश परमार ने सुझाव दिया कि जातिवार जनगणना 1981 की जनगणना से फिर से शुरू की जानी चाहिए। वह चाहते थे कि पेशेगत समुदाय के लिए विशेष छूट दिए जाएं और राजस्थान में पिछड़ा वर्ग बोर्ड का गठन हो। वह पिछड़े वर्गों को मुफ्त शिक्षा और मुफ्त कानूनी सहायता देने के भी पक्षधर थे।

10.68 गंगटोक के फादर जोसेफ कैनेथ ने कहा कि सिक्किम में ईसाई समुदाय के लोगों की संख्या 5,000 के करीब है और उनमें से ज्यादातर पिछड़ी जनजातियों लिंबोस और रईस से संबंधित हैं। लेकिन धर्म परिवर्तन की वजह से उन्हें कोई विशेष लाभ नहीं मिल रहा है। उन्होंने इस बात की वकालत की कि पिछड़ेपन के निर्धारण के लिए जाति मानदंड नहीं बनाया जाना चाहिए। सामाजिक और शैक्षणिक पिछड़ापन सिर्फ आर्थिक स्थिति सुधारकर दूर किया जा सकता है। अगर जाति के आधार पर पिछड़ेपन का निर्धारण किया जाता है तो ईसाई समुदाय पर इसका बुरा असर पड़ेगा।

10.69 सांसद श्री पीएम सुब्बा ने गंगटोक में कुछ और वक्ताओं के अवलोकन की पुष्टि की कि सिक्किम के अनुसूचित जनजातियां, अनुसूचित जाति की तुलना में ज्यादा सुविधाएं और छूट पा रही हैं। अनुसूचित जनजाति के लोकों को मुफ्त छात्रावास, किताबें, छात्रवृत्ति, मकान बनाने के लिए अग्रिम राशि, सिलाई मशीन आदि दी जा रही है और यह सुविधाएं अनुसूचित जातियों को नहीं मिल रही हैं। उन्होंने यह भी बताया कि सिक्किम के नेपाली लोगों में जाति प्रथा है और उनमें से निचली जातियों को ओबीसी सूची में शामिल किया जाना चाहिए।

10.70 तंजावुर के पर्वतराजकुल यूथ एसोसिएशन, कुंबाकोणम के अध्यक्ष श्री गोविंदराजन चाहते थे कि मछुआरा समुदाय के भयावह पिछड़ेपन को देखते हुए उन्हें अनुसूचित जनजाति की श्रेणी में शामिल किया जाना चाहिए। उन्होंने कहा कि इस समुदाय के उत्थान के लिए तय समयसीमा वाले कार्यक्रम बनाए जाने चाहिए। साथ ही बेरोजगार लोगों को कर्ज दिया जाना चाहिए, जिससे वह छोटे स्तर पर कारोबार शुरू कर सकें और मछली मारने वाली नावों का मशीनीकरण आदि जैसे काम कर सकें। वह मछुआरों के अधिकार को लेकर बहुत सचेत थे और कहा कि मछली मारने का अधिकार सिर्फ मछुआरा समुदाय को मिलना चाहिए।

10.71 तिरुनेलवेल्ली के विधायक श्री ए लतीफ ने मुस्लिम प्रतिनिधित्व का मुद्दा उठाते हुए कहा कि सेवाओं में उनका प्रतिनिधित्व सिर्फ 3 प्रतिशत है, जबकि राज्य में उनकी आबादी 10 प्रतिशत है। इसे देखते हुए नौकरियों में मुस्लिमों का प्रतिनिधित्व बढ़ाने के लिए विशेष इंतजाम किया जाना चाहिए। वह चाहते थे कि राज्य पुलिस बल की खुफिया इकाई और विशेष शाखाओं में मुस्लिमों

को और प्रतिनिधित्व मिले।

10.72 पश्चिम बंगाल बैकवर्ड क्लास फेडरेशन के श्री एएन साहा ने कलकत्ता में कहा कि भारतीय संविधान में सामाजिक और शैक्षणिक रूप से पिछड़ेपन के निर्धारण के लिए आर्थिक मानदंड को कोई जगह नहीं दी गई है। उन्होंने जोर देकर कहा कि पश्चिम बंगाल में भयावह जातिवाद था, जहां अंतरजातीय विवाह नहीं होते थे। उन्होंने यह भी कहा कि पिछले 25 साल के दौरान काका कालेलकर आयोग द्वारा सूचीबद्ध की गई 105 पिछड़ी जातियों के जीवन स्तर में थोड़ा बदलाव आया है। उन्होंने कहा कि ज्यादा पिछड़ी जातियों को फायदा पहुंचाने के लिए विशेष छूट दिए जाते समय कुछ आय सीमा तय की जानी चाहिए।

10.73 पश्चिम बंगाल स्वर्णकार सभा के महासचिव श्री गुर मोहन शार ने कलकत्ता में कहा कि वे राज्य सरकार के इस विचार से सहमत नहीं हैं कि राज्य में सिर्फ दो जातियां, गरीब और अमीर हैं। देश के शेष हिस्सों की तरह बंगाल में भी जाति व्यवस्था गहराई तक घुसी हुई है। उन्होंने इस बात की वकालत की कि सोनार समुदाय सामाजिक और शैक्षणिक रूप से बहुत पिछड़ा हुआ है और महज कुछ स्वर्णकार ही सरकारी सेवाओं में हैं। उन्होंने इच्छा जताई कि सोनार समुदाय को ओबीसी सूची में शामिल किया जाना चाहिए।

10.74 बर्दवान में श्री नारायण चौधरी ने कहा कि पश्चिम बंगाल के लोग जाति व्यवस्था के खिलाफ हैं और उच्च व निम्न जातियों में ज्यादा अंतर नहीं है। उत्तर प्रदेश और बिहार में आरक्षण दिए जाने पर तीखा विरोध हुआ और असम व त्रिपुरा में संकट की स्थिति पैदा हो गई, इसका हवाला देते हुए उन्होंने कहा कि अनुसूचित जाति व जनजाति को मिलने वाला आरक्षण भी खत्म किया जाना चाहिए और पिछड़ापन तय करने का आधार आर्थिक बनाया जाना चाहिए। उनका मानना था कि निम्न जातियों में सिर्फ प्रभावशाली लोग ही आरक्षण का लाभ पा रहे हैं। इसे देखते हुए पिछड़े लोगों को चिह्नित करने के लिए सिर्फ साधन परीक्षण किया जाना चाहिए।

10.75 उत्तर प्रदेश के आगरा जिले के मल्लाह समुदाय के श्री रघुबर दयाल वर्मा ने कहा कि उत्तर प्रदेश में ओबीसी की आबादी 56 प्रतिशत थी, लेकिन उनके लिए सरकार ने सरकारी सेवाओं में सिर्फ 15 प्रतिशत आरक्षण का प्रावधान किया। वह चाहते थे कि आरक्षण बढ़ाकर 60 प्रतिशत किया जाए। उनकी इच्छा यह भी थी कि ओबीसी के लिए आरक्षण कोटा अखिल भारतीय सेवाओं व स्वायत्त निकायों में भी होना चाहिए। उन्होंने सुझाव दिया कि सभी चयन आयोगों में ओबीसी को प्रतिनिधित्व दिया जाना चाहिए।

10.76 कानपुर में एक डिग्री कॉलेज में प्रोफेसर डॉ जे प्रसाद (काछी समुदाय के) ने कहा कि उत्तर प्रदेश सरकार द्वारा पिछड़े वर्ग के लिए तय किए गए मानदंड त्रुटिपूर्ण हैं। जो अभ्यर्थी मेरिट में चयनित होता है, उसे भी ओबीसी के लिए आरक्षित 15 प्रतिशत कोटे में डाल दिया जाता है। उन्होंने कहा कि पिछड़े वर्ग के बच्चों को शिक्षा में केंद्र की ओर से सहायता मुहैया कराई जानी चाहिए। उनके लिए शिक्षण संस्थानों में सीटें आरक्षित की जानी चाहिए और उनके सांस्कृतिक पिछड़ेपन को दूर करने के लिए विशेष कार्यक्रम तैयार किए जे चाहिए।

अध्याय 11

सामाजिक-शैक्षणिक क्षेत्र सर्वेक्षण और पिछड़ेपन के मानदंड

11.1 काका कालेलकर आयोग की जांच के बाद भारत सरकार ने इस बात का खास उल्लेख किया कि सामाजिक और शैक्षणिक रूप से पिछड़े वर्ग को चिह्नित करने के लिए कोई वस्तुनिष्ठ परीक्षण नहीं किया गया है। उच्चतम न्यायालय के कुछ फैसलों में भी इस बात पर जोर दिया गया है कि इस तरह का मानदंड तय करने के लिए मौके पर जाकर जांच व अन्य स्वतंत्र साक्ष्यों की जरूरत है। आयोग ने इस पर विचार करते हुए फैसला किया कि आंकड़ों का संग्रह कई स्रोतों से किया जाएगा और इस रिपोर्ट के अध्याय 3 में इस तरीके के बारे में संक्षेप में बताया गया है।

11.2 इस आधार पर आयोग द्वारा की गई सामाजिक शैक्षणिक फील्ड सर्वे ज्यादा समग्र जांच थी। शुरुआत से ही इस सर्वे की डिजाइन प्रमुख सामाजिक वैज्ञानिकों और देश के जाने माने विशेषज्ञों से तैयार कराई गई। इसके विभिन्न चरणों में अलग अलग विधाओं के विशेषज्ञ जुड़े रहे।

11.3 शुरुआत में 12 से 14 जून 1979 तक समाजशास्त्रियों की एक शोध एवं योजना टीम की बैठक हुई, जिसमें पिछड़ा वर्ग आयोग द्वारा वैज्ञानिक और वस्तुनिष्ठ तरीके से सूची तैयार किए जाने के लिए अध्ययन एवं शोध योजना तैयार की गई, जिससे सामाजिक और शैक्षणिक रूप से पिछड़े वर्ग को परिभाषित करने का दायरा तय किया जा सके। इस दल की रिपोर्ट परिशिष्ट 12 भाग 2 में है।

11.4 इसके साथ ही प्रोफेसर एमएन श्रीनिवास की अध्यक्षता में विशेषज्ञों के एक दल (परिशिष्ट 12 भाग 2) ने 16 जुलाई से 20 जुलाई 1979 तक दिल्ली में बैठक की। उसके बाद सर्वे के लिए पूरी डिजाइन तैयार की गई, जिसमें अनुसूचियों, डमी तालिकाओं, दिशानिर्देशों आदि को डाला गया था।

11.5 विशेषज्ञों का दल रिसर्च प्लानिंग टीम के अवलोकन से सहमत था कि आयोग के समक्ष सामूहिक रूप से चिह्नित करने का लक्ष्य है, न कि व्यक्तिगत चयन का। इसने यह भी पाया कि भारतीय संदर्भ में इस तरह की सामूहिकता जाति अन्य वंशानुगत समूह हो सकता है, जो एक दूसरे से परंपरागत रूप से पेशे के आधार

पर जुड़े हुए हैं और उन्हें निम्न जाति माना जाता है। वे शैक्षणिक रूप से पिछड़े हुए भी हैं और उनकी आमदनी भी कम है।

11.6 परिचालन के स्तर पर लगातार दिशानिर्देश प्राप्त करने के लिए केंद्रीय सांख्यिकी संगठन के महानिदेशक डॉ केसी सील की अध्यक्षता में एक सलाहकार समिति बनाई गई। इसमें राष्ट्रीय नमूना सर्वे संगठन के मुख्य कार्यकारी और राज्य आर्थिक एवं सांख्यिकी ब्यूरो के निदेशक भी सदस्य के रूप में शामिल थे।

अनुसूचियां

11.7 विशेषज्ञों की समिति ने निम्नलिखित 4 अनुसूचियां तैयार की, जिनके आधार पर फील्ड सर्वे किया जा सकता है।

(1) घरेलू अनुसूची (ग्रामीण)

(2) घरेलू अनुसूची (शहरी)

(3) ग्रामीण अनुसूची

(4) शहरी अनुसूची

इन अनुसूचियों का पहले पश्चिम बंगाल, उत्तर प्रदेश, महाराष्ट्र, हरियाणा के कुछ गांवों में परीक्षण किया गया और आयोग की शोध एवं सर्वे शाखा द्वारा वैधता प्रदान की गई। इसके परिणाम पर तकनीकी सलाहकार समिति ने चर्चा की और फिर विस्तृत जांच के बाद यह फैसला किया गया कि शहरी और ग्रामीण परिवार की अनुसूचियों को एक में शामिल कर एक मिली जुली सूची बनाई जाए। इसमें दो स्वतंत्र, खास वर्ग ग्रामीण और शहरी क्षेत्रों के लिए होंगे। यह भी फैसला किया गया कि शहरी अनुसूची को हटा लिया जाए। संयुक्त ग्रामीण और शहरी परिवारों की अनुसूची के पहले से ही कोड बने हुए हों, जिससे डेटा के इलेक्ट्रॉनिक इस्तेमाल में सुविधा हो। इस तरह से अनुसूची को अंतिम रूप दिया गया। क्षेत्र में भरी गई तालिका को खंड 2 के परिशिष्ट 14 और 15 में दिया गया है।

11.8 परिवारों की अनुसूची को 5 हिस्सों में बांटा गया- परिवारों का ब्योरा, प्रत्येक सदस्य का ब्योरा, 5 से 15 साल की उम्र के गैर विद्यार्थियों का ब्योरा, संपत्ति व कर्ज का विवरण। हर हिस्से में ऐसे सवाल शामिल किए गए थे, जिससे सामाजिक, शैक्षणिक और आर्थिक विवरण मिल सके। साथ ही भारतीय स्थितियों में परिवार के सामाजिक, शैक्षणिक पिछड़ेपन के लक्षणों को जाना जा सके।

11.9 अनुसूचियों में सभी सवाल सीधे थे। इसमें संभावना को जगह नहीं दी गई थी। जैसा कि पहले संकेत दिया गया है, इन अनुसूचियों का 4 राज्यों के कुछ जिलों में पूर्व परीक्षण किया गया था। मुख्यालयों में लाकर इनकी वैधता की जांच की

गई थी और उसमें कुछ बदलाव भी किए गए थे।

नमूने का आकार और कवरेज

11.10 विशेषज्ञों की समिति ने सिफारिश की थी कि "जिला स्तर पर गांव के एक प्रतिशत नमूने से व्यापक और बहुसंख्यक पिछड़े वर्ग को चिह्नित किया जा सकता है।" उसके बाद तकनीकी सलाहकार समिति की बैठकें हुईं जिनकी अध्यक्षता केंद्रीय सांख्यिकी संगठन के महानिदेशक ने किया। यह फैसला किया गया कि हमारे मकसद के लिए देश की कुल आबादी का 1 प्रतिशत नमूना लेने पर 65 लाख लोग शामिल हो जाएंगे, जो बहुत बड़ा नमूना होगा। खासकर आयोग के सीमित समय को देखते हुए यह बहुत बड़ा होगा। इसके बदले एक जिले के दो गांवों व एक शहरी ब्लॉक को शामिल किया जाना पर्याप्त होगा। केंद्रीय सांख्यिकी कार्यालय और राष्ट्रीय नमूना सर्वे संगठन के व्यापक अनुभवों को देखते हुए सर्वे कराने की इस सिफारिश को स्वीकार कर लिया गया। गांवों व शहरी ब्लॉकों के चयन का काम राज्य पर छोड़ दिया गया। बहरहाल इस बात पर जोर दिया गया कि सर्वे समग्र प्रकृति, मध्य आकार का होगा, जिसमें संबंधित जिले की ग्रामीण व शहरी स्थितियों की जानकारी शामिल होगी। हर राज्य में किए गए गावों व शहरी ब्लॉकों की सूची परिशिष्ट 16, खंड 2 में दी गई है।

सर्वे का संगठन

11.11 सर्वे कराने का काम संबंधित राज्यों एवं केंद्र शासित प्रदेशों के सांख्यिकी संगठनों को सौंपा गया था। केंद्रीय सांख्यिकी संगठन के महानिदेशक डॉ केसी सील के बेहतरीन अधिकारियों और उनके अथक परिश्रम से यह संभव हो सका। उन्होंने इस मामले को लखनऊ में आयोजित केंद्रीय व राज्य सांख्यिकी संगठनों के चौथे सम्मेलन में रखा था। यह बैठक 20 सितंबर से 24 सितंबर 1979 के बीच हुई थी। इसमें राज्य के प्रतिनिधियों को चुनौतीपूर्ण काम को स्वीकार करने के लिए राजी किया गया था।

11.12 सभी तालिकाएं, सर्वे संबंधी हिदायतें आदि केंद्रीय रूप से दिल्ली में छपवाई गईं। उन्हें प्रत्येक राज्य द्वारा बताए गए अनेक वितरण केंद्रों को सीधे भेजा गया। हर राज्य ने राज्य स्तर पर सर्वे कार्य के तालमेल के लिए एक संपर्क अधिकारी नामित किया। सर्वे का वास्तविक कार्य जिला सांख्यिकी अधिकारियों को सौंपा गया था, जिन्होंने क्षेत्र में तालिकाओं को वास्तविक जांच के लिए प्रत्येक ग्राम/शहरी ब्लॉक के लिए दो अन्वेषकों का चयन किया। यह भी फैसला किया गया कि भरी हुई तालिकाओं को आयोग भेजने से पहले प्रत्येक जिला मुख्यालय में जांच पड़ताल की जाएगी।

सर्वे करने वाले कर्मचारियों का प्रशिक्षण

11.13 न सिर्फ फील्ड स्टाफ बल्कि जिला सांख्यिकी कार्यालय के अधिकारियों और राज्य स्तर के कांटैक्ट अधिकारियों के विशेष और उचित प्रशिक्षण पर खास जोर दिया गया। कांटैक्ट ऑफिसर्स के लिए ओरिएंटेशन कोर्स का आयोजन दिल्ली में 9 और 10 जनवरी 1980 को किया गया। इस बैठक में फील्ड ऑपरेशन में लगने वाले समय को लेकर भी चर्चा हुई। अनुसूचियों को भरने के लिए निर्देश को भी इस चर्चा में शामिल किया गया (परिशिष्ट 17, भाग 2)। तालिकाओं को भरने के लिए अतिरिक्त मार्गदर्शी सिद्धांत जारी किए गए (परिशिष्ट 18, भाग 2)। राज्य के कांटैक्ट अधिकारियों को उनके संबंधित जिला सांख्यिकी कार्यालय में प्रशिक्षण सत्र चलाने के लिए मनाया गया, जिन्हें फील्ड इन्वेस्टिगेटरों और स्क्रुटनी करने वालों को प्रशिक्षण देना था। अनुसूचियों की स्क्रुटनी के लिए विशेष निर्देश जारी किए गए (परिशिष्ट 19, भाग 2)। जिला सांख्यिकी अधिकारियों द्वारा सर्वे की प्रगति के दौरान मौके पर जांच भी सुनिश्चित की गई।

सर्वे की समय सीमा

11.14 दिल्ली में 9 और 10 जनवरी 1980 को राज्य कांटैक्ट अधिकारियों की बैठक में फील्ड ऑपरेशन के लिए तय की गई समय सीमा के मुताबिक यह फैसला किया गया कि आयोग तुरंत अनुसूचियां भेज देगा, जिससे वे 31 जनवरी 1980 तक जिला मुख्यालयों तक पहुंच जाएं। फील्ड सर्वे ऑपरेशन का काम फरवरी की शुरुआत में होनी थी और इसे मार्च के आखिर तक पूरा किया जाना था। प्रचारित अनुसूचियों की स्क्रुटनी इसके साथ ही की जानी थी। फील्ड ऑपरेशन 7 मार्च 1980 को पूरा कर लिया गया, ऐसे में स्क्रुटनी की हुई अनुसूचियां आयोग के दिल्ली कार्यालय तक 15 मार्च 1980 तक पहुंच सकती थीं। इस समय सारिणी का पालन कुछ राज्यों ने नहीं किया, जहां विधानसभा चुनाव होने वाले थे या अन्य कोई बाधा थी। बहरहाल सभी राज्यों व केंद्रशासित प्रदेशों की पूरी अनुसूचियां आयोग के पास मई 1980 तक पहुंच गईं।

कंप्यूटरीकरण और आंकड़ों का विश्लेषण

11.15 देश के 406 जिलों में से हमारा सर्वे 405 जिलों में हुआ। परिवार अनुसूचियां 2 गांवों और एक शहरी ब्लॉक में हर 405 जिलों में भरी गईं। हर परिवार अनुसूची में 51 सवाल थे और हर अनुसूची में एक परिवार के 10 लोगों के विवरण शामिल करने का प्रावधान था।

11.16 इस मात्रा में आंकड़ों का तेजी से और अर्थपूर्ण तरीके से विश्लेषण सिर्फ कंप्यूटरीकरण से ही संभव था। इसे देखते हुए इलेक्ट्रॉनिक कमीशन आफ इंडिया

के राष्ट्रीय सूचना केंद्र में इन आंकड़ों के प्रॉसेसिंग की व्यवस्था की गई।

11.17 एक विस्तृत कंप्यूटर प्लान तैयार किया गया। इसमें विभिन्न वैरियेबल्स जैसे सामाजिक, शैक्षणिक, भौगोलिक, आर्थिक, पेशेगत आदि से संबंधित 156 तालिकाएं शामिल थीं। टेबुलेशन प्लान का मुख्य लक्ष्य जाति समूहों और इससे संबंधित अन्य संदर्भों के आंकड़ों का विश्लेषण करना था। जाति को भी एक स्वतंत्र चर के रूप में लिया गया।

11.18 तकनीकी समिति ने विशेषज्ञों की एक उप समिति बनाई (परिशिष्ट 20, भाग 2), जिससे आयोग के लिए 'पिछड़ेपन के संकेतक' तैयार करने में मदद मिल सके और कंप्यूटरीकृत तालिका के आंकड़ों का विश्लेषण हो सके। कई बैठकों और तालिका के आंकड़ों के मुताबिक प्रस्तावित सूचकों के तमाम परीक्षणों के बाद आयोग के लिए तालिकाओं की संख्या घटकर 31 (परिशिष्ट 21 भाग 2) हो गई। संकेतकों को तैयार करने व उन्हें बेहतर बनाने में परीक्षण व उनकी वैधता का परीक्षण हर स्तर पर हुआ।

11.19 इस संदर्भ में यह उल्लेख भी जरूरी है कि सामाजिक विज्ञान में कोई गणितीय सूत्र या सटीक मानक उपलब्ध नहीं है, जिससे कि विभिन्न सामाजिक विशेषताओं का निर्धारण किया जा सके। उपरोक्त तरह का सर्वे करने में बहुत सावधानी बरतनी होती है और अपने खुद के मानक व बेंचमार्क तय करने होते हैं। इस कवायद में तमाम छिपी हुई खामियां थीं और इसके दो साधारण उदाहरण दिए जा रहे हैं, जिससे मामला साफ हो सके।

11.20 बालाजी मामले में उच्चतम न्यायालय ने कहा कि अगर एक खास समुदाय को शैक्षणिक रूप से पिछड़े के रूप में देखा जाता है तो उस समुदाय के शिक्षा का स्तर राज्य के शिक्षा के औसत स्तर के बीच मामूली नहीं, बल्कि उल्लेखनीय अंतर होना चाहिए। न्यायालय ने पाया कि 50 प्रतिशत अंतर संतोषजनक है। बिहार की 80 प्रतिशत आबादी (1971 की जनगणना) अशिक्षित है। ऐसे में इस प्रतिशत आंकड़े को पीछे छोड़ने के लिए और 50 प्रतिशत अंतर का मतलब हुआ कि उस जाति-वर्ग के 100 में से 120 सदस्य अशिक्षित होने चाहिए। वास्तव में यह देखा गया कि इस मामले में अगर कोई जाति 25 प्रतिशत भी पीछे है तो वह 100 प्रतिशत अशिक्षित की श्रेणी में आ जाती है, जो अधिकतम स्तर है।

11.21 भारतीय स्थिति में जहां ज्यादातर आबादी अशिक्षित है, गरीब या पिछड़ा के लिए अंतर तय करने में बहुत सावधान रहना होगा। हमारी स्थितियों में मानक खुद ही बहुत निचले स्तर पर हैं। उदाहरण के लिए 1977-78 में प्रति व्यक्ति उपभोक्ता व्यय मौजूदा मूल्य पर 991 रुपये सालाना था। इसी अवधि के दौरान शहरी क्षेत्रों

में गरीबी रेखा 900 रुपये सालाना से नीचे और ग्रामीण इलाकों में 780 रुपये सालाना रखी गई थी। यह देखा जा सकता है कि यह गरीबी रेखा, प्रति व्यक्ति उपभोक्ता व्यय के औसत के करीब बराबर है। अब अगर बालाजी मामले के मुताबिक मुताबिक देखा जाए तो आर्थिक रूप से पिछड़े वर्ग की आमदनी इस औसत प्रति व्यक्ति उपभोक्ता व्यय से 50 प्रतिशत विचलन के मुताबिक होनी चाहिए। यानी कि सालाना 495.5 रुपये से कम होनी चाहिए। यह आंकड़ा शहरी और ग्रामीण दोनों क्षेत्रों के लिए तय की गई गरीबी रेखा के बहुत ही नीचे है। अगर इस तरह का अंतर आता है तो शहरी और ग्रामीण दोनों इलाकों में इस मानक को पूरा करने के पहले लोग भूख से मर जाएंगे!

11.22 उपरोक्त तथ्यों पर विचार करते हुए पिछड़ेपन के सूचकों का परीक्षण अलग अलग कट-आफ प्वाइंट के आधार पर किया गया। ऐसा करने पर अपने सामाजिक व शैक्षणिक रूप से पिछड़ेपन के लिए जानी जाने वाली दर्जनों जातियां सूची में शामिल हो गईं, जो किसी खास राज्य के हमारे सर्वे में आईं। इन्हें 'नियंत्रण' के रूप में देखा गया और इसकी वैधता का मूल्यांकन विभिन्न कट-आफ प्वाइंट्स के 'सूचकों' के आधार पर किया गया। उदाहरण के लिए सामाजिक पिछड़ेपन के लिए एक सूचक राज्य के औसत की तुलना में 5-15 साल के बच्चों का स्कूल छोड़ने की संख्या है। उपरोक्त परीक्षण के परिणामस्वरूप यह पाया गया शैक्षणिक रूप से पिछड़ी जातियों में यह स्तर राज्य के औसत के बीच कम से कम 25 प्रतिशत का अंतर है। साथ ही यह भी पाया गया कि राज्य के औसत से 25 प्रतिशत का यह अंतर ज्यादातर सूचकों के मामले में संतोषजनक परिणाम देता है। इसे देखते हुए जहां राज्य के औसत से अंतर पर सूचकांक आधारित था, वहां यह 25 प्रतिशत तय किया गया। इसकी वजह है कि 50 प्रतिशत का विचलन या अंतर असंतोषजनक परिणाम दे रहा था और विलक्षण स्थिति पैदा कर रहा था।

सामाजिक और शैक्षणिक रूप से पिछड़ेपन के संकेतक (मानदंड)

11.23 उपरोक्त कवायद के परिणामस्वरूप आयोग ने सामाजिक और शैक्षणिक रूप से पिछड़ेपन की जांच के लिए 11 संकेतकों या मानदंडों का निर्धारण किया। ये 11 संकेतक तीन व्यापक समूहों- सामाजिक, शैक्षणिक और आर्थिक में रखे गए। ये निम्नवत हैं...

ए) सामाजिक

(1) जाति/वर्ग को अन्य लोग सामाजिक रूप से पिछड़ा मानते हों।

(2) जाति/वर्ग मुख्य रूप से आजीविका के लिए शारीरिक श्रम पर निर्भर हो।

(3) जाति/वर्ग में राज्य के औसत की तुलना में कम से कम 25 प्रतिशत महिलाओंऔर 10 प्रतिशत पुरुषों का विवाह ग्रामीण इलाकों में 17 साल से कम उम्र में और शहरी इलाकों में कम से कम 10 प्रतिशत महिलाओं और 5 प्रतिशत पुरुषों का विवाह 17 साल से कम उम्र में हुआ हो।

(4) जाति/वर्ग में कामकाजी महिलाओं का औसत, राज्य की औसत कामकाजी महिलाओं की तुलना में कम से कम 25 प्रतिशत ज्यादा हो।

बी) शैक्षणिक

(5) जाति/वर्ग जिनमें 5 से 15 साल की उम्र के बच्चों के स्कूल न जाने का औसत राज्य के इस उम्र में स्कूल न जाने वाले बच्चों का कुल औसत इनकी तुलना में 25 प्रतिशत ज्यादा हो।

(6) जाति/वर्ग जिनमें 5 से 15 साल के बच्चों के स्कूल छोड़ने की दर राज्य के औसत से 25 प्रतिशत ज्यादा हो।

(7) जाति/वर्ग जिनमें मैट्रीकुलेशन का औसत राज्य की औसत की तुलना में 25 प्रतिशत कम हो।

सी) आर्थिक

(8) जाति/वर्ग जिनके परिवार की औसत संपत्ति राज्य के औसत से 25 प्रतिशत नीचे हो।

(9) जाति/वर्ग जहां कच्चा मकान में रहने वाले परिवारों की संख्या के औसत की तुलना में राज्य के औसत कम से कम 25 प्रतिशत ज्यादा हो।

(10) जाति/वर्ग जिनके 50 प्रतिशत परिवारों के पेयजल का स्रोत आधे किलोमीटर से ज्यादा दूरी पर हो।

(11) जाति/वर्ग जो राज्य के औसत की तुलना में कम से कम 25 ज्यादा कर्जदार हो।

11.24 उपरोक्त 3 समूह हमारे उद्देश्य के लिए एकसमान रूप से महत्त्वपूर्ण नहीं हैं। हर समूह के संकेतकों को अलग अलग अधिभार दिए गए हैं। सभी सामाजिक संकेतकों में प्रत्येक को 3 अंक, शैक्षणिक संकेतकों को 2 अंक और आर्थिक संकेतकों को 1 अंक दिए गए हैं। सामाजिक और शैक्षणिक संकेतकों के साथ आर्थिक संकेतकों को भी महत्त्वपूर्ण माना गया है क्योंकि वे सीधे तौर पर सामाजिक और शैक्षणिक पिछड़ेपन से जुड़े हैं। इससे यह दिखाने में भी मदद मिलती है कि जो सामाजिक व शैक्षणिक रूप से पिछड़े हुए हैं, वे आर्थिक रूप से भी पिछड़े हुए हैं।

11.25 यह देखा जा सकता है कि प्रत्येक संकेतक को दिए गए अंक के हिसाब से कुल अंक 22 होता है। इन सभी 11 संकेतकों को किसी राज्य के सर्वे में शामिल सभी जातियों पर लागू किया गया। इसके इस्तेमाल के परिणाम में जिन जातियों को 50 प्रतिशत अंक (11 अंक) या उससे ज्यादा अंक मिले, उन्हें पिछड़े वर्ग में शामिल किया गया और शेष को अगड़ा माना गया। (यह एक संयोग है कि संकेतकों की संख्या और पिछड़ेपन के निर्धारण के लिए न्यूनतम अंक एक समान 11 है)। साथ ही सर्वे में शामिल किए गए किसी खास जाति के परिवार अगर 20 से नीचे हैं तो उन पर विचार नहीं किया गया, क्योंकि नमूने का आकार बहुत छोटा था, जिससे कोई अर्थ नहीं निकाला जा सकता था।

11.26 सामाजिक और शैक्षणिक रूप से पिछड़ी जातियों को सूचीबद्ध करने की उपरोक्त व्यवस्था उनके द्वारा हासिल किए गए अंक के आधार पर थी, जो कुछ एकपक्षीय लग सकती है। इसे देखते हुए यह तर्कसंगत दृष्टिकोण है। वहीं दूसरी तरफ उपरोक्त व्यवस्था के तहत किसी खास जाति द्वारा अर्जित अंक वास्तविक रूप से पिछड़ेपन के संकेतकों को दिखाता है, जो संतोषजनक है। दूसरे, यह तरीका बहुत ही वस्तुनिष्ठ है, जिसमें अंक व्यवस्था की वजह से व्यक्तिपरक आकलन की अनुमति नहीं है। तीसरे, यह तरीका कामकाज के हिसाब से बहुत ही भरोसेमंद पाया गया। उदाहरण के लिए इस तरीके को लागू करने से पहले से ही चिह्नित सामाजिक और शैक्षणिक रूप से पिछड़ी सभी जातियां इसमें शामिल हो गईं।

11.27 आखिर में, यह महत्त्वपूर्ण है कि सर्वे एकेडमिक शोध के लिए नहीं किया गया है। सर्वे सरकार की प्रशासनिक मशीनरी के माध्यम से कराया गया है और सामाजिक व शैक्षणिक रूप से पिछड़ेपन को जानने के लिए साधारण से मानदंड रखे गए थे। कुल मिलाकर इस सर्वे में हमारी कवायद यह रही कि वास्तविक स्थिति को प्रायोगिक आधार पर जाना जाए, इलाके में जाकर वास्तविक स्थिति की जांच की जाए, कम संसाधनों में प्रशिक्षित लोगों द्वारा निश्चित समयावधि में काम पूरा किया जाए। स्वाभाविक रूप से इसके लिए तकनीकी रूप से उन्नत साधनों और संतोषजनक अकादमिक परिचालन की जरूरत थी।

अध्याय 12

अन्य पिछड़े वर्ग की पहचान

हिंदू समुदाय में ओबीसी

12.1 पिछले अध्याय में हमने देखा कि किस तरह से सामाजिक और शैक्षणिक रूप से पिछड़े वर्ग के निर्धारण के लिए 11 संकेतक या मानदंड बनाए गए। हमने सर्वे के कंप्यूटरीकृत आंकड़ों से तैयार प्राथमिक तालिका के आधार पर हर राज्य पर यह मानदंड लागू करके देखा। ये फॉर्म इस रिपोर्ट के खंड 5 में हैं। जाति या अन्य रूप में पिछड़े वर्ग को सूचीबद्ध करने की व्याख्या अंतिम अध्याय में की गई है।

12.2 यह स्पष्ट करना जरूरी है कि वर्ग, जाति या समुदाय, जो सर्वे के बाद पिछड़े वर्ग के रूप में चिह्नित हुआ है, वह सिर्फ हिंदू धर्म से है। पिछड़ा चिह्नित करने के लिए जहां तक जाति का प्रश्न है, वह सिर्फ हिंदुओं के लिए ही आधार बनाया गया है, क्योंकि यह खास लक्षण सिर्फ हिंदू समाज में है। इस सर्वे के परिणामों की गैर हिंदू समुदायों के लिए बहुत वैधता नहीं हो सकती। उन्हें चिह्नित करने के लिए मानदंड अलग से दिए गए हैं।

12.3 पहचान की इकाई के रूप में जाति की स्वीकार्यता को लेकर पहले ही इस रिपोर्ट के अध्याय 4 और 6 में चर्चा हो चुकी है। उच्चतम न्यायालय ने कहा है, "लेकिन यह नहीं भुलाया जाना चाहिए कि जाति भी नागरिकों का एक वर्ग है और अगर पूरी जाति ही पूर्ण रूप से सामाजिक और शैक्षणिक रूप से पिछड़ी हुई है तो ऐसी जाति के पक्ष में आरक्षण किया जा सकता है। यह आरक्षण इस आधार पर होगा कि संविधान के अनुच्छेद 15 (4) के मुताबिक उस जाति से जुड़े लोग सामाजिक और शैक्षणिक रूप से पिछड़े वर्ग के नागरिक हैं।"[1] आगे यह भी कहा गया.... "एक जाति को हमेशा एक वर्ग के रूप में पहचाना जाता है.... यह कहना गलत नहीं होगा कि इस देश में अनेक जातियां हैं, जो सामाजिक और शैक्षणिक रूप से पिछड़ी हुई हैं।"[2] और, "अगर जरूरी आंकड़ों को जुटाए जाने के बाद यह पाया जाता है कि पूरी जाति सामाजिक और शैक्षणिक रूप से पिछड़ी हुई है तो हमारे विचार से ऐसे लोगों को आरक्षण देने से यह कहकर नहीं रोका जा सकता है कि उनके समूह में कुछ लोग सामाजिक और शैक्षणिक रूप से राज्य के औसत से ऊपर हैं।"[3] विशेषज्ञ समिति (अध्याय 11 पैरा 11.5) ने भी माना है कि आयोग के समक्ष मुख्य काम सामूहिक रूप से चिह्नित करने का

[1]एआईआर 1968, एससी 1012
[2]एआईआर 1971 एससी 2303
[3]एआईआर 1972 एससी 1375

है, न कि व्यक्तिगत रूप से। इसमें यह भी पाया गया, "भारतीय संदर्भ में यह सामूहिकता जाति या अन्य वंशानुगत समूह हो सकती है...।"

12.4 वास्तव में हिंदू समाज के सामाजिक संगठन में जाति बुनियादी इकाई रही है। जाति एकमात्र आधार है जिसके माध्यम से आसानी से और स्पष्ट तरीके से सामूहिकता की अवधारणा के मुताबिक पहचान की जा सकती है।

12.5 राज्यवार सूची के सिलसिले में इस रिपोर्ट के भाग दो में बताया गया है, जिसे राज्यों ने सामाजिक व शैक्षणिक रूप से पिछड़ी जाति के रूप में चिह्नित किया था। इस सिलसिले में यह स्पस्टीकरण हमेशा दिमाग में रखना होगा। जैसा कि पिछले अध्याय में कहा गया है कि देश के हर जिले से दो गांव व एक शहरी ब्लॉक को सामाजिक और शैक्षणिक सर्वे के लिए चुना गया था। इस नमूने का आकार पर्याप्त बड़ा था, जो हमें सामाजिक शैक्षणिक पिछड़ेपन के मानदंड तय करने के लिए विश्वसनीय आंकड़े दे सकता था। देश की हर जाति को इस सर्वे में शामिल करना संभव नहीं था। लेकिन हमारे उद्देश्य में यह भी जरूरी था कि हर राज्य के सामाजिक और शैक्षणिक रूप से पिछड़े वर्ग/जाति की पूरी सूची प्रदान की जाए। उचित तरीके से ओबीसी को चिह्नित न किए जाने पर आयोग की सिफारिशें सिर्फ अकादमिक दिलचस्पी की रह जाएंगी।

12.6 इसे देखते हुए आयोग ने कुछ अन्य परीक्षण भी आजमाए। इनमें निम्न व्यवसाय का लांछन, आपराधिकता, आवास का न होना, भीख मांगना और अछूत होने को भी सामाजिक पिछड़ेपन को चिह्नित करने का आधार बनाया गया। सरकारी सेवाओं में पर्याप्त प्रतिनिधित्व न होना एक और महत्त्वपूर्ण परीक्षण था।

12.7 इस तरह से आयोग ने सभी राज्यों और केंद्र शासित प्रदेशों के लिए अन्य पिछड़े वर्ग की एक समग्र सूची तैयार करने के लिए विभिन्न तरीके अपनाए। इन सूचियों को तैयार करने के लिए जांच के मुख्य स्रोत निम्नलिखित थे....

(1) सामाजिक शैक्षणिक फील्ड सर्वे

(2) जनगणना रिपोर्ट 1961 (खासकर आदिम जनजातियों, आदिवासी जनजातियों, पहाड़ी जनजातियों, जंगल की जनजातियों और स्वदेशी जनजातियों के बारे में)

(3) देश भर के दौरे और उस दौरान लोगों से बातचीत कर जुटाई गई जानकारी से मिले व्यक्तिगत ज्ञान के आधार पर, जैसा कि इस रिपोर्ट के अध्याय 10 में दिया गया है। और

(4) विभिन्न राज्यों द्वारा अधिसूचित ओबीसी की सूची।

12.8 यह भी उल्लेख किया जा सकता है कि आयोग द्वारा व्यक्तिगत जानकारी का

इस्तेमाल पूर्वकथित तरीके से किया गया है, जैसा कि उच्चतम न्यायालय ने एसवी बलराम बनाम आंध्र प्रदेश राज्य' मामले में कहा था। इस मामले में न्यायालय ने कहा कि "आयोग की आलोचना का मसला यह है कि उसने इस उद्देश्य के लिए व्यक्तिगत जानकारी का इस्तेमाल किया, जिसके माध्यम से खास समूह को पिछड़े के रूप में परिभाषित किया गया। उस मामले की परिस्थितियों के मुताबिक यह जरूरी था और इसमें कुछ भी अनुचित या अवैध नहीं है। आयोग का विभिन्न इलाकों, झोपड़ियों व निवास स्थलों में जाने का मकसद उनसे बातचीत कर उनके वास्तविक जीवन स्तर को जानना था।"

12.9 इस संदर्भ में यह भी कहा जा सकता है कि कुछ मामलों में सामाजिक शैक्षणिक फील्ड सर्वे के आधार पर जांच परिणाम आए, जो सामाजिक हकीकत से असंगत थे। उदाहरण के लिए बिहार मे कसेरा जाति, गुजरात में धोबी, कर्नाटक में अगासा, राजस्थान में कुंभार, तमिलनाडु में वाडगेर की सामाजिक स्थिति बहुत निम्न पाई गई। यद्यपि कि इन जातियों को 11 अंक से ज्यादा मिले और इस तरह से ये अगड़े के रूप में योग्य पाए गए। अगर कोई सामाजिक सर्वे सिर्फ सांख्यिकीय तरीके से किया जाए तो इस तरह की विसंगतियां आ सकती हैं, जिसमें नमूने के आकार आदि की अहम भूमिका हो सकती है। ऐसे में इसे दुरुस्त करने के लिए एक ही तरीका है कि स्थानीय स्थिति के बारे में व्यक्तिगत जानकारी हासिल की जाए। और इसे आयोग के समक्ष सामूहिक जन साक्ष्य के रूप में रखा जाए। इसके लिए फील्ड सर्वे की सावधानीपूर्वक जांच की गई और इस तरह की विसंगतियां यथासंभव दूर करने की कवायद की गई।

12.10 आयोग ने ओबीसी की राज्यवार सूची बनाने की कोशिश की, जो यथासंभव समग्र हो। साथ ही वह जातियां भी पिछड़े वर्ग में शामिल हो सकें, जो पहले छूट गई थीं। कुछ जातियां समान होती हैं, जिन्हें पूरी तरह से सूची में शामिल करना करीब असंभव है। इसे देखते हुए आयोग की सिफारिश है कि अगर कोई खास जाति पिछड़े के रूप में सूचीबद्ध है तो उसकी सभी समानार्थक, चाहे उन्हें राज्य सूची में उल्लिखित किया गया हो या नहीं, उन्हें भी पिछड़े के रूप में माना जाए।

गैर हिंदू समुदायों में ओबीसी

12.11 इसमें कोई संदेह नहीं है कि गैर हिंदू समुदायों में सामाजिक और शैक्षणिक पिछड़ापन कमोबेश वैसा ही है, जैसा कि हिंदू समुदाय में। हालांकि जादि व्यवस्था हिंदू समाज का ही अजीब लक्षण है, लेकिन यह भारत में गैर हिंदू समुदाय पर भी विभिन्न स्तर पर असर डालती है। इसकी दो प्रमुख वजहें हैं– पहली, जाति व्यवस्था व्यक्ति के मन मस्तिष्क पर बहुत असर होता है, वह दिमाग का बहुत बड़ा कंडिशनर है। इसका व्यक्ति के सामाजिक और सांस्कृतिक

चेतना पर प्रभावी असर होता है। साथ ही धर्म बदल लेने के बाद भी पूर्व हिंदू अपने मन मस्तिष्क में सामाजिक पदानुक्रम और स्तरीकरण साथ लेकर जाते हैं। इसके परिणामस्वरूप हिंदू धर्म बदलने के बाद भी ऐसे लोग जाति व्यवस्था में ट्रोजन हॉर्सेज (काठ के बने घोड़े) की तरह काम करते हैं। जो हिंदू अनजाने में इस्लाम, इसाई और सिख जैसे समतावादी धर्मों में परिवर्तित हो गए, उनमें जाति प्रथा के प्रति मन में संघर्ष चलता रहा। दूसरे, गैर हिंदू अल्पसंख्यक हिंदू बहुल भारतीय समाज में रहते हैं, जो इसके सामाजिक और सांस्कृतिक दबंगई से बच नहीं सकते। इस तरह से गैर हिंदू समुदाय के भीतर और उसके बाहर भी जाति उस पर असर डालती है और लगातार उसका असर बना रहता है।

12.12 "... सैयद और शेख, ब्राह्मणों की तरह ही पुरोहित जातियां हैं। मुगल और पठान वीर और रक्षक के रूप में जाने जाते हैं, वे क्षत्रियों के बराबर हैं।.... इनमें पेशेवर जातियां भी हैं, जिन्हें पदानुक्रम में निम्न जातियां माना जाता है। इस तरह से पेशे और अन्य प्रवृत्तियों के आधार पर वंशानुगत रूप से जाति बनी हुई है और उनके बीच सजातीय विवाह करने की प्रारंभिक प्रवृत्ति है। ... इस तरह से हिंदू जातियों के वंशजों ने इस्लाम स्वीकार करने के बाद या तो विभिन्न जातियों के समूह में गए या पूरी तरह से जाति का निर्माण कर लिया।"[4]

12.13 इसी मसले पर डॉ इम्तियाज अहमद पाते हैं, "मुस्लिम में धर्मतंत्रीय धारणा है। हालांकि यह कहना कठिन है कि रैंकिंग के मामले में उन्होंने पूरी तरह हिंदू मॉडल अपनाया है या नहीं.... यह साफ है कि उनके भीतर सामाजिक संबंधों में जाति मौजूद रहती हैं। लेकिन यह थोड़ा सा कमजोर है और सुधरे हुए रूप में है, जो हिंदू मॉडल से कुछ मामलों में भिन्न है।"[5]

12.14 कुछ ऐसी ही स्थिति भारतीय इसाइयों में भी है। "रीति रिवाज और विश्वास के आधार पर केरल के ईसाई विभिन्न मूल्यवर्ग में विभाजित हैं। वे विभिन्न जातीय समूहों में बंटे हैं। यह उनकी पिछली जातियों के आधार पर है।... धर्म परिवर्तन के बाद भी निम्न जातियों के साथ हरिजन जैसा व्यवहार जारी रहा। इस तरह का व्यवहार सभी ने किया, जिसमें सीरियाई ईसाई भी शामिल हैं। धर्म परिवर्तन के बाद भी वे हरिजन और अछूत बने रहे। अमीर सीरियाई इसाइयों की मौजूदगी में हरिजन इसाइयों को अपने सीरियाई इसाई मालिकों के सामने पगड़ी उतारकर बात करना होता था। उन्हें अपना मुंह, हाथ से ढककर रखना होता था... ऐसा देखा गया है कि कि सीरियाई और पुलैया सदस्य एक ही चर्च में अलग अलग भवनों में धार्मिक रीति रिवाज निभाते हैं। ... इस तरह से बहुत समतावादी ईसाई समुदाय

[4] कास्ट अमांग नॉन हिंदूज इन इंडिया, डॉ हरजिंदर सिंह द्वारा संपादित, नैशनल, 1977।

[5] कास्ट एंड सोशल स्टार्टीफिकेशन अमांग मुस्लिम्स इन इंडिया, डॉ इम्तियाज अहमद द्वारा संपादित, मनोहर पब्लिकेशन, 1978

में जाने के बावजूद निम्न जातियां अपने जातीय पृष्ठभूमि से बच पाने में सफल नहीं हुईं।"[6]

12.15 सिख समुदाय में हिंदू जातीय व्यवस्था करीब करीब यथावत मौजूद है और इस तथ्य को विस्तार देने की जरूरत नहीं है।

12.16 हालांकि गैर हिंदुओं में जाति व्यवस्था की मौजूदगी के बावजूद इसमें मात्रात्मक अंतर है। सही मायने में यह सभी धर्म पूरी तरह अपने परिदृश्य में पूरी तरह समतावादी हैं, वे अपने धर्म वालों के बीच पूरी तरह से समानता का दावा करते हैं और जाति के आधार पर किसी तरह के भेदभाव से इनकार करते हैं। इसे देखते हुए गैर हिंदू समुदाय में जाति के आधार पर भेदभाव को सामाजिक और शैक्षणिक रूप से पिछड़ेपन आधार नहीं बनाया जा सकता है। इस तरह से हमें गैर हिंदू ओबीसी को चिह्नित करने के लिए कुछ अन्य दायरे तैयार करने होंगे।

12.17 इसे देखते हुए गरीबी का आधार बहुत व्यावहारिक नजर आता है, लेकिन यह गड़बड़ियों से भरा हुआ है। उदाहरण के लिए बहुत ज्यादा सम्मानित और उच्च शिक्षित सैयद या सीरियन इसाई भी गरीब हो सकता है। लेकिन वह "सामाजिक और शैक्षणिक" रूप से पिछड़ेपन के संवैधानिक प्रावधानों को पूरा नहीं करता। दूसरे, आर्थिक मानदंड को लागू करना बहुत कठिन है। एक व्यक्ति, जो आज गरीब है, कल बहुत अमीर हो सकता है। और इसके विपरीत भी हो सकता है। कमोबेश आर्थिक स्थिति की जांच करना बहुत तकनीकी मामला है।

12.18 इस तरह से इन कठिनाइयों को देखते हुए आयोग ने पाया कि निम्नलिखित मोटे और तैयार मानदंडों का इस्तेमाल गैर हिंदू ओबीसी को चिह्नित करने के लिए करना चाहिए–

(1) गैर हिंदू धर्म अपनाने वाले सभी अछूत

(2) ऐसा पेशेगत समुदाय, जिसे उनके परंपरागत वंशानुगत पेशे के नाम पर जाना जाता है और जिनके हिंदू समकक्षों को हिंदू ओबीसी सूची में शामिल किया गया है। (उदारहण के लिए धोबी, तेली, धीमर, नाई, गुज्जर, कुम्हार, लोहार, दर्जी, बढ़ई आदि)

ओबीसी की अनुमानित आबादी

12.19 जातिवार जनसंख्या के बारे में गणना रजिस्ट्रार जनरल आफ इंडिया ने 1881 में की थी, जो 1931 तक फिर नहीं हुई। इसे देखते हुए जातिवार आबादी की सटीक जानकारी 1931 के बाद की उपलब्ध नहीं है। लेकिन विभिन्न जातियों, समुदायों और धार्मिक समूहों की पिछले 50 साल के दौरान जनसंख्या में वृद्धि दर देखें तो कमोबेश स्थिति समान है। ऐसे में इन सभी समूहों का देश की कुल

[6] भारत के गैर हिंदुओं में जाति व्यवस्था– केसी अलेक्जेंडर, डॉ हरजिंदर सिंह द्वारा संपादित

आबादी में अलग अलग प्रतिशत निकाला जा सकता है।

12.20 उपरोक्त आधार पर काम करके आयोग ने 1931 की जनगणना के आधार पर जाति/समुदाय के मुताबिक आबादी का प्रतिशत निकालने की कवायद की है। इसे मुख्य रूप से 5 शीर्षकों में बांटा गया है। (1) अनुसूचित जाति और जनजाति (2) गैर हिंदू समुदाय, धार्मिक समूह आदि (3) अगड़ी हिंदू जातियां और समुदाय (4) पिछड़ी हिंदू जातियां और समुदाय (5) पिछड़ा गैर हिंदू समुदाय। इस कवायद के बाद एक तालिका तैयार की गई, जिसके व्यापक वर्गीकरण को आयोग ने स्वीकार किया है।

12.21 हिंदू ओबीसी की आबादी हम हिंदुओं की कुल आबादी में से अनुसूचित जाति, अनुसूचित जनजाति और अगड़ी हिंदू जातियों व समुदायों को निकालकर प्राप्त कर सकते हैं। यह संख्या कुल आबादी का करीब 52 प्रतिशत होगी। लेकिन गैर हिंदू ओबीसी के मामले में यह विधि नहीं अपनाई जा सकती है। हम यह कल्पना कर सकते हैं कि हिंदू में जितना ओबीसी का प्रतिशत है, उतना ही करीब गैर हिंदू में भी ओबीसी का प्रतिशत होगा। कुल आबादी में गैर हिंदू का प्रतिशत 16.16 है, इस तरह से गैर हिंदू ओबीसी की आबादी करीब 8.40 प्रतिशत होगी। इस तरह के हिंदू और गैर हिंदू ओबीसी की देश में कुल आबादी करीब 52 प्रतिशत होगी।

12.22 हमने देखा कि अनुसूचित जाति, अनुसूचित जनजाति और समाज के अगड़े तबके को अलग करने पर देश की कुल आबादी में अन्य पिछड़े वर्ग की आबादी करीब 52 प्रतिशत है।

भारत की आबादी में जाति व धार्मिक समूहों के आधार पर प्रतिशत आंकड़े

क्रमांक	समूह का नाम	कुल आबादी का प्रतिशत
(अ) अनुसूचित जाति एवं अनुसूचित जनजाति'		
ए-1	अनुसूचित जाति	15.05
ए-2	अनुसूचित जनजाति	7.51
	ए का कुल	**22.56**
(आ) गैर हिंदू समुदाय, धार्मिक समूह आदि		
बी-1	मुस्लिम (एसटी के अलावा)	11.19 (0.02)*
बी-2	ईसाई (एसटी के अलावा)	2.16 (0.44)*

बी-3	सिख (एससी और एसटी के अलावा)	1.67 (0.22)*
बी-4	बुद्धिस्ट (एसटी के अलावा)	0.67 (0.03)*
बी-5	जैन	0.47
	बी का कुल योग	**16.16**
(इ) अगड़ी हिंदू जातियां व समुदाय		
सी-1	ब्राह्मण (भूमिहार सहित)	5.52
सी-2	राजपूत	3.90
सी-3	मराठा	2.21
सी-4	जाट	1.00
सी-5	वैश्य बनिया आदि	1.88
सी-6	कायस्थ	1.07
सी-7	अन्य अगड़ी हिंदू जातियां, समूह	2.00
	सी का कुल योग	**17.58**
	ए, बी और सी का कुल योग	**56.30**
(ई) पिछड़ी हिंदू जातियां एवं समुदाय		
(डी)	शेष हिंदू जातियां, समूह जो "अन्य पिछड़ा वर्ग" में आते हैं	43.70#
(उ) पिछड़े गैर हिंदू समुदाय		
(ई)	बी के तहत आने वाले 52 प्रतिशत धार्मिक समूहों को भी ओबीसी की तरह माना जा सकता है	8.40
(एफ)	गैर हिंदू समुदाय सहित अन्य पिछड़े वर्ग की आबादी	52

(डी, ई के पूर्णांक का कुल)

---

*कोष्टक में दिए गए आंकड़े इनमें से गैर हिंदू समुदाय के एससी, एसटी की आबादी है।

#यह व्युत्पन्न आंकड़ा है

अध्याय 13

सिफारिशें

13.1 ऐसा लगता है कि अन्य पिछड़े वर्ग का उत्थान बड़े पैमाने पर गरीबी खत्म करने की व्यापक राष्ट्रीय समस्या का हिस्सा है। यह केवल आंशिक रूप से सत्य है। ओबीसी का वंचित या पृथक होना व्यापक राष्ट्रीय मसले का एक विशेष मुद्दा है। यहां बुनियादी सामाजिक और शैक्षणिक रूप से पिछड़ापन और गरीबी, जाति आधारित बाधाएं हैं। यह बाधाएं हमारे सामाजिक ढांचे से जुड़ी हुई हैं। इन्हें खत्म करने के लिए ढांचागत बदलाव की जरूरत होगी। देश के शासक वर्ग के लिए ओबीसी की समस्याओं की अनुभूति में बदलाव कम महत्त्वपूर्ण नहीं होगा।

आरक्षण

13.2 सत्तासीन अभिजात्य वर्ग के रवैये में ऐसा बदलाव सरकारी नौकरियों और शिक्षण संस्थानों में अन्य पिछड़े वर्ग को आरक्षण दिए जाने से जुड़ा हुआ है। सामान्यतया यह तर्क दिया जाता है कि ओबीसी की बड़ी आबादी (कुल आबादी का 52 प्रतिशत) को देखते हुए हर साल कुछ हजार भर्तियों में आरक्षण देने से उनकी सामान्य स्थिति में कोई खास बदलाव नहीं आएगा। वहीं दूसरी ओर यह भी तर्क दिया जाता है कि आरक्षित श्रेणी से बड़े पैमाने पर भर्तियां करने से सरकारी सेवाओं की गुणवत्ता व कार्यकुशलता पर बहुत ज्यादा असर पड़ेगा। यह भी कहा जाता है कि इस तरह के आरक्षण का लाभ ओबीसी के उस तबके को होगा, जो पहले से ही अच्छी स्थिति में हैं। असल में पिछड़े वर्ग के लिए कुछ नहीं बचेगा, उनके हाथ कुछ नहीं आने वाला है। आरक्षण के खिलाफ एक और तर्क आता है बड़े पैमाने पर आरक्षण कर दिए जाने से उन मेधावी अभ्यर्थियों के मनोबल पर बहुत असर पड़ेगा, जिनका प्रवेश आरक्षण के चलते रोक दिया जाएगा।

13.3 उपरोक्त सभी तर्क-वितर्क विचारों के आधार पर है और उचित नजर आते हैं। लेकिन यह तर्क अभिजात्य वर्ग के हैं, जो अपना विशेषाधिकार बनाए रखना चाहता है। इस तरह से अन्य सभी तर्कों की तरह यह भी एकपक्षीय दृष्टिकोण पर आधारित है। इस तरह से सांकेतिक तरीके से कुछ तात्कालिक चिंता के विषय उठाए जाते हैं और राष्ट्रीय महत्त्व के व्यापक मसलों को छोड़ दिया जाता है।

13.4 हमारा यह दावा कभी नहीं रहा है कि ओबीसी अभ्यर्थियों को कुछ हजार नौकरियां देकर हम देश की कुल आबादी के 52 प्रतिशत पिछड़े वर्ग को अगड़ा बनाने में सक्षम होंगे। लेकिन हम यह निश्चित रूप से मानते हैं कि यह सामाजिक पिछड़ेपन के खिलाफ लड़ाई का जरूरी हिस्सा है, जो पिछड़े लोगों के दिमाग में

लड़ी जानी है। भारत में सरकारी नौकरी को हमेशा से प्रतिष्ठा और ताकत का पैमाना माना जाता रहा है। सरकारी सेवाओं में ओबीसी का प्रतिनिधित्व बढ़ाकर हम उन्हें देश के प्रशासन में हिस्सेदारी की तत्काल अनुभूति देंगे। जब एक पिछड़े वर्ग का अभ्यर्थी कलेक्टर या वरिष्ठ पुलिस अधीक्षक होता है तो उसके पद से भौतिक लाभ उसके परिवार के सदस्यों तक सीमित होता है। लेकिन इसका मनोवैज्ञानिक असर बहुत व्यापक होता है। पूरे पिछड़ा वर्ग समाज को लगता है कि उसका सामाजिक स्तर ऊपर उठा है। भले ही पूरे समुदाय को ठोस या वास्तविक लाभ नहीं मिलता है, लेकिन उसे यह अनुभव होता है कि उसका "अपना आदमी" अब "सत्ता के गलियारे" में पहुंच गया है। यह उसके हौसले व मानसिक शक्ति को बढ़ाने का काम करता है।

13.5 लोकतांत्रिक व्यवस्था में हर व्यक्ति और समुदाय को कानूनी अधिकार है कि वह देश के शासन में हिस्सेदारी निभाए। ऐसी उसकी आकांक्षा भी होती है। किसी वजह से, किन्हीं हालातों में, ऐसा हुआ है कि देश की करीब 52 प्रतिशत आबादी को सत्ता में हिस्सेदारी देने से करीब करीब इनकार कर दिया गया। अब इसमें जल्द से जल्द सुधार कर लेने की जरूरत है।

13.6 बड़े पैमाने पर पिछड़े वर्ग, अनुसूचित जाति व जनजाति के अभ्यर्थियों को आरक्षण के माध्यम से भर्ती करने पर सरकारी सेवाओं की गुणवत्ता खराब होने के डर को केवल एक बिंदु तक ही न्यायोचित ठहराया जा सकता है। लेकिन क्या यह सुनिश्चित करना संभव है कि मेरिट के आधार पर चुने गए सभी सदस्य ईमानदार, कार्यकुशल, मेहनती और समर्पित होंगे ? इस समय सभी सरकारी सेवाओं में ऐसे ही अभ्यर्थी उच्च पद पर आसीन हैं, जो खुली प्रतिस्पर्धा से आए हैं। अगर हमारी नौकरशाही का प्रदर्शन कोई संकेतक है तो यह सही मायने में अपने गौरव को बरकरार रख पाने में भी सक्षम नहीं है। निश्चित रूप से इसका मतलब यह भी नहीं है कि आरक्षित कोटे से चयनित अभ्यर्थी बेहतर प्रदर्शन करेंगे। लेकिन उन्हें समाज के पिछड़े तबके की समस्याओं और पीड़ाओं की जानकारी के साथ अनुभूति भी होगी। इसकी संभावना है कि वे अपनी सामाजिक-सांस्कृतिक बाधाओं के कारण निरपेक्ष हो सकते हैं। यह छोटी बात नहीं है। खासकर उस शासक वर्ग के लिए, जिन्हें नीतियों को लागू करना रहता है, जो उच्च स्तर पर बैठकर नीतियां बनाते हैं।

13.7 इस सच्चाई से मुंह नहीं मोड़ा जा सकता है कि आरक्षण व कल्याणकारी कदमों का ज्यादा लाभ उन लोगों को होगा, जो पिछड़े समाज में ज्यादा आगे हैं। लेकिन क्या यह सार्वभौमिक लक्षण नहीं है? सभी सुधारवादी उपचार पदानुक्रम में धीरे

धीरे होते हैं, सामाजिक सुधार में कोई अचानक उभार (क्वांटम जंप) नहीं होता। कमोबेश यह मानव स्वभाव रहा है कि वर्ग विहीन समाज में भी आखिरकार एक 'नया वर्ग' उभरकर सामने आता है। आरक्षण का मूल लाभ यह नहीं है कि ओबीसी में समतावादी समाज उभरकर सामने आएगा, जबकि पूरा भारतीय समाज असमानताओं से भरा पड़ा है। लेकिन आरक्षण से निश्चित रूप से ऊंची जातियों का सेवाओं में कब्जा खत्म होगा। मोटे तौर पर ओबीसी देश के शासन प्रशासन में थोड़ी हिस्सेदारी प्राप्त कर सकेंगे।

13.8 निश्चित रूप से यह सही है कि ओबीसी के लिए आरक्षण से तमाम अन्य लोगों कलेजा दुखेगा। लेकिन क्या इस तकलीफ के कारण हम सामाजिक सुधार के नैतिक दायित्व को छोड़ सकते हैं। जब अंग्रेजों ने भारत छोड़ा था, तब भी तमाम लोग ऐसे थे, जिनका दिल दुखा था। दक्षिण अफ्रीका में जब काले लोग दक्षिण अफ्रीका में रंगभेद के खिलाफ आवाज उठाते हैं तो सभी श्वेतों का कलेजा सुलगता है। अगर भारत में उच्च जातियों की 20 प्रतिशत से भी कम आबादी शेष आबादी पर सामाजिक अन्याय करती है तो निश्चित रूप से निचली जातियों का कलेजा सुलगता है। लेकिन अगर निम्न जातियां ताकत और सम्मान के राष्ट्रीय केक में से एक छोटा सा टुकड़ा मांग रही हैं तो सत्तासीन वर्ग के लोग यह दलील देते हैं कि इससे असंतोष होगा। पिछड़े वर्ग के लिए आरक्षण के खिलाफ "असंतोष" को लेकर जो तमाम भारी भरकम तर्क आ रहे हैं, वह सरासर कुतर्क हैं।

13.9 हकीकत यह है कि हिंदू समाज हमेशा से आरक्षण की बहुत सख्त व्यवस्था चलाता रहा है। आरक्षण की यह व्यवस्था जाति के माध्यम से अंगीकार की गई। एकलव्य को अपना अंगूठा और शंबूक को अपनी जान गंवानी पड़ी क्योंकि उन्होंने दूसरी जातियों का काम करने की कोशिश की, उनके द्वारा किया गया काम दूसरी जातियों के लिए आरक्षित था। उन्होंने आरक्षण के जातीय कानून को तोड़ा था। ओबीसी के आरक्षण के खिलाफ मौजूदा कोहराम में हंगामा करने वाले खुद के बनाए नियम का पालन नहीं कर रहे हैं। लाभार्थियों का नया वर्ग सामने आने से उन्हें तकलीफ है, उसका विरोध है। विरोध इस बात का है कि वंचित तबका बराबरी के अवसर मांग रहा है, वह अपना हिस्सा मांग रहा है। वंचित तबका उन चीजों में अपनी हिस्सेदारी के लिए शोर मचा रहा है, जिन पर उच्च जातियों का एकाधिकार है।

आरक्षण की योजना और मात्रा

13.10 देश में अनुसूचित जाति और जनजाति की आबादी 22.5 प्रतिशत है। इसी के मुताबिक उन्हें जनसंख्या के अनुपात में सभी सेवाओं और केंद्र सरकार के

सार्वजनिक उपक्रमों में 22.5 प्रतिशत आरक्षण का प्रावधान किया गया है। राज्यों में भी एससी और एसटी को आरक्षण हर राज्य में उनकी आबादी के अनुपात में है।

31.22 पिछले अध्याय (पैरा 12.22) में हिंदू और गैर हिंदू ओबीसी की आबादी कुल आबादी की करीब 52 प्रतिशत बताई गई है। इसी के मुताबिक केंद्र सरकार के सभी पदों पर ओबीसी के लिए 52 प्रतिशत पद आरक्षित होने चाहिए। लेकिन यह प्रावधान उच्चतम न्यायालय के तमाम फैसलों के खिलाफ जाता है, जिसमें यह निर्धारित किया गया है कि संविधान के अनुच्छेद 15 (4) और 16 (4) के तहत आरक्षण की कुल मात्रा 50 प्रतिशत से नीचे होनी चाहिए। इसे देखते हुए ओबीसी के लिए आरक्षण एससी और एसटी के लिए निर्धारित 22.5 प्रतिशत आरक्षण को जोड़कर 50 प्रतिशत से नीचे होना चाहिए। कानूनी बाध्यताओं को देखते हुए आयोग ओबीसी के लिए सिर्फ 27 प्रतिशत आरक्षण दिए जाने की सिफारिश करता है, यद्यपि अन्य पिछड़े वर्ग की असल आबादी इस आंकड़े की करीब दोगुनी है।

13.12 जिन राज्यों ने ओबीसी के लिए पहले ही 27 प्रतिशत से ज्यादा आरक्षण का प्रावधान किया है, उन पर इन सिफारिशों का कोई असर नहीं होगा और वह आरक्षण यथावत बना रहेगा।

13.13 आरक्षण की मात्रा के सिलसिले में उपरोक्त सामान्य सिफारिश के साथ आयोग निम्नलिखित सभी योजनाओं में ओबीसी के लिए आरक्षण का प्रस्ताव करता है–

(1) खुली प्रतिस्पर्धा में मेरिट के आधार पर चुने गए ओबीसी अभ्यर्थियों को उनके लिए निर्धारित 27 प्रतिशत आरक्षण कोटे में समायोजित नहीं किया जाना चाहिए।

(2) उपरोक्त आरक्षण सभी स्तरों पर प्रमोशन कोटा में भी लागू किया जाना चाहिए।

(3) अगर आरक्षित कोटा खाली रहता है तो इसे तीन साल तक आगे बढ़ाया जाना चाहिए, उसके बाद उन पदों को अनारक्षित किया जाना चाहिए।

(4) सीधी भर्ती में आरक्षित वर्ग के अभ्यर्थियों के लिए उम्र की ऊपरी सीमा में छूट का विस्तार ओबीसी के लिए उसी तरह से किया जाना चाहिए, जैसा कि एससी और एसटी के मामले में है।

(5) संबंधित प्राधिकारियों द्वारा हर श्रेणी के पदों के लिए रोस्टर व्यवस्था उसी तरह से लागू किया जाना चाहिए, जैसा कि एससी और एसटी के अभ्यर्थियों के मामले में है।

13.14 आरक्षण की उपरोक्त योजना यथावत केंद्र व राज्य सरकार के सार्वजनिक क्षेत्र के उपक्रमों में भी लागू होनी चाहिए। साथ ही सभी राष्ट्रीयकृत बैंकों में भी यही प्रावधान किया जाना चाहिए।

13.15 सरकार से किसी भी तरीके से वित्तीय सहायता पाने वाले निजी क्षेत्र के सभी प्रतिष्ठानों में कर्मचारियों की भर्ती उपरोक्त तरीके से करने के लिए बाध्य किया जाना चाहिए।

13.16 सभी विश्वविद्यालयों व उनसे जुड़े कॉलेजों में भी आरक्षण की उपरोक्त योजना लागू होनी चाहिए।

13.17 इन सिफारिशों को प्रभावी बनाने के लिए यह जरूरी है कि पर्याप्त वैधानिक प्रावधान सरकार की ओर से किए जाएं, जिसमें मौजूदा अधिनियमों, कानूनों, प्रक्रिया आदि में संशोधन शामिल है, जिससे वे इन सिफारिशों के अनुरूप बन जाएं।

शैक्षणिक छूट

13.18 हमारी शैक्षणिक व्यवस्था का स्वरूप चरित्र के हिसाब से अभिजात्य है। इसके परिणामस्वरूप बड़े पैमाने पर बर्बादी होती है। साथ ही अत्यधिक आबादी वाले और विकासशील देश की जरूरतों के मुताबिक इसका उचित इस्तेमाल नहीं हो पाता है। यह ब्रिटिश शासन की देन है। स्वतंत्रता आंदोलन के दौरान इसकी आलोचना हुई। लेकिन अब तक इसमें कोई ढांचागत बदलाव नहीं किया गया है। हालांकि यह शिक्षा पिछड़े वर्ग की जरूरतों के मुताबिक बहुत कम होती है, लेकिन उन्हें वर्ग के साथ चूहा दौड़ लगाने को मजबूर किया जाता है, क्योंकि उनके लिए कोई विकल्प नहीं है। “शैक्षणिक सुधार” पर विचार करना आयोग के कार्यक्षेत्र में नहीं है, इसलिए हम इस पर ज्यादा कुछ नहीं कह सकते। हम सिर्फ मौजूदा ढांचे में इस दर्द को कम करने के सुझाव दे सकते हैं ।

13.19 अन्य पिछड़े वर्ग के विद्यार्थियों को विभिन्न राज्य सरकारें तमाम शैक्षणिक छूट दे रही हैं (अध्याय 9 पैरा 9.30 से 9.33)। इनमें शिक्षण शुल्क में छूट, मुफ्त किताबें और कपड़े, मध्याह्न भोजन, विशेष हॉस्टल सुविधा, भत्ते आदि शामिल हैं। ये छूट ठीक हैं, लेकिन दी जा रही यह सुविधाएं पर्याप्त नहीं हैं। शायद इसके लिए राज्यों के पास पर्याप्त धन नहीं है, जिसकी वजह से इस तबके के लिए अलग से कार्यक्रम नहीं बन पाते। इसके लिए अलग से धन का प्रावधान किया जाना चाहिए, जिससे अलग से योजना चलाकर गंभीर और जरूरतमंद विद्यार्थियों को प्रोत्साहित किया जा सके और उनके लिए उचित माहौल बनाया जा सके।

13.20 यह अच्छी तरह से ज्ञात है कि ज्यादातर पिछड़े वर्ग के बच्चे अनियमित और उदासीन विद्यार्थी हैं। उनकी स्कूल छोड़ने की दर बहुत ज्यादा है। इसकी दो प्रमुख

वजहें हैं। पहला, ये बच्चे बहुत ही सामाजिक और सांस्कृतिक रूप से दबे कुचले समाज में पलते हैं। इसलिए उन्हें स्कूल जाने की प्रेरणा सामान्यतया नहीं मिलती। दूसरे, इनमें से ज्यादातर विद्यार्थी बहुत गरीब परिवारों से आते हैं और उनके माता पिता उन पर दबाव बनाने को बाध्य होते हैं कि वे बहुत ही कम उम्र से उनके काम में हाथ बटाएं।

13.21 सांस्कृतिक माहौल को उठाना बहुत ही सुस्त प्रक्रिया है। इन बच्चों को कृत्रिम रूप से उन्नत माहौल में भेजना या रख पाना देश के मौजूदा संसाधनों के हिसाब से संभव नहीं है। इसे देखते हुए यह सिफारिश की जाती है कि इस समस्या का समाधान सीमित और चुनिंदा आधार पर दो मोर्चों पर किया जाए।

13.22 पहला, प्रौढ़ शिक्षा के लिए एक गहन एवं समयबद्ध कार्यक्रम शुरू किया जाना चाहिए, जहां ओबीसी की घनी आबादी है। यह बुनियादी प्रेरक परियोजना है। पूरी तरह से प्रेरित माता पिता अपने बच्चों को शिक्षित करने में गंभीरता दिखाएंगे। दूसरे, पिछड़े वर्ग के विद्यार्थियों के लिए इन इलाकों में आवासीय विद्यालय खोले जाने चाहिए, जिससे उन्हें गंभीरता से पढ़ने का माहौल मिल सके। इन स्कूलों में रहने खाने जैसी सभी सुविधाएं मुफ्त मुहैया कराई जानी चाहिए, जिससे गरीब और पिछड़े घरों के बच्चे इनकी ओर आकर्षित हो सकें। ओबीसी विद्यार्थियों के लिए अलग से सरकारी हॉस्टलों की व्यवस्था की जानी चाहिए, जिनमें उपरोक्त सुविधाएं हों। यह सही दिशा में बढ़ाया गया एक कदम होगा।

13.23 इन सभी मोर्चों पर सीमित पैमाने पर और चुनिंदा आधार पर शुरुआत की जा सकती है। लेकिन इस तरह की गतिविधियों को इतनी तेजी से विस्तार दिया जाना चाहिए, जितना कि हमारे संसाधन अनुमति देते हैं। प्रौढ़ शिक्षा कार्यक्रम और आवासीय स्कूल चुनिंदा आधार पर चलाए जाने से ये चेतना के लिए प्रेरक का काम करेंगे। यह प्रेरणा पूरे समाज के लिए होगी और इसका असर कई गुना होगा। जहां कुछ राज्यों ने पिछड़े वर्ग के विद्यार्थियों को मिलने वाली अस्थायी छूटों को विस्तार दिया है, वहीं इन सुविधाओं को एकीकृत करने की गंभीर कोशिशें भी की गई हैं। इसका मकसद समग्र योजना लाकर गुणात्मक सुधार करना और ओबीसी विद्यार्थियों के लिए शिक्षा का बेहतर माहौल उपलब्ध कराना है।

13.24 कुल मिलाकर शिक्षा बदलाव का बड़ा वाहक है। पिछड़े वर्ग को शिक्षित करना सबसे बेहतरीन उपाय है, जिसके माध्यम से वे अपनी छवि और सामाजिक दर्जा सुधार सकते हैं। ओबीसी हमारी शैक्षणिक व्यवस्था की बहुत ज्यादा फिजूलखर्ची को वहन नहीं कर सकते, ऐसे में यह बहुत जरूरी है कि उनकी शिक्षा बहुत ज्यादा व्यावसायिक प्रशिक्षण की ओर झुकी हुई हो। कुल मिलाकर सेवाओं में

आरक्षण से शिक्षित ओबीसी का एक बहुत छोटा हिस्सा ही नौकरियों में जा सकता है। शेष को व्यावसायिक कौशल की जरूरत है, जिसका वह फायदा उठा सकें। यह शिक्षा में कुछ वर्ष निवेश का मुनाफा होगा।

13.25 यह भी स्वाभाविक है कि अगर उपरोक्त सुविधाएं ओबीसी को दी जाती हैं, तब भी वे अन्य के साथ प्रतियोगिता करके तकनीकी और पेशेवर संस्थानों में प्रवेश पाने में सफल नहीं होंगे। इसे देखते हुए यह सिफारिश की जाती है कि ओबीसी विद्यार्थियों के लिए सभी वैज्ञानिक, तकनीकी और प्रोफेशनल इंस्टीट्यूशंस में आरक्षण की व्यवस्था की जाए, जो केंद्र व राज्य सरकारें चलाती हैं। यह आरक्षण संविधान के अनुच्छेद 15 (4) के मुताबिक होगा और आरक्षण का प्रतिशत उतना ही होगा, जितना सरकारी सेवाओं के लिए सिफारिश की गई है। यानी इन संस्थानों में अन्य पिछड़े वर्ग के लिए 27 प्रतिशत आरक्षण का प्रावधान होना चाहिए। जिन राज्यों ने पहले ही ओबीसी के लिए 27 प्रतिशत से ज्यादा आरक्षण का प्रावधान रखा है, उन पर इन सिफारिशों का कोई असर नहीं होगा और वह आरक्षण यथावत बना रहेगा।

13.26 आरक्षण का प्रावधान लागू किए जाने में यह भी सुनिश्चित किया जाना चाहिए कि जिन विद्यार्थियों ने आरक्षित कोटे से प्रवेश पाया है, उन्हें उच्च शिक्षा में पूरा लाभ मिले। यह सामान्यतया देखा गया है कि साधनहीन तबके से आने वाले ओबीसी विद्यार्थी अन्य विद्यार्थियों के साथ कदम से कदम मिलाकर चलने में सक्षम नहीं होते। ऐसे में यह बहुत जरूरी है कि ऐसे सभी विद्यार्थियों के लिए तकनीकी और प्रोफेशनल इंस्टीट्यूशंस में विशेष कोचिंग की सुविधा प्रदान की जाए। संबंधित प्राधिकारियों को स्पष्ट किया जाना चाहिए कि आरक्षित कोटे में विभिन्न इंस्टीट्यूशंस में प्रवेश दे देने से ही उनका काम पूरा नहीं हो जाता। हकीकत में देखें तो असल काम प्रवेश देने के बाद शुरू होता है। इन विद्यार्थियों के लिए विशेष कोचिंग सहायता जैसी पर्याप्त फालो-अप कार्रवाई की जानी चाहिए। अगर ऐसा नहीं किया जाता है तो यह विद्यार्थी न सिर्फ हताश और बेइज्जत महसूस करेंगे, बल्कि देश को कम मानक के इंजीनियर, डॉक्टर व अन्य पेशेवर मिलेंगे।

वित्तीय सहायता

13.27 औद्योगीकरण के परिणामस्वरूप पुश्तैनी काम करने वाले व्यावसायिक समुदाय के लोग खासे प्रभावित हुए हैं। मशीनी उत्पादन और सिंथेटिक सामग्री ने गांवों में बर्तन बनाने वालों, तेल निकालने वालों, लोहार, बढ़ई आदि का काम छीन लिया। यह काम समुदाय विशेष के लोग पीढ़ियों से करते थे, जिससे उनकी रोजी रोटी चलती थी। देश भर में इन वर्गों का काम छिन जाने के बारे सबको जानकारी है।

13.28 ऐसे में यह बहुत जरूरी हो गया है कि गांवों में रहने वाले ऐसे वर्गों के लोगों की उचित संस्थागत वित्तीय व तकनीकी सहायता और व्यावसायिक प्रशिक्षण मुहैया कराई जानी चाहिए, जिससे वे अपने दम पर छोटे उद्योगों की स्थापना कर सकें। इसी तरह की सहायता उन ओबीसी अभ्यर्थियों को भी मुहैया कराई जानी चाहिए, जिन्होंने विशेष व्यावसायिक प्रशिक्षण प्राप्त कर लिया है।

13.29 निश्चित रूप से ज्यादातर राज्य सरकारों ने विभिन्न वित्तीय व तकनीकी एजेंसियां स्थापित की हैं जिससे छोटे और मझोले उद्योगों को बढ़ावा मिल सके। लेकिन यह सबको पता है कि सिर्फ प्रभावशाली तबके के सदस्य ही इन एजेंसियों का लाभ उठा पाने में सक्षम हैं। इसे देखते हुए यह बहुत जरूरी है कि पिछड़े वर्ग की वित्तीय व तकनीकी सहायता के लिए अलग वित्तीय संस्थान की व्यवस्था की जाए। कर्नाटक और आंध्र प्रदेश जैसे राज्यों ने पहले ही ओबीसी के लिए अलग वित्तीय निगमों आदि की व्यवस्था की है।

13.30 पेशेगत समूहों की सहकारी समितियां भी बहुत मददगार होंगी। अगर इनकी देखभाल व प्रबंधन करने वाले सभी पदाधिकारी और सदस्य वंशानुगत पेशे से जुड़े लोगों में से हों और बाहरी लोगों को इसमें घुसने और शोषण करने की अनुमति नहीं होगी तभी इसका फायदा होगा।

13.31 देश के औद्योगिक और कारोबारी जिंदगी में ओबीसी की हिस्सेदारी नगण्य है। इस भेदभाव से उनके निम्न आय के स्तर का पता चलता है। पिछड़े वर्ग के उत्थान की रणनीति के हिस्से के रूप में यह अनिवार्य है कि सभी राज्य सरकारों को उचित सलाह और प्रोत्साहन दिया जाए कि वे वित्तीय और तकनीकी इंस्टीट्यूशंस का अलग नेटवर्क तैयार करें जो ओबीसी वर्ग में कारोबारी और औद्योगिक इंटरप्राइजेज को गति देने में सहायक हों।

ढांचागत बदलाव

13.32 सरकारी रोजगार और शिक्षण संस्थानों में आरक्षण के साथ सभी संभव वित्तीय सहायता तब तक सिर्फ दर्द घटाने वाली औषधि साबित होगी, जब तक कि पिछड़ेपन की समस्या जड़ से खत्म न की जाए। बड़े पैमाने पर छोटे भूमिधारक, जोतदार, कृषि श्रमिक, गांवों में कामचलाऊ कारीगर, अकुशल श्रमिक आदि अनुसूचित जाति, अनुसूचित जनजाति और अन्य पिछड़े वर्ग के होते हैं। "सामाजिक परंपराओं के अलावा साधन संपन्न उच्च कृषकों की प्रभुता की वजह से मुख्य रूप से कर्ज देने, जमीन का छोटा टुकड़ा पट्टे पर देने और घर के लिए जमीन मुहैया कराने और झोपड़ियां डालने के लिए जमीन देने से गरीब किसानों से अनौपचारिक बंधक बन जाते हैं। नौकरशाही का बड़ा तबका शीर्ष किसानों से जुड़ा होता है और वर्ग व जातीय जुड़ाव होने की वजह से सरकारी काम काज

करने वालों के साथ संबंध बन जाते हैं। इससे सामाजिक राजनीतिक संतुलन शीर्ष किसानों के पक्ष में बनता है और इससे अन्य छोटे किसानों, मजदूरों पर प्रभुत्व बनाने में मदद मिलती है।"*

13.33 कुल मिलाकर उपरोक्त स्थिति का परिणाम यह होता है कि गणितीय प्रमुखता के बावजूद पिछड़े वर्ग के लोग मानसिक और भौतिक बंधनों से उच्च जातियों और शीर्ष किसानों के साथ बंधे रहते हैं। इसके साथ ही देश की करीब तीन चौथाई आबादी के बावजूद अनुसूचित जाति, अनुसूचित जनजाति और अन्य पिछड़े वर्ग के लोग बहुत सीमित राजनीतिक प्रभुता हासिल कर पाते हैं, भले ही तीन दशक से ज्यादा समय से वयस्क मताधिकार की वजह से सबको चुने जाने और चुनने का अधिकार मिला हुआ है। उत्पादन के साधनों पर उनके एकाधिकार के कारण उच्च जातियां हेर फेर करने में कामयाब हो जाती हैं और पिछड़े वर्ग के लोग अपने हितों के खिलाफ काम करने को मजबूर हो जाते हैं। इस तरह मौजूदा उत्पादन संबंधों को क्रांतिकारी भूमि सुधार करके तोड़े बगैर वंचित तबके की निर्भरता प्रभुत्व संपन्न उच्च जाति के लोगों पर बनी रहेगी और यह अनिश्चितकाल तक जारी रहेगा। हकीकत में देखें तो पहले ही जमींदारी खत्म करने, जमीन के मालिकाना हक पर सीलिंग का प्रावधान करने और भूमिहीनों को जमीन आवंटित करने को लेकर असंख्य कानून बने हुए हैं। लेकिन व्यवहार में इसे लागू करने काम ठहरा हुआ है, जो आधे अधूरे मन से और दिखावे के लिए किया गया। कर्नाटक, केरल, पश्चिम बंगाल जैसे राज्यों में यह कार्य ज्यादा ईमानदारी से हुआ है, वे न सिर्फ पिछड़े वर्ग को भौतिक रूप से मददगार साबित हुए हैं, बल्कि उन्हें राजनीति में हिस्सेदारी भी मिली है।

13.34 आयोग का यह दृढ़ मत है कि मौजूदा उत्पादन संबंधों में क्रांतिकारी बदलाव किया जाना सबसे महत्त्वपूर्ण कदम है, जो सभी पिछड़े वर्गों के कल्याण और उत्थान के लिए किया जा सकता है। भले ही यह विभिन्न वजहों से औद्योगिक क्षेत्र में संभव नहीं है, लेकिन कृषि क्षेत्र में यह सुधार व्यावहारिक और दीर्घावधि से लंबित है।

13.35 इसलिए आयोग यह सिफारिश करता है कि सभी राज्य सरकारों को प्रगतिशील भूमि सुधार कानून लागू करना चाहिए, जिससे देश भर के मौजूदा उत्पादन संबंधों में ढांचागत एवं प्रभावी बदलाव लाया जा सके।

13.36 इस समय अतिरिक्त भूमि का आवंटन एससी और एसटी को किया जाता है। भूमि सीलिंग कानून आदि लागू किए जाने के बाद से मिली अतिरिक्त जमीनों को ओबीसी भूमिहीन श्रमिकों को भी आवंटित की जानी चाहिए।

विविध

13.37

(1) कुछ पेशेगत समुदाय जैसे मछुआरों, बंजारा, बांसफोड़, खाटवार आदि अभी भी देश के कुछ हिस्सों में अछूत होने के दंश से पीड़ित हैं। उन्हें आयोग ने ओबीसी के रूप में सूचीबद्ध किया है, लेकिन सरकार द्वारा उन्हें अनुसूचित जाति/अनुसूचित जनजाति की सूची में शामिल करने पर विचार करना चाहिए।

(2) पिछड़ा वर्ग विकास निगमों की स्थापना की जानी चाहिए। यह केंद्र और राज्य दोनों स्तरों पर किया जाना चाहिए, जो पिछड़े वर्ग की उन्नति के लिए विभिन्न सामाजिक-शैक्षणिक और आर्थिक कदम उठा सकें।

(3) केंद्र व राज्य स्तर पर पिछड़े वर्ग के लिए एक अलग मंत्रालय/विभाग बनाया जाना चाहिए, जो उनके हितों की रक्षा का काम करे।

(4) हिमाचल प्रदेश के गद्दियों, महाराष्ट्र के नव बुद्धिस्टों, तटीय इलाकों के मछुआरों, जम्मू कश्मीर के गुज्जरों जैसे ओबीसी के कुछ बहुत पिछड़े घटकों को बेहतर प्रतिनिधित्व देने के विचार से यह सिफारिश की जाती है कि उन इलाकों को परिसीमन के वक्त अलग निर्वाचन क्षेत्रों के रूप में चिह्नित किया जाए।

केंद्रीय सहायता

13.38 इस समय अन्य पिछड़े वर्ग के कल्याण के किसी कदम के लिए किसी राज्य सरकार के लिए कोई केन्द्रीय सहायता उपलब्ध नहीं है। 18 राज्यों व केंद्रशासित प्रदेशों को इस तरह के काम करने के लिए अपने संसाधनों से धन मुहैया कराना पड़ता है। आयोग के दौरे के समय यह व्यावहारिक तौर पर पाया गया कि हर राज्य सरकार ने यह कहा कि केंद्र सरकार जब तक पिछड़े वर्ग के उत्थान के लिए चलाई जाने वाली विशेष योजनाओं में वित्तीय स्वतंत्रता नहीं देती, यह उपलब्ध संसाधनों कर पाना मुश्किल है। राज्य सरकारों द्वारा अपने संसाधनों से अन्य पिछड़े वर्गों के लाभ के लिए बहुत सार्थक योजनाएं चला पाना संभव नहीं होगा।

13.39 आयोग इस मसले पर राज्य सरकारों के विचार से पूरी तरह सहमत है और सिफारिश करता है कि पिछड़े वर्गों के लिए तैयार की गई सभी विकास योजनाओं का वित्तपोषण उसी तरीके से और उसी मात्रा में किया जाना चाहिए, जैसा कि अनुसूचित जाति और अनुसूचित जाति के मामले मे व्यवस्था की गई है।

13.40 आयोग की सिफारिशें लागू करने की अवधि के बारे में आयोग की राय है कि पूरी योजना को 20 साल के लिए लागू की जानी चाहिए और उसके बाद इसकी समीक्षा की जानी चाहिए। हमारी सलाह है कि एक पीढ़ी के इस चक्र से सामाजिक जागरूकता आएगी और यह पीढ़ीगत प्रगति होगी। कम अवधि में की गई कोई भी समीक्षा मनमानी होगी और इससे हमारी सिफारिशों के असर का उचित संकेत नहीं मिल सकेगा कि ओबीसी के दर्जे और जीवन शैली में कोई बदलाव हुआ है या नहीं।

अध्याय 14

रिपोर्ट का सारांश

अध्याय 1- पहला पिछड़ा वर्ग आयोग

पहले पिछड़ा वर्ग आयोग का गठन 29 जनवरी 1951 को हुआ था। आयोग ने अपनी रिपोर्ट 31 मार्च 1953 को पेश की। अपनाए गए मानदंडों के आधार पर आयोग ने 2,399 जातियों को सामाजिक और शैक्षणिक रूप से पिछड़े के रूप में सूचीबद्ध किया। इसने ओबीसी के लिए विभिन्न कल्याणकारी योजनाओं की सिफारिश की, जिनमें सरकारी सेवाओं और शिक्षण संस्थानों में आरक्षण दिया जाना भी शामिल था।

केंद्र सरकार ने इस आधार पर आयोग की सिफारिशें स्वीकार नहीं की कि उसने पिछड़े वर्ग को चिह्नित करने के लिए कोई वस्तुनिष्ठ परीक्षण नहीं किया है। आयोग के 11 में से 5 सदस्यों ने असहमति नोट लिखा। सरकार ने अनुभव किया कि आयोग ने समाज की एक बड़ी आबादी को पिछड़े वर्ग के रूप में चिह्नित कर दिया है और अगर इन सभी लोगों के लिए विशेष सहायता मुहैया कराई जाती है तो "जरूरतमंद लोग इस भीड़ में शायद ही लाभ ले पाएं।" सरकार ने पिछड़ेपन के मानदंड के रूप में जाति को स्वीकार करने से भी इनकार किया और आर्थिक परीक्षणों को प्राथमिकता दी।

संविधान के अनुच्छेद 340 में "सामाजिक और शैक्षणिक रूप से पिछड़े वर्ग" की बात की गई है। ऐसे में उन्हें चिह्नित करने के लिए "आर्थिक जांच" का तरीकाअपनाना भ्रांतिपूर्ण नजर आता है।

अध्याय 2 - कुछ राज्यों में ओबीसी की स्थिति

भारत में प्रांतीय सरकारों के 100 साल से ज्यादा के कार्यकाल में वंचित व पिछड़े तबकों के कल्याण के लिए विविध कार्यक्रम लागू किए गए। मद्रास सरकार ने इस दिशा में सबसे पहले कदम उठाया और पिछड़े वर्ग के विद्यार्थियों के लिए वित्तीय सहायता नियमित करने के लिए 1885 में ग्रांट इन एड कोड तैयार किया। मैसूर सरकार ने भी इसका पालन किया और अब दक्षिण भारत के सभी राज्यों ने ओबीसी के लिए समग्र योजना लागू की है। आज की तारीख तक 16 राज्य व दो केंद्रशासित प्रदेश अन्य पिछड़े वर्गों को विशेष सहायता मुहैया करा रहे हैं। 10 राज्य सरकारें पिछड़ा वर्ग आयोग की संस्तुतियों के मुताबिक पिछड़े वर्ग के कल्याण के लिए काम कर रही हैं। अन्य राज्य इसी आधार पर अस्थायी रूप से काम कर रहे हैं।

विशेष छूट जैसे सरकारी नौकरियों में आरक्षण व सरकारी शिक्षण संस्थानों में सीटों का आरक्षण, छूट पर पढ़ाई की सुविधा आदि कुछ राज्य सरकारों की ओर से दी जा रही हैं। देश के अन्य हिस्सों की तुलना में दक्षिण के राज्यों ने इस दिशा में बहुत काम किया

है। कर्नाटक सरकार ने सभी सरकारी नौकरियों में ओबीसी के लिए 48 प्रतिशत आरक्षण का प्रावधान किया है, इसके अलावा एससी एसटी के लिए 18 प्रतिशत अतिरिक्त आरक्षण का प्रावधान है। तमिलनाडु के मामले में यह आंकड़े क्रमश: 50 प्रतिशत और 18 प्रतिशत हैं।

अध्याय 3 कार्यप्रणाली और डेटा बेस

पहले पिछड़ा वर्ग आयोग में सरकार ने एक गंभीर खामी पाई कि उसमें पिछड़े वर्ग के चयन के लिए कोई वस्तुनिष्ट मानदंड नहीं अपनाया गया था। फील्ड सर्वे और वस्तुनिष्ठ परीक्षणों पर उच्चतम न्यायालय ने कई मामलों में जोर दिया। इसे देखते हुए आयोग ने कई स्वतंत्र स्रोतों से प्राथमिक आंकड़े एकत्र करने की भरपूर कवायद की। इस आयोग द्वारा इस दिशा में उठाए गए कदमों में सामाजिक पिछड़ेपन के मसले पर समाजशास्त्रियों के सेमीनार आयोजित करना, राज्य सरकारों, केंद्र सरकार और आम जनता के लिए प्रश्नावली का 3 सेट जारी करना, आयोग द्वारा देश भर की विभिन्न यात्राएं, विधायकों से साक्ष्य जुटाने, गणमान्य व्यक्तियों, समाजशास्त्रियों आदि से चर्चा, देशव्यापी सामाजिक शैक्षणिक सर्वे कराना, विशेष एजेंसियों से कुछ अहम मसलों पर रिपोर्ट तैयार कराने, जनगणना के आंकड़ों के विश्लेषण आदि का काम शामिल है।

आयोग ने इसके लिए बहुपक्षीय तरीका अपनाया और इस तरह से बहुत शुद्ध और विश्वसनीय आंकड़े जुटाकर उनके आधार पर रिपोर्ट तैयार की।

अध्याय 4 सामाजिक पिछड़ापन और जाति

जातियां हिंदू सामाजिक ढांचे की इमारत की ईंट हैं। जातियों ने सदियों से हिंदू समाज को पदसोपान में विभाजित कर रखा है। इसके परिणामस्वरूप किसी व्यक्ति की जाति की रैंकिंग और उसके सामाजिक, शैक्षणिक और आर्थिक दर्जे में नजदीकी जुड़ाव बन गया है।

इस तरह की सामाजिक शुरुआत में उच्च जातियों को गहराई तक अपने हित में व्यवस्था के इस्तेमाल करने का मौका रहता है। पुरोहित जातियां शास्त्रों, रीति रिवाजों व पौराणिक कथाओं की व्याख्या करती हैं और इस तरह से अपनी श्रेष्ठता और निचली जातियो पर पकड़ बनाए रहती हैं। हमारे ज्यादातर शास्त्रों में चार वर्ण व्यवस्था का प्रावधान है और इस धार्मिक बंधन की वजह से जाति व्यवस्था हमारे किसी भी अन्य सामाजिक इंस्टीट्यूशन की तुलना में सबसे पुरानी है, जो असमानता और पक्षपात पर आधारित है।

जातियों के पदसोपान के क्रम के समाज में स्थायी रूप से बने रहने की स्थिति पर विचार करें तो पता चलता है कि निम्न जातियां हमेशा ही जीवन के हर मोड़ पर भेदभाव का शिकार होती हैं। इसकी वजह से उनकी सामाजिक, शैक्षणिक और आर्थिक पिछड़ापन है। इसलिए भारत में अगर कोई व्यक्ति निम्न जाति का दर्जा प्राप्त है तो वह

सीधे तौर पर सामाजिक पिछड़ेपन से जुड़ा है।

अध्याय 5 जाति का सामाजिक गति विज्ञान

जाति व्यवस्था सदियों से जिंदा रहने में सफल रही है। इसकी वजह इसमें अंतर्निहित लचीलेपन और सामाजिक हकीकतों और बदलाव के साथ तालमेल में है। जैसा कि अध्याय 4 में बताया गया है कि जाति व्यवस्था को लेकर परंपरागत विचार, हिंदू शास्त्रों से ज्यादा सामाजिक हकीकतों पर निर्भर है। ब्रिटिश शासन, शहरीकरण, औद्योगीकरण, शिक्षा के व्यापक प्रसार और कुल मिलाकर स्वतंत्रता के बाद वयस्क मताधिकार दिए जाने से जातीय कट्टरता शिथिल पड़ी है। लेकिन कुल मिलाकर बदलाव जाति पर जोर न दिए जाने तक सिमटा है और जाति के बुनियादी ढांचे में कोई बदलाव या भौतिक बदलाव नहीं हुआ है।

इस पर आम सहमति है कि उपरोक्त बदलाव से कुछ जातीय भेदभाव कमजोर पड़ा है, लेकिन भारतीय राजनीति में जातिवाद का महत्त्व बढ़ा है। यह शायद अनिवार्य था। जाति व्यवस्था ने राजनीतिक नेतृत्व के साथ जुड़ाव व संचार का स्वनिर्मित चैनल मुहैया कराया और इसे देखते हुए भारत की राजनीति में जाति की उपयोगिता बढ़ी है। जैसा कि रजनी कोठारी ने पाया "भारत में जो लोग राजनीति में जातिवाद की शिकायत करते हैं वे ऐसी राजनीति तलाशते हैं, जिसका समाज में कोई आधार नहीं है।" इसमें कोई संदेह नहीं है कि सामाजिक गतिशीलता बढ़ रही है। जाति के कुछ परंपरागत लक्षण कमजोर पड़े हैं। लेकिन जाति ने धार्मिक रीति रिवाज के मोर्चे पर कुछ खोया है, वहीं इसने राजनीतिक मोर्चे पर ज्यादा जगह हासिल की है। इसे देखते हुए यह कल्पना करना हकीकत से परे होगा कि भविष्य में जाति खत्म हो जाएगी।

अध्याय 6 सामाजिक न्याय, योग्यता और विशेषाधिकार

विधि के समक्ष समता संविधान के अनुच्छेद 14 में दिया गया बुनियादी मूल अधिकार है। लेकिन 'समानता का सिद्धांत' दोधारी तलवार है। यह ताकतवर और विकलांग व्यक्ति को जिंदगी की दौड़ में एक साथ खड़ा कर देता है। सामाजिक न्याय का तर्क है कि समानता सिर्फ समान लोगों में है। असमान लोगों को समान जैसे मानना असमानता को बनाए रखना है। समाज की मानवता इससे निर्धारित होती है कि वह कमजोर, विकलांग और समाज की दौड़ में पीछे छूट गए लोगों को कितना संरक्षण देता है।

"अवसर की समानता" और "व्यवहार की समानता" में कमजोर और मजबूत को एक साथ खड़ा कर दिया जाता है और यह सामाजिक न्याय को स्वीकार न करने जैसा है। हमारे समाज की तरह बहुत ज्यादा असमानता वाले समाज में सिर्फ विशेष संरक्षण और विशेषाधिकार देकर ही हम समाज के वंचित तबके को सक्षम और ताकतवर व्यक्ति के शोषण के प्रतिरोध योग्य बना सकते हैं।

इन सब तथ्यों पर विचार करते हुए हमारे संविधान निर्माताओं ने अनुच्छेद 15 (4), 16 (4) और 46 आदि में विशेष प्रावधान किए, जिससे एससी, एसटी और ओबीसी के हितों की रक्षा की जा सके। कुछ लोग ऐसा मानते हैं कि पिछड़े वर्ग के लिए पदों का आरक्षण आदि जैसे प्रावधान उनके मूल अधिकार का उल्लंघन है और इसे प्रतिभाशाली लोगों को उनके विधिसम्मत अधिकार से वंचित किया जाता है। हकीकत यह है कि "मेरिट या प्रतिभा" अपने आप में बेहतरीन वातावरण के विशेषाधिकार का उत्पाद है। परीक्षा लेने वाले की बेहतरीन रेटिंग से आंतरिक मूल्यों को नहीं जाना जा सकता। गांवों से आने वाले सामाजिक और शैक्षणिक रूप से पिछड़े माता पिता के बच्चे उन बच्चों के साथ कदम से कदम मिलाकर नहीं चल पाते, जो समृद्ध परिवारों के हैं। इसे देखते हुए "प्रतिभा" और "समानता" पर उचित तरीके से विचार किया जाना चाहिए और विशेषाधिकार के तत्वों को पहचानकर "असमान" लोगों को एक ही दौड़ में कुछ छूट दी जानी चाहिए।

अध्याय 7 सामाजिक न्याय, संविधान और कानून

संसद में चली तमाम बहसों और न्यायिक फैसलों में मूल अधिकारों व राज्य के नीति निर्देशक तत्वों के बीच टकराव सामने आए हैं। संविधान के अनुच्छेद 15 (4) और 16 (4) का अनुपालन करते हुए कई राज्यों ने ओबीसी के लिए शिक्षण संस्थाओं और सरकारी नौकरियों में आरक्षण का प्रावधान किया। इन आदेशों को लेकर उच्च न्यायालय व उच्चतम न्यायालय में कई याचिकाएं दायर की गईं। समय बीतने के साथ तमाम मामले दायर किए गए और उनके फैसले आए।

हिंदू समुदाय के बीच अन्य पिछड़े वर्ग को चिह्नित करने के लिए जाति एक महत्त्वपूर्ण घटक है। पिछड़ापन सामाजिक और शैक्षणिक दोनों ही होना चाहिए, न कि सिर्फ सामाजिक या सिर्फ शैक्षणिक। जाति भी नागरिकों का एक वर्ग है और अगर कोई पूरी जाति ही सामाजिक और शैक्षणिक रूप से पिछड़ी हुई है तो ऐसी जाति के पक्ष में आरक्षण दिया जा सकता है। यह उन्ही अर्थों में सामाजिक और शैक्षणिक रूप से पिछड़ापन होगा, जिसके लिए लिए संविधान के अनुच्छेद 14 (4) में प्रावधान किया गया है। "पिछड़े" और "बहुत ज्यादा पिछड़े" का कोई प्रावधान संविधान के अनुच्छेद 15 (4) में नहीं है। अनुच्छेद 15 4) के तहत कुल आरक्षण 50 प्रतिशत से कम होना चाहिए। ओबीसी को चिह्नित करने के लिए वस्तुनिष्ठ मानदंड, फील्ड सर्वे आदि के आधार पर तय किए जाने चाहिए।

अध्याय 8 ओबीसी कल्याण के मामले में उत्तर और दक्षिण की तुलना

अन्य पिछड़े वर्ग के कल्याण की दिशा में दक्षिण भारत के राज्यों ने बहुत ज्यादा काम किया है। ओबीसी के लिए चलाई जा रही योजनाएं दक्षिण भारत में कमोबेश बहुत

आराम से चली हैं, लेकिन उत्तर भारत में अगर ओबीसी के कल्याण के लिए बहुत मामूली सी योजना चली है तो उसका बहुत जबरदस्त विरोध हुआ है। आयोग ने 4 राज्यों तमिलनाडु, कर्नाटक, बिहार व उत्तर प्रदेश का तुलनात्मक अध्ययन करने के लिए टाटा इंस्टीट्यूट आफ सोशल साइंसेज का सहारा लिया, जिससे इसके बारे में बेहतरीन तरीके से जानकारी मिल सके।

टाटा इंस्टीट्यूट के इस अध्ययन से तमाम महत्त्वपूर्ण तथ्य उभरकर सामने आए। इससे पता चला कि दक्षिण भारत में आरक्षण का बहुत पुराना इतिहास है। दक्षिण भारत में अगड़ी जातियां अपने आप में बहुत ज्यादा विभाजित हैं। उत्तर भारत में एससी और एसटी के साथ ओबीसी बहुत नजदीकी से नहीं जुड़े और इस तरह से पिछड़ा वर्ग आंदोलन विभाजित रहा। दक्षिण भारत में पिछड़ी जातियां राजनीतिक रूप से बहुत जागरूक हैं। आरक्षण योजना उत्तर भारत में अचानक पेश की गई। पिछड़े वर्ग की क्षमता उनकी संख्या, राजनीतिक चेतना, प्रभुत्व और वैकल्पिक अवसरों की कमी आदि पर निर्भर है। दक्षिण में तृतीयक क्षेत्र के तेजी से विकास ने अगड़ी जातियों को अवसर उपलब्ध कराया, जबकि उत्तर भारत में उतना औद्योगिक विकास नहीं हो सका।

टाटा इंस्टीट्यूट के अध्ययन से उपरोक्त परिकल्पनाओं की पुष्टि होती है, जिसके बारे में अध्ययन में ऐतिहासिक विकास के तमाम उदाहरण दिए हैं, जो इन 4 राज्यों से जुड़े हुए हैं।

अध्याय 9 केंद्र व राज्य सरकारों के साक्ष्य

सभी राज्य सरकारों, केंद्र शासित प्रदेशों, केंद्र सरकार के मंत्रालयों व विभागों को प्रश्नावली के दो सेट भेजे गए, जिनमें हमारी ओर से विभिन्न पहलुओं पर जानकारी मांगी गई थी। यह प्रश्नावली इस तरह से तैयार की गई थी, जिससे विभिन्न राज्यों में पिछड़े वर्ग की स्थिति, उस राज्य में सरकार की ओर से उठाए गए कल्याणकारी कदमों, सामाजिक व शैक्षणिक पिछड़ेपन पर विभिन्न सरकारी एजेंसियों के विचार जाने जा सकें और आयोग उनमें से महत्वपूर्ण सुझावों को अपनी रिपोर्ट में शामिल कर सके।

ज्यादातर राज्यों ने सामाजिक और शैक्षणिक पिछड़ेपन की पहचान के लिए जाति को महत्त्वपूर्ण मानदंड बनाए जाने का पक्ष लिया। कुछ राज्यों ने आर्थिक मानदंड जबकि कुछ राज्यों ने जाति और साधनों के संयुक्त परीक्षण को आधार बनाने का पक्ष लिया। 18 राज्य और केंद्र शासित प्रदेशों ने अन्य पिछड़े वर्गों के कल्याण के लिए विशेष कदम उठाए थे, हालांकि उनकी ओर से की गई सहायता में व्यापक अंतर था। उदाहरण के लिए कर्नाटक और तमिलाडु में ओबीसी के लिए सरकारी सेवाओं में 50 प्रतिशत आरक्षण का प्रावधान किया गया था, जबकि पंजाब में 5 प्रतिशत और राजस्थान, उड़ीसा, दिल्ली आदि में आरक्षण की व्यवस्था नहीं थी। स्थानीय निकाय, राज्य लोक सेवा आयोग, उच्च न्यायालयों में ओबीसी का प्रतिनिधित्व नगण्य था। ओबीसी के खिलाफ सामाजिक

भेदभाव अभी भी होता है। तमाम जातियां व समुदाय ऐसे हैं, जिन्हें अछूत समझा जाता है, लेकिन वे एससी सूची में शामिल नहीं है। सभी राज्य सरकारें, जिन्होंने पिछड़े वर्ग के कल्याण के लिए कार्यक्रम शुरू किया था, उन कार्यक्रमों को राज्य सरकारें अपने कोष से वित्तपोषण करती थीं। केंद्र सरकार की ओर से इनके वित्तपोषण की कोई व्यवस्था नहीं है।

ज्यादातर राज्यों ने मशीनीकरण, उपभोग के तरीके में बदलाव आदि की वजह से गांव के कारीगरों के बेरोजगार होने की बात कही थी।

केंद्र सरकार के मंत्रालयों और विभागों से मिली जानकारी के मुताबिक यह पाया गया कि सरकारी नौकरियों में अन्य पिछड़े वर्ग के लोगों की संख्या 12.55 प्रतिशत है, जबकि उनकी कुल आबादी 52 प्रतिशत है। प्रथम श्रेणी की नौकरियों में ओबीसी का प्रतिनिधित्व सिर्फ 4.69 प्रतिशत है, जो उनकी आबादी के अनुपात में दसवां हिस्सा भी नहीं है।

अध्याय 10 जनता से मिले साक्ष्य

हमारी प्रश्नावली का उत्तर देने वाले दो तिहाई लोगों का माना है कि स्वतंत्रता के बाद से देश के जातीय ढांचे में कोई उल्लेखनीय बदलाव नहीं आया है। पिछड़ेपन को चिह्नित करने के मानदंड के बारे में प्रतिक्रिया देने वाले तीन चौथाई लोगों ने जाति का पक्ष लिया। वहीं तीन चौथाई से ज्यादा लोगों ने इस बात की शिकायत की कि पिछड़े वर्ग के लोगों को तमाम तरह की असमर्थता से जूझना पड़ता है। तमाम का यह मानना है कि इस असमानता को खत्म करने के लिए कोई ठोस कदम नहीं उठाए गए। वे चाहते थे कि ओबीसी के बच्चों को नौकरियों में कोटा निर्धारित करने और उनके लिए ज्यादा शिक्षा सुविधाएं दिए जाने की जरूरत है। ओबीसी के लिए सुझाए गए कुछ सुधारात्मक कदम निम्न थे- सरकारी रोजगार और शिक्षण संस्थानों में आरक्षण की व्यवस्था, ब्याज रहित कर्ज की व्यवस्था, मकान बनाने के लिए जमीन और कृषि भूमि का मुफ्त वितरण आदि।

छठी और सातवीं लोकसभा के सदस्यों ने भी आयोग के समक्ष उसी तरह के साक्ष्य दिए और विचार व्यक्त किए, जैसा कि ऊपर कहा गया है। कुछ सांसदों ने चेतावनी दी कि ओबीसी, एसटी और एसटी में टकराव पैदा करने के लिए कुछ दुर्भावनापूर्ण प्रचार चल रहे हैं। कुछ ने कहा कि आयोग को पिछड़ेपन के निर्धारण के लिए उन मानदंडों को अपनाना चाहिए, जो न्यायालय ने अपने फैसलों में कहा है। उन्होंने यह भी सुझाव दिया कि राज्य सरकारों द्वारा तैयार की गई और न्यायालयों द्वारा स्वीकार्य सूची को आयोग को यथावत मान लेना चाहिए।

आयोग के विभिन्न राज्यों के दौरे के दौरान तमाम प्रतिनिधिमंडल से मुलाकात हुई, जो अपनी जाति को ओबीसी सूची में शामिल किए जाने के पक्ष में थे। प्रतिक्रिया देने

वाले तमाम और लोगों ने भी पिछड़े वर्ग को चिह्नित करने के मानदंड के बारे में कुछ इसी तरह के विचार दिए। उन्होंने पिछड़े वर्ग के उत्थान के लिए उपरोक्त कथित कदमों के सुझाव दिए।

अध्याय 11 सामाजिक शैक्षणिक फील्ड सर्वे- पिछड़ेपन के लिए मानदंड

विभिन्न राज्यों के सांख्यिकी और आर्थिक ब्यूरो की मदद से आयोग ने देश भर में सामाजिक शैक्षणिक सर्वे कुल 407 में से 405 जिलों में किया। यह सर्वे फरवरी से जून 1980 तक चला। सर्वे से प्राप्त ढेरों आकड़ों का कंप्यूटरीकरण किया गया और हर राज्य व केंद्र शासित प्रदेश के लिए 31 प्राथमिक तालिकाएं बनाई गईं। इन तालिकाओं के आधार पर सामाजिक और शैक्षणिक रूप से पिछड़े वर्ग की पहचान के लिए 11 संकेतक या मानदंड तय किए गए। इन्हें तीन प्रमुख शीर्षकों में विभाजित किया गया- सामाजिक, शैक्षणिक और आर्थिक। उनके महत्त्व के मुताबिक सामाजिक संकेतकों के लिए 3 अंक, शैक्षणिक संकेतकों के लिए 2 अंक और आर्थिक संकेतकों के लिए 1 अंक रखा गया। इस तरह से कुल 22 अंक रखे गए। ये सभी 11 संकेतक हर जाति पर लागू किए गए, जिन्हें हर राज्य में सर्वे के दौरान शामिल किया गया था। जिस जाति को इस पैमाने में 11 अंक मिले थे, उन्हें सामाजिक एवं शैक्षणिक रूप से पिछड़े वर्ग के रूप में सूचीबद्ध किया गया।

अध्याय 12 ओबीसी की पहचान

सामाजिक शैक्षणिक सर्वे के परिणामस्वरूप बड़ी संख्या में जातियां पिछड़े के रूप में चिह्नित हुईं। इस सर्वे में एक जिले के सिर्फ दो गांवों व एक शहरी क्षेत्र को शामिल किया गया था, ऐसे में स्वाभाविक रूप से तमाम जातियां छूट गईं। कमोबेश कुछ मामलों में नमूने का आकार बहुत छोटा था, जिसके चलते परिणाम भरोसेमंद नहीं थे।

इसे देखते हुए दो पूरक तरीके अपनाए गए, जिससे हर राज्य के पिछड़े वर्ग की संपूर्ण सूची तैयार की जा सके। पहला, आदिम जनजातियों के 11 समूहों, बाहरी जातियों, अपराधी जनजातियों आदि के राज्यवार आंकड़े भारत के महापंजीयक से लिए गए, जो 1961 में तैयार किए गए थे। इन्हें आयोग की ओबीसी सूची में शामिल किया गया। इन जातियों व समुदायों की सामाजिक और शैक्षणिक स्थिति के मुताबिक इनकी पहचान की गई जिन्हें अनुसूचित जाति व अनुसूचित जनजाति में शामिल नहीं किया गया था। दूसरे, लोगों से साक्ष्य लेकर और आयोग के सदस्यों की निजी जानकारी का भी इस्तेमाल करके ओबीसी की पहचान की गई, जो सामाजिक शैक्षणिक सर्वे में शामिल नहीं हो पाए थे।

इन तीन भारी भरकम तरीकों के इस्तेमाल के बाद ओबीसी की राज्य सूची (भाग 3) तैयार की गई।

फील्ड सर्वे के परिणामस्वरूप यह पाया गया कि कुछ जाने माने ओबीसी को, जिन्हें राज्यों की ओर से अधिसूचित ओबीसी सूची में जगह मिली थी, उन्हें सर्वे में "पिछड़ा" दर्जा नहीं मिला। इस तरह के विरोधाभासों को फील्ड से मिले अन्य साक्ष्यों से आधार पर दुरुस्त कर लिया गया, जो आयोग के पास उपलब्ध थे।

कुल 11 संकेतकों (मानदंडों) को जातियों पर लागू किया गया, लेकिन गैर हिंदू समुदायों के मामले में ऐसा नहीं किया गया। इसे देखते हुए गैर हिंदू पिछड़े समुदायों को चिह्नित करने के लिए अलग से 3 मानदंड तैयार किए गए।

जनगणना के उपलब्ध आंकड़ों के आधार पर हिंदू और गैर हिंदू ओबीसी की संख्या कुल आबादी की 52 प्रतिशत थी। यह अनुसूचित जाति और जनजाति की 22.5 प्रतिशत आबादी के अतिरिक्त थी।

अध्याय 13 सिफारिशें

एससी और एसटी का आरक्षण उनकी जनसंख्या के अनुपात में 22.5 प्रतिशत है। लेकिन अनुच्छेद 15 (4) और 16 (4) के तहत कुल आरक्षण 50 प्रतिशत रखे जाने की कानूनी बाध्यता है। ऐसे में आयोग ने ओबीसी के लिए 27 प्रतिशत आरक्षण की सिफारिश की। यह आरक्षण केंद्र व राज्यों दोनों के सभी सरकारी सेवाओं के साथ तकनीकी और प्रोफेशनल इंस्टीट्यूशंस मे लागू होना चाहिए।

विद्यार्थियों के सांस्कृतिक पर्यावरण को दुरुस्त करने के लिए विशेष शैक्षणिक सुविधाओं की डिजाइन तैयार की जानी चाहिए। यह चरणबद्ध तरीके से चुनिंदा इलाकों में किया जाना चाहिए, जहां ओबीसी का घनत्व ज्यादा है। व्यावसायिक प्रशिक्षण पर विशेष जोर दिया जाना चाहिए। तकनीकी और प्रोफेशनल इंस्टीट्यूशंस में ओबीसी विद्यार्थियों को अलग से कोचिंग सुविधा मुहैया कराई जानी चाहिए, जिससे वे खुले कोटे में विद्यार्थियों की बराबरी करने में सक्षम हो सकें।

गांव के कारीगरों का कौशल बढ़ाने के लिए विशेष योजनाएं तैयार की जानी चाहिए और वित्तीय संस्थानों से उन्हें सब्सिडी पर कर्ज दिया जाना चाहिए, जिससे वे छोटे उद्योगों की स्थापना कर सकें। देश के औद्योगिक और कारोबारी जीवन में हिस्सेदारी बढ़ाने के लिए ओबीसी को प्रमोट किया जाना चाहिए। राज्य सरकारों को ओबीसी के लिए वित्तीय व तकनीकी इंस्टीट्यूशंस का अलग नेटवर्क तैयार करना चाहिए।

उत्पादन से जुड़ी मौजूदा व्यवस्था में पिछड़े वर्ग के लोग मुख्य रूप से छोटे भूमिधारक, बंटाई पर खेती करने वाले, कृषि श्रमिक, गांव के कारीगर आदि हैं। इनकी आजीविका धनी किसानों पर निर्भर हैं। इसे देखकर पता चलता है कि ओबीसी मानसिक और शारीरिक रूप से दबंग जातियों और वर्गों के बंधक बने हुए हैं। जब तक उत्पादन संबंधों में ढांचागत बदलाव करके क्रांतिकारी सुधार नहीं किया जाता है और देश भर में सही तरीके से भूमि सुधार लागू नहीं किया जाता है, तब तक ओबीसी पूरी तरह से स्वतंत्र

नहीं होंगे। इसे देखते हुए भूमि सुधार को सभी राज्यों को सर्वोच्च प्राथमिकता पर रखना चाहिए।

इस समय अन्य पिछड़े वर्ग के लिए चलाई जाने वाली कल्याणकारी योजनाओं के लिए केंद्रीय सहायता की कोई व्यवस्था नहीं है। कुछ राज्यों ने पिछड़े वर्ग के लिए विकास कार्यक्रम चलाए जाने को लेकर असमर्थता जताई है, क्योंकि उनके पास संसाधन नहीं हैं। ऐसे में यह सिफारिश की जाती है कि खासकर ओबीसी के लिए तैयार की कल्याणकारी योजनाओं को उसी तरह और उसी मात्रा में केंद्र सरकार की ओर से वित्तपोषण किया जाना चाहिए, जैसा कि एससी औरर एसटी के मामले में होता है।

हस्ताक्षर
(बिंध्येश्वरी प्रसाद मंडल)

हस्ताक्षर
(आर. आर. भोले)

हस्ताक्षर
(दीवान मोहन लाल)

हस्ताक्षर
(के. सुब्रमण्यम)
(मेरे असहमति नोट के साथ)

हस्ताक्षर
(एल. आर. नाइक)

अनुलग्नक

विभिन्न राज्यों में ओबीसी आरक्षण की मौजूदा स्थिति

(पत्र सूचना कार्यालय, भारत सरकार, सामाजिक न्याय एवं अधिकारिता मंत्रालय की ओर से 14 अगस्त 2014 को दी गई जानकारी के मुताबिक विभिन्न राज्यों में आरक्षण की स्थिति। यह सूचना सामाजिक न्याय एवं अधिकारिता राज्य मंत्री सुदर्शन भगत ने राज्यसभा में लिखित जवाब में दी।)

केंद्र सरकार ने अन्य पिछड़े वर्गों (ओबीसी) के लिए 27 प्रतिशत आरक्षण का प्रावधान केंद्र सरकार की सेवाओं और केंद्रीय शिक्षण संस्थानों में किया है।

राज्यों में ओबीसी आरक्षण की स्थिति निम्नवत है-

क्रमांक	राज्य/केंद्र शासित प्रदेश	ओबीसी के लिए आरक्षण कोटा
1.	आंध्र प्रदेश	राज्य के शिक्षण संस्थानों व नौकरियों में 29 प्रतिशत आरक्षण है। यह 5 वर्गों में विभाजित है। बीसी-ए 7 प्रतिशत, बीसी-बी 10 प्रतिशत, बीसी-सी 1 प्रतिशत, बीसी-डी 7 प्रतिशत, बीसी-ई 4 प्रतिशत
2.	अरुणाचल प्रदेश	राज्य में ओबीसी आबादी नहीं है, इसलिए राज्य में ओबीसी के लिए कोई आरक्षण नहीं है।
3.	असम	राज्य सेवाओं में ओबीसी को 27 प्रतिशत आरक्षण
4.	बिहार	राज्य में ओबीसी आरक्षण कोटा निम्नवत है- बीसी-2 12 प्रतिशत, बीसी-1 18 प्रतिशत ओबीसी महिला 3 प्रतिशत
5.	छत्तीसगढ़	राज्य सेवाओं में ओबीसी को 14 प्रतिशत आरक्षण
6.	दिल्ली-राष्ट्रीय राजधानी क्षेत्र	सिविल पदों एवं सेवाओं में 27 प्रतिशत आरक्षण
7.	गोवा	ओबीसी को 27 प्रतिशत आरक्षण

8.	गुजरात	राज्य सरकार की सेवाओं में 27 प्रतिशत
9.	हरियाणा	तृतीय एवं चतुर्थ श्रेणी की सेवाओं में 27 प्रतिशत, प्रथम एवं द्वितीय श्रेणी की राज्य सेवाओं में 10 प्रतिशत आरक्षण
10.	हिमाचल प्रदेश	प्रथम एवं द्वितीय श्रेणी की सेवाओं में 12 प्रतिशत, तृतीय और चतुर्थ श्रेणी की सेवाओं में 18 प्रतिशत
11.	जम्मू कश्मीर	कमजोर एवं वंचित तबका (सामाजिक जातियां) 2 प्रतिशत, नियंत्रण रेखा के नजदीक के क्षेत्रों के लोगों को 3 प्रतिशत, पिछड़े इलाके के लोगों को 20प्रतिशत लोगों को सीधी भर्तियों में आरक्षण दिया जाता है। वहीं पदोन्नति से नियुक्ति के मामले में पिछड़े इलाके के निवासियों को 10 प्रतिशत, वास्तविक नियंत्रण रेखा के नजदीक रहने वाले लोगों के लिए 2 प्रतिशत और कमजोर एवं वंचित वर्ग के लिए 1 प्रतिशत आरक्षण का प्रावधान है।
12.	झारखंड	14 प्रतिशत
13.	कर्नाटक	शैक्षणिक संस्थाओं में प्रवेश और राज्य सिविल सेवा और कर्नाटक सरकार के निगमों में 32 प्रतिशत 14. केरल 40 प्रतिशत
15.	मध्य प्रदेश	14 प्रतिशत
16.	महाराष्ट्र	विशेष पिछड़ी श्रेणी 2 प्रतिशत, अन्य पिछड़ा वर्ग 19 प्रतिशत
17.	मणिपुर	17 प्रतिशत
18.	मेघालय	ओबीसी के रूप में समुदाय चिह्नित नहीं
19.	मिजोरम	राज्य में ओबीसी नहीं
20.	नगालैंड	राज्य में ओबीसी नहीं
21.	ओडिशा	राज्य सरकार की सेवाओं में 27 प्रतिशत
22.	पंजाब	सीधी सरकारी भर्ती में 12 प्रतिशत, शैक्षणिक संस्थानों में 5 प्रतिशत
23.	राजस्थान	राज्य सेवाओं में 21 प्रतिशत
24.	सिक्किम	सीधी भर्ती में राज्य सरकार की सेवाओं व सार्वजनिक निगमों में 21 प्रतिशत

25.	तमिलनाडु	राज्य स्तर की सेवाओं में पिछड़े वर्ग के लिए 26.5 प्रतिशत, पिछड़ा वर्ग (मुस्लिम) 3.5 प्रतिशत, अत्यंत पिछड़ा वर्ग/डिनोटीफाइड कम्युनिटी 20 प्रतिशत
26.	त्रिपुरा	राज्य में ओबीसी कोटा नहीं
27.	उत्तर प्रदेश	27 प्रतिशत
28.	उत्तराखंड	राज्य सरकार की सेवाओं में 14 प्रतिशत
29.	पश्चिम बंगाल	राज्य सरकार के सभी पदों पर 17 प्रतिशत
30.	अंडमान निकोबार द्वीप समूह	38 प्रतिशत
31.	चंडीगढ़	राज्य सरकार की सेवाओं में 27 प्रतिशत
32.	दमन और दीव	राज्य सरकार की सेवाओं में 27 प्रतिशत
33.	दादरा और नागर हवेली	राज्य सरकार की सेवाओं में 5 प्रतिशत
34.	लक्षद्वीप	ओबीसी आबादी नहीं
35.	पुदुच्चेरी	अत्यंत पिछड़ा वर्ग (एमबीसी) 20 प्रतिशत, अन्य पिछड़ा वर्ग (ओबीसी) 13 प्रतिशत, पिछड़ी जनजाति (बीटी) 1 प्रतिशत, कुल 34 प्रतिशत

http://pib.nic.in/newsite/PrintRelease.aspx?relid=108754

केंद्र सरकार की ओबीसी सूची में जातियों की संख्या

राज्य	जातियों की संख्या
अंडमान और निकोबार द्वीप समूह	5
आंध्र प्रदेश	112
असम	28
बिहार	136
चंडीगढ़	60
छत्तीसगढ़	67
दमन और दीव	44
दादरा और नागर हवेली	10
दिल्ली	57
गोवा	20
गुजरात	104
हरियाणा	74
हिमाचल प्रदेश	56
जम्मू कश्मीर	23
झारखंड	134
कर्नाटक	199
केरल	83
मध्य प्रदेश	68
महाराष्ट्र	261
मणिपुउर	4
ओडिशा	200
पुदुच्चेरी	59
पंजाब	68
राजस्थान	68
सिक्किम	10
तमिलनाडु	181
त्रिपुरा	42
उत्तर प्रदेश	76
उत्तराखंड	78

पश्चिम बंगाल	99
तेलंगाना	87
कुल	2513

सत्येन्द्र पीएस का जन्म 1975 में उत्तर प्रदेष के गोरखपुर ज़िले के छोटे से एक गांव ननिहाल में हुआ। उन दिनों परिस्थितियों और कुछ मजबूरियों की वजह से माता पिता बेघर थे। बाद में गोंडा ज़िले के एक अत्यंत पिछड़े गांव अषोकवापुर में आषियाना बसाने की कवायद की, जहां प्राथमिक षिक्षा मिलनी षुरू हुई। बच्चों को बेहतर षिक्षा देने की मां की जिद फिर गोरखपुर खींच लाई, जहां माध्यमिक से लेकर बीए, एमए, बीएड आदि डिग्रियां बटोरीं। गोरखपुर की रेलवे लाइब्रेरी ने ऐसा बिगाड़ा कि युनिवर्सिटी की किताबों से हटकर इधर उधर की किताबें पढ़ने की आदत हो गई। पाठ्यक्रम व नौकरी केंद्रित पढ़ाई कभी हो ही नहीं पाई। घुमक्कड़ी और विभिन्न धरना प्रदर्षनों, गाश्ठियों, चर्चाओं की लत भी लग गई। बची खुची कसर काषी हिंदू विष्वविद्यालय में पत्रकारिता की पढ़ाई के दौरान पूरी हो गई। डेढ़ दषक से ज्यादा समय तक विभिन्न अखबार, टीवी चैनलों की यात्रा करते हुए सत्येन्द्र पिछले एक दषक से आर्थिक पत्रकारिता से जुड़े हुए हैं।

संपर्क : satyendra2020@gmail.com